Nobile Satiro

'Occhialino e penna d'oca, e via nella mia portantina——il 1700 impazza!'

QUANDO NON MI sto facendo sballottare in giro sulla mia portantina o non sto scambiando pettegolezzi con i cortigiani profumati e imbellettati nei salotti dorati di Versailles, scrivo bestseller storici georgiani e gialli con un tocco di romanticismo. I miei libri sono ambientati nell'Inghilterra georgiana del 1700, con qualche occasionale puntata nell'Europa continentale. Mi fermo prima della Rivoluzione francese, dove ho perso una delle mie vite precedenti sulla ghigliottina a causa del mio imperdonabile stile di vita edonistico, come sfaccendata aristo!

lucindabrant.com
lucindabrant@gmail.com
facebook.com/lucindabrantbooks
twitter.com/lucindabrant
youtube.com/lucindabrantauthor
pinterest.com/lucindabrant

Nobile Satiro

UN ROMANZO STORICO GEORGIANO

Prequel della saga della famiglia Roxton

Lucinda Brant

TRADUZIONE DI MIRELLA BANFI

A Sprigleaf Book
Pubblicata da Sprigleaf Pty Ltd

Nobile Satiro
Copyright © 2012, 2019 Lucinda Brant
Originale inglese: Noble Satyr
Traduzione italiana di Mirella Banfi
Revisione a cura di Marina Calcagni
Progettazione artistica e formattazione: Gene Mollica Studios e Sprigleaf
Modelli di copertina: Nicole Russack e Andy Peeke
Gioielli personalizzati: Kimberly Walters, Sign of the Gray Horse
reproduction and historically inspired jewelry
Tutti i diritti riservati

Disponibile come e-book e nelle edizioni in lingua straniera.

ISBN 978-1-925614-38-1

10 9 8 7 6 5 4 3 2 1   (i) I

per mio marito

BJB

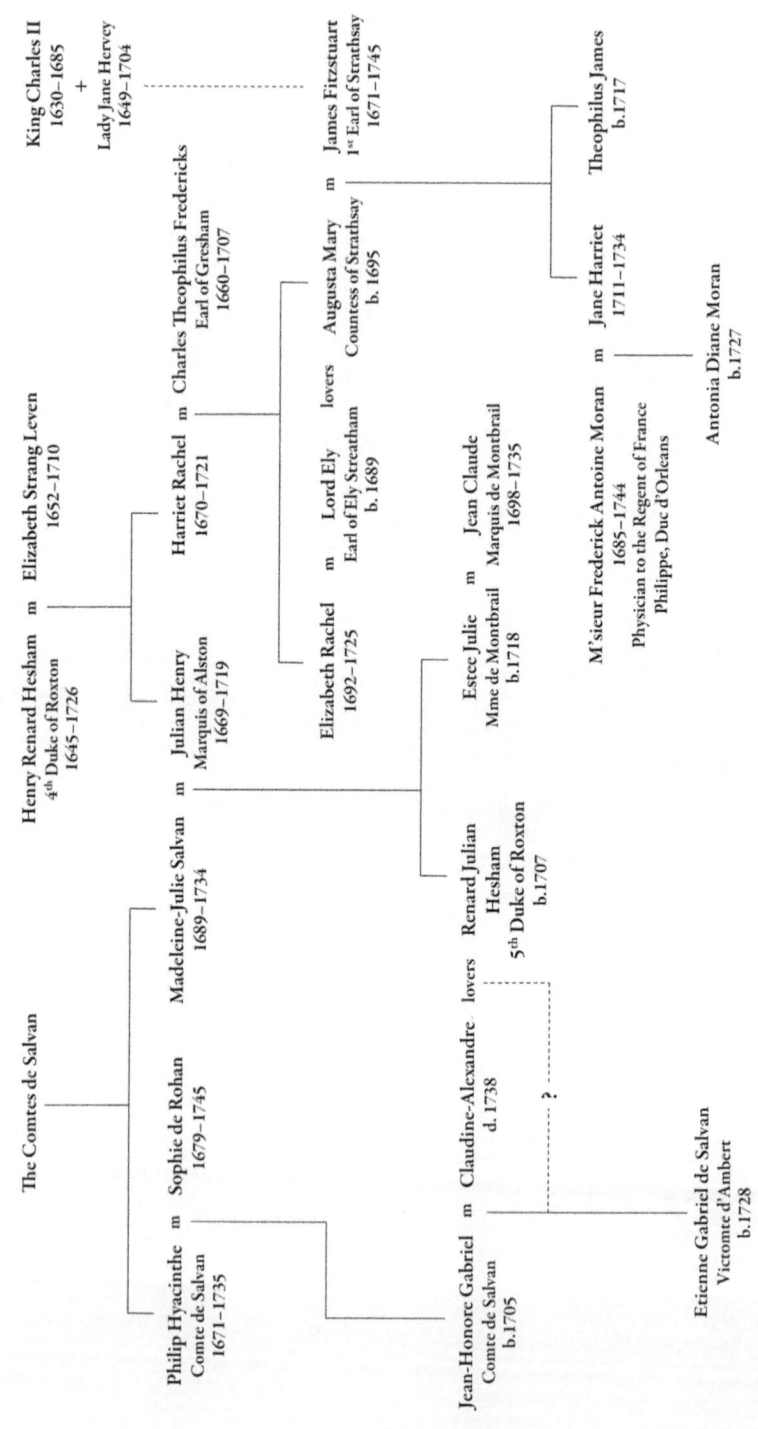

PARTE I

LA FRANCIA DI LUIGI XV

UNO

Il conte di Salvan era fermo ai piedi del letto a baldacchino nelle sue scarpe rosse dai tacchi alti e placava le narici offese con un fazzoletto di pizzo profumato al bergamotto. Era vestito per partecipare a un recital musicale, con una rigida giacca color oro, calzoni di seta aderenti con fibbie di diamanti alle ginocchia, una cascata di pizzo bianco finissimo ai polsi che scendeva a coprire le mani morbide e gli anelli con le pietre preziose. Il volto era dipinto, aveva i nei finti e non rivelava il disgusto e il disagio che le sue narici frementi osavano invece mostrare per il lezzo di malattia e l'odore che arrivava dalle latrine che correvano appena oltre la porta chiusa di questo piccolo appartamento nei sotterranei del palazzo di Versailles.

L'occupante del letto, un certo *Chevalier de Charmond*, gentiluomo, usciere del re, languiva tra i cuscini di piume, con la testa rasata senza la parrucca, al suo posto un berretto cinese. Soffriva di *grippe* ma, essendo un accanito ipocondriaco, era convinto di avere un'infiammazione ai polmoni. Il suo medico non era riuscito a convincerlo del contrario. Si soffiava costantemente il naso e sputava catarro in un catino che il suo paziente valletto svuotava a intervalli irregolari. Si era fatto salassare due volte quel giorno ma niente riusciva ad alleviare il suo malessere. La presenza del *Comte de Salvan* prometteva una ricaduta.

Il conte ascoltò le banalità del cavaliere senza un sorriso e respinse le scuse dell'uomo con una mano languida.

"Sì, è un grande onore che vi faccio, scendendo in questo buco puzzolente. Come fate a sopportarlo? Sono lieto che tocchi a voi e non a me vivere come un topo di fogna. Nessuna meraviglia che stiate male. Se lasciaste il letto e vi occupaste dei vostri compiti, vi sentireste meglio in un attimo. Ma è proprio da voi," disse Salvan con la sua singolare voce nasale. Scrollò le spalle. "È decisamente inopportuno che vi siate messo a letto quando una certa faccenda di grande importanza per me è rimasta incompiuta. Se pensassi che non siete in grado di esaudire i miei desideri…"

"*M'sieur le Comte*! Io…"

"Per il bene di entrambi, ricordate, caro Charmond, per il bene di entrambi. Avrei potuto dare ad Arnaud o a Paul-René il privilegio di farmi questo piccolo favore. In effetti, non è forse vero che Arnaud deve la sua alleanza con la famiglia de Rohan al fatto che io mi sono preoccupato di sussurrare qualcosa nell'orecchio di *Sa Majesté*? Non si può permettere che un parente, anche alla lontana, sposi un inferiore."

Continuò, infilando una presa di tabacco nella narice sottile. "E Paul-René starebbe ancora grattando via il letame dagli stivali di *Monsieur* se non avessi messo io una buona parola in suo favore per farlo promuovere dal canile alla *Petite Écurie*. E ora osate restare lì sdraiato quando sapete benissimo che il mio più vivo desiderio deve essere soddisfatto immediatamente. Impazzirò certamente se non si farà presto qualcosa!"

Il cavaliere cercò di sedersi e di apparire preoccupato quando il conte cominciò ad alzare la voce. Assunse ostentatamente un'espressione di simpatia e scosse solennemente la testa.

"Non potete sapere che sofferenza, che incubi ho sofferto per vostro conto, *M'sieur le Comte*. Sono rimasto qui, notte dopo notte, senza dormire, con la testa che pulsava per l'emicrania, respirando a fatica, e ho pensato a voi, mio caro conte, solo a voi. A come servirvi per il meglio. Come trovare una soluzione per i vostri tormenti. È stata una preoccupazione costante per il povero Charmond."

"Allora, perché non potete fare questa piccola cosa per me?" Strillò il conte. "Credete di essere l'unico di cui mi possa fidare? Lo credete davvero? Mi avevate promesso tre giorni al massimo e sono *sette* giorni che aspetto. E il tempo è ancora più importante adesso, perché il vecchio generale sta morendo, ed è una certezza, questa volta. E non c'è niente di firmato. Niente di scritto. Niente di fissato finché non otterrete per me quello che voglio! Devo ottenere quello che voglio e lo avrò. *Lo avrò*! Sia che lo otteniate voi per me o che vada altrove... Perché sorridete, eh?"

Il cavaliere si soffiò il naso e gettò per terra il fazzoletto sporco.

"Vi offro le mie più umili scuse *M'sieur le Comte*, se avete pensato che sorridessi di voi," disse a bassa voce. "Non stavo sorridendo *di* voi, ma *per* voi. Ho in mente l'immagine della bella *demoiselle* e sono veramente felice per voi. Mi congratulo per la vostra fortuna. Non capita tutti i giorni di incontrare qualcuno come lei. Siete un uomo fortunato, *M'sieur le Comte*."

La rabbia lasciò gli occhi di Salvan, che sorrise a mezza bocca, anche lui rivedendo con la mente l'immagine della ragazza. Un po' del rossore svanì dalle guance imbellettate e si gonfiò come un pavone. Inalò un'altra presa di tabacco, a lungo e assaporandola. "È una bellezza, vero, Charmond? Un seno tanto sodo e rotondo, una bocca come un bocciolo, capelli striati d'oro e occhi leggermente a mandorla, come quelli di un gatto. Molto particolari. E pensare che le sue delizie sono ancora intatte. Ah, mi viene duro solo a pensarci! Ma ve lo dico io, Charmond, le faccio un grande onore, veramente un grande onore. Io sono fortunato, vero, ma lei molto di più, per aver ottenuto una seconda occhiata da Jean-Honoré Gabriel de Salvan. Quando saprà l'onore che le viene fatto, sicuramente mi abbraccerà molto sinceramente e devotamente. Oh, Charmond, non vedo l'ora che…"

"… diventi la moglie di vostro figlio?" Interruppe languido il cavaliere, riportando il colore sul volto del conte e riducendo i suoi occhi a due fessure. "Che giorno gioioso per la casata dei Salvan!" Dichiarò il cavaliere. "Ma un giorno ancora più gioioso per la bella *demoiselle*. Chi avrebbe mai pensato che la nipote del vecchio generale giacobita avrebbe ricevuto un tale grande onore? Non lei, scommetto. Non può che esservi grata, mio caro Salvan. Vi abbraccerà! E vi dimostrerà la sua gratitudine? Certamente. Vi ripagherà nel modo in cui voi desiderate che faccia."

"Non ne dubito ma…"

"Ma?" Il cavaliere scrollò espressivamente le spalle. "Che cosa può andare storto?"

"Idiota!" Ringhiò il conte. "Se non mi farete avere quella *lettre de cachet* i miei piani andranno in fumo!"

Il cavaliere gettò per terra l'ultimo dei suoi fazzoletti e suonò il campanello sul comodino per chiamare un lacchè. "Sto facendo tutto quello che posso al riguardo, mio caro e buon conte. Anche mentre parliamo sono certo che se ne stanno occupando. Il povero Charmond potrà anche essere allettato, sul punto di prendere la polmonite, ma continua a pensare solo a voi, mio caro *M'sieur le Comte*, e alla vostra situazione così disperata. Il povero Charmond spera solo, spera umilmente, che *M'sieur le Comte* non abbia dimenticato la sua, non così disperata, ma difficile situazione? Dopo tutto, e vi chiedo perdono per averlo anche solo menzionato, dato che so che non mi deluderete, un favore in cambio di un favore è quello che avete promesso."

Il lacchè entrò nella stanza con i fazzoletti puliti e il cavaliere gli diede un ceffone sull'orecchio e si sentì meglio dopo averlo fatto. Si sistemò tra i cuscini, fingendo di interessarsi alle sue mani ma stava osservando Salvan e dentro di sé tremò all'espressione malvagia sul volto orrendamente dipinto dell'uomo: la biacca spessa e bianca mascherava le guance e il mento butterati.

Ringraziò Dio di non avere mai avuto il vaiolo in forma tanto grave da sfigurarlo così. Si schiarì la gola e il conte lo guardò.

"Perdonatemi per aver richiamato alla vostra memoria il nostro accordo, *M'sieur le Comte*," disse il cavaliere. "Avrete la vostra *lettre de cachet*. Spero che serva a rimettere in riga vostro figlio. Perché non voglia sposare una bella vergine, non riesco a capirlo. Deve essere un po' matto, eh, Salvan?" Quando il conte non rise, trasformò il sorriso in una smorfia. "Se non vorrà ancora fare quello che desiderate, una volta che gli sventolerete la *lettre de cachet* sotto il naso e lo sbatterete alla Bastiglia o a Bicêtre finché ritroverà la ragione, dovrete ancora un favore a Charmond. Spero che *M'sieur le Comte* intenda onorare il suo impegno."

"Onorarlo?" Gridò Salvan. Si avvicinò al letto facendo ritrarre il cavaliere per la paura e abbassò la voce, sapendo che le pareti tra gli appartamenti erano sottili. "Come osate mettere in dubbio il mio onore!" Sibilò. "La parola di un Salvan non è mai in discussione! Mi dite che avrò la *lettre de cachet* e allora io vi informo che sto facendo tutto quello che posso per allontanare Roxton dall'orbita di *Madame de La Tournelle*! Il vostro compito è infinitamente più facile, Charmond. Avete qualche suggerimento su come sloggiare un amante consumato dal letto di una donna vogliosa? Ce l'avete? No! È quello che pensavo. E non cercate di gettarmi fumo negli occhi dicendo che siete voi che volete questo favore. È Richelieu che vi dà le direttive, no?"

"*M'sieur le Duc de Richelieu?*" Disse il cavaliere sbattendo gli occhi.

"Molto bene! Continuate a fare il vostro gioco!" Disse sprezzante il conte. "So che la de La Tournelle vi interessa ben poco. O, per dirla tutta, è lei che non è il tipo di femmina che si interessi a un verme insignificante come voi..."

"*M'sieur le Comte*! Il vostro tono non mi piace! Sono stato insignificante per voi? No! Charmond è stato estremamente prezioso per *M'sieur le Comte*!" Il cavaliere si soffiò vigorosamente il naso, con un'espressione offesa.

Il conte sospirò: "Come volete, Charmond."

Andò allo specchio nell'angolo e si contemplò criticamente, dalla parrucca da viaggio incipriata allo scintillio delle enormi fibbie di diamanti delle scarpe. Vanitoso, fu contento del proprio aspetto e questo migliorò il suo umore, come il pensiero di vedere la bella *demoiselle* al recital. "Confermo che mi siete stato di aiuto. Ma non ditemi che siete interessato a Marie-Anne de Mailly de La Tournelle. Non lo crederò mai! È Richelieu che la vuole, o la vuole per il re e spera di comandare Luigi per suo tramite. Così crede lui. Comunque sia, le sue manovre non mi interessano." Diede un'occhiata al cavaliere. "Vi dirò io perché volete che Roxton sia sloggiato dal letto di Marie-Anne: gelosia."

"Ge-lo-sia?" Fu il turno del cavaliere di strillare. Invece tossì e sternutì finché la faccia gli divenne bordò. Quando riuscì a parlare di nuovo, disse: "Come potete dirlo? Che cosa mi importa delle conquiste di Roxton? Lo ammetto, mio caro Salvan, trovo incredibile che un tipo come lui sia così ricercato nelle stanze da letto di Versailles e Parigi. Però è così. La sua reputazione eguaglia quella di Richelieu. Alcuni dicono che sorpassi le sue conquiste. Quale donna non ha alzato le coperte per *M'sieur le Duc de Roxton*? E di chi disdegna i favori, lui? Solo di quelle brutte e virtuose. E giacché di solito sono le stesse, mio caro conte, il numerò è veramente infimo."

Il cavaliere assunse un'espressione disgustata, picchiando il pugno sul copriletto. "Perché? Perché le nostre donne devono ricevere a braccia aperte questo inglese che osa portare i propri capelli lungo la schiena come se fosse un conquistatore vichingo? Ha un gran becco per naso, spalle troppo larghe e gambe grosse come tronchi! E come per provocarci tutti oltre ogni limite, che cosa fa?" Continuò con la voce acuta. "Non tiene dei beagle o dei cani lupo o dei levrieri. No! Lui tiene i *whippet*. Giocattoli da signore! Tanto varrebbe andarsene in giro con due gattini con il collare di diamanti, che avere ai piedi quegli animaletti dall'aspetto ridicolo. Ah! Non intendo dire altro." Si lasciò cadere contro i cuscini e si asciugò il sudore dalla faccia florida. "Dovete scusarmi, *M'sieur le Comte*. Devo farmi salassare…"

Salvan si allontanò dallo specchio e rimase in piedi accanto al cavaliere, con gli occhi che luccicavano di segreto buonumore.

"Ve ne state sdraiato a letto, sudando come un maiale a vomitare disprezzo sul mio cugino inglese, quando è quello che fa con questo," e si afferrò i genitali, "e questa," sporse la lingua agitandola, "il motivo per cui la delizia del vostro cuore preferisce le attenzioni di *M'sieur le Duc de Roxton*."

"Voi lo difendete solo perché sua madre era una Salvan," disse imbronciato il cavaliere.

"Ed è giusto," rispose altezzosamente il conte, sistemandosi. "Non posso rispondere per i suoi antenati inglesi, eccetto confermare che sono di antico lignaggio. Un ducato inglese non è una cosa da niente. E sua madre, mia zia, era di impeccabile virtù e carattere nobilissimo e una Salvan per nascita. E questo basti! Cercate di non superare i limiti della mia pazienza, mio caro Charmond." Aprì di scatto la tabacchiera d'oro e prese un pizzico di tabacco. "Le vostre osservazioni su Roxton mi divertono perché sono veramente realistiche ma attento a non scivolare quando scavate nel fango!"

"Perdonatemi, mio caro signor conte," disse il cavaliere con cortesia eccessiva. "Ammetto di aver avuto qualche speranza che Félice mi avrebbe concesso certe libertà, finché non ha colpito l'occhio di vostro cugino alla *Comédie Française*. Ma non dispero di riuscire ad averla, sapendo che Roxton si stanca in fretta di prede così facili. Ma il risentimento non è l'unica ragione che ha causato il mio scoppio. Forse non è il caso che io esprima le mie preoccupazioni, a quest'ora. È tardi. Voi dovete presenziare al recital e io, io sono stanco. È solo che… Beh, no, non aprirò bocca…"

"Apritela! Apritela!" Ordinò il conte. "Non stuzzicatemi, Charmond. Avete sprecato il mio tempo a sufficienza questa sera e non sono per niente più vicino ad avere in mano quello che voglio!"

"*M'sieur le Comte* non ha preso in considerazione l'alternativa?" Chiese compiaciuto il cavaliere. "Sarebbe infinitamente più semplice se vi portaste a letto la bella *demoiselle* senza tener conto delle formalità. Perché dovete sposarla a vostro figlio prima di prenderla come amante? Non è forse il matrimonio di vostro figlio con la bella *demoiselle* la lisca che vi si è fermata in gola? Toglietela! *Voilà*, ecco fatto."

Il conte di Salvan aveva una gran voglia di strangolare il cavaliere de Charmond, ma trattenne i suoi istinti omicidi. Invece si batté il palmo sulla fronte incipriata e gemette ad alta voce.

"Perché sopporto questo imbecille? *Mon Dieu*. Sono circondato da pazzi e da cialtroni!" Abbassò il volto fino a quasi toccare lo stupito cavaliere. "Pensate che non ci abbia pensato? Ah! Siete troppo stupido. Non ho intenzione di spiegarvelo. Pensate che io sia un uomo senza onore? Io, un Salvan? Non vado in giro come *M'sieur le Duc de Richelieu* a sedurre donne non sposate, io. Assurdo! Devo pensare alla mia reputazione immacolata. Quello che devo al nome che porto. Quella febbre deve esservi entrata in quel poco di cervello che avete. Basta, ne ho avuto abbastanza!" Voltò sui tacchi per andare alla porta. "Avrò la *lettre de cachet* entro la fine di questa settimana…"

"Il vostro cugino tanto inglese ha messo i suoi occhi da satiro sulla bella *demoiselle*."

Il conte rimase immobile. Non si voltò né parlò, così il cavaliere continuò dopo una pausa e una soffiata del naso rosso. "Voi pensate che io sia uno stolto e un cialtrone perché vi consiglio di tagliar corto con le formalità, ma vi dico, mio caro Salvan, che se non lo fate, la ragazza non varrà più gli sforzi che state facendo per farla entrare nel vostro letto, sposata o non sposata. Roxton l'ha notata e quindi è solo questione di tempo prima che la sua lingua…"

"Per la fine della settimana," disse Salvan, senza girarsi e sbatté la porta.

Se il cavaliere avesse avuto l'opportunità di vedere la faccia del conte, si sarebbe rallegrato per l'effetto delle sue parole. Non avendola vista, si diede a riflessioni complesse e poi si consegnò nelle mani del suo medico per farsi salassare e ordinò al servitore di filare immediatamente in una certa suite nel palazzo per fare rapporto su quello che era trapelato durante la visita.

IL CONTE DI SALVAN traballò sui suoi tacchi rossi salendo la *Grand Escalier* del palazzo di Versailles verso il primo piano, attraversò il salotto Hercules, inchinandosi e sventolando il suo fazzoletto a tutti quelli che si accorgevano della sua esistenza. L'opulenza di questa grande stanza di marmo barocca gli era di conforto, accantonò quindi l'avvertimento del cavaliere e respirò più facilmente. Si fermò a fiutare una presa di tabacco con due vecchi amici che poltrivano accanto a una colonna di marmo di Sarrancolin e cercò suo figlio tra la folla di nobili incipriati e infiocchettati che si aggiravano per l'*Appartement*. Non trovandolo, lasciò perdere il giovanotto lunatico, sperando di cogliere tra le centinaia presenti, il bel volto di quella che desiderava fare sua. Purtroppo, non era ancora arrivata.

Fu uno degli ultimi a entrare nell'*Appartement*. Era affollato, riusciva a sentire l'orchestra ma non aveva nessuna possibilità di vederne i componenti dal fondo della stanza. Individuò il *Duc de Richelieu*, appena tornato dall'esilio in Linguadoca e, vicinissima al suo fianco, *Madame de La Tournelle*, che sventolava languida il ventaglio. La donna era risplendente in un abito di damasco blu, ricamato con grandi rami fioriti e mostrava il bel polso coperto di fili e fili di perle bianco latte. Il conte non si accorse per parecchio tempo che il duca di Roxton era in piedi al suo fianco.

"Non troverete quello che state cercando," disse con la sua particolare cadenza strascinata il duca di Roxton, con l'occhialino fisso su *Madame de La Tournelle*. "Quello che desiderate non è qui."

Salvan si voltò di colpo a fissare l'impassibile profilo aquilino.

"Continuate a fissarmi come un allocco e dovrò andare altrove," mormorò il duca. "*Mademoiselle Claude* mi chiama con il ventaglio da mezz'ora. Stare seduto accanto a quel ghiacciolo è preferibile all'essere oggetto del vostro scrutinio, carissimo cugino."

Salvan aprì di scatto un ventaglio di pelle di pollo conciata e dipinta e lo sventolò come se fosse una donna, con lo sguardo che cercava in mezzo al mare di seta e pizzi.

"Essere abbandonati per quella megera sarebbe un insulto che non potrei sopportare, *mon cousin*. Mi avete semplicemente sorpreso."

"Lo ripeto, la vostra ricerca sarà infruttuosa."

"Ah! Mi vedete ispezionare i volti. Lo faccio sempre, non è niente," disse Salvan con leggerezza. "Pensavate che stessi cercando qualcuno in particolare? No! Chi... Chi pensavate che stessi cercando?"

"Mio caro Salvan," continuò languidamente il duca, "vostro figlio, il vostro devotissimo figlio."

"D'Ambert? Sì-sì, ovviamente mio figlio!" Disse Salvan sollevato. Si voltò verso lo spettacolo, in tempo per gli ultimi educati applausi. Quando il re si congedò, Salvan prese a braccetto il cugino. Si allontanarono verso un angolo un po' meno affollato della stanza per osservare meglio la folla che si disperdeva. "Quel terrificante rumore è finito, grazie al cielo. Vi stavate annoiando quanto me? Non rispondete. Lo so! Dove siete stato, *mon cousin*? Mi siete mancato nei corridoi del palazzo, questa settimana. Non ditemi che siete stufo di noi e restate a Parigi? O siete stufo di quello che c'è in offerta?"

Si inchinarono a una bellezza che passava, con i capelli acconciati in una vistosa creazione di piume e perle e le labbra dipinte di un delizioso rosso.

"Sta cercando di attirare la vostra attenzione, Roxton. Eccone una che potrebbe farvi passare la noia."

"*Madame* non vale lo sforzo."

"*Parbleu*! Fortunati quelli che possono scegliere."

Roxton fiutò una presa di tabacco e diede un colpetto col dito a un granello della fine mistura che si era posato sull'ampio paramano di velluto. Scrollò le spalle. "È ovvio che *M'sieur le Comte* non ha avuto il... ehm, privilegio di vedere *madame* senza il suo trucco esperto e l'aiuto del bustino. Accomodatevi pure, se è di vostro gusto."

"No! Non io!"

"No, i vostri gusti vi portano più verso le... ehm, *non iniziate*, vero, mio caro cugino?"

Ci fu una brevissima pausa prima che il conte si lasciasse andare a una risatina nervosa. Diede un colpetto alla manica di velluto del duca con le stecche d'argento del suo ventaglio. "È un bene, altrimenti i nostri sentieri si incrocerebbero e questo non sarebbe affatto un divertimento per me."

"Potete restare tranquillo, mio caro," disse il duca tranquillamente, lasciando penzolare l'occhialino dal suo nastro di seta. "Non ho mai avuto il desiderio di fare la bambinaia."

Salvan arrossì suo malgrado e cambiò immediatamente argomento.

"Avete visto Richelieu? È tornato a corte questa settimana. Dicono che lui e la Tournelle abbiamo in programma di far sloggiare l'insipida sorella appena possibile. De Mailly non ne sa niente! Si troverà bandita prima di sapere che cosa stia succedendo e..."

"Mio caro, sono notizie vecchie," lo interruppe il duca. "Ma forse sono una novità per voi? Dovete passare meno tempo in agguato nei corridoi e un bel po' più di tempo tra le lenzuola."

"Come fate voi?" Rispose Salvan d'impeto, prima di riuscire a controllarsi.

Roxton gli fece un magnifico inchino. "Come faccio io," confermò.

"Ah! Un nuovo tipo di approccio. Non ditemi che spendete le vostre energie in conversazione."

"Non stavo per dirvi niente del genere, mio caro," fu l'insolente risposta. Gli occhi neri del duca osservarono la tempesta che attraversava il volto deturpato del cugino e rise piano, cambiando argomento e parlando della sorella. "*Madame* manda i suoi saluti," disse educatamente. "Chiede quanto intendete visitare Parigi. È ansiosa di sentire gli ultimi pettegolezzi di corte, che io proprio non riesco a riferire. Le ho detto che vi avrei presentato la sua richiesta e vi avrei implorato di andare da lei. Vi imploro e ho fatto il mio dovere. Ora lascio tutto nelle vostre mani."

La menzione dell'adorabile sorella del duca trasformò immediatamente il conte di Salvan, come si aspettava Roxton. Batté le mani deliziato.

"Estée ha chiesto di vedermi? Non state scherzando?" Chiese, speranzoso e seguì il duca mentre uscivano dall'*Appartement* e attraversavano la sala Hercules e scendevano le scale. "È in buona salute? Sta ancora languendo in quel vostro tetro *hôtel*? Siete troppo crudele con lei, Roxton! Una simile bellezza merita di essere ammirata, di essere adulata e amata. Sono già più di sette anni che non viene a corte. È la vedova di Jean-Claude de Montbrail, il più decorato tra i generali di Luigi. Se lui non fosse stato abbattuto nel fiore degli anni, Estée ora sarebbe a corte."

"Sì, le ho proibito la corte. È un mio diritto."

"Nonostante il dispiacere di Luigi?" Sussurrò il conte di Salvan, dando una veloce occhiata nervosa sopra la spallina imbottita. "Non riesco a dimenticare la vostra udienza privata," continuò con un brivido. "*Moi*, io sono svenuto. Mi aspettavo una *lettre de cachet*, come minimo. Ringrazio Dio che non sia arrivata. *Sa Majesté* vi tollera ancora appena. Non dimentica né perdona mai questo tipo di affronti, *mon cousin*. Potrebbe ammorbidirsi un po' se permetteste a vostra sorella di tornare a corte…"

"Non ho il minimo interesse per l'opinione che Luigi ha di me."

"*M'sieur le Duc*! Per favore!" Ansimò Salvan, con la voce rotta. "Non così forte, ve ne prego!"

Il duca si fermò nel vestibolo che portava nel cortile di marmo per permettere al lacchè di aiutarlo a indossare la sua *roquelaure* dalle molteplici mantelline.

"Lo ripeto, quello che il vostro re pensa di me o delle mie azioni mi è supremamente indifferente. Dimenticate che sono di sangue misto. Solo una metà di me è francese, quella di mia madre. La mia fedeltà è rivolta al re, tedesco di nascita, che siede sul trono inglese. Per quanto deplorevole possa essere questa circostanza, ha una sua ragion d'essere. E poiché sono un pari di quel regno, e non di questo, non devo rendere conto delle mie azioni al vostro signore e padrone. Se la mia presenza a corte vi innervosisce, mio caro cugino, sarò lieto se vorrete dissociarvi dalla mia famiglia." Si inchinò educatamente. "Versailles non è posto per le persone dal carattere nobile, come mia sorella."

Il conte di Salvan traballò dietro di lui, uscendo, con un servitore munito di *flambeau* che si affrettava a seguirli. "E il resto di noi?"

"Quelli di noi di nobile nascita e senza fibra morale si divertono come possono. Vi auguro buona notte."

A metà strada attraverso il cortile, due figure che si muovevano nell'ombra attirarono l'attenzione di Salvan, che trasalì. Cercò immediatamente di distrarre il duca con qualche chiacchiera insignificante su una donna molto nota e il suo attuale amante, perfettamente conscio delle voci irate che attraversavano l'ampio spazio aperto arrivando dalla parte buia del cortile reale. Ma il duca di Roxton non si lasciò distrarre. Ascoltò il chiacchiericcio del cugino mentre si infilava un paio di guanti neri di capretto poi cambiò bruscamente direzione e si affrettò verso le voci. Suo cugino emise un suono di protesta che gli rimase in gola e lo seguì come meglio poteva sui suoi alti tacchi rossi.

Un giovane snello, elegantemente vestito in satin color pulce, sotto un cappotto pesante gettato negligentemente sulle spalle, e una ragazza con l'abito nascosto da un informe mantello di lana, troppo grande per la sua figuretta e che si trascinava nel fango, erano rincantucciati sotto un arco di mattoni rossi. Alla luce tremolante di un *flambeau*, sembrava che stessero discutendo animatamente, il giovane con un braccio teso verso il muro davanti a lui per impedire alla ragazza di andarsene.

Il duca non si avvicinò tanto da disturbarli, ma mostrò abbastanza interesse da alzare l'occhialino. Il conte di Salvan, che era barcollato sui ciottoli nelle sue scarpe dal tacco alto, lo raggiunse quasi subito; era gelato fino al midollo, avendo lasciato il mantello all'interno e stava mentalmente maledicendo il suo defunto padre per aver permesso che il suo nome fosse per sempre legato a quello di una famiglia di eretici inglesi che lui incolpava di tutte le sue sfortune, passate e presenti.

"Permettetemi di spiegare," disse roco Salvan, riprendendo fiato.

"Spiegare?" Disse languidamente il duca. "Non ce n'è bisogno. Il vostro tanto devoto figlio ha l'età per essere responsabile delle sue azioni."

Il visconte d'Ambert disperava di riuscire a far capire la ragione ad Antonia. Emise un grugnito impaziente e si guardò intorno nella notte scura.

"Vi dico che è impossibile!" Dichiarò. "Che cosa c'è che non capite? Nell'attimo in cui lascerete il palazzo non potrò più proteggervi. Siete riuscita a evitarlo finora. Io dico di aspettare notizie da Saint-Germain. Quando sapremo come sta vostro nonno penseremo a qualcosa. Ve lo prometto."

"Siete voi che non capite, Étienne!"

"Antonia, io…"

"Mio nonno sta morendo," annunciò tranquillamente Antonia. "È andato a Saint-Germain per morire, non per andare a caccia, o a donne, ma per morire. È vecchio e infermo ed è arrivato il suo tempo. Così sia. Mi ritenete senza cuore perché dico la verità? Bene, è meglio che io capisca subito com'è la situazione e non permetta a stupide speranze di riempirmi la testa. E non dite che non è così! Non dite che devo sperare, perché so che lo dite solo perché sono una donna e pensate sia giusto proteggermi dalla verità. Questo tipo di galanteria è sprecata con me, Étienne." Quando lui rimase in silenzio, rifiutandosi di guardarla, la ragazza cercò di portarlo dalla sua parte. "Non immusonitevi. Sapete che quello che dico è la ver..."

"... la verità?" Ripeté infuriato. "Sì, è la verità. Vorrei che non fosse così!"

"Se poteste portarmi a Parigi, so che riuscirei ad andare a Londra per conto mio. Vostro padre non mi troverebbe a Parigi, la città è troppo grande e ho il denaro che mi ha dato il nonno..."

"... per andare dove?" Il visconte alzò una mano in un gesto di disperazione. "È una follia, Antonia. Voi, una ragazza graziosa sola a Parigi, senza nemmeno una cameriera come chaperon? Che Dio mi aiuti! Non sopravvivreste un giorno."

"Lo pensate davvero? Non ho paura di una grande città. Papà e io abbiamo vissuto in molte città straniere e ci siamo divertiti immensamente."

D'Ambert rise. "Solo una ragazzina ignorante avrebbe potuto darmi una risposta simile."

"Avete diciotto anni, questo non fa forse di *voi* un bambino?" Replicò Antonia.

Il giovane ignorò la verità di quello che aveva detto. "Siete mai stata a Parigi?"

"E questo che cosa significa?"

"Avete mai preso una diligenza da sola?"

"No, ma non sono così stupida da aver paura di usare i mezzi di trasporto pubblici."

"E una volta che avrete preso la diligenza per Calais e per qualche miracolo sarete riuscita a imbarcarvi per Dover, allora? Presumendo che in nessuno di questi viaggi vi siate trovata nel minimo pericolo, un altro miracolo, allora? Non siete mai stata in Inghilterra. Dubito che sappiate parlare quella lingua barbara."

"Sbagliato! La so parlare," annunciò fiera Antonia. Il verso di disprezzo del visconte la fece arrossire. "È passato parecchio tempo da che ho usato l'inglese con la mamma, ma-ma... riesco a leggere i giornali inglesi del nonno. E non è che non capisca quello che dice la gente. Quello è il problema minore."

"Verissimo perché appena avreste messo un piede in una delle strade di Parigi, uno qualsiasi delle sue migliaia di malviventi vi rapirebbe. Prima di notte sareste rinchiusa in un bordello e i vostri favori sarebbero venduti al miglior offerente da una grassa ruffiana. È questo che volete?"

"La mia sorte non sarebbe peggiore se restassi qui."

Il visconte rimase a bocca aperta davanti a questa dichiarazione, ma non c'era niente che potesse dire per contestarla. Sapeva benissimo qual era il piano di suo padre e gli dava la nausea. Incolpava il conte di Strathsay per tutti i suoi attuali guai. Il vecchio avrebbe dovuto lasciare Antonia a Roma con una governante severa fino al suo ritorno. Un convento era il posto più adatto a ragazze della sua classe sociale, al sicuro da degenerati come suo padre. Ma quale convento l'avrebbe accettata, quando lei rifiutava testardamente, nonostante l'ira di suo nonno, di abbracciare l'unica vera fede?

Avrebbe voluto che le sue mani smettessero di tremare. Si sentiva accaldato e sudato col cappotto nonostante il vento gelido e pungente che soffiava attraverso l'arcata. Il suo valletto avvicinò una lunga candela quando cominciò a frugarsi nelle tasche in cerca della sua tabacchiera. Due pizzichi della mistura e in poco tempo il tremore sarebbe passato e si sarebbe sentito più calmo, in grado di pensare a che cosa fare dopo. Ma che cosa poteva fare? Che cosa doveva fare? Non contava che Antonia fosse bella e giovane, c'erano tante ragazze così a corte. Perché suo padre non poteva trovare un altro diversivo per occupare il suo tempo? Ma il visconte conosceva la risposta. La grande bellezza di Antonia andava di pari passo con una forte volontà e una fortissima e ingenua gioia di vivere. Ed era vergine. Una merce molto rara in un posto come Versailles. Attrattive molto forti per un insensibile libertino come suo padre. E quello di suo padre non era l'unico occhio cinico che scrutava Antonia, pensò d'Ambert, deprimendosi ancora di più.

Antonia gli toccò un braccio. "Allora mi porterete a Parigi?"

"Sapete perché non posso. Mio padre mi ha minacciato con una *lettre de cachet*."

"Non ci credo. È vostro padre, non il vostro carceriere. Perché dovrebbe fare una cosa del genere? Siete il suo unico figlio. È incredibile."

"Vi mentirei, forse?" Le chiese.

Antonia lo guardò francamente, trasparenti occhi verdi che scrutavano il suo volto sudato e scosse la testa. "No, non mi mentireste, Étienne. È veramente abominevole che vi minacci in questo modo. Vorrebbe dire la Bastiglia?"

"O qualunque altra prigione indicata nel mandato. Le puzzolenti celle sotterranee dello *Château Bicêtre*, se serve ai suoi scopi. Là c'è il buio più assoluto. Una morte in terra! E a piacere del re. Non potrei sopportarlo."

"Non vi manderebbe mai là," disse fiduciosa Antonia, anche se il pensiero di tali posti di tortura la faceva rabbrividire.

"Salvan non si fermerà davanti a niente per ottenere quello che vuole," disse il visconte, scoraggiato. "Vuole voi e dice che vi devo sposare. Forse…"

Antonia sbatté gli occhi. "Ma io non voglio proprio sposarvi."

"Potreste fare di peggio che imparentarvi con la mia famiglia!" Si scaldò immediatamente Étienne.

Antonia ridacchiò. "Oh, non fate quella faccia offesa. Quando avete quell'espressione mi ricordate l'arcivescovo di Parigi."

Il giovane arrossì e sorrise. "Mi dispiace. È che... Se non fosse per i piani di mio padre, forse potreste prendermi in considerazione?"

"No," dichiarò la ragazza. "Io non vi amo, Étienne. Mi dispiace. Quando mi sposerò sarà per amore. Mio padre e mia madre si sono sposati per amore e io non accetterò niente di meno."

Il visconte si inchinò, beffardo.

"*M'sieur d'Ambert* ringrazia *mademoiselle* per la sua franchezza. *Mademoiselle* ha un approccio molto nuovo al matrimonio. Forse è la mia persona che la offende? Non sono abbastanza alto? Troppo giovane? Preferisce gli occhi castani agli occhi azzurri? Oppure *mademoiselle* punta più in alto? Il mio nome e il mio lignaggio sono impeccabili ma erediterò solo il titolo di conte. Forse è un tabouret che volete? Sì! Volete un duca! Eh?"

"Ora state comportandovi in modo infantile," rispose Antonia, senza accalorarsi. "È quando siete così che non mi piacete." Cercò di allontanarsi ma il visconte le bloccò la strada. "Lasciatemi passare Étienne. È tardi e Maria mi sgriderà se non torno prima che vada a messa."

"Infantile, io?" Chiese e le afferrò il braccio sotto il mantello. "Voi, che siete agli ordini di una puttana..."

"Maria non è niente del genere!"

"No? È l'amante di vostro nonno?"

"Sì..."

"Sì?"

"Lei lo ama, Étienne."

"Siete una bambina. Una puttana è una puttana. Maria Casparti è una puttana. Una *puttana* veneziana."

"Lasciatemi andare! Mi fate male!"

"Forse la piccola Antonia ha un particolare nobile in mente?" La stuzzicò il visconte, con un sorriso di scherno, torcendole il braccio. "È per questo che mi scarta tanto facilmente? Lasciatemi pensare a chi può aver fatto colpo su di voi..."

"A voi non interesso nemmeno," disse Antonia, esasperata. "Solo tre settimane fa eravate innamorato cotto di Pauline Alexandre de Rohan. È una ragazza molto bella ed educata e so che se l'aveste corteggiata vostro padre non si sarebbe potuto opporre a una simile unione. Piacevate anche a lei..."

"Forse *mademoiselle* preferisce gli uomini ai ragazzi? Cavillate sulla mia età?" La pungolò il visconte. "Qualcuno dell'età e con la reputazione del mio cugino inglese vi intriga, vero? Una volta mi avete fatto un mucchio di domande su di lui e so che andate di nascosto a vederlo tirare di scherma nel cortile dei Principi. Vi ho fatto seguire. Il mio cugino inglese è molto bravo con la spada. È uno dei migliori di Francia. Ed è anche andato a letto con tutte le donne di questo palazzo!"

"E allora? Lo hanno fatto anche i tre quarti dei gentiluomini di corte!"

"Io non faccio parte di quel numero," disse altezzosamente il visconte.

Antonia gli sorrise. "Pazzo Étienne. È quello che ho ammirato di più in voi, sin dall'inizio. Ora per favore lasciatemi andare. Sono sicura che mi avete lasciato un livido sul polso."

Il visconte rise imbarazzato e le strinse ancora il polso prima di lasciarla andare.

"Ho un pessimo carattere," disse con una scrollata di spalle. "Non fatemi arrabbiare e non vi farò del male, pazza Antonia. Se avete un livido, mi dispiace. Forse domani avremo notizie da Saint-Germain. Diversamente da voi io non dispero di ricevere buone notizie... Che c'è?"

Antonia aveva sentito l'eco di tacchi alti attraversare il cortile deserto e aveva visto il valletto del visconte trasalire. Raccolse il mantello che le era caduto dalle spalle per il trattamento brusco di d'Ambert e se lo gettò in fretta sopra il vestito, senza preoccuparsi del fango e della sporcizia raccolta sui ciottoli che le schizzò le sottane.

"Ascoltate, Étienne," sussurrò. "Se ci scoprissero..."

"Troppo tardi," rispose d'Ambert e uscì nella pallida luce arancio.

Il visconte osservò la luce di un *flambeau* che cresceva mentre attraversava il cortile e tre figure che emergevano dall'ombra. Si irrigidì e si mise Antonia dietro la schiena mentre salutava gli intrusi con un rigido inchino. Non osò guardare suo padre, alle spalle del duca di Roxton.

"Buonasera, *M'sieur le Duc*," disse educatamente.

Prima che fosse reso il saluto, il conte di Salvan si lanciò su suo figlio. "Che cosa ci fate qui?" Chiese, sussurrando in falsetto. "Non vi avevo avvertito? Non immischiatevi nei miei affari. Rovinerete tutto! Tutto."

"*M'sieur*, lasciate che vi spieghi..."

"*Taisez-vous!*" Ringhiò il conte, trasformandosi poi nel gaio cortigiano a beneficio di Antonia. "*Mademoiselle Moran*, permettetemi di scusare il comportamento sconsiderato di mio figlio. Portarvi fuori in una notte così fredda è imperdonabile. È uno zuccone, uno stupido sventato! Soffrirei le pene dell'inferno se dovessi pensare che questo inutile pezzo della mia carne vi ha causato il minimo disturbo."

Fece un passo avanti ma Antonia si ritrasse, e suo figlio si eresse, fiero, esasperando l'ometto, il cui volto dipinto restò fisso con un sorriso ingraziante.

"Davvero, non dovete avere paura di Salvan, che pensa solo al vostro benessere e a come servirvi meglio." Lanciò un'occhiata minacciosa al figlio che restava immobile, senza battere ciglio. "Che cosa vi ha detto mio figlio perché abbiate paura del povero Salvan?"

"Perdonatemi, *M'sieur le Comte*, ma quello che discuto con *M'sieur d'Ambert* non è affar vostro."

Il sorriso di Salvan si fece più tirato. "Scusate, *mademoiselle*, ma quando mio figlio si mette in testa di avere un incontro clandestino con donne senza chaperon e molto belle, è proprio affar mio." Disse, inchinandosi con formalità.

Antonia era un po' nervosa perché il duca di Roxton continuava a fissarla in quel suo modo languido attraverso l'occhialino, ma questo non le impedì di rispondere al conte. "Perdonate, *M'sieur le Comte*, non mi ero resa conto che la vita di *M'sieur le Comte* fosse così noiosa da aver bisogno di spiare quella di suo figlio."

Invece di offendersi, il *Comte de Salvan* batté le mani, deliziato. "Non è una ventata di aria fresca, Roxton? Che spirito, e in una ragazza così giovane! *Mademoiselle* è divina. Non siete d'accordo, *mon cousin*? Che cosa ci dirà, ancora?"

Il duca ignorò l'esuberanza di suo cugino e lasciò cadere l'occhialino. La testa tenuta altezzosamente alta e il luccichio insolente degli occhi verdi della ragazza lo irritavano.

"Mancate di buone maniere," disse ad Antonia e si voltò verso l'oscurità. "Accompagnatemi alla mia carrozza, Salvan," ordinò. "Il ragazzo può scortare la ragazza alla sua nursery."

Salvan rimase a bocca aperta curvando le spalle. "Ma, *mon cousin...*"

"Scusatemi, *M'sieur le Duc*," ribatté Antonia, "ma dato che rifiutate di riconoscere la nostra parentela, non avete il diritto di commentare le mie maniere."

"Antonia, *no*," sussurrò il visconte e sentì che gli si piegavano le ginocchia per il nervosismo quando il duca di Roxton, che non aveva ancora fatto due passi, si voltò e si mise davanti ad Antonia.

Il visconte tirò la manica della ragazza perché si mettesse dietro di lui, ma lei non cedette. Rimase coraggiosamente accanto a lui e la traccia di colore sulle sue guance pallide fu l'unico segno del suo nervosismo.

"*M'sieur le Duc*, vi prego di perdonare *Mademoiselle*, lei è..."

"Zitto, d'Ambert," sibilò il *Comte de Salvan*. "Se qualcuno deve scusarsi a nome di *mademoiselle*, quello sono io, sciocco!"

Padre e figlio furono ignorati.

"Diversamente dal mio buon cugino, io non trovo divertente *mademoiselle*," enunciò il duca gelidamente, con la rabbia repressa che si rifletteva negli occhi neri che fissavano la ragazza. "Fraintendete l'insolenza con lo spirito. Qualche altro anno a scuola potrebbero correggere il difetto."

Antonia finse di assumere un contegno più modesto e abbassò le ciglia con un sospiro di rassegnazione.

"Purtroppo non avrò la possibilità di correggermi, *M'sieur le Duc*," rispose sconfortata, con una rapida occhiata al *Comte de Salvan*, "cioè, a meno che *M'sieur le Duc* non riconosca il nostro legame di parentela…"

Il duca colse il significato del suo sguardo ma non si lasciò confondere dalla sua finta umiltà. Vide la fossetta nella sua guancia sinistra e capì che cosa stava cercando di fare. Lo irritò più di quello che avrebbe dovuto. Non si sarebbe lasciato forzare la mano, da nessuno e certamente non da quello scricciolo impertinente i cui capelli in disordine e l'abito inadatto erano più consoni a una monella di strada che alla nipote di un pluridecorato conte e generale. Digrignò i denti.

"Voi non siete una mia responsabilità."

"Certo che no," proclamò il *Comte de Salvan*, con una risata di forzata allegria, portandosi il fazzoletto profumato alle narici sottili ma tenendo d'occhio l'espressione implacabile del duca. "*Mademoiselle* ha un nonno che ha a cuore solo il suo interesse. *Enfin*. Lasciate che vi scorti alla vostra carrozza, *mon cousin*, prima che ci ammaliamo tutti in questa aria notturna."

"Gli interessi di mio nonno non coincidono con le ultime volontà e il testamento di mio padre," dichiarò Antonia al duca, ignorando il conte. "Mio padre ha mandato a *M'sieur le Duc* una copia del suo testamento da Firenze, prima della sua ultima malattia."

Che Frederick Moran gli avesse mandato una copia del suo testamento era una novità per il duca e nei suoi occhi neri fu evidente la sorpresa. Però la ragazza continuava a guardarlo con i suoi trasparenti occhi verdi, occhi che lo accusavano, come se avesse letto e deliberatamente ignorato gli ultimi desideri di suo padre e dovesse renderne conto a lei. Creatura insolente. Non le avrebbe dato la soddisfazione di una risposta e, con un piccolo cenno della testa al *Vicomte d'Ambert*, voltò sui tacchi, indicando al conte di seguirlo.

Con un piccolo sorriso scaltro, Antonia guardò il duca camminare a grandi passi verso l'oscurità, sorda al monologo del visconte su come le sue cattive maniere li avrebbero messi entrambi nei guai. Il duca poteva essere arrabbiato con lei e, in effetti, l'espressione del suo volto suggeriva che se n'era lavato le mani una volta per tutte, ma Antonia era soddisfatta perché il loro incontro di quella notte, diversamente dalla mezza dozzina di lettere che gli aveva scritto riguardo alla sua difficile situazione, gli aveva finalmente fatto rimordere la coscienza.

Fiduciosa che avrebbe presto lasciato Versailles, decise che non c'era tempo da perdere. Doveva assicurarsi che il suo *portmanteau* fosse pronto per la fuga dal palazzo e dalla minacciosa orbita del *Comte de Salvan*. Al ballo in maschera nella *Galerie des Glaces*, due giorni dopo: ecco quando avrebbe forzato la mano al duca di Roxton. Sorrise della propria furbizia e, raccogliendo l'enorme mantello intorno alla figura sottile, corse attraverso il cortile di marmo verso gli edifici del palazzo, gridando al visconte che lei correva fortissimo e che sarebbe arrivata per prima all'appartamento di Maria Casparti.

DUE

Un'ora dopo, il cocchio da città del duca di Roxton svoltò attraverso i cancelli di ferro battuto per entrare nel suo *hôtel* di Rue St. Honoré. I quattro bai erano lucidi di sudore, le teste alte, con volute di fiato caldo che uscivano dalle larghe narici nella notte nera. Mozzi di stalla corsero verso le teste dei cavalli; camerieri in livrea si sparpagliarono per il cortile; il portiere spalancò le massicce porte chiodate e si inchinò profondamente. Dovunque c'era un caos ordinato. Il conducente saltò giù dalla cassetta con un grugnito e si tolse i guanti di pelle. Quando un lacchè si affrettò al suo fianco con un sorriso di attesa, indicò con il pollice il cocchio e inarcò le sopracciglia folte.

"È più furioso del solito," borbottò Baptiste, il cocchiere. "Avvisa Duvalier. Due vagoni ribaltati sul Pont de Sèvres e una collisione sfiorata con una carrozza *coucou* sul Quai de Passy. Il diavolo ci ha messo la coda, stasera!"

"Che c'è di strano?" Rispose ridendo il suo compagno. "Con lui è sempre così."

Due whippet, uno grigio e uno a macchie bianche e beige, entrambi con i collari tempestati di diamanti, salutarono il loro padrone nel foyer di marmo, strofinando il muso sulla mano guantata e scodinzolando freneticamente con la loro coda a frusta. Il maggiordomo del duca, Duvalier, si fece avanti, attento a non mettersi tra il padrone e i fedeli animali, e tolse al duca la *roquelaure*, i guanti e la spada, informandolo che *Madame de Montbrail* e Lord Vallentine lo aspettavano nel salone. Il duca salì al secondo piano con i whippet scodinzolanti alle calcagna.

Entrò in silenzio nella stanza e trovò sua sorella seduta accanto al fuoco, che lavorava a un paravento ad arazzo. Lord Vallentine, con le gambe allungate davanti a sé, la redingote sbottonata, la parrucca leggermente storta e il mento squadrato appoggiato alla cravatta di pizzo, era confortevolmente seduto in una poltrona profonda e leggeva a voce alta un giornale inglese. Procedeva in modo lento e ponderato. La traduzione era resa ancora più difficile dalle costanti interruzioni di *Madame*.

"Non capisco proprio," interloquì *Madame*, con la testa di lucenti riccioli neri curva sul cucito. "Perché il vostro re ascolta questo ministro? Io non firmerei una legge che non mi piace. Perché dovrebbe farlo? Non è forse il re?"

"Ascoltate, Estée," rispose pazientemente Vallentine. "L'Inghilterra non è la Francia, continuo a ripetervelo. Ve l'ho spiegato un centinaio di volte. La Camera dei Comuni vota una legge, che va ai Lord. Poi, se ottiene la maggioranza, la presentano al re per la firma per diventare definitivamente legge. Se al re non piace può restituirla alla Camera dei Comuni e…"

"È tutto troppo tedioso," sospirò lei. "Ma, per favore, leggete ancora di questa proposta di Cambric."

"Beh, ho la gola secca," disse sua signoria, tendendo la mano verso il campanellino d'argento. "Ancora caffè, Estée?"

"Per tre, mio caro," disse il duca entrando nella stanza calda.

"Ehi! Ehi! Guarda che cosa ci ha portato la notte! È Roxton!" Esclamò Vallentine con un enorme sorriso, saltando in piedi per afferrare la mano tesa del suo più caro amico.

"Onnisciente come sempre, mio caro Vallentine," disse

Roxton, con uno dei suoi rari sorrisi. Schioccò le dita e i cani si avvicinarono ai suoi piedi, in attesa, senza muoversi, mentre *Madame* attraversava la stanza con un fruscio di voluminose sottane di seta e abbracciava il fratello.

"Non vi avevo detto questa mattina che Vallentine sarebbe arrivato a Parigi in tempo per la cena?" Lo rimproverò scherzosamente e ricevette un bacio su ciascuna guancia. "E voi non eravate qui per salutarlo!"

"Com'è stata la traversata?" Chiese il duca sedendosi sulla sedia di fronte al suo amico, mentre i cani si accoccolavano ai suoi piedi. "Spero sia stata tranquilla?"

"Almeno fosse così! Dannazione! Sono stato male come un cane!" Rise sua signoria, stiracchiandosi ancora. "Ma una buona cena alla vostra tavola e tornerò come nuovo." Guardò l'amico con occhio critico. "Come te. Tu non invecchi mai. Sono sicuro di avere più rughe io in volto di te. E sembri ancora un ecclesiastico," disse, commentando la rigida redingote di velluto nero del duca e i capelli corvini, tirati indietro severamente dal volto austero e raccolti in una treccia che arrivava a metà della larga schiena. "Non riesco a capirlo. Un uomo nella tua posizione potrebbe far meglio. Avere un guardaroba in ogni colore, tessuto e con tutti gli ornamenti che desidera. Non voglio dire che il bianco e il nero non ti donino. Lungi da me dirlo. Ti donano, e molto anche!"

"Io cerco di non deluderti, Vallentine," disse il duca. "Ma vedo che sono calato nella tua stima. Durante la tua ultima visita mi avevi definito… ehm, una gazza."

"Davvero l'ho fatto? Per Giove! Beh, è così," disse l'amico, imperturbato.

"È inutile cercare di cambiarlo," si lamentò Estée. "Glielo ripeto sempre anch'io ed è sordo a ogni mia blandizia. Oh, Duvalier, caffè fresco e stoviglie pulite." Quando il maggiordomo ebbe chiuso la porta, disse a suo fratello: "Vi aspettavo a casa molto più presto. Siete rimasto per il recital?"

"Recital?" Chiese il duca con aria assente, gli occhi fissi sul grande smeraldo dal taglio quadrato che portava al dito della lunga mano bianca. Era il suo unico gioiello. "Recital? Sì. Non ricordo i pezzi che hanno suonato, solo che era tutto molto insulso."

"È vero che il *Duc de Richelieu* è tornato?" Gli chiese Estée.

"Armand è tornato," rispose. "*Madame du Charolais* l'ha immediatamente accolto in seno alla sua cerchia e *Mademoiselle de Vintimille* nel suo letto, appena è uscito da sotto le coperte di *Madame de Flavacourt.* Come sempre si sente il suo odore prima di vederlo. Le sue abitudini e il suo profumo non sono cambiati."

"È stato contento di vedervi?" Chiese lei.

"Armand è sempre felice di vedermi," rispose il duca con un sorriso tirato. "Mi ha fatto notare che in Linguadoca gli mancava la concorrenza. Gli ho assicurato che farò del mio meglio per sorprenderlo."

Estée si mise a ridere. "E sa già di Marie-Anne de La Tournelle?"

Il duca le rivolse un'occhiata impassibile che le fece aggrottare la fronte.

Lord Vallentine capì immediatamente e fischiò sottovoce, ricevendo lo stesso trattamento della sorella del duca. "Lasciate perdere, Estée," la avvertì.

"Perché non dovrei parlare di Marie-Anne?" Reagì. "La maggior parte degli uomini si vanterebbe di una tale conquista. Come, perfino qui a Parigi, si mormora che presto sloggerà la de Mailly, quella sua sorella così brutta, dal posto di amante di Luigi. È per questo che mi interessa. State facendo un gioco pericoloso, carissimo fratello. Che non mi piace."

"Non mi importa che vi piaccia. Non sono affari vostri."

Il bel volto di Estée de Montbrail fremette, poi chinò il capo sul suo ricamo e rimase seduta in silenzio senza prendere l'ago e il filo. Lord Vallentine detestava vederla a disagio ma sapeva che l'amico aveva ragione, quindi tenne la bocca chiusa.

Il silenzio si interruppe solo quando Duvalier tornò con un cameriere e il servizio da caffè. Estée si dedicò a servirlo e il fratello la osservò, dicendo, mentre accettava una tazza di caffè:

"Ho passato i vostri complimenti a Salvan. Ha promesso di venire a Parigi appena lo permetteranno i suoi doveri a corte. Presto sarete al corrente di tutti i pettegolezzi di Versailles. Ha sempre una scorta di scandali pronti da raccontare."

"È ancora in giro?" Borbottò Lord Vallentine.

"Perché fate quella faccia?" Chiese Estée. "Salvan è nostro cugino e viene spesso a trovarci, quando può."

"Non mi piace quel tipo. La sua faccia dipinta e la cipria mi danno fastidio, esattamente come tutti i suoi complimenti. Dannatamente esagerati!"

"Nutri un risentimento personale contro *M'sieur le Comte de Salvan*?" Chiese il duca, rimettendo la ciotola sul piattino. "Ti assicuro, mio caro, che non cerca mai di interferire nelle faccende galanti di un altro. Diversamente dal *Duc de Richelieu*, a meno, ovviamente che la… ehm, signora lo permetta."

"Non è cavalleresco, da parte sua?" Disse Estée, prendendo in giro Lord Vallentine.

"A me non ha fatto niente di male… finora," rispose cupamente sua signoria, in inglese.

Il duca gli porse la tabacchiera.

"Né è probabile che lo faccia, mio caro Vallentine," gli rispose nella sua lingua natia. "A te manca la fiducia necessaria oppure stai… ehm, mettendo in dubbio la virtù di una signora. Non posso fare niente per la prima alternativa. La seconda però, se così fosse, è un insulto, e di quello sono ben in grado di occuparmi."

"Interessante giro di parole."

Roxton chinò il capo. "Sono qui per servirti."

"Accetta le mie scuse."

"Come sempre."

Lord Vallentine sorrise a *Madame*, tornando al francese. "Perdonateci, Estée. Ci sono cose che trovo difficili da spiegare in francese."

"Davvero?" Gli disse sorseggiando il caffè. "Quando parlate inglese con mio fratello è solo perché non volete che io capisca. *Moi*, io lo trovo molto scorretto! Avrete tutto il tempo che vorrete quando mi ritirerò. Ma se stavate parlando della corte, per favore, ditemelo. Se si trattava di politica, allora non me ne importa nulla."

"Sono la stessa cosa, no, Roxton? Anche se preferisco i saloni di Westminster agli intrighi soffocanti di Versailles. C'è qualcosa di molto più sinistro in quel posto. Troppa sporcizia scopata sotto i tappeti. Non so perché ti prendi il disturbo, Roxton. C'è abbastanza da fare a Parigi senza doversi far coinvolgere dagli avvenimenti di Versailles."

Il duca alzò gli occhi dal suo smeraldo. "Non posso farne a meno. Ce l'ho nel sangue."

"Misera scusa!" Sbottò sua signoria. "Sei inglese fino al midollo. Hai frequentato Eton e Oxford, grazie all'influenza di tuo nonno. È un peccato che tua sorella non sia stata mandata in Inghilterra con te."

"E lasciare *Maman*?" Disse Estée in tono allarmato. "È stato orribile quando mio fratello è stato strappato dalle braccia di *Maman* alla morte di papà. Il suo posto era qui con noi. È qui che è nato e cresciuto. È quello che papà voleva per noi. Non gli piaceva l'Inghilterra. Voleva che fossimo francesi, proprio come *Maman*. Io sono francese e lo è anche mio fratello."

Vallentine si sedette diritto, versando un po' di caffè nel piattino.

"Roxton non è francese! Non è nemmeno papista! E non lo era neanche suo padre, checché ne diciate."

"È una grande vergogna," sospirò *Madame*, con un'occhiata maliziosa a suo fratello.

"Vergogna? Ora, Estée, ascoltate…"

"Qualcosa vi turba Roxton," disse *Madame*, ignorando l'accalorata esclamazione di sua signoria. "State fissando l'anello ducale. Perché?"

"Dimmi, Vallentine. Di che colore sono gli occhi di Lady Strathsay?"

Lord Vallentine sembrò stupito. Scrollò le spalle. "Non ne ho idea."

"Lady Strathsay?" Chiese Estée. "Non lo so proprio. Sono molti anni che non la vedo. Il vecchio conte, suo marito, sta morendo, alla fine. *Malheur*! Sarà un evento epocale. È stato trasferito a Saint-Germain? *Tante Victoire* dice che è andato là a morire."

"Forse," rispose il duca indifferente.

"*Tante* dice che rifiuta il confessionale finché non avrà avuto notizie del vero re inglese e che ha allontanato la donna che era la sua amante da quindici anni. Mi dispiace per lei. *Tante* dice che gli era più devota della moglie. Non che Lady Strathsay abbia il diritto di essere chiamata sua moglie, non avendo vissuto con lui in questi ultimi trent'anni." *Madame* fece un lungo sospiro. "Pover'uomo, avere una moglie simile. E lei è anche nostra cugina! Sono lieta che non ci faccia visita. Non vorrei ricevere una come lei."

"Il vecchio deve essere vicino agli ottanta," interloquì Vallentine. "Per favore, Roxton, smettila di giocherellare con quel dannato anello! Mi stai accecando. Strathsay sta morendo? Bene, bene! Questa sarà la botta finale per gli Stuart. È l'ultimo dei bastardi di Carlo e l'ultimo dei generali del Pretendente. Deve essere vicino agli ottanta."

"Sì, l'hai già detto. Ha settantaquattro anni e non è l'età che lo sta uccidendo ma la sifilide." Lo informò il duca. "Una giusta fine per il Monarca Allegro e il bastardo di quella megera di Jane Hervey. Ditemi, Estée, di che colore sono gli occhi di Augusta Strathsay?"

Sua sorella guardò sospettosa Lord Vallentine ma quando sua signoria poté solo scrollare le spalle, tornò a guardare suo fratello.

"Credo siano verdi," rispose impaziente. "Sì, sono verdi."

"E perché li ricordate così bene?"

"Vorrei sapere che cosa avete in mente!" Gli disse. "Non li ricordo in modo particolare. Sono verdi, ecco tutto."

"È tutto?"

"Sì, è tutto!" Disse Estée facendo il broncio. Versò un'altra ciotola di caffè per ciascuno di loro. "Sono verdi. Vallentine dovrebbe saperlo meglio di me."

"Verde erba? Verde mare? Color giada, forse?" Insistette il duca.

"Mi chiedo come prenderà Lady Strathsay la notizia della morte del conte?" Chiese Lord Vallentine, sperando di cambiare argomento e distogliere il suo amico dalla sua nuova ossessione per il colore verde.

"Ad Augusta non piacerà dover portare il lutto. Il bianco e il nero non le donano," rispose Roxton e allungò la mano in modo che lo smeraldo cogliesse la luce del candeliere. "Forse verde pisello?"

Estée si alzò con un gesto rapido. "Siete insopportabile! A volte non vi capisco proprio. Eravate a Londra solo quattro mesi fa, quindi potete dirci voi di che sfumatura di verde sono gli occhi della cugina Augusta."

"Vorrei che me lo diceste voi," le disse dolcemente.

Madame tornò al suo arazzo. "Augusta è, o era, ma oserei dire che lo è ancora, una donna molto bella. Già. Anche i suoi occhi sono molto belli. Se ricordo correttamente ha degli occhi particolari, leggermente a mandorla, come quelli di un gatto. Molto particolari e con le ciglia lunghe e scure, cosa altrettanto inusuale per qualcuno con una testa di riccioli fiammeggianti."

"Non li ricordo," borbottò Lord Vallentine, spaesato. Era irrequieto e si alzò per sgranchirsi le gambe. "Preferisco gli occhi azzurri, io. Che cos'è questa storia dei suoi occhi? Non sta diventando cieca, no?"

"Certamente no," rispose Estée, con le guance colorite per il velato complimento di Lord Vallentine.

"Mi accecherai se non la smetti di girare quello smeraldo verso la luce," esclamò sua signoria socchiudendo gli occhi. "Ehi! Smeraldo! Verde smeraldo!"

Il duca sospirò. "Finalmente una rotellina si è messa in moto nel cervello di Vallentine. Sono sbalordito."

Il volto di sua signoria si fece cupo. "Ho ragione, no?"

"Riceverai un dolcetto da Duvalier per il tuo impegno, mio caro Vallentine," disse Roxton, dando un colpetto distratto con un dito all'orecchio del cane grigio. Baciò la fronte della sorella e disse buonanotte. "Venite, bambini miei," ordinò ai cani. "Anche tu, mio caro," disse al suo amico. "Io vado da Rossard. Vieni con me?"

"Certamente, ma solo se la smetterai di parlare di occhi e di smeraldi."

"Non affaticherò oltre il tuo cervellino, conterò solo sulla tua abilità al tavolo da gioco."

Si sentì grattare alla porta prima che i gentiluomini potessero uscire. Era il maggiordomo, con un'espressione contrita, e con la notizia che il visconte d'Ambert desiderava parlare con *Monseigneur* di una faccenda urgente che non poteva aspettare fino all'indomani mattina.

"In biblioteca, Duvalier. Vallentine, mi aspetterai?"

"Andrò a sedermi ancora un po' con Estée."

"Che cosa succede?" Chiese *Madame* al duca. "Non Salvan? O *Tante Victoire*?"

"Non credo," rispose Roxton con un'espressione che Estée trovava sempre difficile da leggere, tanto da farla imbestialire. "Però avrei dovuto immaginare che mi avrebbe seguito di corsa da Versailles. Senza dubbio la monella l'ha mandato a eseguire i suoi ordini." E uscì dalla stanza prima che sua sorella e Lord Vallentine potessero fargli altre domande.

. . .

C'ERA IL FUOCO acceso nella biblioteca ma poca luce. Un solo candeliere gettava un bagliore nella lunga stanza piena di volumi rilegati in cuoio e mobili pesanti. Le tende di velluto, di un caldo color borgogna, erano tirate sulle finestre che guardavano sul cortile interno, con il suo giardinetto e le scuderie. Una sola finestra era senza tende ed era a questa che si era avvicinato il visconte d'Ambert, con gli stivali e gli speroni, quando un cameriere aprì la porta per far entrare il duca.

"Volevate parlarmi di una... ehm, faccenda *urgente?*" chiese il duca con la sua caratteristica parlata lenta.

Il giovane sobbalzò e si allontanò dalla finestra per incontrare il duca al centro della stanza. Il suo inchino fu rigidamente formale e tradì un nervosismo che il volto pallido faticava a nascondere. "Mi scuso per il disturbo, *M'sieur le Duc*, ma ho pensato di dovervi una spiegazione riguardo a quello che è successo questa sera. Sono venuto appena ho potuto, prima-prima... appena ho potuto."

Roxton si appollaiò su un angolo del suo enorme scrittoio, dondolando distrattamente una gamba. Fissò il giovanotto senza battere le palpebre. "Prima che vostro padre mi raccontasse la sua versione?" Chiese.

Il colore invase le guance magre del visconte, che balbettò: "Presumo che non crederete a me piuttosto che a mio padre. Devo parlarvi di *Mademoiselle Moran* e..."

"Scusatemi, d'Ambert," lo interruppe il duca. "Non provo il minimo interesse per *Mademoiselle Moran*. O per l'interesse di vostro padre, o il vostro, per lei."

"M-ma, *M'sieur le Duc*," balbettò ancora d'Ambert. "È importante che voi sappiate!"

"Perché?"

"P-perché? Perché... perché avete visto *Mademoiselle Moran* e me assieme. E siete il cugino più prossimo di mio padre. Deve confidarsi con voi, a volte, e..."

"Mi opporrei con forza a che Salvan si confidasse con me," rispose il duca pacatamente, offrendogli la tabacchiera.

"N-no, grazie. Io-io preferisco la mia miscela."

Roxton fiutò la presa di tabacco. "Come volete."

Ci fu qualche minuto di silenzio, poi il visconte non riuscì più a controllarsi. "Dovete ascoltarmi, *M'sieur le Duc*! È importante, mio padre è vostro cugino, io sono vostro cugino. Non ho nessun altro con cui parlare di questa faccenda. Nessuno che non crederebbe che sia mio padre a essere nel giusto e che io sbagli. Non vuole intendere ragione, è un uomo posseduto, un pazzo! Mi ha minacciato, *moi*, con una *lettre de cachet*. Me, suo figlio! Non è un abuso intollerabile? No?" Si fermò per fare un profondo respiro e si rese conto che stava urlando con il suo ospite. "Voi non mi credete, vero? Chi crederebbe che un padre possa essere capace di una simile azione contro suo figlio?"

"Non è una soluzione nuova a certi problemi, ragazzo mio. I padri hanno fatto sbattere in prigione i figli per meno."

Il giovane lasciò cadere le spalle. Doveva ammettere che era vero. C'era una dozzina o più di nomi della più antica nobiltà cui poteva pensare che in un momento o l'altro avevano fatto rinchiudere nella Bastiglia un membro della loro famiglia, di solito un figlio recalcitrante, senza svelarne i motivi. Perfino quel gioviale libertino del *Duc de Richelieu* aveva passato un po' di tempo nella Bastiglia per aver rifiutato di prendere in moglie la donna scelta dalla sua famiglia. Gli occhi azzurri di d'Ambert fissarono il volto dell'uomo più anziano, imperscrutabile, come sempre.

"E che dite di un padre che desidera far sposare al figlio un'innocente per poi farne la propria amante? La sua amante, ma con onore. Ah! Mi disgusta!" Proruppe il visconte. "È quello che intende fare con *Mademoiselle* Moran. Voi sapete che suo nonno è troppo malato per opporsi ai desideri di mio padre? Vi dico che deve lasciare Versailles, subito! Io la allontanerò da lui. Mi aiuterete?"

"A fare che cosa?" Chiese il duca con calma.

Il visconte era incredulo.

"A far desistere mio padre dai suoi schifosi progetti! Deve abbandonare questa assurda idea di farla sposare con me e poi... Se solo poteste parlargli, fargli capire la ragione. Lui vi ascolta. Penso anche che abbia un po' paura di voi."

"Voi non volete sposarla?"

"Io... Io sono un Salvan," disse con un'aria altezzosa. "Lei è protestante. Suo padre distava solo una generazione da mercanti di seta ugonotti."

"Salvan ha bisogno di fondi?"

Il visconte si irrigidì.

"Sì, è una domanda scortese," disse languidamente il duca. "Si aspetta che Strathsay lasci la sua fortuna alla ragazza?"

"Sì, *M'sieur le Duc*. Le tenute dei Salvan hanno un gran bisogno di lavori. Mio nonno era un giocatore d'azzardo, come mio padre," ammise il giovane. "Non ha la grande fortuna di *M'sieur le Duc* né i suoi mezzi."

"Il fatto che io sia, per dirlo volgarmente, eccezionalmente ricco, è una piaga sempre aperta per vostro padre. Così anche la mia... ehm, sorprendente fortuna al tavolo da gioco. Posso fare ben poco, per entrambe le cose."

"Aiuterete *Mademoiselle* Moran?"

Roxton scosse le balze di pizzo mentre si alzava. Guardò il volto ansioso del giovane con indifferenza. "No."

"N-no?" Esclamò il visconte. Non riusciva a capire. "Perché-perché no, *M'sieur le Duc*?"

"Cerco di non aiutare nessuno."

"M-ma io sono vostro cugino. Lei-lei è vostra cugina!"

"Ho molti cugini. È tutto così tedioso."

Il visconte d'Ambert era stordito. Non riusciva a trovare le parole per replicare a un'affermazione così recisa. Guardò il duca smuovere con l'attizzatoio i ceppi che bruciavano, con il prominente profilo aquilino che si stagliava contro lo sfondo del bagliore arancio e si chiese come poteva aver pensato che questo consumato libertino potesse offrirsi di aiutarlo. La reputazione dell'uomo era tanto sinistra quanto famigerata.

"Perdonate questa intrusione, *M'sieur le Duc*," disse alla fine, con un tono cupo che non passò inosservato. "Ci si dimentica che, anche se *M'sieur le Duc* è nostro cugino e sua madre una Salvan, lui non lo è, e non è nemmeno è francese. Se lo fosse, avrebbe capito."

Roxton rimise l'attizzatoio al suo posto. "Sì, sarebbe bene ricordarselo."

"Perché mai dovrebbe importarvi di che cosa succede a me, o a una ragazza che non ha ancora vent'anni!"

"Venti?" Il duca si fermò alla porta. "Ne siete certo?"

"Sì, *M'sieur le Duc*."

"E la vostra età? Ricordatemela, d'Ambert."

"Ho diciotto anni e due mesi, *M'sieur le Duc*."

Per un attimo, il duca sembrò sorpreso. "*Voi* avete compiuto diciotto anni?"

"S-sì, *M'sieur le Duc*."

"Voi la volete?" Chiese il duca, e sorrise a mezza bocca quando il visconte esitò. "Salvan avrebbe potuto fare quello che voleva con lei anche prima, se avesse voluto."

"Sarebbe stato uno stupro. Lei lo detesta."

"E voi. Voi non la… ehm, desiderate?"

"Tutti gli uomini devono per forza voler sedurre una ragazza carina?" Chiese il visconte, sdegnato.

Quando l'uomo più anziano si limitò ad alzare un sopracciglio, arrossì penosamente.

"*Pardon, Monseigneur*," disse a bassa voce e uscì dalla stanza, mentre il suo ospite gli teneva aperta la porta.

Lord Vallentine li trovò nella hall. Salutò il giovane con un sorriso affettuoso e gli afferrò la mano. Il visconte fu educato ma non mostrò il desiderio di attardarsi in conversazione con sua signoria, anche se lo trovava abbastanza gradevole. Fecero arrivare il suo cavallo e se ne andò in fretta.

"Ha un'indole seria, quel ragazzo," disse Vallentine con una smorfia, mentre un cameriere lo aiutava a mettersi il cappotto di lana. "Non assomiglia molto al vecchio Salvan, no?"

Il duca prese un paio di guanti neri di pelle di daino dal tavolo della hall, la spada e il cinturone dal maggiordomo. Rifiutò di far venire la sua carrozza, dicendo che preferiva camminare. "È figlio di sua madre," fu il suo solo commento, mentre uscivano in cortile.

"Bel ragazzo," rimarcò Lord Vallentine. "Mi sembra di ricordare che sua madre fosse una bella donna. Una bionda piccolina con gli occhi azzurri. Nervosa, però. Non è quella che si è impiccata?"

"Veleno," dichiarò Roxton.

Lord Vallentine non percepì la durezza nella voce dell'amico. "Giusto," disse mentre si incamminavano di buona lena lungo Rue St. Honoré. "Qualunque fosse il mezzo, si è uccisa, se ricordo bene. Ha causato uno scandalo, no? D'Ambert deve essere stato solo un ragazzo."

"Aveva dodici anni."

"Che memoria notevole, Roxton."

"Notevole quanto la tua è deplorevole."

Lord Vallentine aggirò uno spazzino. "Allora, ho detto impiccata invece di avvelenata. E allora? Un suicidio è un suicidio, no? Perché l'ha fatto?"

"Non ne ho la più pallida idea." Disse il duca, svoltando in una strada laterale buia.

Il suo compagno rimase in silenzio, con le mani sprofondate nelle tasche del cappotto e il mento quadrato infilato nelle pieghe di una lavallière di seta. Era una notte insolitamente fredda per i primi giorni di autunno, e lo disse al duca, che non lo sentì, o che non voleva sentire. Rossard, la casa da gioco alla moda della nobiltà parigina, era alla fine della strada, con le torce che illuminavano l'elegante entrata.

"Lo so il perché" dichiarò sua signoria.

"Che cosa sai, mio caro?" Chiese il duca, allontanando con un gesto della mano un portatore di fiaccola particolarmente insistente.

"Perché si è uccisa," disse l'amico. "Si diceva che avesse esagerato con la dose. Beh, era una tossicomane. Si suppone oppio o qualcuno dei suoi derivati che i farmacisti riescono a produrre. Non era una creatura molto stabile nel migliore dei casi. Ricordo una volta, ero all'ambasciata e… beh, non importa. Io non ho creduto che ne avesse presa una dose eccessiva senza motivo, e in tanti non l'hanno creduto."

"Davvero?"

"No! Aveva un amante."

"Quale donna alla moda non ce l'ha?"

Salirono i gradini verso la porta d'ingresso e furono fatti entrare da due camerieri in livrea.

Nella piccola entrata dorata, piena di luce e di movimento, altri due camerieri vennero loro incontro. Lord Vallentine considerò più prudente, dopo aver consegnato il cappotto, il bastone e i guanti, continuare in inglese, fiducioso che nessuno dei presenti avrebbe capito la conversazione in corso. Seguì il duca sulla stretta scala che portava a una serie di sale da gioco al secondo piano, continuamente interrotti dai saluti di amici e conoscenti.

"So che tutte le donne alla moda hanno degli amanti," sussurrò sua signoria, irritato. Guardò l'amico ispezionare la sala affollata e rumorosa con l'occhialino. "Ma lei non era per niente discreta, no?"

"Devi tormentare Claudine-Alexandre anche nella tomba, mio caro Vallentine?" Chiese il duca, con la voce profonda un po' asciutta. Fece un magnifico inchino a un gentiluomo con un tupè azzurro incipriato che lo aveva salutato sventolando un fazzoletto profumato, mentre poltriva su una sedia dalle gambe affusolate dall'altra parte della sala. "Non c'è bisogno che ti sforzi."

"Il fatto è," confidò sua signoria all'orecchio del duca, "che mi sembra di ricordare che il suo amante fosse qualcuno che conosciamo intimamente. Accidenti se riesco a ricordare il suo nome! Devo averlo cancellato dalla mente. Chissà perché. Sarebbe imperdonabile se mi capitasse di chiacchierare con Salvan e menzionassi il nome del miserabile individuo. Voglio dire, potrei evocare dei ricordi poco piacevoli per lui. Non è passato tanto tempo da aver dimenticato, e se amava sua moglie... La amava?" Chiese al duca.

Accettò il bicchiere di borgogna offertogli da un cameriere dalla faccia impassibile e bevve alla salute del suo amico.

"Questo è il motivo per cui vengo con te in questo posto troppo caro, Roxton. Il vino è sempre di prima qualità. Non posso lamentarmi. Non credo che la amasse poi tanto. Salvan è freddo come un serpente. È stato comunque uno scandalo piuttosto grosso. Le sue lettere sparpagliate dappertutto. E lasciare quel biglietto quando è morta, scaricando tutte le colpe sulle spalle di quel poveretto per aver posto fine alla loro relazione. Fare il lungo elenco delle sue conquiste, passate e presenti. È circolato nei salotti più in fretta di un pamphlet politico. Beh, non lo biasimo per essersi liberato di lei, te lo dico onestamente." Vallentine rabbrividì. "Dannato orribile affare." Smise di parlare vedendo il duca assorbito dal gioco al tavolo accanto a loro. "Chi era?"

Roxton non distolse gli occhi dai giocatori. "Chi era chi, mio caro?"

Lord Vallentine fece una smorfia. "Non stavi ascoltando, eh?"

Le carte tornarono al banco, finita la mano. I gentiluomini cominciarono a spostarsi sulle sedie e a chiedere altro vino prima della mano seguente.

"L'amante. Sicuramente ricorderai il suo nome."

Il duca spostò l'occhialino su sua signoria, con un sorriso che mise in mostra i suoi denti bianchi e perfetti.

Lord Vallentine sbatté gli occhi, inspirò e inghiottì una sorsata di borgogna allo stesso tempo. Gli ci vollero parecchi secondi per controllare un accesso di tosse. Un cameriere e il suo compagno si affrettarono ad andare in suo aiuto, con mille scuse e un panno per tamponare il panciotto squisitamente ricamato con fili d'oro di sua signoria. Il ronzio della conversazione scese a un mormorio e poi riprese quasi subito. Il gioco riprese. Il duca non si mosse. Continuò a osservare la partita al tavolo vicino, ignorando tutto e tutti.

IL VISCONTE D'AMBERT partì da Parigi per tornare a Versailles solo il pomeriggio del giorno seguente. Aveva passato una notte insonne nella residenza della nonna, *Madame de Salvan*, in Place Royale. Se non fosse apparso pallido e preoccupato e ancora più agitato del solito, quando era andato a prendere commiato da lei, la nonna avrebbe anche potuto non chiedergli niente di diverso dal solito. Che suo padre fosse terrorizzato dalla donna tanto quanto lo era dal *Duc de Roxton*, gli dava qualche speranza, e le raccontò della sua visita al duca inglese. Le disse anche qualcosa dei folli piani del padre. La vecchia contessa vedova amava il nipote più di quanto amasse il figlio e, detestando vederlo angosciato, gli assicurò che avrebbe fatto tutto quello che poteva per sistemare le cose.

Non aveva la minima idea di che cosa potesse fare una vecchia signora inferma di sessant'anni per aiutarlo in quella difficile situazione, ma non lasciò che questo lo preoccupasse. Le sue rassicurazioni furono sufficienti a ridare al suo passo un po' di vivacità e appena rientrò a palazzo andò a cercare Antonia.

Grattò alla porta e fu la cameriera personale di Maria Casparti, una grassa donna gioviale di origine franco-italiana che venne ad aprirgli. Lo fece entrare nella piccola stanza ingombra con un grande sorriso, chiedendogli di aspettare mentre andava a chiedere se *mademoiselle* poteva riceverlo.

D'Ambert si guardò attorno con disgusto. C'erano portmanteau, scatole di latta e bauli rovesciati, tutti pieni da scoppiare di vari articoli di abbigliamento. Piatti mezzi vuoti coprivano il tavolo e sulle sedie erano impilati cappelli, scarpe e scatole di gioielli. Strutture per i cestini e carta velina erano gettati in un angolo buio insieme a piume colorate, mantelle stropicciate e montagne di nastri di seta. L'aria era viziata e puzzava di profumo troppo forte e urina di cane. Pregò che la signora Casparti non ci fosse.

La grassa cameriera gli indicò la seconda stanza, più piccola della prima, che serviva da stanza da letto. Era nello stesso stato di disordine ma non c'era l'odore offensivo, probabilmente perché la stanza aveva una finestrella aperta. Il fuoco nel camino era spento e faceva freddo all'interno, anche se la giornata era stata la più calda da settimane. Il visconte rabbrividì nonostante il tabarro di lana e fece per chiudere la finestra.

La cameriera emise un suono di protesta, che fece sporgere la testa di Antonia da dietro un paravento decorato.

"Se chiudete la finestra, qui puzzerà come nell'altra stanza," disse, sparendo di nuovo.

Il visconte chiuse comunque, lasciando una fessura.

"Mi meraviglia che non siate diventata blu," disse a voce alta, "e che non abbiate perso l'uso delle dita! Che cosa state facendo là dietro?"

"Non siate impertinente, Étienne. Non posso certamente vestirmi davanti a voi! Ancora qualche minuto e avrò finito. Devo solo farmi stringere il corsetto. Poi vi farò uno dei caffè speciali di Maria e dimenticherete il freddo."

D'Ambert cercò una sedia. Ne trovò una accanto al letto a baldacchino, coperta di calze sporche e giarrettiere. Gettò il tutto per terra e si sedette in mezzo alla stanza. Prese di tasca la tabacchiera.

"Come fate a tollerare questo porcile?" Chiese con una smorfia. "È disgustoso. Perché quella donna grassa non la sistema?"

"Lo fa, ma a che serve se Maria distrugge il suo buon lavoro quando cerca qualcosa in particolare? Credo che si trovi bene solo nel caos e nel sudiciume. Per lo meno il suo umore non è così male quando le stanze sono in queste condizioni. Inoltre posso solo esserle grata di avere un posto per dormire. Avete sentito che gli appartamenti del nonno sono stati assegnati al terzo cugino della *Marquise de Dufort*?"

"No, mi spiace sentirlo," disse il visconte a bassa voce, perché sapeva che il re non avrebbe preso una simile iniziativa se ci fosse stata ancora qualche speranza di guarigione, era troppo affezionato al vecchio generale giacobita. "Dov'è Maria Casparti?"

"Dove credete che sia? In cappella, dove ha passato l'ultima settimana."

"Perché vi state vestendo a quest'ora?" Le chiese, insospettendosi quando, per tutta risposta, Antonia si mise a ridere. "Perché quella donna ha portato un cono da cipria e la mantellina dietro il paravento? Che cosa state macchinando, Antonia?"

"*M'sieur le Vicomte* è diventato di colpo curioso," lo rimproverò scherzosamente. "Siate paziente e vedrete. Dove siete stato? Ho mandato un biglietto alla vostra stanza questa mattina. Se foste stato là a riceverlo sapreste che cosa sto per fare."

Il visconte fiutò un altro pizzico di tabacco e guardò una fine nuvola di polvere salire da dietro il paravento, poi un'altra e poi la cameriera uscì per prendere uno specchio e un barattolo di qualcosa dal tavolo da toilette sovraccarico. Sparì di nuovo dietro al paravento. Il visconte si agitò nervosamente sulla sedia imbottita e si raddrizzò le punte del panciotto di damasco. Ci fu ancora del movimento dietro il paravento, poi la cameriera uscì per fare il caffè.

"Sono andato a Parigi," confessò. "Ho passato la notte nella casa di mia nonna. Sono tornato oggi solo perché devo partecipare a questo orrendo ballo in maschera. So che sarà noioso. Vorrei non dover partecipare ma Salvan noterebbe la mia assenza," disse cupamente. "Perché dovrebbe importargliene, quando questo posto sarà pieno di marmaglia, e con i domino e le maschere e roba del genere. Sarà troppo occupato a cercare di cogliere lo sguardo di qualche sgualdrina per preoccuparsi se ci sono o no."

"Avete mai preso in considerazione di ritirarvi in un monastero, Étienne?" Gli chiese Antonia, uscendo dal paravento e sventolando sul petto nudo un ventaglio di pelle di pollo conciata, dipinto a gouache. "La maggior parte dei giovani della vostra età sarebbe felicissima di avere la possibilità di danzare a un *bal masqué* del re. Pensate al divertimento. Non sarà possibile riconoscere nessuna delle donne fino a mezzanotte, quando tutte si toglieranno le maschere. Tutti cercheranno di capire chi sono gli altri e tutti parleranno liberamente, come vogliono, senza timore di essere scoperti. Mi divertirò immensamente!" Fece spuntare una scarpina di seta da sotto l'ampia sottana col cerchio, di seta rosa salmone e scintillante tessuto d'argento. "Vi piacciono queste fibbie? Sono di Maria. Sono diamanti veri, non vetro. Gliele ha regalate il nonno anni fa. Mi ci sono voluti due giorni per convincerla a lasciarmele indossare. Sono perfette con i miei orecchini, non credete?"

Mentre lei chiacchierava, spostandosi nella piccola stanza, raccogliendo uno specchio per studiare i riccioli raccolti e incipriati e poi controllando nel lungo specchio dietro la porta che l'orlo fosse diritto e che un piccolo fiocco sul corpetto non fosse storto, il visconte la fissava a bocca aperta, non persuaso che fosse proprio Antonia. Aveva il volto truccato. I suoi splendidi riccioli color miele erano incipriati e irriconoscibili, c'era una *mouche* all'angolo di un occhio e un'altra posta sopra la curva esterna della sua bocca rosso ciliegia. Quando osò permettere agli occhi di scendere al dècolleté, non riuscì a trovare le parole per esprimere il suo profondo sconcerto. Il suo bel seno era quasi nudo. Suo malgrado arrossì fino alle orecchie.

"Oh, bene!" Disse Antonia con una risatina nervosa. "Pensate che sembro una sgualdrina." Si guardò allo specchio e sospirò. "Confesso che non mi ero riconosciuta nemmeno io. Quando ho indossato quest'abito, e prima di mettermi i cosmetici di Maria e incipriarmi i riccioli, mi vergognavo di me stessa. Non mi sarei mai aspettata un corpino tanto scollato da mostrare praticamente tutto! Se vi può consolare, è molto scomodo."

Étienne alzò gli occhi al cielo e, vedendolo riflesso nello specchio, Antonia si mise a ridere. Questo lo fece alzare dalla sedia, la afferrò per il polso e la avvicinò a sé. "È un'idea di quella puttana?" Le chiese.

"Maria? No! Lasciatemi andare! Lei non ne sa niente. Non voglio che lo sappia. Non voglio che nessuno mi riconosca, eccetto voi."

La lasciò andare ma era ancora arrabbiato. Cercò in tasca la tabacchiera. "Dovete pensare che sia un grosso stolto se credete che vi lascerò uscire da questa stanza vestita… vestita in modo che ogni uomo possa guardare con desiderio il vostro-il vostro… voi!"

"Ho un domino," gli spiegò. "Con quello drappeggiato sopra il vestito che importanza ha? Sono vestita così solo nel caso in cui il domino dovesse accidentalmente scivolare e…"

"Dovete essere la ragazza più ingenua di tutta la corte!"

"… finire sotto un tacco, o impigliarsi in una maniglia e cadere," continuò Antonia. "Almeno sembrerei quella che voglio apparire."

"E se ve lo togliesse qualche sporcaccione, con o senza il vostro permesso?" Ribatté il visconte. "Che cosa pensate che succeda a questi balli in maschera, tra tutti quelli che gozzovigliano, dopo che hanno ingurgitato una bella quantità di vino, con le stanze calde e affollate. Pensate forse che un nobile vi dirà solo 'buonanotte', 'scusate signora, mi sono proprio divertito stasera, posso baciarvi la punta delle dita'? Proprio! Sarà quasi completamente ubriaco e vi trascinerà in un'alcova o dietro alle tende. Prima che sappiate quello che sta per succedere, che siate o no confusa, il vostro domino sarà per terra e avrete le sottane intorno alle orecchie!"

"Étienne," esclamò Antonia.

"Se avete la sfrontatezza di vestirvi da cortigiana non dovreste essere stupita dalla verità. Andate a cambiarvi. Non parteciperete al ballo."

L'ira accese gli occhi di Antonia ma rimase zitta perché la cameriera era tornata nella stanza con un vassoio e due tazze di caffè dolce. Lo appoggiò sulla sedia rimasta libera e andò dietro il paravento per raccogliere gli abiti che si era tolta Antonia. Non mostrò alcuna fretta di continuare il suo lavoro, quindi Antonia e il visconte bevvero il loro caffè in un silenzio teso, senza guardarsi in faccia.

"Non è da voi ansare a un ballo in maschera vestita come una sgualdrina solo per il gusto di farlo," disse d'Ambert, dopo un po'. "Ci sono state altre occasioni, altri balli in maschera cui non avete partecipato."

"Il nonno non me l'avrebbe permesso."

"Perché questo improvviso desiderio di andare? Non è proprio il momento per divertirsi."

"Siete ingiusto!" Sussurrò furiosa Antonia.

"La Casparti è una puttana ma almeno dimostra il giusto rispetto al vecchio generale. Dovreste andare nella cappella e pregare, una volta ogni tanto."

"Non sono una papista, Étienne. Non entrerò in quella cappella. Mio padre ne sarebbe sconvolto," disse Antonia. "Inoltre, che cosa dovrei temere questa sera quando voi sarete lì e sapete come sono vestita?"

Il visconte non si lasciò distrarre. "Perché volete partecipare proprio in questa particolare occasione? Ditemelo!" Le ordinò. "Ditemelo o vi rinchiuderò in questa stanza finché non lo farete!"

"Che c'è di male a divertirsi un po'?" Rispose con disinvoltura, raccogliendo il domino nero foderato di rosso scarlatto dal letto e mettendoselo sulle spalle. "Mi chiederete di ballare?"

"Sì… No! No, non parteciperete!"

"Verrà molta gente da Parigi, qua, stasera?"

"Parigi? Sì, molta. Perché?" Le chiese, seguendola nell'altra stanza. La guardò mentre frugava in una scatola di latta, trovando una mezza maschera di piume di colomba bianche. "Avete in testa qualche folle piano," disse, strappandole la maschera di mano e gettandola dall'altra parte della stanza. "Non vi permetterò di andare vestita in questo modo!"

Antonia ignorò la sua rabbia e raccolse con calma la maschera. "Se non vi cambiate d'abito, farete tardi," gli disse, accompagnandolo alla porta. "Dovete andarvene prima di me altrimenti ci vedranno insieme e il mio travestimento non servirà. E quando mi chiederete di ballare, fingete di non conoscermi. Oh, Étienne, questa sera ci divertiremo come pazzi!"

TRE

I L VISCONTE NON la pensava così e, mentre aspettava inquieto in fondo alle scale, osservando le orde di festaioli nei loro costumi piumati e infiocchettati, coperti di gioielli e pietre preziose, tutte le donne con la maschera sul volto, si rimproverava di essere stato così debole da permettere ad Antonia di partecipare. Non che si ritenesse capace di impedirglielo, anche se l'avesse rinchiusa. Antonia avrebbe certamente trovato un modo per uscire, o avrebbe convinto un servitore ad aprire la porta. L'aveva intravista una volta, nella *Galerie des Glaces*, dove l'orchestra cercava di sovrastare il rumore di tutti quelli che facevano bisboccia. Prima di potersi avvicinare, un'anziana vedova titolata, con la figlia al seguito, lo intrappolò in una conversazione e la perse di vista.

Gli eleganti salotti ai lati della *Galerie des Glaces* erano aperti per gli invitati e si susseguivano, con i mobili dorati e decorati spinti verso le pareti, i vetri chiusi per tener fuori la fredda aria autunnale e ogni candeliere a bracci rispendente di luci. Gentiluomini e nobili si muovevano spalla a spalla e cercavano di indovinare l'identità delle bellezze mascherate. D'Ambert si trovò a seguire il flusso che si spostava tra le stanze, come un fiume in piena e, mentre spintonava l'uomo accanto a lui, cercava un piccolo domino nero con una maschera di piume di colomba.

Non credeva che Antonia avrebbe tenuto il mantello sulle spalle. C'era un caldo soffocante e molte dame li avevano già scartati. E se un gentiluomo si fosse avvicinato per farla ballare, avrebbe comunque dovuto toglierselo perché era di due taglie troppo grande e strusciava sul pavimento. Non trovandola nel salotto di Diana, girò sui tacchi e tornò indietro. Decise di stare di vedetta nella sala da ballo, sperando che lei trovasse lui. Era appena tornato nella *Galerie des Glaces* quando qualcuno tese un braccio davanti a lui. Si voltò e si trovò a faccia a faccia con suo padre.

"Una parola, d'Ambert," ordinò il *Comte de Salvan*.

Obbligò il figlio a seguirlo in un'alcova accanto a una lunga finestra. Un gentiluomo che osservava i ballerini si allontanò quando il conte si avvicinò e si inchinò a entrambi con uno svolazzo. Il conte si rivolse a suo figlio con un'espressione ben diversa.

"Dove siete andato ieri sera?" Chiese. "Il vostro piagnucoloso valletto ha giurato che non lo sapeva! Non avete dormito nel vostro letto e il vostro cavallo e lo stalliere sono stati visti mentre tornavano nelle scuderie dopo cena. Non vi ho dato abbastanza avvertimenti? Non dovete mai lasciare il palazzo senza prima informarmi. Dove siete andato?"

"P-padre... Io-io..."

"Non importa! Ah! Non riuscite a dirmi qualcosa senza balbettare come uno zotico campagnolo?"

Il conte tagliò corto per scambiare galanterie con due donne mascherate che passavano accanto a loro sventolando i ventagli sul seno e sorridendo invitanti. Rise alla battuta di una di loro e si inchinò al silenzioso invito dell'altra, poi tornò al figlio che rimaneva al suo fianco, rigido e immobile.

"Étienne, non mentite. Siete andato a Parigi."

"Sono restato con nonna Salvan."

"Pensate che non lo sappia? Pensate che sia un imbecille? Siete voi l'imbecille!" Sibilò Salvan. "Mi do da fare per trovarvi una sposa adatta…"

"Non voglio…"

"Quello che volete voi non importa. Siete mio figlio, un Salvan. Farete quello che è meglio per il nome."

"Sposare questa borghese eretica è la cosa migliore per il nostro nome, padre?" Balbettò sprezzante il visconte.

"È opportuno." Disse il conte, in modo perentorio.

"Perché devo sposarla per… per mettere fine alle nostre difficoltà finanziarie, a costo di diventare oggetto del ridicolo dei nostri amici? Ascoltatemi, padre…"

"Non discuterò con voi. Farete quello che vi dico altrimenti sapete che cosa vi accadrà."

"La Bastiglia non mi spaventa."

Il conte guardò suo figlio con un sogghigno. "No? Vedremo, figlio mio. Tagliato fuori dal mondo e dalle vostre comodità cambiereste presto idea. Tabacco, d'Ambert?"

Il visconte spalancò gli occhi, impallidendo. "N-no, preferisco la mia miscela, grazie."

"Precisamente," disse Salvan con una risatina, richiudendo di scatto la tabacchiera. Riportò l'attenzione sulle coppie che danzavano. Suo figlio continuò a guardare fuori dalla finestra. "Andatevene, Étienne. La vostra malinconia mi offende. Aspettate! Ditemi. Chi è la colombella che sta flirtando con Richelieu? *Parbleu*, ha delle belle caviglie."

Il *Duc de Richelieu* e la sua partner piroettarono dopo gli altri ballerini e tornarono leggiadramente nella fila, ballando per tutta la sala verso una folla di spettatori che chiacchierava e rideva ai bordi del vasto cerchio. La bocca del conte tremava guardando la coppia che ballava verso di lui.

"Oh! Richelieu ha tutte le fortune. Non solo caviglie sottili ma anche un seno magnifico!" Salvan scosse il braccio del figlio senza togliere gli occhi dalla pista da ballo. "Étienne, guardate, non è deliziosa? Devo trovare Charmond. Lui saprà certamente se è di Parigi. Ah! Che cosa succede adesso? Un corvo sta puntando la colomba. Étienne, mi prestate attenzione?" Chiese.

Il visconte si allontanò dalla finestra e seguì lo sguardo del padre tra il mare luccicante di seta.

"Guardate!" Continuò il conte. "È la fine del ballo ed è obbligato a passarla al prossimo partner. Oh! Gli ha fatto una graziosa riverenza, ma lui si allontana con passo noncurante, per niente contento. Richelieu si è tradito, credo." Ridacchiò in un fazzoletto profumato, con gli occhi che brillavano davanti al piccolo dramma che si stava svolgendo davanti a lui. "Povero *M'sieur le Duc de Richelieu*! Sperava in meglio ma ora va a rifugiarsi da *Madame Duras-Valfons*. Sono sicuro che è lei. La maschera non può nascondere un portamento così aggraziato. Che cosa può importare a Roxton della mossa meschina di Richelieu nei confronti della sua amante, quando sta vincendo questa partita? E anche se dovesse importargli?" Salvan scrollò le spalle. "Mio cugino è un attore consumato. Fingerà indifferenza solo per far dispetto a Richelieu. Ha delle belle gambe il duca, vero Étienne?"

Il visconte non rispose. Stava fissando come imbambolato un punto sulla parete di specchi davanti a lui. Il conte si chiese se avesse sentito una parola del suo monologo. Sospirò irritato per aver messo al mondo un figlio cui non importava niente degli intrighi di corte e che aveva un carattere malinconico. Ignorò la sua presenza con un grugnito e si voltò a osservare il duca di Roxton e la sua compagna con la maschera di piume di colomba.

Un vecchio amico in calzoni di seta giallo canarino e una redingote rigida di velluto viola a fiori si avvicinò saltellando a Salvan e si inchinò con uno gesto plateale della mano.

"Salvan. Lo vedete anche voi?" Sussurrò all'orecchio del conte, a voce abbastanza alta da farsi sentire da tutti. "Quella piccolina sta dando spettacolo. Dicono che venga dalla maison Clermont. È una cosa veramente sbalorditiva. Una c-comune prostituta che balla a corte nascosta da una maschera! Lo sapremo a mezzanotte. Charmond ha scommesso che è quello spregiudicato duca inglese che l'ha ingaggiata. Riuscite a crederlo?"

"No," disse Salvan, facendo sporgere il labbro inferiore. "Sarebbe troppo volgare perfino per lui. Mio cugino è tristemente noto ma sa come stare al gioco. Va da Clermont per assaggiare i talenti non per procurare ballerine per il *bal masqué*. E questa, qualcosa mi dice che non è così esperta nei movimenti."

"Forse, Salvan, ma vostro cugino era da Clermont ieri sera con una nuova ragazza, un'orientale veramente abile."

"Allora? Mio cugino è curioso," disse il conte con un'alzata di spalle. "Non riuscirete a farmi credere che questa sia l'orientale. René, siete troppo pieno di vino! Al massimo sarà un'attrice. Secondo voi Roxton ballerebbe in pubblico con una comune prostituta? Assurdo!"

"*Hélas*, fa caldo qui," mormorò René e con un inchino zampettò verso una signora che l'aveva chiamato con un impercettibile movimento del ventaglio.

Salvan vide che suo figlio era ancora lì in piedi al suo fianco come una statua di alabastro. "Vi interessa, eh, Étienne? Fate finta di essere scioccato ma io vi capisco! Le mosse del *Duc de Roxton* interessano anche voi?"

"Sì, padre," rispose d'Ambert, con la mano tremante che portava un pizzico della sua miscela a una narice. Inalò a fondo.

"Perché guardate con disprezzo le manovre di seduzione di Roxton? Queste femmine le desiderano. Si divertono. Ed è risaputo che *mon cousin* è un vero talento a letto. Le soddisfa appieno. In questo siamo uguali, lui e io," si vantò Salvan. "Se assomigliaste di più a me capireste meglio le donne."

Il visconte si mise a ridere istericamente.

Il conte di Salvan gonfiò il petto. "Vi do un consiglio e voi osate ridere di me?"

"No, padre, no!" Rispose il visconte con una risatina. "Mentre voi e io siamo qui, lui... lui, Roxton vince tutto! Vince tutto sotto i nostri occhi! E voi non potete fare niente, niente per fermarlo."

"*Taisez-vous*! State zitto vi dico. La gente ci sta fissando. Siete impazzito!"

"E se così fosse?" Disse d'Ambert, cercando di controllarsi. Ma la bocca gli tremava ed esplose di colpo in un'altra folle risata. "La piccola, la colombella, è scappata dalla sua gabbia! È scappata con il corvo!"

Salvan piroettò su un tacco e i suoi occhietti ispezionarono i ballerini e gli spettatori. Roxton era scomparso, così come la sua compagna di ballo.

"È così strano? Così divertente?" Chiese. "C'è da imparare da nostro cugino, vero? Se non mi aveste distratto, distolto dai miei piaceri, sarei stato io e non lui, a nascondermi dietro a una tenda per assaggiare le delizie della colombella! È per questo che ridete come un buffone? Pensate che vostro padre sia stato superato in astuzia? Ah! Non può essere così attraente, si è arresa troppo presto. Non c'è divertimento. Ma la prossima volta che vedrò mio cugino gli chiederò se valeva la pena."

Il visconte si asciugò gli occhi umidi sul risvolto di un ampio polsino. C'era qualcosa di stranamente meccanico nell'inchino che fece a suo padre, sorridendogli. "Fatelo, padre. Roxton è appena andato via con *Mademoiselle* Moran."

IL DUCA DI ROXTON aveva deciso di partecipare al ballo in maschera a palazzo sperando di vincere la noia. Se Lord Vallentine avesse accettato il suo invito ad accompagnarlo, era indubbio che vedere il suo amico districarsi tra la nobiltà francese e i suoi sicofanti gli avrebbe dato la possibilità di divertirsi. Lord Vallentine però aveva preferito restare a casa e passare una serata tranquilla con la sorella del duca. Aveva detto che odiava Versailles e tutti i suoi eccessi. Roxton lo aveva chiamato vecchio. Lo aveva preso in giro per la sua declinante capacità di seduzione, al che sua signoria si era impappinato, senza riuscire a rispondere sotto lo sguardo penetrante di Estée de Montbrail.

Il duca non credeva proprio che il suo amico avesse fatto il viaggio (per lui) tormentoso attraverso la Manica per il piacere della sua compagnia. E neppure l'espressione indifferente di sua sorella quando le aveva riferito che Lucian Vallentine aveva intenzione di far loro visita lo aveva imbrogliato. Si chiedeva quanto ci sarebbe voluto perché l'uno o l'altra gli confidasse la verità sui loro sentimenti. Guardarli giocare al gatto e al topo con i loro affetti era divertente, ma non riusciva a guarirlo dalla noia.

Era a palazzo da non più di un'ora quando decise che ne aveva avuto abbastanza della folla, del caldo profumato, del clamore incessante delle voci acute. Ignorò diversi inviti a sparire dietro una tenda con una donna mascherata e vogliosa. Il vino offerto era insipido per il suo palato raffinato. Osservare i vani volteggiamenti dei giovanotti e delle loro compagne ubriache non lo divertiva. E la sua ultima amante era intenta a dar spettacolo di sé con il giovane principe de Bouvallies. Senza dubbio per ottenere una reazione di gelosia da lui, che però detestava questo comportamento banale; e comunque non gli importava abbastanza di lei da fare lo sforzo.

Mentre era in piedi a un lato di un'arcata a specchi nella *Galerie des Glaces* a osservare i ballerini attraverso l'occhialino, si chiese se non fosse lui e non il suo amico, ad andare verso il rimbambimento. Ispezionò la moltitudine di gente con un sospiro e stava girando sui tacchi per andarsene, quando intravide il *Comte de Salvan* e suo figlio. Quello che lo colpì fu l'atteggiamento del visconte e il suo sguardo, immobile, insondabile, sui ballerini. Seguì quello sguardo verso il *Duc de Richelieu* e la sua compagna di danza, una donna piccolina con un'assurda maschera di piume, messa un po' di traverso sul viso ridente.

Ammise che sapeva ballare e che aveva mani e piedi graziosi. Ma sembrava goffa in un abito fuori moda da parecchie stagioni.

Il corpetto tirava troppo sul seno, rendendo il tutto poco attraente, quando un taglio diverso avrebbe mostrato al meglio una figura così voluttuosa. La donna doveva avere il peggior sarto di tutta la Francia. Oppure era un caso pietoso, a caccia di un amante dal ricco borsellino, magari un marito, se fosse riuscita a catturarne uno. Chiunque fosse era decisamente fuori posto...

Non gli ci volle molto per districare Antonia dalla viscida stretta del duca di Richelieu. In effetti, lei sembrava fin troppo ansiosa di cambiare compagno di ballo, una circostanza che non piacque al fragile ego di Richelieu, che andò a consolarsi con Thérèse Duras-Valfons. Roxton rise tra sé e sé a quella ripicca, ma pensò che era tipica di Armand.

Danzò la quadriglia con Antonia e se lei capì che lui conosceva la sua identità fu abbastanza furba da continuare a mantenere la pretesa che la maschera la nascondesse. Chiacchierò amabilmente di argomenti poco importanti, sforzandosi di continuare a sorridere ed essere allegra quando lui le rispose a monosillabi senza guardare lei ma la moltitudine abbagliante, cercando l'uscita più vicina e comoda.

Quando l'orchestra suonò l'ultima nota, Roxton fece il gesto di riaccompagnarla verso la folla ma una volta inghiottito dalla massa, continuò a camminare. Quando la pressione della mano sul suo braccio aumentò, la ragazza alzò in fretta gli occhi.

"Non crediate che le vostre pagliacciate mi divertano," sibilò, attraversando a grandi passi un salotto dopo l'altro. "Tutta la pittura e le piume al mondo non potrebbero nascondervi."

"No, *Monseigneur*," rispose rispettosamente, ma abbassò la testa in modo che lui non potesse vedere il sorriso che si stava allargando.

Roxton non parlò più finché non furono nel cortile, ad aspettare la sua carrozza. Uno dei suoi lacchè arrivò di corsa in mezzo al traffico di carrozze e cavalli, con una *roquelaure* e guanti neri. Un altro si infilò tra due vetture e restò ad aspettare istruzioni. Un momento dopo un elegante tiro a quattro si fermò davanti a loro e due lacchè in livrea saltarono giù dalla cassetta per abbassare i gradini.

"Date al ragazzo le indicazioni per arrivare al vostro alloggio," ordinò il duca. "Presumo che abbiate delle... ehm, cose?"

"Niente di molto importante," rispose allegramente Antonia, ma diede doverosamente al servitore le indicazioni per arrivare alle stanze di Maria Casparti e che cosa avrebbe dovuto prendere. C'era solo un piccolo *portmanteau* ed era accanto alla porta, e non doveva mettere in allarme la cameriera grassa che avrebbe aperto al suo grattare. Quando il servitore corse via nella notte, Antonia si voltò a guardare il duca, con l'aria di aspettarsi qualcosa.

Il duca la guardò mentre si infilava i guanti e, quando la vide rabbrividire per l'eccitazione, pensando che avesse freddo, la aiutò a salire sul veicolo ben molleggiato. "C'è una coperta nell'angolo. Mettetevela sulle spalle."

"Posso togliermi questa stupida maschera, ora?"

"Fate pure," disse schioccando le dita verso il lacchè. "Non siete per nulla turbata?" Le chiese con gli occhi socchiusi.

"Perché dovrei, *Monseigneur*?" Disse dal finestrino. "Mi state portando a Parigi!"

"La vostra fiducia è malriposta. Lo faccio per ragioni mie, non per voi."

"Sì, certo. Ma stiamo andando a Parigi, no?"

"Sì," le rispose con un sospiro esasperato. "Ora mettetevi quella coperta prima di ammalarvi e restate lì seduta finché torno."

Antonia fece quello che le chiedeva, ma tornò immediatamente al finestrino. "Non avete intenzione di lasciarmi qui, vero?" Chiese con una vocina flebile. "E se... E se arrivasse qualcuno mentre voi non ci siete?"

"Non me ne preoccuperei inutilmente," disse, caustico. "Ora che siete sotto la mia... ehm, protezione, la vostra reputazione è a brandelli e nessun gentiluomo oserebbe rischiare di offendermi cercando di salvarvi."

"Allora non mi preoccuperò, *Monseigneur*," disse tutta contenta e sparì all'interno, per rannicchiarsi in un angolo rivestito di velluto, sotto la coperta di cachemire.

Roxton si era aspettata una reazione completamente diversa alla sua battuta. La fiducia senza riserve di Antonia lo sbilanciava. Esattamente come il fatto che usasse il titolo di cortesia di *Monseigneur* invece del più formale *M'sieur le Duc*. Suonava intimo sulle sue labbra e non gli piaceva, lo innervosiva e lo metteva a disagio. Si chiese se la ragazza non stesse scherzando. Così, quando il suo valletto, che era in piedi di fianco a lui ad ascoltare questo strano scambio di battute tra il suo padrone e la piccola femmina dipinta, gli chiese istruzioni, il duca fu lento a rispondere. Continuò a fissare distrattamente il finestrino aperto del suo cocchio, come aspettandosi che Antonia riapparisse, finché il valletto non tossì nel pugno guantato.

Alla fine, chiese una penna e un calamaio e, dopo aver scarabocchiato un biglietto e averlo chiuso con il suo sigillo (cera e luce forniti da un portatore di fiaccola), ordinò al suo valletto di prendere uno dei cavalli e di correre avanti all'*Hôtel de Roxton* e consegnare la missiva a *Madame de Montbrail*. E se *Madame* era a letto di svegliarla. Una circostanza che il valletto desiderava evitare con tutto il cuore, perché conosceva fin troppo bene il carattere irascibile di *Madame*. Ma al suo padrone mostrò un volto impassibile e dieci minuti dopo galoppava verso la città, con la missiva al sicuro all'interno della fodera del suo cappotto di lana pettinata.

Il duca non salì sul cocchio finché non tornò il servitore con il *portmanteau* di Antonia, poi diede l'ordine e i cavalli si misero in moto. Il veicolo uscì lungo il viale alberato, oltre una fila di cocchi e carrozze in attesa e si immise sulla strada che da Versailles portava a Parigi. Il Duca era seduto di fronte ad Antonia che si sporgeva dal finestrino, con l'aria notturna sul volto, per dare un'ultima occhiata al palazzo.

"Chiudete il finestrino," le ordinò con la sua parlata lenta.

Antonia obbedì e si risedette nel suo angolo. I capelli incipriati erano in disordine per il vento e ricadevano come una massa ingarbugliata sulle spalle nude. I cosmetici attentamente applicati erano sbavati e il vestito era così stropicciato che nessuna stiratura avrebbe potuto togliere le pieghe. Non le importava e non la preoccupava nemmeno che il duca restasse in silenzio a osservarla. Si era liberata di Versailles e del *Comte de Salvan*, era più vicina a Londra e alla nonna che non aveva mai conosciuto.

"Non siete curiosa di sapere dove vi sto portando?" Chiese lui.

"Lo so, l'*Hôtel de Roxton* in Rue St. Honoré," disse fiduciosa e sorrise quando ci fu un lampo di sorpresa negli occhi neri del duca. "È la residenza privata più grande di tutta Parigi e voi avete un esercito di servitori e c'è una buona biblioteca al secondo…"

"Conosco casa mia!" Reagì di scatto. "E se vi dicessi non vi stavo portando in quella particolare casa?"

"*Monseigneur* ne ha un'altra?" Chiese, incuriosita, e si strinse meglio la coperta perché una buca sulla strada l'aveva fatta scivolare dalla spalla. "Preferirei quella in Rue St. Honoré, perché vorrei vedere la biblioteca, ma se volete portarmi in un'altra… C'è una biblioteca anche lì?"

"O siete un'attrice eccezionale oppure siete ottusa…"

"Non sono ottusa," replicò Antonia. "Papà mi ha dato un'ottima educazione nei classici e in storia e mi ha insegnato a parlare…"

"Ha mancato di insegnarvi a essere educata con chi è più anziano di voi," disse freddamente il duca. "Se dobbiamo andare d'accordo in modo accettabile, sappiate che ci sono tre cose che non tollero: la mancanza di buone maniere, la sciatteria e la stupidità."

"Sì, *M'sieur le Duc*," rispose in tono docile ma non riuscì a nascondere le fossette. Quando vide che stringeva le mascelle abbassò lo sguardo. "Chiedo scusa. Cerco di comportarmi come dovrei ma è molto difficile. Mi hanno insegnato a dire quello che penso e non è facile di colpo non farlo più."

"Vostro padre è stato un pazzo a educarvi come un ragazzo. Sì, so tutto. Esattamente come voi sapete tutto della mia casa e dei miei servitori, della mia biblioteca e, senza dubbio, delle mie... ehm, abitudini. Quindi adesso faremo a meno di questa farsa. Vi farò alcune domande e mi aspetto risposte sincere..."

"Io non mento!"

"E mi aspetto risposte sincere." Ripeté.

"Sì, *M'sieur le Duc*," rispose Antonia a bassa voce. Si scostò i capelli dal volto e si spostò sui cuscini per mettersi comoda e quando si fu sistemata alzò su di lui un volto docile e ansioso. "Ora sono pronta."

"Grazie," le disse pazientemente, prendendo la tabacchiera. "Perché Strathsay vi ha lasciato indietro a palazzo?"

"Non lo so. Era molto malato. Forse non ci ha pensato? Non ha permesso nemmeno a Maria di accompagnarlo."

"Maria?"

"La sua puttana."

"La sua amante?"

"È quello che ho detto. La sua puttana."

"È più educato chiamarla amante."

"È quello che ho detto io ma Étienne insiste a dire che è una puttana," gli disse Antonia. "Non sono le stessa cosa?"

"Sì e no. Una donna mantenuta negli agi da un gentiluomo, i cui bisogni e desideri vengono soddisfatti in cambio dei suoi... ehm, favori, quella è un'amante. Una puttana è tutta un'altra cosa."

"Sì, *Monseigneur?*" Chiese Antonia con la testa inclinata di lato.

Roxton alzò gli occhi, smettendo di contemplare le incisioni sulla tabacchiera d'oro e non si lasciò ingannare dalla sua educata espressione interrogativa. Gli occhi verdi trasparenti erano pieni di malizia. Per la prima volta in vita sua si sentì terribilmente a disagio in presenza di una donna. Lo irritava, un'abilità tutta di Antonia. Come se potesse leggere i suoi pensieri, fu lei a interrompere il silenzio tra di loro.

"Mi dispiace, non intendevo mettervi in imbarazzo," disse francamente. L'attimo dopo era affacciata al finestrino e tirava la tenda. "*Monseigneur*," sibilò. "Avete sentito? Sembrava uno sparo! E stiamo rallentando! Pensate che ci siano dei banditi su questa strada? *Mon Dieu*, com'è eccitante."

Premette il nasino contro il vetro ma non soddisfatta di quello che riusciva vedere fece per tirare giù il vetro. Una mano ferma la ributtò sul sedile e un dito guantato premette sulle sue labbra.

"Zitta," sussurrò il duca e, quando lei annuì, tolse la mano, poi cercò in tasca la pistola a due canne con il calcio d'argento e alzò il cane.

Un'altra detonazione, più forte della prima e di uno schioppo, e il cocchio si fermò in mezzo alla strada. Il cocchiere era stato colpito al braccio, era certo che l'osso fosse frantumato ed era piegato in due per il dolore. Non c'erano altri feriti per il momento. Il resto degli uomini del duca restò al suo posto, senza osare muoversi. Solo i cavalli tiravano il morso e pestavano gli zoccoli per la paura. Dall'altra parte della strada c'erano tre uomini a cavallo, con i cappelli tirati sulla fronte per impedire alla luce della luna di mostrare i loro volti. Una carrozza e una diligenza *carabas*, che viaggiavano nella direzione opposta, erano ferme sulla strada cinquanta metri più avanti. Gli occupanti erano stati obbligati a raggrupparsi ed erano tenuti d'occhio da due uomini vestiti come i loro compagni che brandivano delle pistole, puntate sui loro prigionieri. La scena inquietante era bagnata dalla luce della luna. La campagna intorno era piena di alberi e buia.

Il duca non smontò finché non gli fu chiesto rudemente da un colpo con il calcio dello schioppo sullo sportello del cocchio che portava il suo stemma. Si mosse tranquillamente, in modo esasperante, e fiutò una presa di tabacco. Nel frattempo studiava la situazione; la posizione dei due cavalieri, il grosso bandito trasandato vicino a lui e l'interruzione nel traffico sulla strada. La sua apparente nonchalance confuse il bruto vicino a lui, che guardò i complici per avere istruzioni.

"Fruga la carrozza," fu l'ordine.

"Io non lo farei," disse altezzosamente il duca, spolverandosi la manica del cappotto con un fazzoletto di pizzo.

Il grosso bruto esitò. Era robusto e alto, ed era bravo con i pugni ma questo nobiluomo con le sue fattezze eleganti e aristocratiche e gli abiti splendenti sotto il cappotto ben tagliato, era più alto. Inoltre aveva riconosciuto il tono di comando.

"Fallo, Pierre!" Arrivò l'ordine.

Il bruto grugnì, arrabbiandosi per la propria debolezza. Che cosa poteva fare questo nobiluomo per impedirglielo, davanti ai suoi compagni? Aveva ricevuto degli ordini. Gli era anche stato detto di non ferire il nobiluomo. Questo restava da vedere. Gli prudevano le mani dalla voglia di lasciare un livido su quella pelle così delicata. Si avvicinò di un passo, ma il nobiluomo si mise tra lui e la porta del cocchio.

"Se toccherai la mia proprietà sarò obbligato a fermarti," disse il duca con calma.

"Vogliamo la ragazza," dichiarò il bandito che aveva sbraitato gli ordini. "Quando avremo la ragazza sarete libero di andare per la vostra strada."

"Ragazza? Deve esserci un errore."

La voce del capo divenne rude. "Non c'è nessun errore! Avete rapito una proprietà del mio padrone, che la rivuole."

Il duca sembrò indignato, le dita si curvarono sul grilletto della pistola. L'altra mano teneva un fazzoletto profumato alle narici sottili e lui respirò a fondo, con calma. Anche se la sua attenzione non si spostò dal grosso bruto fermo davanti a lui, parlò al capo a cavallo.

"Una proprietà del vostro padrone?" Rispose freddamente. "La civetta! Certo che potete prenderla. Mi aveva assicurato di non avere avuto nessun altro amante."

Tutti e tre gli uomini ridacchiarono e i due a cavallo si scambiarono privatamente una battuta oscena. Il capo, ancora con il riso in gola, riportò l'attenzione sul duca.

"Peccato mettere fine al vostro delizioso interludio, *M'sieur le Duc*. Ma, vedete, non arrivereste molto avanti con quella. La sua virtù è sorvegliata come la Bastiglia. Siete stato imbrogliato ben bene."

I suoi compagni cominciarono a ridacchiare e il grosso bruto con lo schioppo venne avanti e spinse da parte il duca con la spalla. Afferrò lo sportello e lo spalancò. Aveva uno stivale sul gradino pieghevole quando ci fu una detonazione assordante. Perse l'equilibrio, barcollò indietro, il fucile gli cadde dalla mano e restò senza vita nel fango.

"No, amici miei," disse il duca. "Siete voi che siete stati imbrogliati. Me la sono appena fatta."

Il capo, momentaneamente stordito e immobilizzato dalla morte del suo complice, fissò torvo il duca. "Cosa?!" Tuonò e fece avanzare il cavallo. Non sapeva che cosa fare, ma un movimento accanto allo sportello della carrozza spazzò via le sue esitazioni. "Scendete da lì!"

Il suono di uno sparo così vicino al cocchio aveva fatto precipitare Antonia verso lo sportello, temendo che il duca fosse stato colpito. Vederlo in piedi immobile e vicino a lei, con una pistola fumante in mano, la fece sorridere di sollievo e non ebbe più paura. Si girò per vedere il risultato della sua opera e spalancò gli occhi vedendo l'uomo morto disteso a faccia in su in una pozzanghera fangosa.

Così, quando il bandito a cavallo arrivò al galoppo verso la carrozza, urlando e agitando la pistola, fu lenta a reagire. Quello che seguì successe in fretta. Più tardi non fu più sicura della sequenza precisa degli eventi, solo delle immagini sfuocate di movimento intorno a lei, le urla e l'odore sgradevole della polvere da sparo; cadere nel fango e poi essere tirata in piedi, guardare il duca e vederlo salvo, lui che la chiamava e lei che non sentiva le sue parole a causa di un'ultima assordante detonazione, un dolore bruciante che non se ne andava e, alla fine, crollare tra le braccia del duca.

Poi solo l'oscurità.

LORD VALLENTINE ERA RITORNATO dalla cena a casa di un amico e chiese a Duvalier se *Madame* si fosse già ritirata per la notte. Il maggiordomo, un uomo eccezionalmente discreto e altero per vocazione propria, che era con il duca da quando il suo padrone era un giovanotto e che quindi si considerava una spanna sopra tutti gli altri, non era abituato a essere salutato con un 'ehilà' e un sorriso allegro. Lo sconcertava. Lord Vallentine lo faceva sempre e aveva l'effetto di congelare l'espressione di Duvalier. Quella sera fu un'eccezione. Il maggiordomo era preoccupato e si vedeva nelle sue fattezze scongelate. Sua signoria lo vide e si preoccupò.

"Che cosa c'è?" Chiese Lord Vallentine senza mezzi termini. "*M'sieur le Duc* è tornato da Versailles?"

"No, cioè, *Monseigneur* non è ancora tornato da Versailles, *M'sieur*."

"È in ritardo, no?"

"Qualche volta sì," rispose rigidamente il maggiordomo.

"Va bene, va bene! Non sono uno zotico ignorante."

"*M'sieur*, non era mia intenzione insinuare…"

"Non importa. Lo so che cosa stavate insinuando! Ha detto che sarebbe tornato a un'ora precisa?"

"Sì, *M'sieur*."

"Allora è in ritardo!"

"Due ore…"

"Due ore, eh?" Mormorò Vallentine. Prese da parte il maggiordomo, lontano dalle orecchie del portiere e di un cameriere che si era attardato. "Notizie?"

"Il valletto di *Monseigneur* è tornato a cavallo con un biglietto per *Madame*," confidò Duvalier.

"È con lei adesso?" Chiese e quando il maggiordomo scosse la testa si strofinò la fossetta sul mento. "Penso che andrò a vedere *Madame*."

"Molto bene, *M'sieur*," rispose il maggiordomo e avrebbe voluto aggiungere ancora qualcosa ma Lord Vallentine si precipitò sulle scale senza perdere tempo. Duvalier lo guardò salire con un sorrisino, sapendo che cosa lo aspettava. Vedendo il portiere che lo fissava apertamente, congelò di nuovo l'espressione del volto e si ritirò nell'office ad aspettare sviluppi.

La cameriera di *Madame* fece entrare sua signoria nel boudoir decisamente femminile che odorava fortemente del profumo di *Madame*. I mobili erano dorati e tappezzati di un damasco a fiori dell'azzurro più pallido. Estée era stesa su una dormeuse, con una pesante vestaglia di seta sopra la camicia da notte e pantofole di capretto ai piedi calzati di seta. Aveva un braccio sulla fronte e teneva in mano un pezzo di carta appallottolato. La luce era fioca e mandava ombre sulla tappezzeria di stoffa.

Lord Vallentine fu obbligato a strizzare gli occhi per vedere.

"Che c'è che non va?" Chiese.

Estée lo vide, scoppiò nuovamente in lacrime e nascose la faccia in un cuscino di chintz. Vallentine si affrettò ad avvicinarsi e si inginocchiò di fianco a lei. Mandò via la cameriera con un cenno della testa. La donna scappò via, ma si fermò dall'altra parte della porta, lasciandola socchiusa per non perdersi la conversazione.

"GUARDATEMI, AMOR MIO," le disse in tono tranquillizzante, accarezzandole la mano. "Non serve parlare nel cuscino, lui non capisce e non capisco nemmeno io se non mi guardate."

Madame tirò su col naso. "Siete cattivo a venirmi a vedere quando devo avere un aspetto orribile! La mia faccia deve essere tutta sbavata e ho gli occhi rossi e... Oh! Lucian!" Esclamò, gettandosi tra le braccia di sua signoria.

Lui fu ben felice di abbracciarla e, in effetti, se non fosse che stava piangendo, l'avrebbe anche baciata. Ma stava piangendo sulla sua spalla, macchiando un panciotto ricamato a fili d'argento in condizioni perfette, e non poteva sopportarlo. Inoltre si sentiva piuttosto stupido, non sapendo come fermare quel fiume di lacrime, quindi rimase seduto in quel modo per parecchi minuti in attesa che la crisi isterica finisse per conto suo, poi le passò il suo fazzoletto.

"Grazie," disse *Madame* con la voce flebile. "Per favore, chiamate Hélène e fatele portare un po' di borgogna."

Quando sua signoria tornò, *Madame* era seduta lontano dal candelabro, dove l'ombra era più gentile con il suo volto chiazzato. "Leggete questo" ordinò, ficcandogli il pezzo di carta stropicciato in mano. "È di Roxton. Non so che diavolo lo abbia preso! Non è più lui da un mese o più, e ora questo! So che non è mai possibile capire il suo umore e può essere insopportabile e sdegnoso, ma da un po' ha cominciato a essere cupo. Ora so perché!"

Lord Vallentine lisciò il foglio sul ginocchio coperto di seta mentre *Madame* continuava a parlare e lesse la calligrafia familiare. Francamente non riusciva a capire perché Estée stesse facendo tanto chiasso. "Chi è l'ospite?" Chiese, con indifferenza.

"Ospite? *Ospite*. Siete senza vergogna, come lui!"

"Piano, Estée," la avvertì sua signoria. "Non è il caso di mettermi nella stessa categoria di vostro fratello. È il mio più caro amico ma questo non significa che mi piaccia il suo stile di vita. Ma nemmeno lo giudico. In quanto a essere senza vergogna…"

"Non fingete di essere così ignorante, Lucian. Sapete perfettamente che cosa voglio dire."

"Anche se fosse così," dichiarò sua signoria, "non vedo che obiezioni possiate fare. Vi ha solo chiesto di preparare una stanza e di impiegare una delle cameriere addette alle stanze come cameriera personale, finché sarà possibile organizzarsi meglio."

"Organizzarsi meglio!" Disse *Madame* in tono di scherno.

"Alla fine si è trastullato con il tipo di donna sbagliato e deve renderne conto! Questo gli insegnerà a violentare e depredare..."

"Estée!" Esclamò stupito sua signoria. "Spero che arrivi alla svelta il borgogna. Ne avete veramente bisogno! Roxton non se ne va in giro a violentare e a depredare e voi lo sapete bene! Ed è troppo subdolo per farsi prendere all'amo da una qualunque damigella, per quanto allettante. Perché siete così sconvolta? Dice che sarà solo per un giorno o due..."

"Allora perché mi scrive di chiamare Maurice... *Maurice*, il miglior sarto di Parigi, nientemeno."

Lord Vallentine scrollò le spalle. "Non ne ho idea. Comunque non dovrebbe essere poi un tale fastidio, no?"

Madame era sul punto di dirgli esattamente che tipo di fastidio era quando Duvalier entrò nella stanza con una bottiglia di vino e due bicchieri, appoggiandoli davanti alla signora. Versò il vino e poi uscì con un inchino e solo uno sguardo di sfuggita alla sua padrona, che ignorò la sua esistenza.

"Non farò preparare la stanza e non le assegnerò una delle cameriere e non farò chiamare Maurice perché si metta al servizio di una delle sgualdrine di Roxton! Non restate lì a bocca aperta, Lucian! Sapete perfettamente che è quello che deve essere, altrimenti non sarebbe in compagnia di mio fratello senza il beneficio di una chaperon e dei vestiti decenti addosso. E non pensate di riuscire a ottenere qualcosa di sensato dal suo valletto. Sono tutti uguali! Barbari infidi dalla bocca cucita!"

"Ellicott non è un barbaro. È un inglese che parla un francese dannatamente buono!"

"Esattamente! Un barbaro!"

Lord Vallentine tenne la bocca chiusa, sapendo che era inutile discutere con *Madame* quando aveva uno dei suoi accessi d'ira. Sorseggiò il vino chiedendosi che cosa poteva aver trattenuto il suo amico. Cominciava a sentirsi in pensiero, quindi fece chiamare il valletto del duca, sperando che il servitore potesse tranquillizzarlo.

"Parlatemi di questa femmina da cui si è fatto intrappolare mio fratello," disse cupamente Estée.

"Ascoltate, Estée," disse in tono tranquillo sua signoria. "Vostro fratello porterebbe mai una delle sue-sue... Una di quelle femmine, qua, nella casa che divide con sua sorella? Potrà anche essere indulgente, dannatamente indulgente, ma sa che cosa deve al suo nome. Se lei fosse quel tipo di donna la porterebbe a... a..."

Madame alzò le sopracciglia perfettamente arcuate. "Sì?"

Vallentine sospirò. "Tanto vale che lo sappiate. Un sordido dettaglio in più sullo stile di vita di vostro fratello non può farvi arrossire. Ha una *petite maison* a sud della Senna, per... ehm, intrattenere"

"Già!" Rispose secca Estée. "Poi ci si chiede perché debba anche visitare la Maison Clermont!"

Sua signoria sorrise imbarazzato. "Conoscete Roxton. Si annoia tanto facilmente."

Grattarono alla porta e Hélène fece entrare il valletto del duca, Ellicott, che si inchinò a sua signoria, con il volto impassibile, anche se mezz'ora prima aveva ricevuto una tremenda sgridata da parte di *Madame*.

Vallentine sapeva che era devoto a Roxton, che aveva condiviso parecchie avventure amorose con il suo padrone e non aveva mai spettegolato con nessun servitore o amico riguardo agli eccessi di Roxton con le donne. Quindi difficilmente avrebbe divulgato la minima informazione anche in quest'occasione. Vallentine sperava solo che Ellicott gli dicesse che cosa non stava progettando il duca. Decise di interrogare l'uomo nella sua lingua, sapendo che avrebbe scatenato l'ira di *Madame* contro di sé, ma sperando che avrebbe messo il valletto più a suo agio e lo avrebbe reso più incline alle confidenze.

"Sembrate uno straccio, Ellicott. Che c'è che non va?"

Il valletto lanciò una veloce occhiata a *Madame de Montbrail* che si era seduta diritta appena sua signoria era passato all'inglese, con le guance che si arrossavano.

"Non saprei, milord," disse cautamente.

"Chi è o cos'è l'ospite di Sua Grazia?"

"Sua Grazia non ha ritenuto di informarmi, milord."

Lord Vallentine decise per un approccio più franco. "È una qualche sgualdrina che ha raccolto alla mascherata?"

"Come ho detto, milord," disse rigidamente Ellicott, "non potrei dirlo."

"Siete un tipo guardingo, eh? Sentite, Ellicott. Mi conoscete. Sono il miglior amico del duca e sono preoccupato. Sua sorella è preoccupata."

"Siete stupido se tentate di parlare con questo barbaro!" Gridò Estée a Vallentine. "Non vi dirà niente! Tutti i servitori di Roxton sono uguali. Infidi e insolenti e-e dei babbuini; tutti quanti! Li ha addestrati troppo bene. Vado a sistemarmi la faccia e i capelli ma tornerò e voi mi ripeterete tutto quello che vi dice questo barbaro."

Lord Vallentine la guardò precipitarsi fuori dalla stanza, poi si rivolse al valletto, con il volto senza espressione. "Sputate il rospo! Che cosa sta macchinando quella vecchia volpe?"

"Non lo so con precisione, milord," disse sinceramente il valletto. "Se sua signoria permette? Sono preoccupato per il benessere di Sua Grazia. Il viaggio da Versailles normalmente non dura più di un'ora e anche meno con cavalli come quelli della scuderia di Sua Grazia."

"Non pensate che si sia fermato in quella casetta in Rue St. Dominique, no?"

Ellicott sostenne lo sguardo inquisitore di Lord Vallentine senza battere ciglio.

"Ho preparato le stanze del duca in questa casa, milord, come mi ha chiesto."

"E non potete dirmi niente di questa femmina che è con lui, eh? Ehi! Che cosa sta succedendo?" Disse, andando alla finestra.

Aveva sentito una carrozza sui ciottoli nel cortile di sotto e tirò indietro le tende pesanti. Era il cocchio del duca e si stava verificando il solito subbuglio che accompagnava il suo arrivo. Sua signoria non notò niente di insolito nella scena davanti a lui e stava per lasciar ricadere le tende quando *Madame* corse verso di lui, chiedendo che cosa stava succedendo. Fu allora che notò l'assenza del solito cocchiere del duca.

"C'era Baptiste a cassetta, stasera?" Chiese Vallentine a Ellicott, in francese.

"Come sempre, *M'sieur.*"

Lord Vallentine aggrottò le nobili sopracciglia. "È strano, non è a cassetta."

Il valletto sobbalzò. "Posso…"

"Andate! Andate!" Disse Vallentine con un gesto della mano e il naso premuto contro il vetro. "Non è ancora sceso, Estée. Lo sportello è aperto… Beh, è strano…"

"Che cosa? Che cosa?" Chiese Estée aggrappandosi alla manica della camicia di sua signoria, senza osare guardare sopra la sua spalla.

"Penso che sia meglio scendere," disse Vallentine. "Uno dei camerieri è saltato dentro la carrozza e non è ancora sceso. Ora l'ha seguito anche un altro e… Eccolo che scende e sta correndo come un pazzo chiedendo un cavallo. Duvalier è là sul gradino…"

"*Mon Dieu!*" Gemette *Madame* e si precipitò fuori dalla stanza, seguita da vicino da Lord Vallentine.

QUATTRO

Il DUCA ENTRÒ NEL foyer mentre sua sorella e Lord Vallentine arrivavano di corsa dallo scalone ricurvo per salutarlo. Sua sorella e il suo amico sembrarono non accorgersi che era mortalmente pallido e che portava stretto al petto un fagotto avvolto nel suo pastrano, un fagotto da cui spuntavano due piedini infangati, senza scarpe. Erano solo contenti che fosse vivo, sano e salvo. Ma Estée non mancò di notare che era in maniche di camicia e che i volant di pizzo bianco ai polsi erano macchiati di sangue e fango. Corse da lui, impedendogli di avanzare, ciarlando, tra riso e pianto.

"Dove siete stato?" Lo sgridò. "Eravamo così preoccupati. Non fate mai tardi e quando il vostro valletto è arrivato con quel biglietto e poi non siete arrivato… Oh! Avete del sangue sulle mani! Siete ferito? Siete…"

Vallentine allontanò *Madame* da suo fratello. "Lasciatelo passare, amor mio," disse dolcemente, afferrando in fretta la situazione. "È stato chiamato il medico?" Chiese al duca, seguendolo in un salotto dove un servitore stava già provvedendo al fuoco, mentre un altro era arrivato con un cuscino e una coperta.

"Sì, l'ho mandato a chiamare," rispose il duca.

"Medico?" Chiese Estée, fissando sua signoria. "Perché mio fratello ha bisogno del…" E strinse le labbra quando il duca depositò delicatamente il fagotto sul sofà e tese una mano verso il cuscino e la coperta.

"Mandate via i servitori," ordinò il duca. "Siete comoda?" Chiese ad Antonia.

Lei annuì, con gli occhi spalancati e guardandosi intorno, interessata nonostante il pulsare insopportabile alla spalla.

Il duca vide uno spasmo di dolore attraversarle il volto infangato e disse severamente: "Non cercate di muovervi. Restate ferma finché non arriva il medico."

"Questa casa è veramente elegante, *Monseigneur*," osservò Antonia. "È esattamente come me l'ha descritta papà. Potrei avere per favore un po' d'acqua?"

"Estée, acqua," ordinò il duca girando la testa. "Sono lieto che *mademoiselle* approvi e non sia delusa," disse con un inchino. "Il medico arriverà molto presto."

"Bene. Il dolore è molto forte," disse Antonia chiudendo gli occhi.

Il duca si alzò e guardò sua sorella che non si era mossa. Fissava la ragazza avvolta nel cappotto del fratello. Non le piaceva affatto quello che stava vedendo. La ragazza, perché non era ancora una donna nonostante il trucco pesante sulle guance e le labbra dicessero il contrario, i capelli della ragazza erano una massa ingarbugliata di cipria, fango e sangue, il piccolo volto a forma di cuore anch'esso sporco della stessa mistura. Nonostante il nasino, la fronte alta e la bella curva delle labbra piene, Estée poteva solo trarre una conclusione circa la vocazione della ragazza. Quindi si ritrasse inorridita e affrontò il duca con un'espressione di supremo oltraggio sul volto che non sfuggì a Lord Vallentine, che borbottò qualcosa circa l'andare a prendere una caraffa d'acqua e altri rinfreschi mentre usciva.

"Vi sbagliate, Estée." Disse il duca con la voce stanca.

"Non avreste dovuto portare questa creatura in questa casa."
Disse secca sua sorella. "Portatela via. Portatela... Portatela in
quella vostra casetta che tenete così ben rifornita."

Il volto del duca si fece di pietra. "Ricordo a *Madame* che
questa è casa mia."

"Allora me ne andrò io se quella," e puntò un dito dalla lunga
unghia curata verso Antonia, "creatura non se ne va all'istante.
Non so che cosa ci sia che non va..."

"Le hanno sparato."

Madame rise amaramente. "Frequenta delle belle compagnie!"
Ma fece un passo indietro quando il duca si mosse verso di lei.
"Volete picchiarmi? Oh, mio Dio, *M'sieur le Duc*! Quella creatura
evidentemente significa per voi più del vostro stesso sangue e della
vostra carne!"

Lord Vallentine entrò durante la scena portando un vassoio
con una caraffa d'acqua e un decanter di brandy, e quasi rovesciò
il tutto quando alzò gli occhi. "Gesù, Roxton, la ragazza!"

Il duca si voltò trovando Antonia in piedi che barcollava. Con
uno sforzo supremo di volontà, era riuscita a mettersi in piedi. Il
dolore alla spalla era lancinante, mentre cercava di coprire il
bendaggio provvisorio e il seno nudo con i brandelli dello stretto
corpino che il duca aveva strappato fino in vita nel tentativo di
fermare il sangue.

"Piccola pazza!" Sibilò Roxton, prendendola in braccio e
rimettendola sul sofà. Le gettò addosso la coperta. "Muovetevi di
nuovo e non sarà solo la spalla a farvi male!"

"Non potrò sedermi per una settimana?" Chiese Antonia con
una risatina che lo sconcertò. Si spostò di fianco per permettere a
Vallentine di darle un po' di brandy. Il liquido ardente le bruciò la
gola ma le scaldò lo stomaco e ringraziò il bel gentiluomo.
"*M'sieur* spera di farmi ubriacare," disse, respingendo il bicchiere.
"Non è una cattiva idea, ma il borgogna andrebbe meglio. Mi
piace il borgogna."

"Davvero? Per Giove!" Sorrise Vallentine. "Siete troppo giovane sia per l'uno sia per l'altro, scommetto."

"No! Ho, avrò *vent'anni* tra un mese!"

"Oho! Una vecchietta!" Rise Vallentine. Guardò l'amico e lo trovò che fissava Antonia con un'espressione preoccupata. "Sopravvivrà. Ha troppo spirito."

"Certo che vivrò," replicò Antonia, con una smorfia. Si sentiva venir meno per il dolore e aprì gli occhi con uno sforzo. "Non-non sono ferita così gravemente come Baptiste. È il cocchiere di *M'sieur le Duc* e il suo braccio è rotto, crediamo. Vero *Monseigneur*?"

"Sì, lo crediamo proprio." Rispose, sorridendo senza accorgersene e guardò sua sorella in piedi immobile accanto al camino.

Antonia seguì il suo sguardo e parlò a Lord Vallentine. "Quella è la sorella di *M'sieur le Duc*? Mi dispiace di essere un tale fastidio."

"Non preoccupatevi per lei," sussurrò sua signoria, dandole un colpetto sulla piccola mano sporca. "Le passerà, vedrete."

Estée sentì lo scambio di battute e andò verso la porta con il naso all'aria. "Se è per colpa vostra che le hanno sparato, mi dispiace veramente per lei," disse freddamente. "Comunque, non avreste mai dovuto portarla in questa casa rispettabile." Detto quello, uscì dalla stanza e quasi si scontrò con Duvalier che veniva ad annunciare l'arrivo del medico e del suo assistente.

Il piccolo medico grassoccio, con una parrucca corta e vestito di nero, e il suo assistente, che lo seguiva portando una grossa borsa nera piena di strumenti e farmaci, si affrettarono a entrare nella stanza, inchinandosi a tutti. Il medico schioccò le dita e il suo assistente aprì immediatamente la borsa e cominciò a sistemare gli strumenti chirurgici dall'aspetto inquietante su un tavolo basso accanto al sofà. Diede quindi qualche ordine a Duvalier, poi si avvicinò ad Antonia sorridendole.

"Questa allora è la figlioletta del cavaliere *Frederick Moran*?"

Tubò, senza batter ciglio davanti agli strani abiti e al trucco pesante. "Il tuo papà, ah, *lui*, era un grande dottore in medicina. Ma tu non hai niente da temere in mano mia, perché sono anch'io bravo come lui. Signori, se permettete...?"

Lord Vallentine e il duca fecero per uscire ma Antonia afferrò la mano del duca. "Potete restare?" Chiese Antonia con una vocina spaventata.

"Darei solo fastidio," mormorò il duca, guardando le dita aggrappate alle sue.

Il medico alzò gli occhi dal tavolo dove stava contemplando i suoi strumenti di lavoro e fece cenno al duca che poteva scegliere. Antonia sorrise e chiuse gli occhi, ma non allentò la presa.

"Se guardarmi vi offende, *M'sieur le Duc*, allora andatevene pure."

Il medico accarezzò la sua guancia sporca, poi si concentrò sul compito di estrarre la pallottola dalla carne. Non lasciò l'*hôtel* che due ore dopo, quando nella casa c'era un completo silenzio, con Antonia infilata tra lenzuola pulite, con la spalla espertamente bendata e una buona dose di laudano somministrata per attenuare il dolore e permetterle una buona notte di sonno. Informò il duca che la sua paziente non doveva muoversi per almeno tre settimane e che lui sarebbe tornato a visitarla ogni giorno per seguirne i progressi. Poi l'ometto grasso prese congedo, stanco e soddisfatto di aver compiuto un altro miracolo della chirurgia.

LORD VALLENTINE, CON UN'AMPIA vestaglia di seta cinese sopra la camicia da notte e una berretta dello stesso tessuto che gli copriva la testa rasata, entrò silenziosamente nella biblioteca, dove il fuoco e un candeliere erano ancora accesi. Il duca di Roxton era seduto alla sua scrivania con una camicia bianca e una cravatta pulite, e stava scrivendo una lettera.

"C'è del caffè sulla credenza," disse il duca senza alzare gli occhi. Intinse la penna nel calamaio e cominciò a scrivere su un foglio nuovo.

"Non riuscivo a dormire," confessò sua signoria con un sorrisino. Riempì la ciotola del duca e ne versò una anche per sé. "Ho cercato ma mi sono girato e rigirato per un'ora. Dannata orribile faccenda," brontolò e si sistemò in una profonda poltrona accanto al camino decorato. Rimase a guardare le fiamme per parecchi minuti prima di dire: "Come sta, Roxton? Quel medico ce ne ha messo di tempo. Spero che sia all'altezza della sua reputazione e delle sue prebende. Voglio dire, lei è giovane e… Dannazione! Devi proprio continuare a scrivere?"

"Sì, mio caro. Devo solo firmare e poi sarò da te."

Vallentine riprese a guardare le fiamme e aspettò. Il duca ci mise ancora un po' e quando alla fine si avvicinò al fuoco, Lord Vallentine lo guardò severo.

"Beh? Non hai intenzione di raccontarmi che cos'è successo?" Chiese. "Come sta la ragazza? È stata una notte di spavento! Ho i nervi a pezzi, te lo posso dire. Mi ci è voluta una vita per far passare la crisi isterica a Estée…"

"Lucian il Martire," lo prese in giro il duca causticamente. "Non so perché ti sia preso la briga. Meritava di essere lasciata ai suoi malumori."

Vallentine si agitò a disagio sotto lo sguardo fisso del duca. "So che non si comporta come dovrebbe, ma era molto agitata quando non sei arrivato a casa in orario. Si è riempita la testa con le idee più strane. Così, quando ha visto che eri sano e salvo penso che sia stato il sollievo che l'ha portata a comportarsi in modo così folle. Sai com'è, Roxton."

"So che la suscettibilità di Estée è stata ferita molto più profondamente di qualunque sentimento di compassione possa aver provato nei miei confronti."

Sua signoria annuì e tenne gli occhi sul liquido scuro nella sua ciotola. "Ammetto che quando ho visto la ragazza per la prima volta l'ho pensata come Estée. È normale! Non sei esattamente un-un santo. Voglio dire, hai fatto parecchie cose piuttosto sordide ai tuoi tempi e beh, hai sempre tenuto al riparo Estée. Anche se ha sentito i pettegolezzi, non ne è mai stata testimone e trovarsi a faccia a faccia con quella ragazza, vestita come una…"

"E se ti dicessi che è la mia più recente sgualdrina?"

Lord Vallentine rimase a bocca aperta. "Quella ragazza? No! Non ti credo." Quando il duca fece un mezzo sorriso, si sentì ancora più a disagio. "Mi stai prendendo in giro, per Giove!"

"Sì," rispose il duca in tono piatto. "Potrei essere suo padre."

"Non direi!" Disse Vallentine con una smorfia. "Dice di andare per i venti e tu hai tre anni più di me, e io ho sei anni più di Estée ma tu hai due anni meno di quel tuo lagnoso cugino Salvan. Quindi hai... Beh! Immagino che potresti esserlo."

Il duca sospirò alle complicate riflessioni matematiche dell'amico, "Sì, potrei. Ammetto che era vestita in modo atroce," rifletté. "La sua idea di come debbano apparire le peggiori puttane, ragazza idiota. È solo servito ad attirare le attenzioni indesiderate di Richelieu e quelle di ogni altro cane bavoso a corte. Sospetto che l'abbia fatto per forzarmi la mano, cosa che mi sono trovato… ehm, obbligato ad accettare, viste le circostanze. Ed è solo servito a far bloccare il mio cocchio da un branco di bestie ignoranti."

Vallentine non capì una buona parte di quello che aveva detto il duca ma quando sentì parlare di banditi si sedette di colpo e raddrizzò il berretto da notte. "Cosa? Hanno tentato la fortuna sulla strada di Versailles? Che cos'è successo?"

"Successo Vallentine?" Disse Roxton, alzando lentamente gli occhi dal suo anello con smeraldo. "Due bifolchi sono rimasti a terra morti sulla strada di Versailles, entrambi per mano mia. Il capo non è riuscito a prendere la ragazza ed è scappato. Ci hanno sparato a…"

"A te? Chi mai oserebbe?"

Roxton alzò le spalle: "Un mistero, mio caro. Sono arrivati due spari dalla foresta. Il secondo ha colpito il segno. *Mademoiselle Moran* è viva perché la pallottola ha fracassato lo sportello della carrozza prima di penetrarle nella spalla, riducendo l'impatto. La palla si è conficcata, poco profondamente, in alto nella spalla, mancando appena la clavicola e la costola. È stata molto fortunata."

"Dannatamente fortunata!" Dichiarò sua signoria. "Guarirà presto?"

"È fuori pericolo," disse il duca con calma. "Ma ha perso parecchio sangue ed è molto debole. Almeno quattro settimane a letto e poi vedremo. La cicatrice non sarà bella da vedere."

"Povera piccola," mormorò Vallentine. "Che cosa volevano quei ruffiani, a parte le solite cosucce?"

"Mi hanno chiesto di consegnare la ragazza; nient'altro. Un pretesa veramente stupida."

"È dannatamente strano."

"Sì. I miei amici non erano per niente banditi di strada ma uomini agli ordini di qualcuno, qualcuno che non ho ancora identificato. Anche se ho i miei sospetti."

"Sì?" Chiese Vallentine, curioso.

Il duca sorseggiò il caffè ormai freddo. "È troppo presto, in questa partita, per dare voce alle mie teorie, Vallentine. Dovrai essere paziente."

"Testimoni?"

"Una carrozza e una diligenza dirette a palazzo, fermate dai complici dei miei amici. Gli occupanti sono stati spettatori di tutto il dramma, recitato sotto una luna argentata. Avevano degli ottimi posti."

"Quindi ti hanno visto ass… uccidere quei due uomini?"

"Sono ragionevolmente sicuro che riceverò una visita del tenente di polizia, domani."

impotente ad agire, ad andare da lei per portarla via. Come, perfino la *lettre de cachet* ora in vostro possesso a che serve? Che potete farci? Vostro figlio non è più un problema. Potete anche mettergliela sotto il naso, ma a che scopo? I vostri piani sono andati in rovina. Tutti i vostri sforzi, sprecati.

"Meglio trovare un'altra ragazza. Non può essere l'unica. Per dirvi la verità, Salvan, non mi piaceva il taglio dei suoi occhi, come quelli di un gatto. E il colore, poi, verde! Non va bene portare a letto le donne con gli occhi verdi. E ora? La gatta ci ha lasciato lo zampino. Roxton, probabilmente è tra le sue cosce morbide mentre stiamo parlando. Amico mio, potete trovare di meglio!"

"Non ne voglio un'altra. Non mi accontenterò di un'altra. Devo avere *lei*!" Strillò il conte, come un orribile bambino viziato. Era in piedi, sulle sue scarpe alte e picchiava sul tavolo con un pugno chiuso, facendo sobbalzare argenteria e stoviglie, con il vino che traboccava dal suo bicchiere. Nella stanza si fece il silenzio ma Salvan non se ne rese conto. Charmond osava solo guardargli il bianco degli occhi. "Imbecille! Idiota! Pazzo! Pensate che sia solo la sua virtù che bramo? Ah! Perché cerco di spiegarvi queste cose?"

Si sedette di nuovo e bevve un gran sorso di vino. Un minuto di silenziosa riflessione lo aiutò tornare calmo. Il cavaliere non osò bere né mangiare né distogliere lo sguardo dal volto butterato dell'uomo.

"Sono a un pelo dall'ottenere un contratto di matrimonio firmato con Strathsay," disse il conte, a voce bassa. "Lo stanno redigendo mentre parliamo. I miei avvocati stanno lavorandoci giorno e notte. Il tempo è la cosa essenziale! Il vecchio sta morendo. Le sue budella stanno marcendo. Ve lo dico io, Charmond, tutte le volte che vado a vederlo quasi gli vomito in faccia. La puzza è incredibile! Ma che cosa credete che succederà se sentirà il minimo accenno di quello che è successo stanotte, eh? Che cosa?"

"Benyer non oserebbe toccarti!"

Roxton scostò una balza e fiutò una presa di tabacco. "Dio ci scampi," disse, strascicando le parole. "Non sono proprio un signor nessuno."

"Non è quello che intendevo, ovviamente no," disse, imbarazzato, sua signoria. "Ma non ci saranno un mucchio di domande?"

"Probabilmente. Può chiedere tutto quello che vuole."

"Ma tu non hai intenzione di dirgli un accidenti, no?" Disse Vallentine con una risata.

"Mio caro Vallentine," disse il duca, inarcando le sopraciglia, "stai insinuando che io, il nobilissimo duca di Roxton, ostacolerei deliberatamente il corso della giustizia francese?"

Lord Vallentine sorrise. "Hai già fatto tu giustizia, se è per quello. E se lo sono meritato! Cani rognosi che volevano rapire una-una... *Mademoiselle*... Moran...?"

"Il tuo volto così affascinante ti tradisce, Vallentine," disse il duca. "Si chiama Antonia Diane Moran, figlia del famoso medico, il cavaliere Frederick Moran..."

"Il tizio che ha ucciso l'erede del principe de Parvelle alla nascita?" Disse sua signoria, sedendosi diritto. "Gesù!"

"Mi congratulo per la tua eccellente memoria, Vallentine. Non... ehm, esattamente ucciso. Diciamo che è stato un parto... difficile," rispose il duca a bassa voce. "Non è mai stato provato ma ha certamente rovinato la sua reputazione a Parigi. Ha cercato rifugio in Inghilterra e poi è fuggito insieme alla giovane figlia del conte di Strathsay."

"Carattere avventuroso, eh?"

Roxton rifiutò di commentare il sogghigno di Lord Vallentine e continuò. "Lady Jane è morta quando Antonia aveva cinque o sei anni e suo padre meno di un anno fa a Genova. Non ha nessuno al mondo eccetto un nonno morente... Sì, Vallentine, calmati. Il conte di Strathsay e la moglie da cui era separato..."

"Tua cugina Augusta è la nonna di quella ragazza?" Esclamò il

suo amico. "Che parentela! La nipote della famigerata Lady Strathsay. Bene! Bene! Aspetta che lo senta Estée!"

"Credi che la farà affezionare ancora di più a quella ragazza?"
Osservò beffardo il duca. "Per continuare. Ha uno zio, Theophilus
Fitzstuart, il figlio del conte…"

"Ma il vecchio non ha mai riconosciuto quella parentela."

"Devi proprio interrompere di continuo?"

"Scusa."

"Quello che il conte continua ad annunciare al mondo e
quello che invece è un fatto assoluto non sono sempre esattamente la stessa cosa," rispose il duca con una logica schiacciante.
"Theophilus è suo figlio, checché ne dica Strathsay. La moralità di
Augusta è decisamente disdicevole ma non si può mettere in
discussione il fatto che sia lui il padre del ragazzo. Ritengo che il
vecchio caro conte tornerà in sé a questo riguardo, con il suo
ultimo respiro. Dopo tutto è un papista e ha paura per la sua
anima. Farà sicuramente ammenda."

"Pensi che sia stato Strathsay a cercare di far rapire la ragazza?"
Chiese Vallentine, in piedi accanto alla credenza a riempire la sua
ciotola, con il duca che rifiutava altro caffè. "Non credo che possa
essere stato contento di sapere che l'avevi rapita tu. Tu l'hai
rapita?"

"Lasciami riflettere sulle tue elucubrazioni. Anch'io ho le mie
ragioni. Ma no, non credo che fossero gli uomini del caro vecchio
conte." Roxton guardò impassibile l'amico e sorrise con le labbra
tirate. "E no, non l'ho rapita. La mia sordida reputazione si è
decuplicata anche nel tuo cervellino." Emise un sospiro stanco.
"Non c'è più speranza per il mio prestigio in declino. Quindi non
serve che ti dica che lei sa benissimo che io sono il cugino di sua
nonna e che mi ha scritto parecchi mesi fa chiedendomi di
toglierla da una situazione spiacevole. Ha la malriposta convinzione che il testamento di suo padre l'abbia lasciata sotto la mia
tutela…"

"Cosa? *Tu*? Tutore di una ragazza di nemmeno vent'anni?" Lo schernì Lord Vallentine. "Quell'uomo doveva avere le pigne in testa!"

"La tua fiducia in me è incrollabile," disse beffardo il duca. "Come stavo per aggiungere, sotto la mia tutela per farla arrivare sana e salva in Inghilterra da sua nonna."

"Il cavaliere errante! Bravo, Roxton," esclamò sua signoria. "Ma è saggio inviare la ragazza da una donna della moralità di tua cugina? Voglio dire, tu hai una certa reputazione, certo, ma Augusta Strathsay non ha una briciola di moralità in tutto il corpo!"

Il duca era andato verso il camino e aveva la schiena rivolta a Vallentine, impedendogli di vedere la sua espressione, ma sua signoria rilevò un sospetto di emozione nella voce normalmente placida.

"La ragazza non può restare in Francia," disse. "Suo nonno ha firmato, o sta per farlo, vedremo se vive ancora un po', un contratto di matrimonio tra sua nipote e il visconte d'Ambert. Aspetta, Vallentine, prima di dirmi che questa unione non ti sembra irragionevole, perché sarei d'accordo con te se non fosse per due motivi. Primo, il visconte detesta l'idea di sposarla perché lei non è degna di lui. Non conosco i sentimenti della ragazza per lui. E, secondo: appena Salvan avrà fatto sposare la ragazza al figlio, la prenderà per sé…"

"Buon… Dio. È disgustoso!" Dichiarò sua signoria, storcendo la bocca. "Salvan e quella ragazza?"

"Proprio così, mio caro. Ciononostante queste sono le intenzioni di Salvan," disse il duca, appoggiando le sue spalle larghe alla mensola del camino. "Ammetto di aver trovato il racconto un po' fantasioso ma ho dovuto dargli almeno un po' di credito, dato il *penchant* di mio cugino per le vergini appena uscite dal convento."

"Ho sempre pensato che tuo cugino fosse un piccolo verme disgustoso," borbottò sua signoria, facendo una smorfia.

"Però," rifletté il duca, "osservando il recente comportamento di mio cugino e l'avversione di Antonia per lui, non ho potuto rifiutarmi di crederlo. Poi, per un fortuito incidente, ho saputo che c'è una *lettre de cachet* a nome di d'Ambert. E non dimentichiamo lo stato delle finanze di mio cugino. Ha bisogno che il figlio faccia un matrimonio vantaggioso. Antonia sarà un'ereditiera quando morirà suo nonno, le lascerà tutto quello che non è vincolato. Che cosa conta il nome di famiglia, se Salvan riesce ad accaparrare un'innocente ereditiera per suo figlio, una che vuole portarsi a letto?" Guardò il volto dell'amico che si incupiva. "Vai a dormire, Vallentine, il tuo cervello ha superato i limiti della sua capacità di comprensione."

Ma quando il duca annunciò la sua intenzione di visitare Rossard, sua signoria raccolse tutta la sua riserva di energia e si precipitò a cambiarsi d'abito, dichiarando di voler accompagnare il duca. Disse che si sarebbero trovati nel foyer entro dieci minuti. Gli ci volle parecchio di più a rendersi presentabile. Roxton lo aspettò pazientemente, con il pastrano e i guanti, grattando con una mano l'orecchio del suo whippet grigio, mentre il suo compagno restava contento ai piedi del padrone.

"Pensi che sia saggio farti vedere da Rossard proprio stasera?" Chiese Vallentine mentre il cameriere lo aiutava a infilarsi il cappotto e i guanti. "Mi sa che ci sarà fermento. Tutta Parigi oramai deve sapere che cosa è successo sulla strada di Versailles e, beh, come hai detto, sono morti due uomini e..."

"... io ho le mani insanguinate?" Roxton scrollò le spalle. "Il fatto di aver liberato il mondo da simili *canaille* mi è supremamente indifferente, mio caro. Ma se ritieni..."

"No, no! Non potrei essere più d'accordo!" Rispose in fretta Vallentine, aspettando che il duca uscisse sotto il portico dell'*hôtel* prima di lui, con i whippet alle calcagna. "Ma ci saranno delle chiacchiere. E in tanti condanneranno le tue azioni. Se non altro perché sei stato tu a uccidere quei porci. Spero solo che non ci riservino una brutta accoglienza."

"Non a me, mio caro," disse il duca, con una mano sull'elsa ingioiellata della sua spada, "ma per l'amico che ha osato sfregiare una bella e giovane ragazza, sarà spiacevole, deliziosamente spiacevole."

"COME FATE A ESSERE sicuro che si farà vedere dopo quello che è successo?" Chiese il cavaliere di Charmond, contemplando le carte che gli avevano servito. "Tocca a voi, Gustave," disse al grasso nobiluomo con le carnose labbra dipinte di rosso che si contraevano fastidiosamente.

"C'è tutta Parigi, qui, stasera. Ovvio che si farà vedere." Borbottò il *Comte de Salvan*, raccogliendo la pila di carte davanti a lui. Non le guardò subito. I suoi occhietti neri ispezionarono ancora i tavoli da gioco affollati e rumorosi e poi si fissarono sulla porta. C'era una quantità un po' più alta del solito di facce e nessuna apparteneva al suo cugino inglese. "*Mon Dieu* si soffoca, qui."

Il cavaliere ridacchiò. "Vi comprendo, *M'sieur le Comte*. Veramente. Deve essere difficile per voi. Volete scartare?"

"Non so perché siate venuto a Parigi! Non va male, non va male per niente! Vedrete come farà Salvan a sfruttare la situazione." Scartò senza fare attenzione e il suo sguardo tornò alla porta. "Ammetto che è in vantaggio. Ma mi farò restituire la ragazza."

"Come fate a sapere che la ragazza è ancora con lui?" Chiese il cavaliere. "Forse è corsa via nella notte, verso Parigi dopo che lui…"

"Assurdo," dichiarò il conte. Afferrò un bicchiere di vino dal vassoio che gli offriva un cameriere. "Quanto tempo ha avuto per sedurla e uccidere tre, o erano quattro, uomini che hanno bloccato la sua carrozza? Eh? Non abbastanza, ve lo dico io!"

Charmond aprì le carte e prese tempo prima di scartare.

"Potrebbe essere con lei adesso. Pensateci Salvan! Mentre voi siete seduto qui, vostro cugino sta montando la piccola *demoiselle* per la terza volta!"

"Erano due uomini," disse il nobiluomo grasso, un certo Gustave, *Marquis de Chesnay*. "Lo so, Marguerite ha fatto fermare il cocchiere per poterli guardare. E non è l'unica. C'era una bella folla raccolta là. La polizia, beh loro hanno interrogato tutti! Hanno interrogato perfino Marguerite. Immaginate!" Guardò intorno al tavolo con gli occhi sgranati, eloquenti. "Ha mentito, ovviamente. Lo fa sempre. Che angelo! Vorrei che mia moglie fosse furba la metà di lei…"

"… e avesse almeno la metà del suo talento," mormorò un gentiluomo alla destra di De Chesnay. Fece un gesto volgare con la lingua che fece scoppiare gli uomini in una risata fragorosa e sfrenata.

De Chesnay fece un ampio sorriso e aspettò che la risata si calmasse. "Marguerite ha detto che quei due corpi erano più interessanti di una visita all'obitorio! Avete mai sentito qualcuno come lei? Ah! È veramente un angelo! Fabrice, credo che la partita sia nostra."

"Uno è stato colpito diritto al cuore," disse un gentiluomo con una corta parrucca azzurra incipriata che si chinò sullo schienale della sedia del cavaliere di Charmond. "L'altro alla tempia. Io avrei fatto la stessa cosa. Sporchi parassiti!"

"Perché bloccare la carrozza di Roxton e non le altre?" Chiese il marchese di Chesnay. "E l'ho chiesto anche a Marguerite. Dovete concordare con me, signori, che è una circostanza veramente strana. Marguerite ha detto che doveva avere a che fare con una donna."

"Chi l'ha detto?" Chiese il *Comte de Salvan*, un po' troppo in fretta. "Chi era la donna?"

Il marchese scrollò le spalle e si leccò le grosse labbra.

"Marguerite ha detto che doveva trattarsi di una donna. È sempre così con il nostro amico Roxton. Potete contarci! Se ci sono guai con una donna, è sicuro che sia coinvolto Roxton! Chi si dimentica che, solo un mese fa, quell'assurdo attore ha sfidato *M'sieur le Duc de Roxton* a duello. Un attore. E tutto per quell'attrice, Félice. L'audacia di quell'uomo! Quella Félice, beh, è di una morbidezza e dicono che il suo talento con..."

"*M'sieur le Marquis* non ha bisogno di entrare nei dettagli!" Lo interruppe Charmond, gettando le carte sul tavolo. Si alzò, facendo perdere l'equilibrio al gentiluomo con la parrucca corta. "A meno che, Gustave, questa Félice vi abbia concesso il piacere della sua compagnia?"

"No," disse il marchese, sbattendo gli occhi. "Non mi piacciono le attrici."

Il cavaliere si inchinò. "No. *M'sieur le Marquis* preferisce altri..."

"Basta!" Ringhiò il *Comte de Salvan*, respingendo il grasso nobiluomo sulla sedia. "Mi scuso mille volte per Fabrice. Non è in sé. Soffre per Félice, oh, come soffre! Ma, ahimè, amici miei, è Roxton che fa 'soffrire' la divina Félice, più e più volte."

I gentiluomini al tavolo e quelli intorno a loro risero forte, ciascuno dando di gomito all'altro; sorrise perfino De Chesnay. Il *Comte de Salvan* si allontanò noncurante, contento della sua battuta. Trovò il cavaliere nella stanza accanto che si riempiva il piatto al buffet preparato su un lungo tavolo contro una parete. Salvan scelse un'ostrica e se la lasciò scivolare in gola. Ne prese un'altra e aspettò che il piatto del cavaliere fosse pieno e di essere comodamente seduti a un tavolo accanto a una finestra prima di prendere la tabacchiera e tornare all'argomento in cima ai suoi pensieri.

"L'avete portata con voi?" Chiese a voce bassa.

Il cavaliere si riempì la bocca con una fetta di pasticcio di piccione e annuì. Appoggiò il tovagliolo e cercò in una profonda tasca della sua redingote di velluto color pulce. Ammassò il contenuto sul tavolo, due tabacchiere, un astuccio, un plico di fogli piegati, una manciata di carte e qualche moneta. Consegnò al conte quello che voleva disperatamente e tornò a mangiare.

"Tenetela al sicuro, Salvan," disse tra un boccone e l'altro.

"Non ce ne sarà un'altra. Non sapete che problemi ha avuto il povero Fabrice per…"

"Lo so, lo so," rispose impaziente il conte, con le dita ingioiellate che accarezzavano amorevolmente il sigillo reale. Fu solo un attimo, poi si fece scivolare in fretta la *lettre de cachet* in una tasca interna del suo panciotto fiorato. "Non dimenticherò le vostre fatiche a mio favore, Fabrice." Alzò il bicchiere di vino per un brindisi. "Beviamo alla nostra fortuna. Ho sentito dire che la morbida Félice non è affatto contenta del suo amante."

"Sì?" Sussurrò il cavaliere, senza quasi osare respirare.

Il conte bevve un lungo sorso.

"È arrivato al suo orecchio che *M'sieur le Duc* si accontenta di quello che c'è in offerta alla Maison Clermont, un bocciolo in particolare, piuttosto che passare le sue serate tra le braccia di Félice. Alla vostra attrice non piace essere messa in ombra, specialmente da un'orientale."

Gli occhi acquosi di Charmond brillarono. Morse famelico una cipolla cotta.

"Orientale? Siete stato voi che l'avete detto a Félice? Ah, *M'sieur le Comte*, avete tolto un gran peso dalle spalle di Fabrice. Andrò a trovarla domani con regali e parole di simpatia! Sì, ecco quello che farò. Non potrà resistermi. Devo avere una parrucca nuova e il mio sarto deve farmi subito un nuovo paio di calzoni di velluto. Forse nuove fibbie di diamanti per le ginocchia…"

"Mi fa piacere che siate contento, ma chiudete la bocca. Il suo contenuto mi disgusta."

Il conte fece una smorfia e chiamò il cameriere perché portasse altro vino. "Mangiate come un maiale! Fa troppo caldo qui dentro. Aprite la finestra. Dov'è quel vino?"

"Siete preoccupato, molto preoccupato. *Moi*, Charmond, io lo capisco," disse il cavaliere, compassionevole. "Non vi biasimo. Sarei preoccupato anch'io al vostro posto, mio caro conte. Va molto male per voi, penso. Questa situazione, è veramente brutta. La piccola *mademoiselle*, è nelle mani esperte del satiro e voi siete

Il cavaliere non ripose, non fece nemmeno una mossa.

"Tutto! Tutto in rovina," disse Salvan in tono drammatico. "Ucciderà il vecchio avvoltoio! E lo sentirà presto perché anche se c'è voluto tutto il mio genio per tenere lontano dal suo letto quella puttana italiana, lei riuscirà ad andare da lui. Io sono a Parigi e non a corte e quindi non posso sorvegliare tutte le sue mosse. Lei pensa che sia lui che non la vuole, ma non è così, lui la vorrebbe, oh come la vorrebbe! È patetico, Fabrice, veramente patetico. Un così grande generale, ridotto a chiedere di una puttana, come un bambino che chiami la sua balia!"

Si sciacquò la bocca dal disgusto con altro vino.

"La Casparti gli dirà tutto se riesce a raggiungerlo prima che muoia. Lui pensa che la ragazza voglia sposare mio figlio. Gliel'ho fatto credere io. Vuole che lei sia al sicuro prima di morire. È quello che lo tiene in vita. Gli piace l'idea che sposi un nobile francese. Ma se quella puttana lo informa che non è così? Ah! Allora esiterà, farà venire la ragazza al suo capezzale e glielo chiederà! Un disastro! Devo assicurarmi che non succeda."

"Salvan, siete un genio," sussurrò il cavaliere a occhi sgranati.

Il conte sorrise compiaciuto. "Sì, è vero, Fabrice."

"Una mente come la vostra troverà una soluzione a questo difficile ma, ne sono certo, non insolubile problema. Forse alla piccola *demoiselle* non è successo niente? Specialmente se Roxton l'ha portata nel suo *hôtel*. Non vive con sua sorella vedova? Estée de Montbrail è una creatura bella e rispettabilissima. Un'occhiata alla piccola *demoiselle* e la prenderà sotto la sua protezione."

"Non siete così folle come credevo," ammise Salvan. Si chinò sul tavolo e il cavaliere seguì il suo esempio; i loro lunghi nasi quasi si toccarono. "Riguardo a questa storia sulla strada di Versailles. Vi dirò qualcosa. Sono arrivato sulla scena qualche minuto dopo che era successa. Naturalmente non mi sono mostrato. Stavo inseguendo la ragazza. L'ho vista lasciare il ballo in maschera in compagnia di mio cugino e li ho seguiti a tutta velocità. Però ho chiesto al mio cocchiere di restare a una certa distanza. E poi! La rapina!

"Ho fatto fermare il cocchiere e ho aspettato. Si è fermata un'altra carrozza dietro a loro. Un borghese, un avvocato che non conosco e che non mi interessa ricordare. Abbiamo aspettato insieme. Ho mandato un lacchè più vicino, nascosto nel buio. Si è nascosto nella foresta ed è tornato tutto pallido. Roxton ha sparato senza esitazione, ha detto, c'era troppa confusione per capire tutto il resto. Abbiamo aspettato, l'avvocato e io, finché tutto è tornato tranquillo e una carrozza è filata via in direzione opposta. Abbiamo capito di essere al sicuro e abbiamo proseguito. Questo avvocato ha continuato per la sua strada. È un codardo e temeva per la sua reputazione se si fosse fermato.

"Ma io ho mandato un lacchè con una torcia a ispezionare la carneficina. Una di quelle canaglie era ancora viva. Colpita al polmone e se ne stava andando in fretta. Ma ha detto al mio uomo, con grande soddisfazione, che uno dei sui compagni ha mirato giusto e ha colpito la ragazza…"

"Buon Dio! Ma è orribile!" Ansimò il cavaliere. "Sparare a un'innocente… è la cosa più sconvolgente al mondo!"

Salvan si rimise seduto, con un braccio mollemente appoggiato sopra lo schienale decorato. "Io non ci credo," disse con una mossa languida della mano. "Quella feccia ha mentito. Se avesse detto di aver colpito Roxton, forse gli avrei creduto. Ma non la ragazza, è troppo incredibile."

"Ma… Salvan," disse confuso Charmond, "perché dovrebbe mentire un uomo morente? È troppo difficile da credere."

"Come faccio a saperlo?" Ringhiò Salvan. "Sono forse il suo confessore? Mi importa forse se la sua anima è all'inferno? Ora aspettiamo. Aspettiamo mio cugino. Lui ha la ragazza. Ammetto di non essere più padrone del gioco e questo mi preoccupa un po'. Ma io aspetto. E quando il contratto di matrimonio sarà firmato, riprenderò quello che è mio. Sarà obbligato a concedermi la vittoria. Lo farà. Sarà obbligato. È un uomo d'onore, mio cugino, quindi non mi preoccupo troppo."

Entrambi gli uomini furono distratti da un brusio di voci sulla soglia. La folla sembrò dividersi al centro e apparve il duca di Roxton, vestito di nero, come sempre, con i pizzi bianchi, la tabacchiera e il fazzoletto di pizzo in una mano, l'occhialino tenuto nell'altra all'altezza del bel volto severo. Impervio alle occhiate e ai sussurri, fissava intorno a sé con un occhio ingrandito dall'occhialino. Alle sue spalle c'era Lord Vallentine, profondamente conscio dell'agitazione causata dall'entrata del suo amico e attento a chiunque osasse dire una parola fuori posto.

ROXTON VIDE SUBITO il cugino e il cavaliere e si avvicinò con passo tranquillo al loro tavolo accanto alla finestra. Fece un magnifico inchino a ciascuno di loro. Salvan e Charmond rimasero fermi a guardarlo come due scolaretti colti sul fatto dal maestro a fare qualcosa di terribilmente indiscreto.

"Charmond, che piacere vedervi," disse il duca con voce carezzevole. "Pensavamo steste languendo nel vostro letto con un'inesorabile malattia ai polmoni, o era forse… ehm, il cuore? Non importa. Vi siete alzato! Che cosa, se posso chiedere, vi ha riportato nel mondo dei vivi?"

"Sto bene, grazie *M'sieur le Duc*," rispose rigidamente Charmond, restituendo riluttante l'inchino formale. "Il mio raffreddore è passato. Voi, come sempre, siete il ritratto della buona salute."

"Grazie, Fabrice," rispose il duca, con un sorriso insolitamente radioso, che Vallentine considerò pericoloso. "Sono benedetto da un'innaturale buona salute. Posso dire di non aver mai… ehm, languito in un letto in vita mia."

Il conte rise alla battuta e Charmond si inalberò ma trattenne la lingua e fu educato quando Roxton lo presentò a Lord Vallentine. Il duca continuava a sorridere, forse più di prima e negli occhi neri comparve un luccichio che non piacque molto al suo amico, quando rivolse l'attenzione esclusivamente a Salvan.

"Pensavo foste ancora al *bal masqué*, cugino," disse. "Avete lasciato il campo al nostro caro amico Richelieu. Che c'è da Rossard che vi attira?"

"Quello che attira anche voi, *mon cousin*," rispose il conte animatamente. "È stato veramente scioccante, vederlo flirtare con Thérèse. E proprio sotto il vostro naso! Non vi biasimo per esservene andato di corsa con quella signora così *charmante* con la maschera da colomba, solo per ripicca verso la bella Thérèse. Mi sono chiesto, ma come fa a preferire il fascino di Richelieu al vostro? È incredibile. Ah, le donne, sono proprio un mistero. Così volubili e di una gelosia incomprensibile."

Accettò l'offerta della tabacchiera del duca e inalò con soddisfazione. "Avete la miscela più squisita di Francia e continuate a rifiutarvi di rivelarmene il segreto."

Roxton chiuse la scatoletta d'oro con un rumore secco ma il sorriso continuò a essere aperto. "Ci sono… ehm, tesori in questo mondo, mio caro, che è meglio lasciare intatti."

"Come?"

"Desiderate conoscere il segreto della mia miscela. È squisita, concordo, ma resterebbe così desiderabile, così squisita e il suo potere di attrarre resterebbe così potente, se doveste conoscerne il segreto? E una volta che ne aveste avuto a sufficienza, poi che succederebbe?"

"Capisco il vostro punto di vista, *mon cousin*," disse il conte, con un cenno pensieroso e un'occhiata sospettosa agli occhi neri del duca. "Ma si può mai saziarsi di un tesoro squisito e desiderabile? A me sembrerebbe che il risultato più logico sia che una volta conosciuto il suo segreto e avutone a sufficienza, la sola azione possibile sia migliorarlo, andare avanti e cercare una miscela ancora migliore, usando tutta l'esperienza accumulata."

"Così cerchereste di corrompere quello che vi era stato dato puro, non contaminato e squisito, lo sforzo di anni di attente cure, perché una volta avutone abbastanza non ha più presa su di voi?" Disse il duca con finta sorpresa. "Ecco perché non vi rivelo il mio segreto, carissimo cugino. Lo trasformereste nell'ombra di se stesso. Voi non riuscite ad apprezzare l'essenziale. E non amereste, come me, la sua purezza non adulterata."

"Chiaretto?" Chiese Vallentine, interrompendo una lunga pausa tra i due cugini.

Il conte sembrava più pallido e con le labbra più tirate del solito e il cavaliere spostava il peso da un piede all'altro, adocchiando i gentiluomini, fermi accanto a lui. Roxton stava ancora sorridendo, circostanza rara e snervante, che mise in guardia il suo amico.

"Meglio che continuiate con la vostra miscela, *M'sieur le Comte*," gli consigliò Lord Vallentine. "Roxton è piuttosto meticoloso su quello che considera suo. *Aye*, cavaliere. Noi non siamo uomini da cavillare."

Il cavaliere de Charmond scrollò le spalle. "Mi dispiace, *M'sieur Vallentine*. Non stavo ascoltando," disse con un debole sorriso. Non aveva nessuna voglia di essere trascinato in una discussione tra i due cugini. "Tabacco da fiuto, dite?"

Il conte lo guardò con disprezzo ma rivolse un sorriso melenso al duca. "Forse riuscirò a portarvi via il tesoro, cugino."

"Con la forza?" Disse il duca, interessato.

"No no, sarebbe troppo volgare," rispose il conte. "Non sono tanto folle da incrociare la spada con chi è considerato il primo spadaccino di Francia."

"Mi adulate. Il mio amico, qui, è il primo spadaccino di Francia e d'Inghilterra. Io sono solo il suo allievo."

"Grazie, Roxton," disse Lord Vallentine con un sorriso felice.

"Comunque," continuò il duca, continuando a fissare negli occhi il cugino, "potrei facilmente passarvi da parte a parte. Ma no, questo metodo è troppo grossolano e non darebbe molta soddisfazione a nessuno dei due. Quindi strapparmi quello che desiderate disperatamente richiederà un piano più sottile e intelligente. Ne avete uno?"

Il conte fece una pausa mentre un cameriere distribuiva bicchieri di vino al piccolo gruppo al tavolo. Non spostò l'attenzione dal volto del duca anche se sembrava che lui stesse contemplando quelli che si servivano al buffet.

"Se avessi un piano non ve lo direi!" Dichiarò con una risata. "È un giochetto che facciamo voi e io, eh, *mon cousin?*"

Lord Vallentine gonfiò le guance e sbuffò, scuotendo la testa. Era scettico. "*Pardon*, Salvan, ma non avete speranza di battere Roxton in astuzia. Accettate il consiglio che vi ho dato."

Le orecchie del conte diventarono rosse ma prima che potesse replicare il marchese de Chesnay era arrivato da loro, camminando in modo affettato, e aveva frapposto la sua grassa persona tra il cavaliere e il duca di Roxton. Toccò il braccio del duca con le stecche del suo ventaglio d'avorio.

"*Mon Dieu!* È Roxton!" Esclamò. "E illeso! Diteci che cos'è successo, *mon cher*. Tutta Parigi aspetta di sentire la storia da voi!"

"Non c'è niente da dire, Gustave," rispose il duca. Il sorriso era scomparso dal suo volto, ora senza espressione. "Il mio cocchio è stato fermato. Due bestie senza valore sono morte. Io sono illeso. Ecco tutta la storia."

"Ah, volete sminuire i vostri sforzi in questo dramma," disse De Chesnay. "Ma siete stato coraggioso, molto coraggioso a far fuori quei due tagliagole. Avrebbero potuto spararvi. Tremo al pensiero! Comunque avete posto fine ai loro progetti in modo così brillante, senza danno alla vostra persona o feriti dalla vostra parte. Dobbiamo esservi tutti riconoscenti perché le strade sono un po' più sicure, grazie a voi. Ora forse le *canaille* ci penseranno due volte prima di cercare di derubare quelli meglio di loro. Non applaudiamo *M'sieur le Duc de Roxton*, signori?" Disse guardandosi attorno e, ricevendo cenni di assenso ed esclamazioni di intesa, si leccò le labbra spesse e sorrise, allargando le mani. "Vedete? Non c'è nessuno tra di noi che non sia d'accordo."

"Ho omesso di parlare dei feriti dalla mia parte?" Disse Roxton, con leggerezza. "Come sono stato trascurato. Sì, ci sono stati dei feriti."

"Marguerite aveva ragione," esclamò De Chesnay. "C'è una donna! Ve l'avevo detto, Salvan. Marguerite non sbaglia mai."

"Non era difficile da indovinare, visto che c'era di mezzo Roxton," mormorò Vallentine, evitando di guardare il duca negli occhi.

"Il mio cocchiere, una frusta veramente eccellente, ha ricevuto una pallottola nel braccio che ha frantumato l'osso," disse loro il duca. "Sono stato obbligato a lasciarlo alle cure del locandiere più vicino. Non maneggerà mai più le redini." Guardò una a una le facce del gruppetto di persone intorno a lui. Il conte era l'unico che sembrava disinteressato al racconto, beveva e si guardava attorno distrattamente. "Gustave, devo elogiare Marguerite. C'è una donna coinvolta."

"Sì, sì?" Esclamò il cavaliere, suo malgrado.

"Lo sapevo!" Annunciò Gustave. "Marguerite non sbaglia mai!"

"In questo caso avrei proprio voluto che si sbagliasse, dannazione!" Disse rabbiosamente Vallentine. "Non c'è niente da vantarsi quando una ragazza giovane, un'innocente, viene brutalmente abbattuta da un branco di cani rabbiosi!" Fissò il conte la cui faccia dipinta tremò. "Mi dispiace, Roxton, non ho potuto farne a meno. Ho bisogno di un altro bicchiere," disse, allontanandosi mentre la folla che si era stretta intorno al duca si apriva per lasciarlo andare ai tavoli del buffet.

"È vero?" Sussurrò De Chesnay. "Una ragazza innocente? Sembra incredibile!"

"Che sia innocente?" Chiese qualcuno tra la folla, con una risata.

Nessun altro osò commentare, sotto lo sguardo sdegnoso del duca.

"Diteci che cos'è successo," disse il conte con la voce pacata.

Prese un pizzico di tabacco col polso a malapena sotto controllo, lasciando cadere la polvere sul grande paramano. "Una ragazza, dite? Veramente interessante."

"Davvero molto interessante, Salvan," disse Roxton freddamente. "Sarete sorpreso di sapere che la mia compagna era la predetta *demoiselle* con la maschera da colomba."

"No!" Esclamò il cavaliere, esagerando la sorpresa.

"Una ragazza, un'innocente, cui hanno freddamente e brutalmente sparato…"

"No! No! Non è vero!"

Il grido angosciato arrivò dal fondo della stanza affollata e tutte le teste incipriate si voltarono di colpo per vedere a chi appartenesse la voce. Uno di loro si spinse fino al fianco del duca.

"Non può essere stata ferita. Ditemi che non è ferita!"

"Che cosa ci fate qui?" Chiese il conte con un sussurro strozzato. "Come osate mettere piede da Rossard, vestito in quel modo! Siete una disgrazia. Una disgrazia per il vostro nome!"

Il visconte d'Ambert respirava a fatica. Ignorò il padre e guardò solo il duca, aveva il volto imbrattato e fango incrostato sugli stivali da cavallerizzo. Non si era preoccupato di togliersi il pastrano, la spada o i guanti. Si era precipitato sulle scale senza una parola al portiere e ai camerieri nel vestibolo e aveva cercato suo padre e il duca in tutte le stanze, con i servitori che lo inseguivano.

"Sono appena arrivato dal vostro *hôtel, M'sieur le Duc*," spiegò senza fiato. "Mi hanno respinto senza dirmi se lei era lì o no. Parlatemi di questa rapina! Non ne sapevo niente, niente fino a questo momento! Ve lo giuro! Ditemi che è illesa. Per favore, ve ne prego!"

De Chesnay si rivolse al cavaliere: "Un altro giocatore in campo," mormorò. "La storia si fa complicata. Che cos'è questo ragazzo per la ragazza?"

"Vorrei potervelo dire, mio caro d'Ambert," disse dolcemente Roxton. "Sarebbe una bugia."

Le parole si erano appena spente sulle labbra del duca quando il visconte si voltò per fissare minaccioso suo padre, con rabbia incontrollata.

"È colpa vostra!" Disse con furia. "Voi e i vostri schemi folli! Non sarebbe là con un'orrenda ferita se l'aveste lasciata stare! Non sarebbe scappata se non l'aveste inseguita come un cane insegue un cervo!" Scoppiò in una risata isterica. "Quando penso a che cosa le avete fatto…"

Il dolore acuto dello schiaffo sul volto fu veloce e inaspettato e servì al suo scopo. Il giovane si afflosciò immediatamente. Gli spinsero una sedia dietro le ginocchia e una mano gli premette la spalla per tenerlo seduto. Lord Vallentine gli mise un bicchiere di chiaretto sotto il naso e lo obbligò a bere. Quando il visconte osò alzare gli occhi, scoprì che nella stanza non c'erano più spettatori e che la porta era chiusa. Due discreti camerieri controllavano l'entrata a entrambi i lati della porta. Il conte dava la schiena al figlio e restava in piedi accanto alla finestra, tenendosi la mano che bruciava ancora per lo schiaffo che gli aveva affibbiato.

"Padre… perdonatemi," mormorò Étienne, abbassando la testa quando il conte non gli rispose.

"Ragazzo mio," disse il duca, tendendogli una tabacchiera d'argento, "l'avete lasciata cadere."

"Grazie," disse d'Ambert, mettendosi in tasca la scatoletta. "Vi chiedo scusa, *M'sieur le Duc*. Ero fuori di me, non intendevo dire quello che ho detto… È-è ferita gravemente?"

"Sì."

Il visconte si prese il volto tra le mani.

"La sta prendendo un po' male," sussurrò Vallentine all'orecchio del duca. "La conosceva, allora?"

"Rabbrividisco al vostro uso del verbo al passato, Vallentine. Sì, la conosce. Mi ritrovo a desiderare il mio letto. Questa giornata e questa serata hanno esaurito perfino me." Mise una mano sulla spalla del visconte. "Resterà a letto per un mese, forse di più.

Quando starà abbastanza bene da ricevere visitatori, sarete il benvenuto."

"Grazie, *M'sieur le Duc*," disse il visconte con un timido sorriso. "Voglio veramente vederla."

"Vi proibisco di andare a casa di Roxton," dichiarò il conte. "Ora andate a casa e aspettatemi."

"Dato che è casa mia, mio caro, non sta a voi proibirla nemmeno a uno spazzino, se decidessi di invitarlo," disse languido il duca.

"Permettetemi di trattare mio figlio come ritengo opportuno," disse gelido il conte. Quando suo cugino gli rivolse un profondo inchino, che si poteva interpretare solo come insolente, si obbligò a restare calmo. "*Pardon, M'sieur le Duc*."

"Vi prego, mio caro," disse Roxton con un fugace sorriso indifferente che fece soffocare una risata a Lord Vallentine, "non c'è bisogno che vi spieghiate. L'episodio vi ha evidentemente causato una profonda ansia. State certo che la canaglia dovrà risponderne. Giustizia sarà fatta e per quanto riguarda la ragazza, guarirà, con molto riposo e tutte le attenzioni possibili."

"Vi siete preso un grande disturbo per lei, *mon cousin*," disse Salvan. "Non vorrei interferire nella sua convalescenza ma non dovrebbe forse stare con i suoi, in un momento simile?"

"Non è per niente un disturbo aiutare una ragazza giovane e molto bella. Voi tra tutti dovreste saperlo, Salvan," rispose il duca. "E state sicuro, è con i... ehm, suoi. Buonanotte, signori." Si inchinò a tutti, soddisfatto che suo cugino fosse sull'orlo di una rabbia furiosa e il figlio vicino al collasso nervoso. Era a metà della stanza quando sentì il cavaliere sibilare forte: "Lui lo sa! Tutti i vostri piani, sono un mucchio di macerie! Lei è troppo divina per essere sprecata con quel ghiacciolo dai capelli come un corvo, ma la avrà. Fate attenzione alle mie parole, Salvan! Non vede l'ora che sia guarita per cavalcarla, lo vedo. E quando ne avrà avuto abbastanza, lei non varrà più niente..."

"Chiudete il becco!" Strillò il conte e avrebbe continuato se suo cugino non avesse girato sui tacchi e non fosse tornato verso di loro.

Lord Vallentine lo seguì. Aveva una mano sull'elsa della spada e una gran voglia di usarla. Un insulto al suo amico era intollerabile, ma un'occhiata del duca e si ritirò ubbidiente e rimase in piedi accanto alla porta.

"Andrò a Fontainebleau la settimana prossima come ospite del re e di *Madame de La Tournelle*," Roxton informò il conte, tenendo d'occhio la faccia impassibile del cavaliere. "Suppongo che non vi vedrò là, dato che il vostro piccolo passatempo è qui in città?"

Salvan sobbalzò. "Cosa?"

"Non dovete temere le mie interferenze," continuò Roxton. "Un uomo saggio sa quando deve battere in ritirata. Mi congratulo con voi. È una delle più esperte nel suo ramo."

"Chi?" Chiese il cavaliere al conte, ma quando questi restò immobile, guardò il duca con un sorriso malizioso. "Il nostro amico ha un nuovo passatempo? Un nuovo amoruccio? È troppo timido per ammetterlo!" Scrutò il conte. "Andiamo, Salvan," rise, "dite al povero Fabrice il nome di quest'ultimo oggetto del vostro desiderio. Così potrò anch'io offrirvi le mie congratulazioni."

"Lei non ha nessuna importanza," borbottò il conte. Si allontanò dal cavaliere che gli stava troppo vicino e puzzava di cipolle.

"Oh! Vi umiliate, *M'sieur le Comte*. Questa deve essere una bella preda, se *M'sieur le Duc* si degna di parlarne."

Il conte fissò torvo suo figlio che era ancora accasciato, muto, sulla sedia. "Vi ho detto di andare a casa!"

Il cavaliere trotterellò da Roxton.

"Ditemi, *M'sieur le Duc*," disse. "Vi prego. Non tenete in sospeso il povero Fabrice. È quell'orientale di cui ho sentito tanto parlare, vero? Quel bocciolo dall'oriente?"

"Certamente no, Charmond," disse il duca a bassa voce. "Mio cugino non è tipo da indulgere in frutti esotici."

Gli occhi del cavaliere brillarono. "*Parbleu*! Non è avventuroso come voi, *M'sieur le Duc*!"

"Né ha la stessa facilità di parola," intervenne Lord Vallentine, facendo scoppiare di nuovo a ridere il cavaliere, una risata che irritava sua signoria. "Io sono pronto ad andare a casa, Roxton, e tu?"

"Anch'io. Ma non posso lasciare in sospeso Charmond. Anche se forse dovrei," disse il duca, con un'occhiata a suo cugino che sembrava pietrificato, come se stesse cercando di non farlo parlare. "Tocca a Salvan parlarvene. E, comunque, no. Non ne parlerà perché è modesto riguardo alle sue piccole vittorie." Si chinò all'orecchio del cavaliere e sussurrò il nome *Félice*.

CINQUE

ANTONIA ERA RANNICCHIATA sul sedile sotto la finestra e guardava attraverso un vetro parzialmente incrostato di ghiaccio. Non osava alzare il saliscendi. Faceva un freddo pungente fuori e si prevedeva neve. Avrebbe dovuto restare seduta, al caldo, accanto al fuoco, con una coperta sulle ginocchia e uno scialle di cachemire sulle spalle, ma non riusciva a restare ferma ad aspettare che le asciugassero i capelli. Potevano volerci delle ore e, dopo il bagno, da quando aveva sentito le grida provenienti dal cortile echeggiare tra le pareti, moriva dalla voglia di correre alla finestra per vedere se era veramente il duca di Roxton che era tornato.

Madame de Montbrail l'aveva fatta restare in piedi accanto al fuoco con la sottoveste e le calze per farsi vestire: per farsi stringere in uno stretto corsetto di seta color crema; strati di sottili sottane sopra i pannier, strette in vita e alle fine, sopra il tutto, era stata fatta scivolare una veste aperta del più pallido rosa conchiglia, ricamata a fiorellini e tralci. Infine, una pettorina ricamata con fili d'argento era stata agganciata al suo posto. Poi i suoi capelli, lunghi fino in vita, erano stati tamponati con gli asciugamani, pettinati per sciogliere tutti i nodi, profumati e lasciati ricadere sulla schiena perché asciugassero, con lo scialle di cachemire drappeggiato sulle spalle per evitare di bagnare l'abito. Soddisfatta, *Madame* era uscita, lasciando istruzioni precise alla cameriera di Antonia, Gabrielle, di controllare che la sua padrona non si allontanasse dal camino.

Appena la porta si era chiusa, Antonia era volata al sedile sotto la finestra. Ignorò le preghiere di Gabrielle, mentre cercava di capire che cosa stava succedendo nel cortile di sotto. Sentiva grida e risate maschili e il clangore e lo stridio di lama contro lama. Ma le uniche due persone che si vedevano erano due lacchè, ciascuno con una redingote sul braccio e un calice di vino in mano.

La sua pazienza fu presto ricompensata quando apparvero i due spadaccini. Attraversarono il cortile da un angolo all'altro. Polso elegante, forti e veloci nella loro tecnica. C'era il sibilo e il canto delle lame mentre ciascuno dei due cercava di sopraffare l'altro. Prima il duca fu respinto da Lord Vallentine, poi si rivelò più forte di polso e obbligò sua signoria contro la bassa parete di pietre che separava il giardino dalle scuderie. Erano in maniche di camicia, insensibili e indifferenti al freddo.

"Vieni a vedere, Gabrielle!" Insistette Antonia, con la fronte premuta contro il vetro freddo. "*M'sieur le Duc* e *M'sieur Vallentine* stanno tirando di scherma, con i fioretti col bottone di sicurezza. È la prima volta che sono alzata e riesco a vederli. Li sentivo sempre ma ero confinata in quell'orribile letto! Non è eccitante? Sono molto bravi, credo. Forse *M'sieur Vallentine* è più veloce ma *M'sieur le Duc* è più forte. Sta veramente bene con la camicia bianca e i calzoni e i capelli in quel modo. Povero Vallentine! Se non sta attento perderà la parrucca! Oh! È scivolato sui sassi gelati!"

Rise e si voltò troppo in fretta. Una fitta di dolore le attraversò la spalla scendendo fino alla punta delle dita; sinistro ricordo che non era guarita quanto le sarebbe piaciuto pensare. Gabrielle era andata a prendere la colazione, quindi Antonia guardò ancora fuori dalla finestra, scoprendo che l'incontro era finito. I due gentiluomini erano appoggiati contro la parete del giardino a riprendere fiato e bere vino. Si chiese se potevano vederla e ne fu sicura quando Lord Vallentine guardò in alto e disse qualcosa al duca. Antonia salutò con la mano e Vallentine rispose allo stesso modo. Il duca non alzò nemmeno gli occhi, neanche quando passarono sotto la sua finestra per rientrare, cinque minuti dopo.

Ricadde sui cuscini con una smorfia. Fu così che la trovò Estée e non fu per niente contenta che la sua paziente si fosse allontanata dal calore del fuoco. Rimproverò Gabrielle che l'aveva seguita nella stanza con il vassoio della colazione. La ragazza accolse tranquillamente le invettive e scomparve per andare a completare gli altri suoi compiti.

"Non vi ho detto di sedervi accanto al fuoco?" Le chiese *Madame*. "Pensate, solo perché quel grasso medico vi ha detto che avete il permesso di lasciare le vostre stanze, di essere abbastanza forte da fare quello che volete? Prendere un raffreddore, tra le altre cose? Mi fate perdere la pazienza, Antoinette..."

"Antonia. Mi chiamo An-to-nia! Non mi piace la forma francese. Dovete ricordarlo, *Madame*."

Madame de Montbrail sospirò e spinse la sua protetta verso la sedia accanto al camino.

"Cercherò di ricordarmene, se farete quello che vi chiedo," disse, prendendo lo scialle di cachemire e giocherellandoci. "Perché non vi debba piacere il nome Antoinette, proprio non lo capisco. È più grazioso ed è francese. Antonia è solo una corruzione latina..."

"Antonia era il nome della madre del generale romano Germanicus. Lui era un ottimo soldato che combatteva contro i Germani e lei era una devota e pia..."

"Dove avete imparato queste quisquilie? Sì, lo so, vostro padre."

Antonia accettò una tazza di cioccolata calda e bevve grata la bevanda dolceamara.

"Non sono quisquilie," disse provocatoriamente. "È storia e papà diceva…"

"Basta! Bevete la vostra cioccolata, mangiate quei panini e datemi un attimo di pace, ragazza terribile."

Antonia ridacchiò nella sua cioccolata e rimase in silenzio, ma non per molto.

"Sono veramente un cruccio per voi, vero, *Madame*? Mi dispiace, davvero non volevo. A volte non posso farne a meno. Quando mi chiamate Antoinette, un nome che detesto sopra tutti. Mi capite, vero?"

"Capisco che siete migliorata un bel po', *ma petite*," sorrise Estée. "C'è stato un momento in cui non avevate la forza per discutere con me."

"Da quanto tempo sono qui?"

"Un mese e una settimana, oggi," le rispose, prendendo una spazzola dal tavolino da toilette e cominciando a spazzolare i lunghi riccioli della ragazza. "Non sono così umidi da non poterli pettinare. *La*! Avete dei capelli favolosi e hanno un colore che adoro. Mi fate venire invidia, bambina. Sarebbe stato un grandissimo peccato se avessimo dovuto tagliarli."

"Tagliarli?" Antonia quasi versò la cioccolata. "Non permetterò che me li taglino! Sono molto vanitosa, quando si tratta di capelli, *Madame*. È un difetto, lo so… Perché dovrebbero tagliarli?"

"Si potrebbe pensare che vi debbano tagliare il collo!" Disse *Madame*, schioccando la lingua. "State seduta. Non ho finito. Ho detto che avremmo dovuto, non che lo faremo. Il medico aveva suggerito di tagliarli perché erano un tale garbuglio. Anch'io pensavo non fosse possibile sistemarli. Ma mio fratello non ha voluto sentirne parlare. Può essere molto ostinato. E agli uomini non piace che una donna abbia i capelli corti, nemmeno che li accorcino di qualche centimetro." Emise un grande sospiro mentre appuntava i capelli della ragazza e infilava dei nastri nella massa di riccioli. "Mio fratello ha avuto ragione, alla fine. Sarebbe stato un vero peccato vedere capelli così dorati sul pavimento. Meglio così, vero, mia cara?"

"Sì, *Madame*," rispose Antonia, felice che Estée le stesse alle spalle e non potesse vedere le sue guance infuocate. Attese pazientemente mentre *Madame* si occupava dei suoi capelli, ma dopo un lungo silenzio chiese con una vocina flebile: "Perché *M'sieur le Duc* non è venuto a trovarmi? *M'sieur Vallentine* viene tutti i giorni a giocare a backgammon e a reversi. A volte mi legge i giornali. Ma *M'sieur le Duc* non viene mai. Mi sembra strano."

Sembrava strano anche a Estée, ma non aveva intenzione di dirlo ad Antonia.

"Forse la camera di un malato lo disgusta? Le persone che non sono mai malate a volte provano disgusto."

"No, non credo sia questo il motivo," replicò Antonia. "Quando mi hanno sparato è stato lui a curarmi la ferita e a fasciarmi. È rimasto con me tutto il tempo dell'operazione. Non ha mai mostrato disgusto o repulsione alla vista della mia ferita. Ha detto che ero molto coraggiosa."

"Sì, è vero, siete stata molto coraggiosa."

"Allora perché non viene?" Insistette Antonia. "È quasi una settimana che non sono più a letto, oramai."

"Ecco fatto, ho finito," disse allegramente Estée. Passò ad Antonia uno specchietto, ma la ragazza non guardò il risultato delle sue fatiche.

"*Madame*, perché non è venuto a trovarmi?"

"È stato molto occupato," rispose Estée con un'indifferenza che non sentiva per nulla. "È andato a Fontainebleau per due settimane a caccia con il re e poi è rimasto parecchio a corte. E tre giorni fa è tornato da un soggiorno a Marly, o era Choisy? *La*! Non ricordo dov'era. È stato via tanto ultimamente che non riesco a tenere traccia del suo andirivieni. Così vedete com'è. Non era a Parigi mentre eravate confinata nelle vostre stanze."

"Ma è stato qui, a Parigi," insistette Antonia con quella punta di ostinazione che Estée proprio non riusciva a sopportare. "Ho sentito lui e Vallentine e che tiravano di scherma sotto la mia fine-stra, la maggior parte dei giorni di questa settimana. E Vallentine ha detto solo ieri che lui e *Monseigneur* sono andati a cavalcare nella foresta di Saint-Germain. E so quando è a casa perché Gray e Tan vengono a trovarmi e lui li porta sempre con sé quando è via per più di un giorno."

Madame de Montbrail alzò le mani in segno di esasperazione. "Basta! Non mi tiene al corrente dei suoi movimenti! Non sono la sua custode! Oggi è a casa. È tutto quello che so. Soddisfatta? Potrebbe venire a trovarvi oggi."

"Non credo che lo farà."

"*Eh bien*! Non è il caso che ve la prendiate con me! Ora guar-date che cosa ho fatto con i capelli e ditemi se vi piace."

Antonia andò allo specchio e si guardò doverosamente.

"Sto molto bene, credo, *Madame*. Grazie. Oh! Avete messo un bel fermaglio per tenere i miei riccioli. Sono diamanti e smeraldi, non vetro?"

"*Parbleu*! Che altro mi direte, adesso? Non fatevi sentire da mio fratello a dire che il suo regalo è vetro!"

"Non è vostra, questa spilla? È un regalo, dite? Per… per *me*?"

"Certo che non è mio quel fermaglio. Gli smeraldi non mi si addicono. Zaffiri e rubini, sì, ma mai smeraldi. Venite qui. Ho qualcos'altro per voi."

"Queste che cosa sono, *Madame*?" Chiese Antonia quando Estée lasciò cadere due fibbie incrostate di diamanti e smeraldi nel palmo della sua mano. Quando *Madame* alzò i begli occhi al cielo, Antonia sorrise timidamente. "So che cosa sono. Ma… non sono per me, anche queste? Voglio dire, non dovevate darmele. Ho quelle di Maria e mi avete già regalato tante cose belle."

"Sono vostre, Antonia, anche loro da mio fratello. Mi ha chiesto di non darvele finché non foste stata abbastanza bene da lasciare le vostre stanze. Così. Siete contenta dei regali?"

"Moltissimo, sono splendide e *Monseigneur* è molto genero-so," disse Antonia con la voce sottile, tracciando il disegno di una fibbia con il dito. "E ora ho tante sottane e vestiti e cuffie, oh, anche le scarpe! E tutto fatto da questo Maurice che continua ripetermi che è il miglior sarto di tutta Parigi. *M'sieur le Duc* sta spendendo troppo per me. Non lo merito…"

"Buon Dio, non dovete crucciare la vostra testolina per questa robetta," disse *Madame*, sdegnosa, rimettendo le spazzole e lo specchietto sul tavolo da toilette ingombro. "Che cos'è questa spesa per mio fratello? Lui è ricchissimo, ed è meglio che spenda la sua fortuna per voi che per qualcuna di quelle volgari creature che attirano la sua attenzione. Spende tre volte tanto per i loro desideri e tutto per niente. Quindi non preoccupatevi. Per lui non è niente, niente."

Antonia mise da parte le fibbie e andò al sedile sotto la finestra perché sentiva le lacrime bruciarle gli occhi. Sapeva che era stupido essere sconvolta per le parole di *Madame* ma era così e non sapeva perché.

"No, Madame," disse, pacatamente, "non mi preoccuperò. Dove sono le fibbie di Maria?"

"Mio fratello le ha restituite, ovviamente. È quello che volevate che facesse."

"Davvero?"

"A quanto pare. In carrozza, venendo qui. Eravate assolutamente categorica che Maria non restasse senza le sue fibbie."

"Sono contenta che gliele abbia restituite. È stata molto buona con me quando il nonno si è ammalato. È… È ancora…"

"Non sta né meglio né peggio," disse Estée. "Perché quelle lacrime, *mignonne*? Venite ad asciugarvi gli occhi. Vostro nonno è ancora vivo quindi non dovete piangere per lui. E se Vallentine o mio fratello dovessero venire a trovarvi proprio adesso? Dovete essere contenta. Oggi potrete scendere e mangiare con i noi i pasti e più tardi potremmo andare a fare una passeggiata in carrozza se vi coprirete bene e se esce il sole. Ecco, mettetevi le scarpe e andate vicino alla porta così posso vedervi tutta. Visto? Le fibbie sono perfette! Ora giratevi, lentamente. *La*! Ho detto lentamente.

Se girate troppo in fretta vi girerà la testa! Ah, adesso mi state irritando! Antonia! State ferma!"

"Ma, *Madame*, quando piroetto così potete quasi vedermi le giarrettiere!" Rise Antonia, ma aveva le vertigini e si fermò in fretta. Vide *Madame* fare una smorfia. "Non arrabbiatevi con me. A volte dico e faccio cose che gli altri considerano sfrontate. Mi dispiace se vi ho offeso."

Grattarono alla porta e le due donne si voltarono. Si sentivano delle voci in anticamera e gli occhi di Antonia scintillarono di speranza. Entrò Lord Vallentine con passo tranquillo, le mani sprofondate nelle tasche di una redingote rosso veneziano con una spuma di pizzi ai polsi e una parrucca incipriata di fresco sulla testa. Sorrideva da un orecchio all'altro. Quando Antonia vide chi era, lasciò cadere le spalle e la scintilla morì.

"È solo Vallentine," annunciò, con un grosso sospiro di rassegnazione.

"Ehi! È così che si saluta un vecchio amico?" Le chiese, baciando la mano di Estée. "Buongiorno, *Madame*. Spero che la nostra impertinente piccoletta si stia comportando bene? La sua lingua sta benissimo, se dobbiamo considerarla un'indicazione del suo stato di salute generale."

"Guardate da solo, Lucian," disse Estée sorridendogli. "Ditemi che pensate del piccolo miracolo che ho compiuto."

"Beh, non sono tipo da miracoli," disse sua signoria, voltandosi a guardare Antonia che si era nascosta dietro la porta. "E se *mademoiselle* ha... Voglio dire... beh è... Che io sia dannato!"

"Lucian! Lo sarete certamente se non state attento a come parlate davanti alla ragazza!"

Antonia ridacchiò all'espressione sul volto di Lord Vallentine. "Sembrate un pesce!"

"Antonia! È questo il modo di rivolgervi a *M'sieur Vallentine?*" Domandò Estée. "Dovete fargli la riverenza, non prenderlo in giro."

"Mi dispiace," disse Antonia, con finto dispiacere. Fece una riverenza abbastanza cortese, continuando però a sorridere radiosa. "Ma Vallentine continua a sembrare un pesce!"

"E, per Giove, mi sento un pesce," confessò sua signoria, impressionato dalla trasformazione della ragazza.

L'ultima volta che aveva visitato la malata, i capelli di Antonia erano ancora una massa di riccioli non lavati ed era ancora in déshabillé. Con i riccioli color miele appena lavati, profumati e legati da nastri, e vestita con sottane ondeggianti e un corpetto scollato che mostrava al meglio il suo seno rotondo e sodo, non sapeva come esprimere adeguatamente la sua ammirazione, eccetto che con un fischio leggero.

"Roxton avrà la più grande sorpresa della sua vita!"

Antonia lo guardò preoccupata. "Perché, non vi piacciono questi abiti?"

"Proprio il contrario," dichiarò Vallentine. "Voi, mia cara ragazza, siete una bellezza. Estée, mi congratulo con voi. Vostro fratello è già salito?"

"Sta arrivando?" Chiese in fretta Antonia.

"Non lo so, piccolina, ma spero di essere in giro quando vi metterà gli occhi addosso! Non mi meraviglia che vi abbia rapito. Non avrei corso il rischio di lasciarvi a corte per essere molestata da…"

"Lucian!" Sussurrò rabbiosamente *Madame*.

"Non mi ha rapito!" Dichiarò Antonia con veemenza. "Sono stata molto furba a pianificare di farmi salvare durante il *bal masqué*."

"Oh, è così che la pensate!" La sbeffeggiò sua signoria. "Suppongo che lui non avesse scelta, vero? Suppongo che vi avrebbe salvato se anche foste stata una megera con un occhio solo e senza denti, eh? E suppongo che abbia assassinato quelli che tentavano di rapirvi solo per farvi un piacere?"

"*M'sieur le Duc* non ha assassinato nessuno! Non dovete dire queste cose orribili. E dite di essere suo amico. Si è solamente difeso ed è stato obbligato a sparare. Non mi ha rapito e non è un assassino!"

L'angoscia rabbiosa di Antonia fece solo ridere più forte Lord Vallentine. "Una vera mangiafuoco!"

"Dovete proprio stuzzicarla?" Lo ammonì Estée. "Sapete che difenderà mio fratello, ogni volta. Lo fa sempre."

"Eccomi qui," disse sua signoria, con un'espressione ferita, "io che vi visito tutti i giorni, permettendovi di vincere a backgammon, vi leggo i giornali e appena dico una parola fuori posto, mi aggredite come una belva. Proprio un bel ringraziamento!" Si lasciò cadere su una sedia e incrociò le lunghe gambe. "E nemmeno una parola di benvenuto per Lucian Vallentine."

"Chiedo scusa," disse altezzosamente Antonia. "Ma non dovete dire quelle cose di *M'sieur le Duc*. Non sono parole carine e mi fanno star male. Non ci posso fare niente."

"Lo vedo, non sono cieco!"

"Non siete migliore di lei, con quel broncio." Estée rimproverò sua signoria e fece cenno ad Antonia di avvicinarsi. "State ferma, bambina, in modo che possa raccogliervi di nuovo i capelli. E non dovete parlare con quel tono a *M'sieur Vallentine* e con quell'espressione. Sono cattive maniere per una signora."

"Sì, *Madame*, ma anche lui non deve dire quelle cose di *M'sieur le Duc*. Non mi piace."

"Che il Signore ci aiuti," disse Lord Vallentine con un sospiro, alzando le braccia. "Non cedete facilmente! Aspettate che Roxton sappia che si è procurato una ragazzetta che lo difende, nel bene e nel male, che ci sia il sole o che piova! Non vi diverte, Estée, pensare che vostro fratello sia difeso con tanta veemenza? E con una reputazione che non vale la pena di salvare. Ehi! Che cosa... Che cosa state facendo con quel cuscino, marmocchia? No! Non tirate quel..."

Madame de Montbrail pestò il piede, con la braccia allargate. "Finitela, basta! Pianterò in asso tutte e due se non vi comportate bene! Volete vedermi piangere Lucian? Davvero? Lo farò se non la smettete di comportarvi come dei *bébés*!"

"Andiamo, Estée, non è il caso di agitarsi," disse Vallentine serio, anche se era chiaro che si stava divertendo moltissimo. Aveva preso una cuscinata dritta in testa, che gli aveva messo la parrucca totalmente di traverso. "Antonia e io stiamo solo divertendoci. No, piccoletta?"

Antonia annuì, con gli occhi pieni di allegria, nonostante il pulsare nel braccio, che ignorò. "Un grosso pesce San Pietro! Ecco che cosa sembrate, Vallentine."

"Io me ne vado!" Annunciò Estée, precipitandosi verso la porta. "Vado a fare una passeggiata alle Tuileries per avere un po' di pace e non mi interessa quanto faccia freddo fuori."

"Aspettate!" Gridò Vallentine, saltando in piedi e seguendola. "Non potete lasciami da solo con *Mademoiselle* Mangiafuoco. Prendete il cappotto," sussurrò ad Antonia mentre usciva dalla stanza, e si sentì la sua voce dal pianerottolo che cercava di placare Estée mentre Antonia chiamava la sua cameriera.

"Non so perché mi sono lasciata persuadere a farvi venire con me," disse Estée imbronciata. Osservava il traffico che scorreva accanto a loro rifiutandosi di guardare i suoi due compagni di passeggiata, seduti vicini sul sedile davanti a lei. Sentiva che stavano ridendo di lei e strinse più forte le mani all'interno dell'enorme manicotto di pelliccia di volpe. "Se Antonia prende freddo ne risponderete a mio fratello!"

"Un po' d'aria fresca le farà bene. E deve muoversi un po'. Stare rinchiusi in questo antico mausoleo per quasi cinque settimane farebbe venire la nausea a chiunque."

"Non è un antico mausoleo," ribatté Antonia. "*M'sieur le Duc* ha un *hôtel* molto gradevole."

"Quel mucchio di vecchi mattoni?" La prese in giro sua signoria, abboccando all'amo. "Aspettate di vedere Treat. Quella sì che è una bella casa. Più un palazzo a dire il vero. Poi anche voi chiamereste l'*hôtel* Roxton un mucchio di vecchi mattoni."

"Che cos'è Treat? È un palazzo, dite. Appartiene a *M'sieur le Duc?*"

"Esatto, è la sede ducale in Inghilterra. Suo nonno ha fatto ristrutturare la casa e Roxton ha continuato a fare aggiunte e abbellimenti, fin da allora," le disse Vallentine, aiutandola a scendere.

Aspettarono che *Madame de Montbrail* scendesse. Tutti e tre si strinsero le cappe intorno al collo e le signore si coprirono la testa con i grandi cappucci. Vallentine offrì un braccio a ciascuna di loro e si misero a passeggiare nei giardini alberati e circondati dalle mura.

"*Madame*, perché Vallentine chiama la casa di *M'sieur le Duc* un mucchio di vecchi mattoni quando *Monseigneur* è tanto gentile da permettergli di restare sotto il suo tetto? Vallentine vive all'*hôtel?*"

Nonostante il suo umore belligerante, Estée non poté evitare di ridacchiare e stringere il braccio di sua signoria. "Sarà meglio che rispondiate, Lucian."

"Mi rifiuto! Ora, zitte entrambe e godiamoci la passeggiata in silenzio."

Fu al loro terzo passaggio davanti ai pettegoli che si attardavano sotto un gruppo di alberi e seduti ai tavoli a discutere e a giocare a scacchi che Antonia diede uno strattone improvviso al paramano di Lord Vallentine. Erano arrivati a un incrocio di sentieri che percorrevano il viale e in mezzo c'era un gruppetto di persone. Ci fu gran mostra di saluti, con inchini, riverenze e sventolii di fazzoletti. Mani guantate sfiorate da labbra dipinte, le *mouche* agli angoli degli occhi e delle bocche fremevano deliziosamente e un chiacchiericcio acuto invadeva la serenità di un freddo ma soleggiato giorno di autunno.

La scena ricordò ad Antonia un branco di pavoni che si riunivano. Uno dei nobili aveva un piumaggio completamente diverso.

Il suo impulso fu di correre verso il duca ma Vallentine la tenne ferma, scambiando un'occhiata preoccupata con Estée. In qualunque altro momento si sarebbero uniti al gruppo, visto che conoscevano tutti. Invece restarono a qualche metro di distanza e osservarono.

"Allora è Thérèse che resta il suo ultimo passatempo," sussurrò Estée, con gli occhi azzurri che divoravano la donna alta che si aggrappava con aria di possesso all'incavo del gomito coperto di velluto di suo fratello. "È tanto che fa penzolare l'amo nella sua direzione."

"Proprio così," replicò sua signoria, a voce bassa.

"Non mi aspettavo niente di meno da lui. Deve essere molto divertente o avere molto talento tra le lenzuola."

"Entrambe le cose, secondo i bene informati," confermò sua signoria.

"Sì, deve essere così, perché la tiene da più tempo del solito. Ah, sembra troppo contenta di sé. Mi domando se sa che lo condivide con la de La Tournelle e quell'attrice. Come si chiama? Félice? Sì, Félice!"

"Ha rinunciato a quelle due."

"Cosa? All'attrice?" Disse Estée ad alta voce.

"Zitta, amor mio, a entrambe. Ho detto entrambe. De La Tournelle e Félice."

Madame storse la bocca. "No! Non ci credo. Se è vero, allora non mi meraviglia che Thérèse stia sorridendo. Pensa di averlo tutto per sé. Sarà impossibile la prossima volta che la incontrerò a una *levée*. Vorrei che mio fratello si innamorasse."

Vallentine fece un verso. "Calma, Estée. Non siete mai stata il tipo da disapprovare i vari interessi di Roxton. E ora state augurandovi del *romanticismo* per un tipo come vostro fratello?"

Gli occhi di Estée si ridussero a due fessure mentre continuava a fissare *Madame Duras-Valfons* con i suoi capelli biondi incipriati e la bella faccia sorridente. "Non voglio che si attacchi troppo a lungo a quella donna. Lei non va bene per lui. È vanesia e stupida e pensa solo a se stessa. E non lo ama."

"Amarlo? Che c'entra? Nemmeno lui la ama, ci scommetto."

"Perché state sussurrando?" Chiese Antonia avvicinandosi e mettendosi davanti a loro, con il mento alzato verso sua signoria. "State parlando di *M'sieur le Duc* e della *Comtesse Duras-Valfons?* Lei è dipinta come una bambola e a corte si pavoneggia così…" Imitò la camminata fluttuante e si meritò una stretta d'acciaio sul polso da parte di *Madame*. "Per favore! Que-questo è il braccio che mi fa male…"

Una smorfia di dolore le attraversò il volto e *Madame* la lasciò andare immediatamente. Si voltò verso il gruppetto in tempo per vedere il duca sussurrare qualcosa all'orecchio di *Madame Duras-Valfons* che rise e ripeté ai suoi compagni quello che le aveva detto. "Sono tutti dipinti come clown! Pfui. Quella donna non è altro che una *putain*."

"Antonia! Dove avete imparato quest'espressione?" Chiese Estée.

La ragazza le rivolse un sorriso angelico. "Ma a corte, ovviamente."

"*Allons*, è ora che rientriate," disse *Madame de Montbrail*, che voltò le spalle a suo fratello e alla sua amante. "I moscerini sono terribili in questa stagione…"

"Vallentine, voi me lo direte, vero?" Disse Antonia saltellando verso di lui. "Thérèse Duras-Valfons è l'ultima puttana di *M'sieur le Duc?*"

Questa domanda diretta fece balbettare a sua signoria una risposta incoerente e spalancare inorridita gli occhi a Estée. Antonia ripeté la domanda, per niente turbata dalle loro risposte, ma entrambi osarono ignorarla.

"*Parbleu*! Da dove prende queste idee?" Sussurrò Estée.

"Vostro fratello è tutt'altro che discreto. La sfacciatella è stata a corte. Ha gli occhi e sapete com'è a Versailles. Un nido di vipere.

Compagnia poco raccomandabile per una ragazza giovane, questo è certo."

"Rabbrividisco pensando a quali vizi è stata esposta, lasciata alle cure di quella puttana di Maria Casparti."

"*M'sieur le Duc* ha detto che è più educato chiamare Maria Casparti l'amante del nonno, non la sua puttana," li catechizzò Antonia, con gli occhi che brillavano, facendo sorridere Vallentine. "C'è differenza, vero?"

Madame de Montbrail sentì solo le parole, non vide la malizia e si precipitò davanti ai suoi compagni, restando in silenzio durante il breve viaggio di ritorno all'*hôtel*, mentre Lord Vallentine e Antonia continuavano per tutto il tempo con le loro scherzose canzonature. Il suo umore non migliorò nel relativo tepore del foyer e annunciò che aveva mal di testa e che sarebbe andata nelle sue stanze per riposare un'ora o due prima di cena. Lord Vallentine si offrì di accompagnarla, ottenendo un deciso rifiuto, e *Madame* lasciò Antonia e sua signoria a contemplarla in silenzio.

Quando Vallentine suggerì ad Antonia di seguire l'esempio di *Madame*, lei dichiarò di non essere per nulla stanca, nonostante un dolore sordo alla spalla che la infastidiva quando faceva un movimento sbagliato. Riuscì a convincere sua signoria a giocare a backgammon. Non solo lui accettò, ma lasciò che lo persuadesse che dovevano passare il primo pomeriggio accanto al fuoco nel rifugio privato nel duca, la sua biblioteca.

Così passarono un'ora piacevole giocando a backgammon sullo spesso tappeto di fronte al fuoco. Quando sua signoria dichiarò di essere stufo di perdere, ordinò caffè e cioccolata calda, che Duvalier depose, nel pesante vassoio d'argento, sul tappeto accanto a loro, perdendo un po' di tempo prima di ritirarsi, con un orecchio all'accalorata discussione tra Antonia e Vallentine sui vari meriti e demeriti dei particolari stati italiani che avevano visitato. Quando uscì, era più che convinto che l'amico del duca, anche se più vicino al suo padrone in età, aveva il cervello più adatto alla compagnia dei bambini.

Quando finì la sua cioccolata, Antonia si rannicchiò nella grande poltrona di pelle più vicina al fuoco e si sistemò sui cuscini di velluto con un sottile volume scelto dagli scaffali pieni di libri. Sua signoria fu svelto a farle notare che non doveva sedersi su quella particolare poltrona perché era la preferita del duca e che il libro che aveva scelto non era adatto agli occhi di una signora. Inoltre era in latino e lui non credeva neppure per un attimo che una ragazzina che aveva appena finito gli studi potesse leggere in latino e se così era, beh, era scandaloso. Le sue suppliche non trovarono ascolto e fu obbligato ad ammettere la sconfitta, ritirandosi dietro le pagine di un giornale inglese del giorno prima.

IL DUCA ENTRÒ NELLA biblioteca poco meno di un'ora dopo. La trovò deserta, nonostante le assicurazioni del maggiordomo che Lord Vallentine e *Mademoiselle Moran* erano là. Duvalier lo seguì e mise diversi dispacci sulla scrivania. Cominciò a sistemare il vassoio della cioccolata quando un fruscio colse la sua attenzione e quasi rovesciò la caffettiera e le tazze. Roxton alzò gli occhi dalla pila di corrispondenza, vide immediatamente la ragione del suo disagio e fece segno al maggiordomo di uscire. Solo quando la porta fu chiusa alle spalle del servitore, osò avvicinarsi alla sua poltrona preferita.

Accanto alla gamba tornita della poltrona c'era un paio di scarpine rivestite di seta e un volume rilegato in pelle, appoggiato sul dorso e con un nastro di seta infilato tra due pagine per tenere il segno. Raccolse una scarpa con la grande fibbia incrostata di diamanti e smeraldi e studiò la lavorazione. Ancora con la scarpa in mano si chinò oltre l'alto schienale della poltrona imbottita e scrutò il suo occupante.

Antonia dormiva profondamente, aveva distolto il volto dal fuoco morente, un braccio impigliato in una massa di riccioli e l'altro appoggiato mollemente sul corpetto. Gli strati di sottane di seta la circondavano come una morbida nuvola rosa e mostravano i piedini nelle calze bianche rivolti verso il calore. Non riuscì a ricordare quando era stata l'ultima volta che aveva avuto il piacere di ammirare con comodo le caviglie sottili di una bellezza addormentata. La sensazione era nuova per lui e lo fece sorridere.

Si chiese quale sarebbe stata la prossima mossa, ora che si era impossessato del dolcetto che suo cugino desiderava disperatamente. Il sorriso si fece più ampio. Povero Salvan, pensò senza simpatia, deve essere andato fuori di testa al pensiero che il singolare oggetto della sua lussuria repressa stava guarendo in casa del suo nobile cugino inglese, di cui invidiava la ricchezza e la facilità con le donne fino al punto di odiarlo.

Eppure, mentre continuava a osservare Antonia che dormiva, si fece prendere dal ritmo del suo respiro, il sorrisino compiaciuto svanì e si trasformò in un'espressione dubbiosa pensando, più seriamente, ora che aveva la ragazza, che cosa doveva fare con lei? Portarla via dal *bal masqué* era stata una reazione istintiva, un rubare il premio da sotto il naso del cugino, ignorando le conseguenze.

Poi Antonia lo aveva sbilanciato completamente, con la sua assoluta mancanza di timore per lui e per le sue intenzioni. Sembrava essere completamente sicura che intendesse salvarla da quel consumato libertino di Richelieu e da ogni altro cane bavoso a corte. Lo sconcertava che lo vedesse come un cavaliere dalla scintillante armatura e non come qualcuno dello stesso stampo del suo amico Richelieu. E un sottile dubbio cominciò a farsi strada, che la ragazza avesse orchestrato l'intera fuga e che lui fosse una semplice pedina nei *suoi* piani.

Dopo tutto, l'aveva tempestato di lettere ed era rimasta ai bordi della sua cerchia sociale a corte per tante settimane che la sua presenza era diventata una limitazione non desiderata alla sua libertà. Non era immune alla sua abbagliante bellezza. L'aveva notata subito, il primo giorno che era stata a corte e ne era stato ammaliato. Ma la bellezza unita all'inesperienza della giovinezza e alla mancanza di sofisticazione non lo avevano mai attratto. Aveva sempre preferito le bellezze più vissute, la cui proclività sessuale uguagliava la sua e che avevano un marito comprensivo, nascosto da qualche parte sullo sfondo, pronto a fornire una spalla imbottita su cui piangere quando la noia lo portava ad andare oltre.

Quando indagini discrete avevano rivelato che Antonia era veramente uno dei suoi bisognosi parenti alla lontana in cerca del suo aiuto, aveva consegnato in fretta alla latrina le fastidiose responsabilità che accompagnavano il suo titolo e la sua ricchezza. Aveva fatto di tutto per ignorarla. Perché, però, al primo segno che potesse non essere all'altezza della situazione, e partecipare a un *bal masqué* vestita come una sgualdrina ne era un'indicazione certa, si era dato da fare perportarla via da Salvan? Con quell'azione aveva dimostrato al mondo che era responsabilità sua, circostanza che aveva passato i tre mesi precedenti a evitare con cura.

E ora, mentre continuava a osservare il baluginio delle ombre create dal fuoco giocare sul suo profilo delizioso, era fin troppo chiaro che qualunque soddisfazione avesse ricavato dall'allontanare Antonia da Salvan era evaporata quando l'aveva considerata rispetto alla responsabilità che aveva adesso di vedere la ragazza completamente ristabilita dalla sua traumatica esperienza e al sicuro, affidata alle cure di sua nonna a Londra.

Stava ancora contemplando il peso di queste recenti responsabilità quando Lord Vallentine entrò nella stanza, con una coperta sul braccio e gli toccò lievemente una spalla.

"Si è addormentata sulla tua poltrona," sussurrò in tono di scusa. "Non me la sono sentita di svegliarla e ho pensato di andare io a prendere una coperta. Non vorrei che prendesse freddo." Sistemò la coperta finché fu soddisfatto e diede un'occhiata al duca. Quello che vide lo fece sobbalzare. "Gesù, Roxton, che cos'è successo? Non ti sei ammalato, vero? Chiedo a Duvalier di portare una bottiglia. Ehi, Duvalier," sibilò, "una bottiglia del miglior vino di *M'sieur le Duc* e in fretta!"

Il maggiordomo si affrettò a uscire e Vallentine seguì Roxton a un gruppo di sofà in mezzo alla stanza. Il fatto che l'amico tenesse ancora in mano la scarpa di Antonia lo fece sorridere. Quando glielo fece notare, il suo sorriso si fece più ampio, vedendo il duca che se ne disfaceva imbarazzato.

"Ti sei trovato una bella civetta," disse Vallentine in inglese, mentre si stravaccava in una poltrona davanti al duca.

"Davvero?" Disse Roxton, con il colore che tornava lentamente alle guance.

"Già, davvero," rise sua signoria. "Mi batte ogni volta a backgammon e a reversi. Ho cercato di usare tutti i trucchi. Niente da fare. Mi ha detto che le ha insegnato a giocare il suo caro padre. Potrei strozzare quell'uomo solo per questo! E da quando ha cominciato a stare meglio, non si riesce a farla stare zitta. E le discussioni? Oh! Fino a quando sono paonazzo. È un po' più contenuta con Estée ma solo perché Estée diventa di malumore e minaccia di fare una scenata se la piccoletta non si comporta bene."

"Le sue maniere sono atroci," disse il duca con fastidio.

"Oh, non ha un briciolo di perfidia," lo rassicurò Vallentine. "È solo una birichina. È una ventata di aria fresca. A volte fa scappare la pazienza a Estée. Se vuoi il mio parere, è solo gelosia femminile."

"Mi meravigli."

"Non sono così svampito come credi. Lo ammetto, a volte non sono il più acuto degli osservatori ma quando si tratta di donne, beh, ho un'idea molto precisa di quello che le irrita o no. Tua sorella è una bella donna, una donna dannatamente bella, ma Antonia, beh, è… è… insolita."

"Mio caro, ti si inceppa la lingua. In che modo insolita?"

Con suo estremo disagio, Lord Vallentine si sentì arrossire. Fu sollevato quando Duvalier scelse proprio quel momento per interromperli. Un bicchiere di chiaretto lo aiutò con il rossore ma il duca aspettò la sua risposta con un'irritante alzata delle sopracciglia nere.

"Non è il caso che mi guardi in quel modo! Non sono innamorato della piccoletta se è quello che pensi," confessò sua signoria. "Ammetto di trovare deliziosa la sua compagnia e non sono cieco, quindi non essere sarcastico. Riesco benissimo a vedere che è una piccola bellezza. Ma non cerca di usarla sugli uomini, come fa la maggior parte delle donne. È solo... è solo se stessa. In effetti," aggiunse in tono di sfida, "la trovo adorabile! Ma questo non significa che la voglia, non in quel modo, comunque. Inoltre, lei non vuole me, o quel cucciolo di Salvan."

"No?"

"Non è innamorata di d'Ambert, questo è certo. È venuto a visitarla una o due volte e lei non l'ha ricevuto, dicendo che non si sentiva abbastanza bene da ricevere visitatori. Anche se penso che lui si stia sbagliando di grosso se pensa di non essere innamorato di lei."

"È così che la pensi?"

"Sì, esatto. E un'altra cosa. Un minimo tentativo, da parte mia o di Estée, di dire una parola contro di te e la piccola adorabile civetta diventa una belva."

Il duca aggrottò la fronte. "Che cosa ho fatto per meritarmi una tale adorazione?"

"Puoi fare l'indifferente, se vuoi," disse sarcasticamente Vallentine. "Suppongo che tu non abbia fatto niente di diverso dal solito, eccetto che a una ragazza dell'età di Antonia deve essere sembrato straordinario. Un vero eroe che l'ha salvata dalle grinfie di Salvan, ha sparato a due ruffiani sulla strada di Versailles, per non parlare del fatto che hai curato le sue ferite con le tue stesse mani delicate."

"Mio caro Vallentine, se non ti conoscessi meglio, oserei dire che ho acceso la tua gelosia."

"Un uomo ha il diritto di essere un po' invidioso," ammise sua signoria. "Dopo tutto, sono io quello che è stato al suo capezzale tutti i giorni, portandole dolcetti e giornali e perdendo a backgammon! E che cosa ho ottenuto in cambio per tutte le mie premure e le mie attenzioni? Di sentir parlare di te. Accidenti a te! Dannazione, l'ho portata a fare una passeggiata alle Tuileries e ci siamo trovati davanti te con la *Comtesse Duras-Valfons*, e Antonia ha fatto un paio di domande veramente imbarazzanti. Secondo te, come avrei dovuto rispondere? È un gattino sperduto a confronto delle belve feroci che frequenti tu di solito."

L'espressione di Roxton si fece immediatamente preoccupata. "Spero che tu abbia avuto il buon senso di tenere la bocca chiusa."

"Non ho dovuto nemmeno aprire bocca," rispose Vallentine, sussiegoso. "Conosceva perfettamente la vocazione di Thérèse senza bisogno che dicessi una parola."

"Sua signoria è diventato di colpo molto paterno," lo stuzzicò il duca. "Se la ragazza si è sentita offesa per la compagnia che frequento..."

"Offesa?" Gli disse sua signoria sarcastico. "Antonia? *Offesa*? A quanto pare non la conosci proprio! Ha chiamato Thérèse la tua *putain* e ha osato chiedere conferma a Estée! Eh? Che c'è?" Chiese, voltandosi al fruscio di sottane. "Mi sembra che la streghetta si stia svegliando."

SEI

ANTONIA GUARDÒ OLTRE lo schienale della poltrona, insonnolita, e quando vide il duca spalancò gli occhi e sorrise. Volò fuori dalla poltrona, senza preoccuparsi di lisciarsi le gonne stropicciate, dimenticando di coprire i piedini e ignorando il fatto che il fermaglio che le teneva i riccioli era caduto rumorosamente a terra. Corse verso il sofà e fece una riverenza ai piedi del duca.

"*M'sieur le Duc*," disse, tutta contenta, "siete voi! Pensavo di sognare ma quando ho sentito la voce di Vallentine ho capito che non poteva essere così, perché non era possibile che fosse entrato in uno dei miei sogni!"

"Visto che cosa intendevo dire, Roxton?" Si lamentò sua signoria. "Credo che vi ignorerò, piccola sfacciata."

Roxton sorrise all'ego ammaccato del suo amico, tenendo lo sguardo fisso su Antonia.

"Non credo che *Mademoiselle* sia cortese con *M'sieur Vallentine*. È stato molto buono con voi, almeno così mi dice."

Antonia annuì. "È vero, *Monseigneur*. Ma è anche molto facile da prendere in giro." Si avvicinò alla poltrona di sua signoria, con l'espressione contrita. "Mi dispiace se vi ho offeso, *M'sieur*."

"Civetta," brontolò, dandole un colpetto sotto il mento. "Avete dormito bene?"

"Sì, grazie," rispose contenta e si autoinvitò a sedersi accanto al duca sul sofà. "Vi piace questo vestito, *M'sieur le Duc*? E grazie per il fermaglio e le fibbie e i vestiti e le centinaia di altre cose che avete fatto fare a Maurice per me. Oh? Che ci fa la mia scarpa, là? Maurice è un ottimo sarto, credo. Ma parla troppo e si agita come una donna, e questo non mi piace per niente. *Madame* pensa che sia divertente ma io riesco solo a pensare che un uomo che porta un orecchino di perla e si colora le palpebre sia ridicolo, no? Pensate sia uno di quegli uomini di cui ho sentito parlare, che preferiscono il loro stesso sesso? Uno-uno Spartano! Oppure, come *M'sieur le Duc de Gesvres* che è un esperto con i ferri da maglia?"

Entrambi i gentiluomini stavano ridendo ma, sentendo l'ultimo nome menzionato, Vallentine la guardò a bocca aperta.

"Antonia! Dove… dove avete colto… Non ho mai sentito…"

"A corte," rispose semplicemente e guardò il duca. "Forse non dovrei dire queste cose? Vi ho scandalizzato?"

"Neanche un po'," rispose Roxton, con la mano appoggiata allo schienale del sofà che le accarezzava distrattamente un ricciolo setoso. "Ho sempre saputo che ha quelle tendenze. Potreste aver scandalizzato il mio amico, però."

"Io? Non sono scandalizzato," disse Vallentine sbuffando. "Ma non puoi dire cose del genere alla piccoletta. Non è decente. È quasi una bambina, per l'amor di Dio."

"Avete ragione, *M'sieur le Duc*," disse Antonia con un sospiro di rassegnazione. "Ho scandalizzato Vallentine. Ahimè. È terribilmente facile scandalizzarlo, e batterlo a backgammon."

"Roxton sa già che mi avete sconfitto in tutte le partite. Non c'è bisogno di rigirare il coltello nella piaga!"

"Giocherete con me a backgammon, *Monseigneur*? E magari

resterete a casa qualche sera così saremo in quattro e potremo giocare a whist e a Hazard. E ora che sto così meglio potremo cenare insieme, sì?"

"Ha già programmato le tue giornate," rise Vallentine che si ritrovò a essere completamente ignorato dalla coppia sul sofà.

"Se lo desiderate, *mignonne*," disse il duca. "Ma vi avviso, gioco molto meglio di Vallentine e non farò sconti."

"Allora sarà una gara interessante," disse Antonia. Poi si rannuvolò di colpo. "Non andrete via di nuovo, vero? Non... Non dovete andare a corte o in campagna mentre io sono qui, vero?"

Il duca scosse la testa. "No, non andrò via di nuovo. Possiamo fare tutto quello che volete."

Ad Antonia tornò il sorriso e gli toccò impulsivamente il braccio. "Vedete, Vallentine," disse a sua signoria, con gli adorabili occhi verdi che brillavano, "ci divertiremo tantissimo ora che *M'sieur le Duc* resterà a Parigi.

Lord Vallentine annuì ma non aveva sentito una parola di quello che aveva detto Antonia, perché aveva fatto una scoperta sconcertante. Avrebbe dovuto capirlo dall'inizio, ma aveva considerato l'appassionata difesa dell'amico, in tutte le occasioni, come poco più di un modo per prenderlo in giro. Ma ora guardando Antonia in compagnia del duca si rese conto che la ragazza era innamorata di *M'sieur le Duc*. Si chiese se il suo amico ne avesse idea e ritenne di no. Non vedeva l'ora di informare *Madame de Montbrail* di questo inatteso sviluppo.

Estée de Montbrail non condivise l'entusiasmo di Lord Vallentine. Secondo lei la ragazza non era innamorata di suo fratello, era solo un'infatuazione e non le piaceva per niente. Pensava che l'infatuazione dipendesse dal fatto che suo fratello aveva salvato Antonia dai rapitori sulla strada di Versailles e dal fatto che avesse speso una piccola fortuna per rivestirla. E il regalo del fermaglio e delle fibbie? Anche se erano pezzi squisiti e ben pensati, aveva messo in chiaro con Antonia che suo fratello aveva

adornato di gingilli molti colli delicati e bei polsi, quindi la
ragazza non doveva farsi illusioni.

Per quanto tentasse, Vallentine non riusciva a convincere
Madame che la ragazza aveva l'età della ragione e che i suoi sentimenti genuini per il duca potevano semplicemente essere dovuti a
lui. Era ora che Roxton si rendesse conto che non tutte le belle
donne chiedevano l'equivalente del tesoro di un pirata in cambio
dei loro favori sessuali. Il tempo passato in compagnia di Antonia
avrebbe potuto insegnargli una cosetta o due sull'amore. Dopo
tutto, non era *Madame* che aveva suggerito che suo fratello si
innamorasse?

Ma *Madame* ribatté che Vallentine non prendeva in considerazione l'effetto devastante che avrebbe avuto su Antonia, che, con
tutta la sua spavalderia, era giovane e inesperta nelle schermaglie
sessuali tra uomini e donne. Lei riteneva che suo fratello si stesse
solo divertendo con Antonia, come se fosse un nuovo e affascinante giocattolo. Ma che cosa sarebbe successo quando la novità
fosse sfumata e la ragazza si fosse ritrovata con il cuore infranto?

Estée gli ricordò quello che le aveva confidato riguardo ai
piani del *Comte de Salvan* per Antonia e come suo fratello avesse
interferito in quei piani. Disse che dimostrava solo che le sue
peggiori paure erano fondate: Antonia era solo una pedina nella
brutta partita che stavano giocando suo fratello e il cugino.
Perfino le conclusioni sbagliate circa la moralità di Antonia la
notte del suo arrivo servivano solo a ingrandire quelle paure.
Sentiva un gran senso di colpa per aver pensato il peggio di Antonia. Averla respinta senza mezzi termini le pesava enormemente.
Voleva fare ammenda e sentiva di avere la responsabilità di proteggerla, non solo da quelli come il conte, ma dal suo stesso fratello.
Si fidava tanto poco dei suoi motivi quanto di quelli di Salvan.

Così, lei e Lord Vallentine erano a un'impasse. Non riuscivano
a parlare senza menzionare Antonia e senza destare le paure di
Madame che la ragazza fosse condannata a farsi spezzare il cuore
dal duca. Amava suo fratello senza riserve ma lo conosceva per

quello che era. Lei poteva accettarlo, conviverci, ma non riusciva proprio a convincersi che anni di abituale depravazione potessero cambiare grazie a una ragazza, per quanto bella e dalla personalità insolita. Sua signoria non era d'accordo, proprio come si aspettava Estée. Litigarono e il risultato fu l'aspra accusa di *Madame* di essere *lui* innamorato di Antonia. Perché altrimenti avrebbe sostenuto la sua causa con tanta veemenza? La risposta di Lord Vallentine fu di precipitarsi fuori dalla stanza con un'imprecazione e sbattere la porta lasciando Estée a piangere tutte le sue lacrime.

La cena, quella sera, fu una faccenda sottotono. Sperando di placarla, Lord Vallentine aveva invitato Estée ad assistere a uno spettacolo alla *Comédie Française*, dopo cena. Ma lei continuava a piluccare il cibo e a non farsi coinvolgere nella conversazione, per quanti tentativi facesse Antonia. Sua signoria si limitò ad inarcare le sopracciglia quando Antonia lo interpellò silenziosamente sul malumore di Estée e la cena si trascinò noiosamente. Il duca, che non era mai stato portato alle chiacchiere insignificanti durante i pasti, mangiò in silenzio, parlando solo quando lo interpellavano.

"Estée e io andiamo a teatro," disse Vallentine al duca quando i coperti furono rimossi e il brandy fu in tavola. "Ci sarai anche tu?"

"No, credo di no," rispose Roxton. Versò il brandy in tre bicchieri, in dosi molto diverse e ne spinse uno verso il suo amico. Offrì ad Antonia la dose più piccola, una goccia. "È un brandy eccellente. Provatelo e ditemi che ne pensate."

"È troppo giovane per i liquori!" Esclamò sua sorella.

"È solo una goccia," sorrise Vallentine. "Non le farà male. Provatelo, folletto."

"È meglio di quella bevanda orribile che mi avete fatto ingoiare quando mi hanno sparato?" Chiese Antonia, annusando incerta il contenuto del bicchiere.

"Ovvio! Non penserete che vi avrei versato in gola del buon

brandy. Ehi! Non così in fretta! Assaporatelo, assaporatelo. Andrete in confusione se lo bevete in quel modo."

Fratello e sorella si fissarono; *Madame* alzando altezzosamente il nasino. Vallentine colse l'implicazione e sbuffò.

"La piccoletta non si ubriacherà per quella goccia," sussurrò. "Non fate di un sassolino una montagna, Estée. Lasciate in pace Roxton e la ragazza, per l'amor del cielo."

Estée lo ignorò e disse con voce affettata a suo fratello: "Tutta Parigi sarà a teatro questa sera. Mi meraviglia che non ci andiate anche voi. Dopo tutto, l'attrazione principale è quell'affascinante attrice con la voce deliziosa. Penso che si chiami Félice."

"Non si merita di vederla due volte."

"Oh, andiamo," disse Estée con una risatina nervosa. "È l'idolo di Parigi e voi la scartate così facilmente? Raccomandate anche a Lucian e a me di restare a casa, allora?"

"No, vi godrete la serata molto più di me."

"Dopo lo spettacolo, Thérèse Duras-Valfons tiene una soirée per pochi ospiti. Ci andrete?" Chiese Estée.

"Sono stato invitato," fu la risposta secca del duca.

Lord Vallentine si agitò sulla sua sedia e diede un'occhiata ad Antonia che sembrava non stesse ascoltando ma fissava nel suo bicchiere.

"Lucian e io avevamo pensato di farci un salto," continuò *Madame*, in un tono lieve che contrastava con il freddo luccichio dei suoi occhi azzurri. "Se non altro per vedere chi c'è. Richelieu e Salvan dovrebbero esserci anche loro. Rimprovererò Salvan per non essere venuto a trovarmi quando aveva promesso di farlo." Sospirò in modo studiato. "Forse però non andrò a questa cena perché non mi piace molto Thérèse. Specialmente di recente. È troppo contenta di sé da quando ritiene di avere il monopolio dell'attenzione."

"Davvero?" Disse Roxton, con un'espressione di annoiato interesse.

Ma per Antonia era evidente che sotto quella maschera di

imperscrutabilità il duca non era contento del comportamento di sua sorella. Si chiedeva come potesse una sorella non capire l'umore di suo fratello quando lei, che era poco più di un'estranea in quella casa, riusciva così bene a leggere i suoi pensieri.

Forse era più in sintonia con il suo vero stato mentale a causa di un'osservazione acuta fatta da suo padre a proposito del duca, che ricordava bene, anche se a suo tempo non l'aveva capita completamente. Era stato quando suo padre le aveva confidato di aver fatto del loro lontano cugino, il duca di Roxton, il suo esecutore testamentario. Antonia avrebbe dovuto ricordare quel fatto, e il nome del duca, se mai si fosse trovata in difficoltà. Nonostante la reputazione del duca con le donne, che era veritiera, suo padre lo giudicava un uomo di principi e d'onore. Come duca e capo della sua famiglia, Roxton prendeva molto sul serio le sue responsabilità nei confronti della famiglia e di quelli che dipendevano da lui. Suo padre aveva aggiunto, con una risata scaltra, che la crosta annerita del nobiluomo nascondeva un mucchio di cose decenti.

Così, quando il duca la guardò per caso sopra l'orlo del suo bicchiere di brandy, Antonia sostenne il suo sguardo, per nulla imbarazzata dal fatto che *Madame* avesse menzionato sfacciatamente, a tavola, il nome della sua attuale amante,.

"Il vostro verdetto sul mio brandy, *Mademoiselle*?"

Antonia piegò il capo di lato, con la fossetta che appariva maliziosa.

"L'aroma, lo trovo *piacevole*. Ma anche se c'è una certa morbidezza al... *palato*, non credo che prenderò l'abitudine di bere brandy dopo cena."

Roxton sorrise e inclinò la testa mentre Lord Vallentine infranse l'atmosfera gelida con una risa di gusto.

"Hai mai sentito niente del genere dalla bocca di una marmocchia?" Esclamò sua signoria. "L'avete sentito dire da vostro padre, piccola strega?"

"L'ho detto io. Non me l'ha insegnato nessuno. E mi piacerebbe che smetteste di chiamarmi marmocchia e streghetta!" Si impennò Antonia. "Domani avrò... Oh, non importa! Non dovreste comunque chiamarmi così. Se non mi piaceste sarei molto arrabbiata con voi!"

"E adesso non lo siete?"

"Tutti voi pensate che io sia troppo *naïve* per conoscere... per conoscere certe... certe cose della *vita*. Ma Papà e io abbiamo visto molte cose durante i nostri viaggi e lui non mi ha mai nascosto le brutalità della vita. Ho visto tutte le miserie possibili e per questo mipiace credere che ci sia del buono in tutte le creature, anche le puttane, i miscredenti e i ladri!" Smise di parlare e abbassò la testa, e il silenzio che seguì le rese ancora più difficile riprendere un contegno. "Mi dispiace," disse, senza espressione.

Estée fece per alzarsi e un valletto in livrea si avvicinò rapidamente per aiutarla e tirare indietro la sedia. Lei scosse le sue larghe sottane.

"Mi devo cambiare. Antonia non restate alzata troppo stasera. Avete bisogno di dormire, anche se pensate il contrario. Allora, vi vedremo alla soirée, Roxton?"

"No, resterò in casa stasera."

Antonia alzò in fretta gli occhi, e la luce di speranza nei suoi occhi verdi fece sorridere Lord Vallentine con indulgenza.

"Per tenermi compagnia?" Chiese ansiosa.

"Per tenervi compagnia."

"Mi fa molto piacere," rispose Antonia con un sorriso, spingendo indietro la sua sedia. "Possiamo giocare a backgammon nella biblioteca? E poi magari posso mostrarvi il libro più interessante che ho scoperto sui vostri scaffali. Ho cercato di parlarne a Vallentine ma la sua conoscenza della storia è veramente scarsa. E ho scritto una lettera a Maria. Lei non legge il francese quindi devo scriverle in italiano. Ho pensato che magari potreste leggerla e correggerla per me? Resterete a casa tutta la sera? Me lo promettete?"

Il duca sospirò. "Prometterlo? Non basta la mia parola? Molto bene, lo prometto. Ora andate a prendere la vostra lettera."

Antonia fu fuori dalla stanza prima che Estée avesse l'opportunità di rimproverarla per la mancanza di buone maniere, per aver lasciato la stanza in quel modo e senza una riverenza ai gentiluomini. Era appena uscita quando *Madame* punzecchiò ancora un po' il fratello.

"*La*! Roxton, vi è devota come uno dei vostri sciagurati cagnolini. Dovreste regalarle un collare di diamanti. Non è divertente, Lucian?"

Lord Vallentine sembrò a disagio e diede uno strattone al pizzo della sua cravatta. "È solo piena di entusiasmo. Non c'è malizia in lei."

"No, non in *lei*," buttò lì *Madame* girando la testa sopra la spalla nuda, mentre andava verso la porta. Sarebbe uscita, ma un ordine sussurrato da suo fratello la fermò e fece sì che Lord Vallentine e i servitori li lasciassero soli. Il tono della voce morbida del duca fece tremare le ginocchia a Estée, ma era determinata ad affrontarlo con coraggio. Si voltò a guardarlo, con il mento alzato e un'espressione di sfida.

"Il vostro comportamento recente mi offende. Vi porrete fine," disse freddamente. "Se dobbiamo convivere in modo tollerabile, mi farete la cortesia di comportarvi come la padrona di casa di buona famiglia che vi hanno educato a essere." Ignorò la sua espressione oltraggiata e stupita, si controllò le unghie curate di una lunga mano bianca "Sono sorpreso e in qualche modo offeso che la mia stessa sorella non mi conosca abbastanza bene da non rendersi conto che dentro le mura della mia casa la mia moralità è assolutamente impeccabile. Ma ve lo ripeterò se vi farà sentire meno ansiosa riguardo al benessere della ragazza: non ho la minima intenzione di sedurre Antonia. È un'ospite in casa mia ed è nostra cugina, per quanto alla lontana. La vostra flagrante sfiducia mi delude, ma mi rendo conto che è causata dalla preoccupazione per il bene di Antonia e… gelosia irragionevole e stupida."

Quando Estée ansimò e aprì la bocca per discutere con lui,

aggiunse, con un mezzo sorriso: "Risparmiatevi le scene per Vallentine, mia cara. Ha più pazienza di me." Raccolse la tabacchiera dal tavolo e la mise in tasca. "Potete presentare le mie scuse alla deliziosa Thérèse. Ditele quello che volete, anche la verità se serve ai vostri scopi."

La sola risposta di *Madame* fu di andarsene indignata dalla stanza senza una riverenza di commiato. Incontrando Antonia sulla scala non poté fare a meno di essere brusca. Le disse di raddrizzare un fiocco sul corpetto, di togliersi i capelli dal volto e di non correre sulle scale come un maschiaccio. Antonia era troppo felice per offendersi, si scusò in fretta per il suo aspetto e poi filò in biblioteca. *Madame* la osservò andare con una smorfia, afferrò una manciata di sottane e corse nel suo boudoir.

"NON CREDO CHE *MADAME* si divertirà alla *Comédie Française*, se Vallentine non riuscirà a farle passare il malumore." Confidò Antonia al duca. Mise le sue lettere sulla scrivania e si sedette sul sofà accanto a lui, con una tavola da backgammon pronta per una partita. Il whippet beige e bianco trotterellò accanto a lei per farsi grattare la gola. "Sono contenta che abbiate ordinato il caffè," disse osservando Duvalier che sistemava le ciotole di caffè, i piatti di dolcetti e il servizio d'argento sul tavolino accanto a loro. "Devo confessare che me ne serve una ciotola dopo il brandy. Non… Non vi dà fastidio se parlo così… del brandy?"

Il duca lanciò i dadi, facendo un sei.

"Tocca a me," disse. "Il vostro quattro non può battere il mio sei. Mi darebbe fastidio se non mi diceste la verità."

Antonia rotolò i dadi ottenendo tre e asso e fece la mossa.

"Non eravate obbligato a restare in casa con me se-se desideravate assistere allo spettacolo della *Comédie* e partecipare alla soirée di *Madame Duras-Valfons*."

Il duca alzò gli occhi dal gioco che stava fissando attraverso l'occhialino. L'esitazione che vide negli occhi di Antonia lo fece sorridere. "Resto a casa perché lo voglio. Ora bevete il caffè e concentratevi sul gioco, altrimenti perderete di sicuro."

Giocarono a lungo in silenzio, finché, alla fine della quinta partita, Antonia raccolse i dadi esaminandoli critica.

"Avete vinto tre partite," disse, senza sembrare scontenta. "Perché non riesco mai a ottenere i punti che mi servono, *Monseigneur?*"

"La fortuna non è con voi," rispose. "Vi sforzate troppo di vincere. Se pensaste di più al gioco e meno a cercare di battermi, la vostra fortuna ritornerebbe. Venite, mostratemi la lettera e ci siederemo accanto al fuoco, dove fa più caldo." Si spostò sulla sua poltrona preferita e Antonia fu felice di rannicchiarsi sul poggiapiedi imbottito ai suoi piedi. "Non dovreste dar loro dei dolci," le disse il duca, vedendola dare a Gray un secondo bocconcino di torta. "Li state viziando."

"Gli piace essere viziati. Credete che Maria capirà la mia lettera?" Gli chiese quando il duca arrivò alla fine della seconda pagina.

"È una lettera ben scritta, mia cara. Avete avuto un buon insegnante, credo."

"Grazie. Ho avuto un tutore fino alla morte di papà. Ma il nonno non mi ha permesso di continuare i miei studi. Ha detto che era sbagliato che ricevessi l'istruzione di un ragazzo. Mi ha portato via i miei libri. È stato stupido. Non posso disimparare quello che già so!"

"Vostro padre era piuttosto eccentrico, *petite*," disse seriamente Roxton anche se gli angoli della bocca fremettero al tono di studiata pensierosità di Antonia. "È stato perché era un medico eccentrico e colto che vi ha permesso di avere un tutore. Non aveva un figlio maschio. Anche se mi chiedo se avrebbe fatto qualche differenza nella vostra educazione? Credo di no. Le giovani donne della vostra classe sociale non ricevono lezioni di storia e classici, né studiano le lingue."

"Queste giovani donne devono essere creature molto noiose, allora."

"Ascoltate, Antonia," disse. Quando lei alzò gli occhi, il duca cercò di apparire molto serio. "Alle giovani donne viene insegnato a ballare e a fare conversazione in modo educato e a ricamare. Imparano a suonare il clavicordio, un po' di storia e come pasticciare con gli acquerelli. Non dicono quello che pensano, a meno che non glielo si chieda e non ribattono mai. Non è educato. Lo capite?"

Antonia scosse la testa.

"Mi dispiace, *M'sieur le Duc*," disse. "Questo modo di vivere di cui parlate, per me è inconcepibile. Mi annoierei se non mi permettessero di leggere tutto quello che voglio e non potessi imparare cose nuove. Le ragazze della borghesia imparano cose diverse. Lo so perché me l'ha detto papà. Diceva che i genitori di quelle ragazze sono più illuminati di quelli aristocratici. Quindi non mi meraviglia che i nobili siano attratti dai salotti di queste donne, quando tutto quello di cui possono discutere con le loro mogli sono inezie e acquerelli."

Quando si rese conto che il duca stava ridendo silenziosamente arrossì e guardò il fuoco. "Io… Voi dovete pensare che io sia altrettanto stupida. So… so che la conversazione e il sollievo dalla noia non sono la ragione principale per cui i nobili ricercano la compagnia di queste donne."

Il duca la obbligò a guardarlo, con un dito sotto il mento. "Non stavo ridendo perché pensavo foste stupida. Stavo ridendo perché sono d'accordo con voi e l'avete espresso magistralmente."

"Oh? Pensate… pensate che sia importante che io conosca tutte quelle stupide cose?"

"Lasciate che ve lo spieghi in questo modo," disse pazientemente. "Vostro nonno è preoccupato che sembriate troppo diversa dalle altre giovani donne del vostro ceto. Donne che professano di conoscere cose normalmente solo di dominio maschile non sono viste con molto favore dalla nostra società. Una cosa è *essere* Lady

Mary Wortley Montague ma è tutt'altro avere solo la sua reputazione. Gli inglesi tollerano di più queste eccentricità rispetto ai loro cugini francesi. In Francia va bene per i borghesi educare le loro figlie secondo i nuovi sistemi; non è probabile che sposino qualcuno nella nostra cerchia. Ma la cosa è diversa per una ragazza del vostro lignaggio."

"Ma papà è caduto in disgrazia con la corte e *maman* è fuggita con lui e quindi è caduta anche lei in disgrazia. E a me non importa nulla della corte o di quello che pensa di me questa società cui dovrei teoricamente appartenere. Non ho mai pensato di sposarmi e non ci voglio pensare. Sarebbe orribile essere obbligata a contrarre un matrimonio che non desidero assolutamente! *Madame* dice che Étienne sarebbe un buon marito per me, che viene da una nobile famiglia, ma... ma io non lo amo. Se mi consegnerete al *Comte de Salvan*," aggiunse d'impeto, "scapperò!"

"Credete veramente che vi consegnerò a Salvan?" Le chiese, accarezzandole la guancia infuocata.

Antonia abbassò la testa, con i capelli che le nascondevano il volto perché sentiva il calore aumentare nelle guance al suo tocco. "Un mese fa non vi importava nulla di quello che mi succedeva. Non avete mai risposto alle mie lettere né avete guardato verso di me a corte quando cercavo di cogliere il vostro sguardo..."

"Troppe femmine cercano di cogliere il mio sguardo," le disse scherzosamente, con un sospiro di rassegnazione.

"Quelle donne sono tanto stupide quanto superficiali!" Ribatté Antonia, poi si pentì immediatamente per aver detto quello che pensava. "Scusatemi, *Monseigneur*. Mi rendo conto che i sentimenti di un gentiluomo non devono essere necessariamente *coinvolti* per portarsi a letto una di quelle stupide femmine."

Il duca la costrinse a guardarlo. "Non ignorate il vostro stesso sesso nell'equazione, Antonia," le disse seriamente guardandola negli occhi verdi. "A Versailles, quello che vale per il re vale anche per la regina."

"Fare l'amore senza che siano coinvolti i sentimenti, per me è inconcepibile," dichiarò Antonia, con lo sguardo fisso sui bei lineamenti del duca. "Io non potrei. Ecco perché non ho intenzione di sposare il *Vicomte d'Ambert* né qualunque altro uomo mio nonno cercherà di impormi, checché ne dica *Madame*."

Roxton distolse gli occhi, improvvisamente a disagio, pensando a quella conversazione inappropriata tra un nobile della sua età e questa ragazza, affidata alle sue cure.

"Le intenzioni di mia sorella sono buone ma è piuttosto stolta. Cinque minuti in vostra compagnia avrebbero dovuto farle capire che avete abbastanza forza di volontà da sapere quello che volete. Quindi vi devo delle scuse..." Girò l'anello con lo smeraldo verso la luce del fuoco e finalmente tornò a guardare Antonia. "Avrei dovuto prendere in seria considerazione la vostra situazione a corte e concedervi cinque minuti del mio tempo per perorare il vostro caso. Così com'è mi avete forzato la mano, vero?"

Gli occhi di Antonia brillarono e non poté evitare un piccolo sorriso trionfante. "Sì, *Monseigneur*, non sono stata furba?"

Ma Antonia fu completamente presa alla sprovvista quando il duca le afferrò i polsi e avvicinò il volto al suo.

"No! Non siete stata furba! È stata un'enorme stupidaggine vestirvi come una prostituta a una festa in maschera pubblica. Parlate di non fare l'amore senza che siano coinvolti i sentimenti ma quella notte voi, una ragazza ingenua che non sa assolutamente niente del sesso, avete corso il serio rischio di essere violentata. Bambina idiota! E dove vi hanno portato i vostri intrighi? A farvi sparare sulla strada di Versailles!" La lasciò andare e si riappoggiò alla poltrona, irritato con se stesso per aver permesso ad Antonia di superare la sua guardia, una circostanza che capitava troppo spesso con lei. "Non cercherete mai più di forzarmi la mano, Antonia, mi ascoltate?"

"Sì *Monseigneur*," rispose sottomessa, con un'occhiata curiosa alle impronte lasciate sui suoi polsi dalla pressione delle sue lunghe dita.

Il duca spostò le gambe muscolose perché Antonia potesse

sedersi più comoda sul poggiapiedi e cambiò bruscamente argomento, dandole una tiratina ai riccioli mentre le restituiva la lettera. "Darete un'impressione sbagliata a Maria, *mignonne*. Dal vostro resoconto penserà che io, senza aiuto, abbia sconfitto e ucciso un'intera confraternita di banditi di strada."

La battuta fece ridere Antonia. "Oh, ma siete stato molto coraggioso! E non ho mentito quando ho detto che le probabilità erano contro di voi fin dall'inizio. E non dimentichiamo che c'era uno di loro nascosto nella foresta là vicino. Era un codardo perché non si è mostrato e intendeva sparare a voi. Invece ha colpito me, che è una buona cosa perché se avesse colpito voi, questa pallottola sarebbe stata più vicina al cuore. Quando penso a dove stavamo e all'angolazione del..."

"Avete passato parecchio tempo a ricostruire il... ehm, crimine."

"Che altro potevo fare, relegata a letto per un mese?"

Il duca fece una smorfia. "Volete mostrarmi la cicatrice?"

Antonia si chiese che cosa avesse detto per farlo arrabbiare di nuovo così in fretta. In silenzio abbassò la manica dalla spalla ferita e scostò i capelli che le ricadevano sul petto. La ferita non era bella da vedere. La carne era raggrinzita e livida e ancora molto sensibile al tatto. Il duca chinò la testa per controllare lo sfregio, con una mano appoggiata delicatamente sulla spalla sana e le lunghe e fresche dita dell'altra che sfioravano appena la carne accanto alla ferita in via di guarigione. Quando però macchie scure di colore le chiazzarono la gola per l'imbarazzo, si scostò dicendole di coprirsi.

"Col tempo sbiadirà," le disse gentilmente. "Il braccio è ancora rigido?"

"Un po', ma migliora giorno dopo giorno," rispose, coprendo la spalla ferita con una massa di capelli.

"Questa imperfezione vi preoccupa?"

"Mentirei se dicessi di no. Ci penso solo quando la gente la fissa. Ho colto una delle cameriere, una ragazzina stupida, che la fissava mentre Gabrielle mi vestiva e mi ha fatto sentire molto brutta. Si vedeva che la trovava repellente." Alzò gli occhi. "Voi la trovate brutta e repellente?"

La smorfia scomparve immediatamente e gli occhi neri le sorrisero. "Per nulla, *mignonne*," le rispose dolcemente. "È solo una piccola ferita di guerra."

Antonia appoggiò la mano sulle sue ginocchia accavallate. "Mi preoccupa il fatto che la pallottola fosse per voi. È una preoccupazione stupida ma non se ne vuole andare. Promettetemi che sarete prudente. Promettetemi che farete attenzione."

La sua preghiera sincera lo sorprese, e la ignorò. "Mia cara ragazza, in tutti questi anni ho fatto un lavoro eccellente nel prendermi cura di me…"

"Promettetemelo, *Monseigneur*!"

"… e una promessa fatta a voi non credo possa cambiare le cose, in un senso o nell'altro," finì, scherzosamente. Ma aveva appena finito di parlare che si rese conto di aver ferito i suoi sentimenti.

"Molto bene," disse, dandole scherzosamente un colpetto sotto il mento. "Vi farò una promessa. Prometterò di stare attento, anche se devo ancora scoprire l'identità del nostro amico nella foresta. Siete per caso riuscita a vedere qualcuno?"

"No," rispose a bassa voce. "È successo tutto così in fretta, tutto quanto, che non ho avuto il tempo di vedere granché. Ma ho pensato che fosse strano che uno di loro rimanesse nella foresta, gli altri avevano tutti il volto coperto con i fazzoletti e i cappelli calati sulla fronte, quindi perché il loro amico avrebbe dovuto restare nascosto?"

"Veramente un mistero," mormorò il duca. "Smettiamo di pensarci per questa sera."

Antonia fu pronta a ubbidirgli perché si sentiva di colpo molto stanca. Appoggiò la testa sul braccio contro la poltrona e guardò i ceppi che bruciavano nel focolare, scoppiettando e sibilando con scoppi occasionali di fiamme gialle. Le ombre giocavano sulle pareti della vasta stanza rendendola più piccola, accogliente e tranquilla. Facendola anche sentire molto insonnolita. Non sapeva se si fosse o no addormentata. Le sembrava di aver chiuso gli occhi solo per un istante.

Si sentiva felice della sua vita per la prima volta dalla morte del padre, quasi undici mesi prima, rannicchiata sul poggiapiedi, con i whippet allungati sulle sue gonne fluenti, Gray con il muso su una delle scarpine che si era tolta. Chiuse di nuovo gli occhi e si spostò per mettersi più comoda, mentre il duca le appoggiava una mano sui riccioli. Il tocco delicato delle sue dita intrecciate nei capelli le provocò un insieme di sensazioni e le tornò il calore al collo. Aveva una stranissima sensazione di imbarazzo e di completa felicità oltre a qualcosa'altro, nel profondo, dentro di lei, che non riusciva a esprimere ma che sapeva essere inesplicabilmente collegato a quest'uomo e solo a quest'uomo. Lo aveva sentito subito, la prima volta che l'aveva visto.

Era stato a Versailles e lui stava tirando di scherma nel cortile dei Principi, con intorno due dozzine o più di spettatori ammirati. In maniche di camicia, con la camicia bianca che si gonfiava intorno alle larghe spalle ed era infilata in un paio di aderenti calzoni di velluto nero che mostravano al meglio le sue cosce muscolose, adeguate ai polpacci forti rivestiti di calze nere. I capelli, senza cipria e tirati indietro dal severo volto attraente, ricadevano in una treccia in mezzo alla sua schiena. Guardandolo fare affondi e parate con il suo avversario mentre attraversavano il cortile, era stata presa dall'ammirazione per i due schermidori esperti e allenati. Ma i suoi occhi erano solo per il duca, che considerava il miglior esemplare di mascolinità che avesse mai visto.

Pensare che era rannicchiata ai suoi piedi e che le stava accarezzando i capelli sembrava un sogno. Si chiese se aprendo gli occhi si sarebbe ritrovata nelle stanze sporche e claustrofobiche di Maria Casparti a Versailles. Ma le sue dita nei capelli la rassicuravano che non era un sogno e avrebbe voluto che la vita restasse proprio così, lei e il duca insieme nella quiete della biblioteca, senza essere disturbati dagli altri, non dal *Comte de Salvan*, non da *Madame* e Lord Vallentine e sicuramente non dall'assortimento di amanti del duca.

LA RISPOSTA A BASSA voce del duca, quando grattarono alla porta, mise fine alla pace nella biblioteca. Non si mosse né tentò di voltarsi per vedere chi disturbava il suo tempo con Antonia e visto che lei non si era mossa, fu felice di lasciarla stare. Il maggiordomo lo informò che *Madame* era tornata a casa e, prima che Duvalier avesse la possibilità di togliere il servizio da caffè, Lord Vallentine e *Madame de Montbrail* infransero le ultime vestigia di una delle serate più tranquille che avesse passato da molto, molto tempo.

"Portate dell'altro caffè, Duvalier," ordinò Lord Vallentine. "E del porto. E se c'è del cibo nella vostra dispensa, mettete insieme uno spuntino freddo che faccia smettere al mio stomaco di brontolare."

Si guardò attorno socchiudendo gli occhi. "Perché è così dannatamente buio, qui? Roxton non sta facendo economia, vero Estée?" Gettò la redingote su un sofà. "Sono contento di non essere restato a quella festicciola dalla Duras-Valfons. Ha dei bei modi e ammetto che è piacevole da guardare, ma non fa per me! Avevate ragione, era contenta di sé, eh? Lieto che le abbiate rinfrescato le idee al proposito, anche se vostro fratello potrebbe non averne ancora avuto abbastanza di lei. Almeno qui c'è il fuoco acceso. Ehilà, Roxton!" Fece due passi indietro e sorrise come un idiota scoprendo lo sguardo duro del duca su di lui. "Mi avevano detto che eri qui ma non ti avevo visto. E voi Estée?"

Estée aveva visto suo fratello e Antonia molto prima che li scoprisse Lord Vallentine. Vide anche la testa della ragazza appoggiata alle gambe incrociate di suo fratello, senza le scarpe, e i whippet accoccolati sul vestito. Lo guardò con un'espressione significativa e guardò le dita intrecciate nei capelli di miele della ragazza, poi si sedette pesantemente sul sofà di fronte.

"Com'è andata a teatro?" Chiese Roxton con indifferenza.

"Tollerabile," rispose con la voce asciutta, senza guardarlo. Poi, in fretta, perché non riusciva a trattenersi: "La ragazza dovrebbe essere a letto da ore!"

"La vostra preoccupazione materna con me non attacca, mia cara," rispose il duca.

Lord Vallentine si allungò accanto a Estée e prese la tabacchiera. "Salvan era alla soirée," disse a bassa voce. "Sgambettava in giro su quelle scarpe dal tacco altissimo, ridendo come una ragazzina! Non mi piace la sua espressione. È troppo contento di sé e mi rende nervoso." Fiutò una presa di tabacco. "Il fatto è, Roxton, che ci ha tenuto a informarmi che domani ti farà visita."

"Davvero? Sarà molto deluso di non trovarmi in casa."

Lord Vallentine fissò Antonia per un momento. "Non vuole solo offrirti il piacere della sua compagnia," disse cupamente. "Vuole anche vedere la ragazza. Puah, mi offende. Gongola decisamente quando si parla di lei."

"Calmati, mio caro. Ho intenzione di portare Antonia con me. Andremo a fare una passeggiata in campagna. L'aria fresca le farà un gran bene. Lascerò nostro cugino nelle vostre capaci mani, Estée."

"Come desiderate," disse *Madame*. "Vi interessa sentire com'era la soirée di Thérèse?"

"Non particolarmente," rispose il duca. "Richelieu c'era?"

"No, hanno intenzione di mandarlo nelle Fiandre alla testa del suo reggimento," gli disse Estée. "E sembra che la de La Tournelle sia riuscita ad accalappiare Luigi perché si dice che la faranno duchessa! *Madame de Mailly* sarà sicuramente bandita a Parigi…"

"Posso pensare a un destino peggiore," disse argutamente sua signoria.

"Ma è orribile per lei, Lucian," ribatté *Madame*. "Lei ama davvero il re. Non credo che Marie-Anne lo ami."

"Allora durerà più di tante altre," predisse sua signoria, chinandosi per servirsi dello spuntino freddo messo sul tavolo davanti a lui. "Sai, Roxton, stavo pensando…"

"Risparmiami, ti prego."

Vallentine ignorò l'insulto. "Non ho una buona opinione dell'intero clan dei Salvan," disse, puntando un panino mezzo morsicato verso il suo amico. "Nonna, padre e figlio. Quel ragazzo…"

"Étienne? *Parbleu*! È solo un ragazzo. Che cosa avete contro di lui?" Chiese *Madame*. "*Tante Victoire* e Salvan, posso capirlo, ma non Étienne, lui è diverso da loro."

"Diverso, forse. Ma c'è qualcosa in quel ragazzo che non quadra," disse sua signoria. "È abbastanza affabile con voi, con me o Roxton, perché ha un po' paura di vostro fratello. Ma non mi piace il modo in cui gironzola intorno a questa casa cercando di vedere Antonia. Mi innervosisce. Ed è evidente che la ragazza non ha voglia di vederlo."

"Mangia quel panino, Vallentine. Non sopporto che me lo punti in faccia," si lamentò il duca e, con la mano libera, accettò una ciotola di caffè da sua sorella, attento a non disturbare il sonno di Antonia. "Ma continua. I tuoi nervi mi interessano."

"Com'è possibile che abbiate qualcosa contro quel ragazzo?" Chiese incredula *Madame*, passando lo sguardo dall'uno all'altro. "Come…"

"Lasciatemi finire, Estée, poi potrete rimproverarmi, se vorrete," disse Lord Vallentine. "Ero qui in giro in queste ultime settimane, quando il ragazzo è venuto a trovare Antonia, e ammetto che può essere piacente. È un po' un musone ma lasciamo perdere. È l'esatto opposto del padre. Annusa troppa di quella miscela, chiamatela tabacco se volete, ma io ho le mie idee in merito al contenuto della tabacchiera di *M'sieur d'Ambert*. Ricordi com'era agitato da Rossard, Roxton? E tutte le volte che è venuto a trovarla, la povera ragazza non ha voluto vederlo. Dice che non se la sente, ve lo dico io perché non se la sente…"

"Non riesco a capire che cosa state cercando di insinuare a proposito di Étienne," disse *Madame* con la voce agitata.

"Potete dire quello che volete, ma secondo me è un po' fuori di testa," dichiarò Vallentine, portandosi un dito alla tempia.

"Questa è un'assurdità, Lucian," fu la risposta di *Madame*. "Il ragazzo ha una disposizione malinconica perché la madre è morta quando era molto giovane. È morta in circostanze difficili, non certo piacevoli o facili da accettare per un bambino sensibile come Étienne. Era attaccato a lei in modo innaturale. Salvan, lui non ha mai avuto tempo per suo figlio. Da come ne parli si direbbe un mostro! È giovane, ecco tutto. I giovanotti a volte non sanno come esprimere i loro sentimenti in modo elegante. E che speranze ha con Antonia, quando lei ha occhi solo per mio fratello? È forse strano che il ragazzo sia di malumore, con tutte le probabilità a suo sfavore?" Fece una risatina imbarazzata. "Siete solo geloso di lui, Lucian."

"Geloso? Di uno sbarbatello?" Rispose Vallentine in tono di scherno.

"Visto, è così!"

"Non è vero!" Gridò sua signoria, in piedi e fissando minaccioso Estée.

"Miei cari, se avete intenzione di litigare, andate altrove. Sveglierete Antonia."

"Com'è-com'è *paterno*, da parte vostra," lo accusò Estée.

"Ora, ascoltate, Estée," ordinò rabbiosamente sua signoria. "Lasciate in pace Roxton. Ha fatto una richiesta perfettamente ragionevole e noi…"

"È proprio da voi! Ovvio che lo difendiate," esclamò, scoppiando in lacrime e scappando dalla stanza.

Lord Vallentine la guardò uscire a bocca aperta. Arrossì, borbottò qualcosa di inintelligibile al duca, diede un calcio alla gamba di una sedia per sfogare le sue frustrazioni e le corse dietro.

Roxton attese qualche secondo, poi abbassò gli occhi su Antonia, scostandole delicatamente le ciocche di capelli dalla guancia. "Ora potete svegliarvi. Non credo che torneranno."

"Oh, sapevate che non stavo dormendo?" Chiese con una risatina, cercando di alzarsi. Tese le braccia e spazzolò le gonne. "Ho sbagliato a far finta? Ero davvero addormentata all'inizio ma poi non ho voluto interrompere un bisticcio da innamorati, capite?"

"È così che la pensate?"

"Assolutamente, *Monseigneur*. Potete dubitare dei loro sentimenti reciproci?" Quando il duca non rispose immediatamente, Antonia gli diede un'occhiata mentre si infilava le scarpe. "Perché *Madame* sgrida Vallentine quando lo ama e perché lui non la sposa quando è ovvio che è innamorato di lei?"

"Ah! Ecco due domande che richiedono risposte complicate. Non credo di essere qualificato per rispondere."

"Forse *Madame* esita perché Vallentine ha un'amante e lei non approva?"

Il duca raccolse il suo nastro stropicciato dal tappeto. "È comune tra i gentiluomini, *petite*," rispose piano. "Non è un ostacolo al matrimonio."

Antonia si pettinò con le dita i lunghi capelli, pensando a come rispondergli nel modo giusto. "Se io fossi *Madame*," gli disse a bassa voce, "non vorrei dividere Vallentine con un'altra donna. Vorrei essere l'unico oggetto della sua devozione. È un pensiero stupido ma è così che mi sentirei… se fossi *Madame*." Lo guardò con le sopracciglia aggrottate, guardò il suo profilo aquilino che si stagliava contro il fuoco. "Vi dispiacerebbe se Vallentine sposasse vostra sorella?"

"Assolutamente no," rispose deciso.

"Devo andare prima che torni Vallentine. Vi chiederà il permesso stasera, credo. *Bonne nuit, Monseigneur*."

"*Bonne nuit, mignonne*," rispose, soprappensiero, con una mano tesa verso la mensola del camino. Guardò a lungo le fiamme danzanti, senza accorgersi che era uscita in silenzio, finché i suoi pensieri furono interrotti dal rumore di passi. "Antonia, io…"

Lord Vallentine sorrise imbarazzato. "Andata," disse, uscendo dall'ombra.

Il duca lo guardò attentamente e non mancò di notare lo sbaffo di rossetto all'angolo della sua bocca. Chiuse brevemente gli occhi e sospirò. "Sei venuto a chiedermi qualcosa di enorme importanza, mio caro Vallentine?"

"Beh... sì, suppongo di sì," balbettò sua signoria abbassando le spalle. "Cioè, ti volevo chiedere,,, Forse non hai indovinato che io... che noi..."

"La risposta è sì. È tutta tua."

"Bene, diavolo se non lo sapevi già!" Emise un lungo sospiro di sollievo. "Meno male che è andata. Non ho mai avuto tanta paura di chiederti una cosa in vita mia."

"Comprensibile. Essere innamorati deve essere la cosa più spaventosa al mondo. Buona notte e... ehm, congratulazioni."

Lord Vallentine spalancò gli occhi ma non disse niente e sorrise tra sé e sé vedendo il suo amico che usciva in silenzio dalla biblioteca tenendo inconsapevolmente uno dei nastri di Antonia tra due dita.

SETTE

NTONIA ERA IN BIBLIOTECA e cercava tra gli scaffali un libro da leggere mentre aspettava che il duca ritornasse dalla sua cavalcata mattutina. Appena si fosse cambiato d'abito, l'avrebbe portata a fare la passeggiata in campagna che le aveva promesso. Non credeva di riuscire a restare seduta a leggere, era talmente eccitata, ma l'attesa era peggiore di qualunque cosa ed era in piedi e pronta da più di un'ora.

La porta si aprì e lei pensò che fosse il duca, ma Duvalier fece entrare il *Vicomte d'Ambert* e uscì al gesto insolente di congedo del giovane. Antonia trasalì e poi sorrise e tese una mano per salutarlo quando d'Ambert attraversò la stanza. Lui guardò con un'espressione irritata sia lei sia i whippet acciambellati vicino al camino, che avevano osato alzare le orecchie per la sua intrusione. Non gli piacevano i cani e tanto meno quei due. Gli ricordavano il duca, che questa era casa sua e che Antonia era sotto la sua protezione.

Si chinò sulla sua mano e poi fece un passo indietro per guardarla. "Volevo venire qua ieri ma mio padre mi ha chiesto di aspettare. Sta arrivando, in particolar modo per vedere *Madame de Montbrail* e voi."

Ad Antonia non piaceva il modo in cui la stava guardando da capo a piedi, ma riuscì a continuare a sorridere. "Non avete una parola di saluto, Étienne? È un bel po' che non ci vediamo, no?"

"Sì," rispose d'Ambert meccanicamente.

C'era qualcosa in lei che lo irritava. Non era il suo aspetto, anche se non ricordava quando l'avesse vista tanto carina. L'abito da giorno di velluto rosso scuro le donava e i riccioli color miele legati mollemente con un nastro rosso ricadevano carezzevoli sulle bianche spalle nude. Era lieto che fosse finalmente in piedi e che sembrasse completamente guarita dalla sua ferita, ma lo irritava che dovesse sembrare tanto felice e carina nella casa del cugino di suo padre. In effetti, sembrava radiosa.

Antonia si voltò, si allontanò e continuò a cercare sui ripiani. "Arrivate a prendere il terzo libro; quello con la rilegatura color borgogna?" Chiese indicando un ripiano fuori dalla sua portata. "No, quello accanto. Sì, quello. È una storia degli imperatori della dinastia Giulio-Claudia. Avete letto Tacito?"

"Avete sentito quello che vi ho detto?" Le chiese.

"Sì," rispose, prendendogli di mano il libro. "Vostro padre sta venendo a trovare *Madame...*"

"... e voi," dichiarò, infilando una presa di tabacco nel naso.

"Fiutate troppo tabacco, Étienne."

"Non tocca a voi dirlo!"

Antonia sorrise esitante. "Non c'è bisogno di arrabbiarsi. Pensavo che foste contento di vedermi ma non sembrerebbe, a giudicare dalla vostra espressione." Si scostò i capelli dalla spalla. "Guardate, la cicatrice non è poi così brutta e il braccio non è più tanto rigido. Quindi se siete preoccupato che io sia ancora ammalata..."

"Copritevi la spalla," disse, distogliendo gli occhi. "Non voglio vederla, è un promemoria orrendo, un promemoria che siete quasi morta. Se avessi fatto quello che avevo minacciato e vi avessi rinchiuso nella vostra stanza e non vi avessi permesso di andare al ballo in maschera..."

"Zitto. Non è colpa vostra," disse Antonia. "Ditemi che cosa avete fatto mentre ero a letto. Vi siete iscritto all'*Académie*? Oh, Étienne, non guardatemi in quel modo! Sto bene, ve lo assicuro. E ora posso pensare a quell'episodio come a una grande avventura! Non ero mai stata fermata da un bandito di strada, prima, nemmeno quando viaggiavo con papà. E *M'sieur le Duc* è stato molto coraggioso a sparare a quei due e ora…"

"… siete in casa sua a ricevere la sua ospitalità, quando non avete il diritto di essere qui." Le gettò addosso.

Antonia lo fissò, mordendosi le labbra per non rispondergli. Si sedette su un sofà accanto al fuoco e fece finta di leggere, conscia che il visconte la stava fissando in silenzio, insofferente.

"Siete piuttosto contenta di restare con le persone sotto questo tetto, vero, Antonia?"

"*Madame* e *Monseigneur* sono stati molto buoni con me," gli rispose, senza alzare gli occhi dalla pagina stampata.

"E perché credete che l'abbiano fatto? Perché pensate che siano stati così buoni con voi, *bébé* Antonia? Guardatemi quando vi parlo!"

Antonia non alzò gli occhi. Sapeva che era accanto alla sua sedia e sentì il familiare scatto della tabacchiera. Il whippet beige si mosse per sedersi ai suoi piedi e il suo compagno si alzò dal focolare.

"Étienne," disse con calma, "se avete intenzione di rimproverarmi o di cercare di mettermi in guardia contro *M'sieur le Duc de Roxton*, o spaventarmi con uno dei vostri sciocchi racconti su come vostro padre vi rinchiuderà, preferirei che non lo faceste. Non crederò a una parola di quello che dite. Cioè, non credo che mi mentireste deliberatamente, ma che le vostre stesse paure riguardo a vostro padre vi abbiano fatto venire delle paure irragionevoli riguardo alla mia sicurezza. So che è solo perché siete preoccupato per me ma…"

Il visconte scoppiò in una risata e picchiò il piede sul bracciolo imbottito della sua poltrona.

"Preoccupato per voi?" Disse in tono di scherno, strappandole dalle mani il libro e buttandoselo sopra la spalla. "Guardatemi," le ordinò. "Sì, sono preoccupato per voi. Ma ho più di che essere preoccupato di quello che potrete mai immaginare. Non avete veramente idea di quello che sta succedendo, vero? Siete veramente una bambina!"

"Che cosa avete?" Chiese Antonia. "Perché mi state provocando? Che cosa ho fatto per meritarmi la vostra rabbia? Se non potete parlare in tono civile per favore andatevene. Spero per il vostro bene che non abbiate rovinato quel libro perché è un'edizione rara e *M'sieur le Duc* sarà molto arrabbiato con voi."

"Che gran dama crede di essere *Mademoiselle!*" La prese in giro il visconte. "Pensate che perché Roxton gioca a fare l'eroe lo sia veramente? Errore! Errore! Errore! Sta solo giocando una partita con mio padre. Sapete qual è il premio? La vostra virtù. Sì, oh, *Mademoiselle Moran*, così sorpresa. È un gioco che stanno facendo con voi e me. Prima ve ne renderete conto e prima imparerete a fidarvi di me e fare quello che vi dico, o ne usciremo entrambi perdenti. Il vostro prezioso duca ride alle nostre spalle, ed è certo, come il fatto che siete lì seduta con quell'espressione oltraggiata in volto. Odia mio padre e mio padre odia lui. Si odiano tanto che a loro non interessa chi viene ferito nelle loro schermaglie. Lasciate che vi dica un segreto di famiglia, uno scandalo che coinvolge Roxton e mio padre. Forse riuscirà a convincervi che lui non è l'uomo che credete che sia."

"Non riuscirete a scandalizzarmi, Étienne," disse testarda Antonia. "So esattamente com'è la sua vita. Allora?"

"Allora? Vi siete mai chiesta perché mio padre e Roxton si odino tanto? Loro, vicini d'età e allevati quasi come fratelli; sono primi cugini. Erano molto amici da ragazzi e da giovani spesso hanno fatto baldoria insieme. La nonna mi ha raccontato tutto delle loro avventure di quando erano giovani. Io non amo mio padre ma ho pietà di lui. È un grande codardo. Io avrei sfidato Roxton per quello che ha fatto a mia madre. Ma mio padre, lui tiene più al suo nome che al suo onore. Così sorride e fa finta di essere in buoni rapporti con suo cugino Roxton, tutto per il buon nome della famiglia. Ah! Come lo disprezzo."

Fece una smorfia e pescò nel contenuto della tabacchiera per la terza volta.

"Voi pensate che stia vaneggiando, ma non è così. No. State pensando che il *Vicomte d'Ambert* è matto, squilibrato, un ragazzo sciocco ma vi sto solo dicendo la verità. Non è una brava persona, Antonia. Mio padre non è una brava persona ma Roxton, *lui*, è molto peggio. Mio padre non potrebbe mai essere marchiato come uno sporco assassino…"

"Assassino? Tutto perché ha osato sparare a due malviventi? Questo non è omicidio," ribadì Antonia. Si mosse in modo che il visconte non le stesse così vicino, ma lui si spostò dall'altro lato della poltrona, bloccandole la vista del camino. "Étienne, non mi interessa se ha ucciso anche una dozzina di malviventi."

"Continuerà a non interessarvi se vi dico che ha ucciso mia madre?" Disse a bassa voce e sorrise tra sé e sé quando lei alzò in fretta gli occhi. "Mio padre la amava moltissimo e lei lo ha tradito. Lui si è ritirato dalla corte per sei mesi dopo la sua morte. Non sapeva che lei avesse avuto un amante finché non hanno trovato le lettere. Quelle di mia madre e quelle del suo amante! Questo amante le fece tante promesse e per queste promesse lei ha tradito mio padre. Poi, quando questo amante l'ha abbandonata per qualche altra cosuccia graziosa, lei non ha sopportato il tradimento. Si è avvelenata. Il suo amante non ha nemmeno avuto la decenza di lasciare Parigi quando la sua fellonia è stata resa nota al mondo. Lo so. Avevo dodici anni e ricordo *M'sieur le Duc* che visitava mia madre. Mi disgusta ancora adesso pensarci."

"Mi dispiace veramente che abbiate perso vostra madre in circostanze così… così orribili," disse gentilmente Antonia. "Il mondo può essere molto crudele a volte. Ma dovete cercare di non rimuginare su queste cose. Eravate solo un ragazzino e quindi non potete sapere tutta la verità su quella faccenda. Come…

come fate a essere sicuro che fosse *M'sieur le Duc* l'amante di vostra madre? E vostro padre, forse è stata la grande gelosia che prova nei confronti di *M'sieur le Duc* che lo ha portato ad accusarlo di questa crudeltà?"

"Non siete scioccata? Non vi interessa che vi abbia detto che l'ha uccisa lui? L'ha portata alla morte. Lei non si sarebbe avvelenata se lui non l'avesse sedotta con false promesse e bugie per obbligarla a essere infedele a mio padre, che l'amava."

"Questo non è giusto! *M'sieur le Duc* non è uno stupratore. Se vostra *Maman* fosse stata una donna casta non avrebbe preso *M'sieur le Duc* come amante. Mi dispiace se questo vi offende, ma così va il mondo, Étienne."

Il visconte la fissò a bocca aperta e la rabbia che sentiva era incontrollabile.

"Piccola cagna senza cuore! Non permetto che la mia futura moglie parli di mia madre in quel modo. Che ne sapete voi di lei? Non siete degna di pronunciare il suo nome! Mio padre ha ragione. Prima vi allontanerete da qui meglio sarà per me."

"Di che cosa state parlando? Moglie? Non ho intenzione di sposarvi, ve l'ho già detto. Smettetela di dire stupidaggini!" Disse con la voce ferma, anche se in quel momento la stava veramente spaventando. Fece per alzarsi, ma Étienne la sospinse di nuovo sulla sedia. "*M'sieur le Vicomte* dimentica chi è!"

"Siete voi che non sapete più chi siete," le disse, sdegnoso. "Una volta non vedevate l'ora di scappare in Inghilterra e ora siete qui, in questa casa, come se ne aveste il diritto. Non è così."

Antonia alzò la testa, ribellandosi, ma il visconte vide che le sue parole avevano avuto effetto perché stava tremando. "Quando starò abbastanza bene andrò a Londra a vivere con mia nonna."

"Lo pensate davvero?" Le disse d'Ambert, beffardo. "Vostra nonna non vuole avere niente a che fare con voi. È d'accordo che sarete affidata a mia nonna fino a che avrà luogo il nostro matrimonio."

Antonia si alzò di colpo e stava andando verso il libro buttato via quando il visconte la afferrò in vita e la tirò verso di sé.

"Non vi credo! State mentendo!" Disse Antonia, cercando di liberarsi. "Lasciatemi andare! Come osate toccarmi!"

"Pensate che stia mentendo? Proprio questa settimana Salvan ha ricevuto una lettera dalla *Comtesse de Strathsay*. È vero, ve lo assicuro. Salvan sta venendo qua oggi per mostrarla al vostro prezioso duca e a sua sorella. Vostro nonno firmerà il nostro contratto di matrimonio e vostra nonna è d'accordo con i suoi desideri. Smettetela di ribellarvi!" Le ordinò e diede un calcio al whippet grigio che gli dava le zampate sulla gamba. "Richiamate questi stupidi animali!" Diede un altro calcio che colpì il whippet beige alla mascella, facendolo volare all'indietro con un guaito.

"Lasciateli stare, Étienne," sussurrò Antonia impaurita. "Sono spaventati. Non vi faranno niente se mi lascerete andare."

Il visconte sembrò non sentire. La strinse di più, facendola trasalire per il dolore mentre le torceva il braccio irrigidito contro la schiena. "Perché questa nonna a Londra dovrebbe volere avere qualcosa a che fare con voi quando non vi ha mai visto in vita sua?" Sostenne. "Perché non dovrebbe pensare che un matrimonio con la famiglia Salvan non sia nel vostro miglior interesse, eh?" Le sorrise e poi si mise a ridere. "Non finirò alla Bastiglia, vedete, perché ho intenzione di sposarvi."

Antonia lo fissò muta, incredula. Quando lui chinò la testa e la baciò sulla bocca, divenne scarlatta e spostò in fretta la testa, nascondendola nell'incavo del gomito.

"Per sigillare l'accordo," le spiegò e cercò di baciarla di nuovo.

LORD VALLENTINE ENTRÒ a grandi passi nella biblioteca. Dietro di lui veniva il duca. Erano appena arrivati dalla scuderia. Gli stivali da cavallerizzo erano coperti di polvere e avevano le redingote gettate sulla spalla.

"Ho avvertito de Chesnay che l'ultimo ostacolo era dannatamente difficile," disse Lord Vallentine, girando la testa. "Ma quello stupido ha tentato lo stesso di saltarlo. Mi meraviglia che non si sia rotto nient'altro che le stecche di balena del suo busto!"

"Mi sembra di ricordare che abbiate avvertito lo... ehm, stupido individuo solo quando lui e l'animale stavano già tentando il salto. Non il momento più opportuno per gridare un avvertimento."

Il sorriso di sua signoria si allargò in un sogghigno. "Proprio sventato da parte mia, vero?"

Tornò a guardare nella stanza e scoprì il visconte con il braccio intorno alla vita di Antonia. La teneva stretta contro il petto e la stava baciando sulla bocca. Vallentine inspirò a denti stretti e fece finta per un momento di non avere visto quando la giovane coppia si divise di colpo e restò in piedi, con il volto arrossato e colpevole in mezzo al tappeto.

"Dov'è Duvalier con quella bottiglia di borgogna?" Chiese a voce alta. "Sicuro che quell'uomo non sia un po' troppo in là con gli anni per esserti utile, Roxton?" Guardò il visconte come se l'avesse appena visto. "Non sapevo che sareste venuto a trovarci, d'Ambert. Come va all'Accademia? Ho sentito che siete tra i primi nella vostra classe di scherma..."

Il visconte borbottò una risposta e rifiutò di dire altro. Era acutamente conscio dello sguardo duro di Roxton su di lui e rimase impettito, nonostante la sensazione di nausea. Il whippet grigio stava ancora dandogli zampate a una gamba e rifiutava di farsi scrollare via.

"Sono venuto a far visita a *Mademoiselle Moran*," spiegò guardando diritto in faccia Lord Vallentine, con il volto bruciante. "È passato un secolo da quando ci siamo parlati. Verrà anche mio padre, tra un po'. Ha un'importantissima lettera per *M'sieur le Duc*, dalla *Comtesse de Strathsay*..."

"Come osate prendervi queste libertà," sibilò il duca, con un nodo in gola che lo costrinse a deglutire. Voltò lo sguardo furioso su Antonia ma quando lei non riuscì ad alzare lo sguardo dal nastro che aveva in mano, gettò la redingote sullo schienale della poltrona e si avvicinò alla scrivania per riordinare le varie carte e inviti che aspettavano che li prendesse in considerazione. "Andatevene, d'Ambert," ordinò e con uno secco schiocco delle dita i due whippet si misero accanto a lui. "Fuori, prima che vi insegni un po' di buone maniere a frustate." E si voltò, con un invito bordato d'oro accartocciato in mano.

Il visconte fece un passo verso di lui, poi ci ripensò, con un occhio ai cani che ringhiavano piano ai piedi del loro padrone. Un inchino a Lord Vallentine e un'occhiata ad Antonia e se ne andò.

Antonia guardò sua signoria, senza sapere che cosa dire per spiegarsi. Il duca le voltava la schiena, diritta e rigida e inavvicinabile. Antonia diede un'occhiata alla pallottola di carta gettata sulla scrivania e deglutì.

"Non gli ho chiesto io di baciarmi. L'ho fatto infuriare e mi ha semplicemente afferrata," spiegò a sua signoria che le sorrise incoraggiante. "Quando si arrabbia fa delle cose strane e penso che mi abbia baciato solo perché sapeva che non volevo assolutamente che lo facesse. Non avrei dovuto farlo infuriare, lo so, ma ha detto delle cose orribili che non mi sono piaciute per niente. Quindi non potevo lasciargliele dire e basta, no? Voi mi credete, vero?" Chiese a Vallentine sussurrando, e aggiunse, ingenuamente: "Sono felice che lo abbiate interrotto."

"Mai dubitato di voi, piccolina," disse gentilmente, accarezzandole una guancia. "Era ora, Duvalier. Dove siete andato a prendere quella bottiglia, a Bordeaux? Sto morendo di sete e tu, Roxton? Sul tavolo, qui e portate un altro bicchiere per *Mademoiselle*."

Il maggiordomo si inchinò, poi stupì sua signoria sorridendo ad Antonia, quasi fosse suo nonno. "Ci vorrà solo un momento per portare un bicchiere a *Mademoiselle*."

"Se questa non le batte tutte!" Dichiarò Vallentine, quando il maggiordomo era ancora a portata di udito. "Il vecchio diavolo ha appena sorriso ad Antonia, Roxton. Le ha sorriso sul serio e te lo sei perso! Aspetta che lo dica a Estée. Mai visto il vecchio faccia lunga sorridere, mai."

"Stai zitto, Vallentine!" Il duca gettò sul tavolo un invito che stava controllando con l'occhialino e si appoggiò a un angolo della scrivania. "Tra mezz'ora partiamo per la nostra passeggiata," dichiarò ad Antonia, guardandola finalmente negli occhi. "Suggerisco che facciate qualcosa per i vostri capelli. Raccoglieteli."

"Sì, *M'sieur le Duc*," mormorò, intrecciando in fretta il nastro di velluto stropicciato nei riccioli. Non capiva perché fosse arrabbiato con lei quando era stato il visconte a prendersi delle sgradite libertà. Avrebbe dovuto essere evidente che lei non aveva partecipato volontariamente, oltre a tutto era stato un bacio molto goffo. "*Monseigneur*, non potete pensare che volessi farmi baciare da Étienne, vero?"

"Ne parleremo più tardi."

Antonia lo guardò sbattendo gli occhi. Il lieve rossore sulle guance e la linea dura della mascella la confusero, e anche l'ira che non sembrava venir meno. "No, *M'sieur le Duc*, ne parleremo adesso perché è evidente che siete arrabbiato con me e non so perché, visto che vi ho spiegato che…"

"Più tardi," enunciò il duca a denti stretti, con un'occhiata a Lord Vallentine che si era discretamente ritirato a ispezionare una fila di volumi rilegati su uno dei ripiani della biblioteca.

Ma Antonia restò ferma, con gli occhi verdi trasparenti che non si staccavano dal suo volto teso.

"Pensate che perché sono una ragazza che vi arriva appena alla spalla sia incapace di difendermi? Se non l'aveste interrotto quando l'avete fatto, lo avrei schiaffeggiato per la sua impertinenza, o gli avrei dato una ginocchiata nelle sue parti maschili delicate, che Maria Casparti mi ha insegnato essere il modo di evitare attenzioni sgradite. Come credete che sia riuscita a difendere la mia virtù in un posto come Versailles, *M'sieur le Duc*?"

Roxton la fissò a lungo, le sembrò che fossero minuti.

"Non ci avevo pensato, Antonia. E mi dispiace veramente,"

rispose a bassa voce. "Ora, per favore, prendete il mantello e il manicotto, c'è un'aria fredda fuori, oggi."

"Sì, *Monseigneur*," sorrise e fece in fretta una riverenza prima di correre verso la porta. Diede un'occhiata a Lord Vallentine e si chiese perché guardasse il duca a bocca aperta.

Sua signoria stava fissando il suo amico con un'espressione esterrefatta perché non l'aveva mai visto contrito. Dovette ammettere che c'erano lati del duca che non sapeva esistessero, lati portati alla luce da una ragazzetta appena uscita dai banchi di scuola, che parlava chiaro.

Sulla porta, Antonia rischiò un'altra occhiata nella stanza e colse il duca che la fissava. I loro occhi si incontrarono e lui fu il primo a distogliere lo sguardo. Per una volta Antonia non riuscì a interpretare le emozioni rivelate dalla sua espressione e si preoccupò, come la preoccupavano le dichiarazioni del visconte riguardo al fatto che Salvan avesse un contratto di matrimonio firmato da suo nonno e l'indifferenza di sua nonna nei suoi confronti. Si obbligò a respingere queste paure in fondo alla mente. Voleva che quella giornata fosse speciale. Dopo tutto era il suo compleanno e non avrebbe permesso ai Salvan di rovinarle proprio quel giorno.

Il conte di Salvan si chinò sulla mano bianca e paffuta di sua cugina Estée, sfiorandola con le labbra umide. Mentre si raddrizzava sorrise al suo bel volto e si rimproverò per la millesima volta per non aver seguito il consiglio di sua madre. Avrebbe dovuto chiederla in moglie appena era uscita dal lutto. Negli anni dalla morte di suo marito, il conte aveva accennato che non sarebbe stata una brutta cosa per entrambe le famiglie se si fossero sposati. Estée aveva riso dell'idea e lui aveva finto di ridere con lei ma non aveva capito se Estée stesse ridendo con lui o di lui. Si chiese se non fosse il caso di fare una proposta e se Roxton sarebbe stato favorevole a una simile unione. Pensava di no e non credeva fosse il caso di tentare la fortuna.

Estée suonò il campanellino d'argento e alla cameriera che arrivò, ordinò di portare in salotto un vassoio con il caffè del pomeriggio. Il conte si appollaiò su una sedia aggraziata, dorata e rivestita di seta a righe e allargò attentamente le falde di rigido filo dorato della redingote per non stropicciarle. Mise il bastone da passeggio con il pomello d'oro lucido tra le scarpe con il tacco alto e le linguette enormi e si chinò affettatamente in avanti.

"Sono secoli che non vengo a trovarvi, Estée," disse con un'occhiata di apprezzamento alla stanza decisamente femminile. "Devo cercare di venire più spesso ma sapete com'è a corte. Vi ripeto che dovete venire a corte dove possono apprezzare la vostra bellezza. E sono egoista. Voglio qualcuno con cui poter spettegolare. Qualcuno che capisca Salvan. Chi meglio di voi, cugina? Ci divertiremmo. Io mi divertirei se solo veniste a corte una volta ogni tanto." Scrollò le spalle e sospirò in modo drammatico.

"Nemmeno mio cugino viene a Versailles in questi giorni. Le sue avventure amorose mi hanno sempre divertito. Mi chiedo, che cosa lo trattiene a Parigi? Thérèse, mi dice, sul suo onore, e questo in sé è divertente, no?, che la sta trascurando! Riuscite a crederlo? Non lo avrei creduto possibile se non avessi visto con i miei occhi che non si è fatto vedere alla sua soirée. Tutta Parigi si chiede il perché della sua assenza. Povera Thérèse, era estremamente offesa, vero?"

Ridacchiò e avrebbe continuato se non fosse entrato un cameriere con il servizio da caffè e un grande vassoio dei *gateaux* preferiti dal conte. Gli piacevano i dolci e li mangiava in modo compulsivo e fu sufficiente a distoglierlo dall'argomento della conversazione.

"Mi sopraffate, Salvan," disse *Madame* con un sorriso. "Sono lusingata che pensiate che io sia necessaria a corte, ma sono lontana da tanti anni, ormai, che il mio interesse diminuisce sempre più. C'era un tempo in cui, anch'io, non riuscivo a passare un giorno senza conoscere i più recenti *on-dit*. E tante notti insonni passate a preoccuparmi di quello che si stava dicendo di me alle mie spalle e da parte di chi. Ora, non me ne importa nulla. Non è più importante. Sono più felice a Parigi."

"Mi piacerebbe che fosse lo stesso per Salvan," disse il conte, leccandosi la crema dalle labbra. "È una preoccupazione costante per me che non vi siate risposata. Vi serve un uomo che si prenda cura di voi. Non come fa Roxton, quello è il modo di un fratello che difficilmente può soddisfare una donna della vostra bellezza. No, un uomo che possa apprezzarvi. Questo dolce è delizioso. Devo avere la ricetta. Me la dareste?"

"Chiederò a Jacques di scriverla per voi," gli promise. "Anche se vi avverto che non gli piace rivelare i suoi piccoli segreti. Un'altra fetta, Salvan?"

Salvan tese il piatto.

"C'è qualcosa in voi oggi, Estée, che mi intriga. L'ultima volta non c'era quella scintilla nei vostri splendidi occhi. Ah, arrossite! Ditelo a Salvan. Avete un nuovo amante?"

"Non c'è nessun segreto," gli rispose. "Sono fidanzata con il *Vicomte Vallentine*. Siete il primo a Parigi a saperlo. Siete contento per me? Farete le congratulazioni a vostra cugina?"

La completa sorpresa del conte fu resa evidente solo per un momento dalla smorfia che apparve sul suo volto, ma mise da parte in fretta il piatto e tese le mani. "Così inaspettato," disse, con finta gaiezza. "È una notizia estremamente interessante. Deve conoscerla tutta Parigi. Dovranno gridarlo da tutti i ponti. *Bon Dieu*, ma non riesco a crederci! Ed ecco Salvan che era pronto a offrirvi il suo nome e il suo rango, a voi e a nessun'altra, e voi accettate un altro al suo posto!" Si baciò la punta delle dita. "Così! Sono devastato. Ma mi rallegrerò per voi. Questo *M'sieur Vallentine* è un brav'uomo, credo. Molto attraente e alto e con quell'aspetto così inglese. Uno spadaccino eccezionale. Lo invidio e mi congratulo anche con lui. Raccontatemi dei vostri programmi. Quando vi sposerete? Inviterete Salvan alla festa?"

"Sarà presto. È tutto quello che posso dirvi. Lucian ha parlato con mio fratello solo ieri sera quindi ci sono ancora tante cose da finalizzare. Non abbiamo ancora discusso di dove vivere in permanenza. Avremo ovviamente una casa qui a Parigi ma forse passeremo buona parte del nostro tempo a Londra."

"Londra, *parbleu*, ma è un altro mondo. Non potete dire sul serio, Londra? Non è Parigi, devo persuadere Vallentine a tenervi qui a Parigi. Lasciatelo pure tornare a Londra, ma, Estée, voi sfiorireste, a Londra."

"Non sarà tanto male come credete," disse Estée, sulla difensiva. "Londra è la casa di Lucian. È dove c'è la sua famiglia."

Il conte non si lasciò convincere. "Dove farete i vostri acquisti? Che cosa mangerete? Dove troverete uno chef decente? È un orrore che non potete nemmeno immaginare, Estée. L'amore vi ha accecato. Non sapete nemmeno parlare quella lingua barbarica!"

"*La*! Salvan! Pensate che stia andando in esilio. Dimenticate che sono per metà inglese. Il mio papà era inglese. Lucian mi assicura che gli inglesi beneducati parlano la nostra lingua. Quindi il problema è facilmente risolto." *Madame* versò altro caffè nella ciotola del conte. "E non devo preoccuparmi proprio adesso di queste sciocchezze. Lucian mi porterà negli stati italiani per la nostra luna di miele. Ha un cugino con una villa in una piccola antica città di cui non ricordo il nome, ma sarà meraviglioso."

Salvan scrollò le spalle come a chiudere il discorso e sorrise. "Vi auguro ogni gioia. Mia madre ne sarà deliziata. Si è lamentata per anni della vostra vedovanza. E ora! Che sorpresa per lei."

"Grazie, cugino. Non potrei affrontare *Tante Victoire* con la notizia, non subito. Lei-lei non conosce Lucian e odia tutto quello che è inglese con una passione che trovo incomprensibile."

"Vi capisco. Salvan provvederà a tutto." Si spostò per sedersi accanto a lei sul sofà di damasco, continuando a sorridere. "È un bene che vi abbia fatto visita oggi," disse a voce bassa, "per poter prendere con urgenza gli accordi per il futuro della piccola *demoiselle*. Apprezzerò il vostro atteggiamento ragionevole in merito. È tutto per il meglio. So che non potrete che essere d'accordo con me, le cose andranno a posto da sole. L'ultima cosa di cui avete bisogno è dovervi occupare di una ragazza quando avrete tanto da preparare per conto vostro. Vi starebbe solo fra i piedi."

"Noi-noi ci siamo affezionati a lei," rispose piano *Madame*. "Non è per niente un peso per noi. In effetti mi mancherà tantissimo quando andrà in Inghilterra da sua nonna."

Il conte lasciò cadere la sua maschera di frivolezza. "Non andrà in Inghilterra," disse senza mezzi termini. Tolse una lettera dalla tasca del panciotto fiorito. "Leggetela, è molto interessante. Viene dalla nonna della ragazza." Sorrise tra sé e sé quando Estée gli strappò il foglio di mano e si mise comodo a osservarla scorrere le righe scarabocchiate, godendo della sua crescente indignazione e del suo disagio, con un'espressione di comprensiva superiorità.

"Come vedete, la *Comtesse* è veramente contenta di lasciare la ragazza alle cure di mia madre fino al matrimonio con mio figlio," disse. "Un duplice matrimonio per i Salvan! *Madame Strathsay* vuole il meglio per la ragazza. E il meglio per la ragazza è sposare mio figlio, al più presto. Non siete felice per noi? E per la piccola *demoiselle* è un grande onore essere scelta per essere la sposa di mio figlio. Sua nonna riconosce questo fatto e augura tanta gioia a questa unione."

Tutto il naturale ottimismo di Estée svanì. Non sapeva perché sentisse di colpo tutta quella paura all'idea del matrimonio di Antonia con il *Vicomte d'Ambert*, perché era stata favorevole a quell'unione fin dall'inizio. Forse era il suo recente fidanzamento che dava una diversa prospettiva alle cose e che le rendeva più facile capire il punto di vista di Vallentine. Inoltre, la sua intuizione femminile le diceva di essere cauta con suo cugino il conte e le sue motivazioni e preferiva fidarsi del proprio istinto, prima di qualunque altra cosa.

"Non credo che la ragazza stia abbastanza bene per lasciare l'*hôtel* così presto," disse, arrampicandosi sui vetri. "Forse, tra un paio di settimane..."

"Oh no, cara cugina," dichiarò Salvan con un sorriso dolce, rimettendosi in tasca la lettera. C'era una nota piatta di rabbia nella sua voce nasale, che mise in allarme Estée. "La ragazza ha avuto tempo più che sufficiente per guarire sotto questo tetto. Domani verrò a prendere quello che è mio." Mise la mano su quella di *Madame* e strinse. "Pensateci, Estée, la ragazza non può restare qui dopo che vi sarete sposata. Rabbrividisco al pensiero di lei qui, senza di voi, senza uno chaperon appropriato, e con solo mio cugino a risiedere qui."

Madame tolse la mano. "Roxton vede Antonia come una figlia, non vi permetto di insinuare qualcosa di diverso. Ed è ridicolo che lo facciate con me, sua sorella."

"No? Conoscete vostro fratello meglio di me," disse il conte, fiutando una presa di tabacco. "Non credete che la dozzina e più di anni passati attestino a una reputazione più che riprovevole? Che cos'è una femmina carina rispetto a un'altra? Servono tutte a soddisfare un enorme appetito. Roxton non è forse *au fait* in queste faccende?"

"Antonia è diversa. Non gioca a fare la civetta con lui e lui… è diventato molto protettivo nei suoi confronti."

"Non credo che vi lasciate così facilmente ingannare da una delle sue tante tecniche di seduzione," disse il conte incredulo. "Ammiro la sua ingegnosità nell'orchestrare questi piccoli affari di cuore. Pieno di risorse! Nemmeno un artista consumato come il *Duc de Richelieu* avrebbe potuto pensare a un modo migliore per catturare il cuore di una ragazza giovane e impressionabile."

Estée sedette più dritta, seria e fissò il *Comte de Salvan* con i grandi occhi azzurri allarmati. "Che cosa state insinuando, Salvan?"

"Non avete sentito le ultime voci riguardo a vostro fratello?" Chiese il conte, fingendo sorpresa. "*Moi*, non so se crederlo. Ma ci sono quelli che ci credono, e sono in tanti. Da una parte si congratulano con *M'sieur le Duc* per la sua tattica, e dall'altra?" Scrollò le spalle. "Deplorano un uso così volgare di un'innocente.

Io dico che la ferita della ragazza è stato un incidente, nemmeno lui sarebbe caduto tanto in basso. No. È troppo da credere perfino per Salvan. Ha assunto una feccia di troppo. Che due siano morti non importa. È un bene essersi liberati di loro. Quello che ha sparato alla carrozza è scomparso, forse temeva di essere il prossimo a prendersi una pallottola? Roxton lo troverà, non temete. Uccidere i propri complici è molto ingegnoso. Nessuno può raccontare niente. Poi, chi può dire che non era veramente una rapina sulla strada di Versailles?"

"È quello che è stato," disse rabbiosamente *Madame*. "Quei briganti sono dappertutto. Non siamo mai al sicuro, le nostre carrozze non sono mai al sicuro da un agguato. Capita tutti i giorni. Non capisco che cosa stiate insinuando. Che cosa sono queste voci?"

"Non allarmatevi, mia cara cugina," disse il conte, con voce tranquilla. "Come ho detto, *moi*, io non ci credo. Ma per un attimo facciamo finta di crederci. Come? Vostro fratello *M'sieur le Duc* è un genio. Fa sparire la *demoiselle* da Versailles. E poi? Sono fermati da questi uomini che si definiscono briganti di strada. *M'sieur le Duc* è molto coraggioso e ass… uccide due di loro che osano offendere la sua persona e la sua proprietà. La ragazza viene ferita. Una circostanza sfortunata che non aveva previsto, ma si riprenderà. Quindi, che cosa ha ottenuto mio cugino? Ha la ragazza e tutta la sua devozione per i suoi atti di coraggio. Deve aspettare che si riprenda, ma che cosa conta? Ha ottenuto il premio! Il suo piano ha funzionato e la vita di mio figlio è a pezzi! Ve lo dico, Estée, che cosa devo fare per restituire la felicità a mio figlio?"

Estée era esterrefatta. "Questa voce che circola a Parigi, chi ha osato metterla in giro? È un'infame scellerataggine. Sapevo che Roxton era invidiato e che quelli che non lo conoscono bene non lo amano, ma questo, questa diceria mi disgusta! Si può odiarlo tanto da mormorare che abbia messo in scena un agguato alla sua stessa carrozza per impressionare una ragazza di nemmeno vent'anni? È talmente grottesco da essere risibile," gli disse, piena di sdegno.

Più ci pensava più l'idea la faceva sorridere finché non riuscì a reprimere la risata che le saliva in gola. Il conte la fissava senza sapere se unirsi alla sua risata o continuare a fare la faccia seria, come riteneva che richiedesse la situazione.

"Oh, Salvan, dovete riferire a Roxton di questa diceria," disse, tamponandosi gli occhi pieni di lacrime con un fazzolettino di pizzo. "Se solo fosse a casa adesso. Lo divertirebbe, lo so. La persona che ha dato inizio a questa voce ridicola dovrebbe scrivere per la *Comédie Française*. È ovvio che questa persona è follemente gelosa di mio fratello. Crede che per impressionare una femmina mio fratello debba arrivare a tanto? Ridicolo! Solo *M'sieur le Duc de Richelieu* inventa schemi tanto ridicoli per portarsi a letto una donna. Non pensate che sia una vera barzelletta?"

"Barzelletta?" Mormorò il conte. Quando si rese conto che sua cugina diceva sul serio, si sforzò di ridere. "Una barzelletta! Sì, u-una barzalletta! Come ho detto, non ci ho creduto nemmeno per un momento. Una favola messa in giro da un-un idiota! Un idiota geloso!"

Madame lo fissò sopra l'orlo della ciotola di porcellana e sorrise con aria scaltra. Il riso era svanito dai suoi occhi lasciandoli duri e freddi.

"Roxton dapprima si divertirà, poi penso che vorrà sapere il nome della persona che ha osato infangare il suo buon nome. Cercherà di dare una lezione a quell'idiota geloso. Voi fareste lo stesso al suo posto, vero, Salvan?"

"Sfidare quell'uomo?" Balbettò il conte. "Sì, sì, ovviamente. È l'unica risposta possibile a una calunnia simile, sono d'accordo."

"Un'altra fetta di torta, Salvan?" Chiese dolcemente *Madame*. "E permettetemi di riempire di nuovo la vostra ciotola. Avete trangugiato il vostro caffè."

"Siete troppo buona con Salvan. Questo Vallentine, questo

furfante che vi ha rubato a me, è lui che dovrebbe essere sfidato per aver rovinato la felicità di vostro cugino."

"A me l'idea non dispiace," disse sua signoria, fermo sulla soglia, con uno stuzzicadenti d'oro in bocca.

Il Conte quasi cadde dal sofà per lo spavento quando Lord Vallentine entrò nella stanza. Sua signoria baciò la fronte della sua fidanzata e disse, indifferente: "Mi auguro che il buon conte non vi abbia riempito la testolina con pettegolezzi inutili, amor mio?"

"Mai pettegolezzi inutili, *M'sieur*," disse il conte con un inchino. "Mi congratulo per il vostro fidanzamento. Siete un uomo fortunato, *M'sieur Vallentine*. Sono senza parole perché me l'avete rubata! E vi invidio al di là delle parole. Non posso nemmeno cominciare a dirvi come mi sento. Ora è troppo tardi per Salvan! Ah! Ma è così che va il mondo, vero, *M'sieur*?"

"Per un uomo senza parole siete riuscito a parlare parecchio," osservò Vallentine. "Ma vi ringrazio per le congratulazioni, se era quello che intendevate dire con quella montagna di banalità."

Madame gli porse una ciotola di caffè. "Salvan mi stava giusto raccontando l'ultimo interessante pettegolezzo che circola nei salotti. Naturalmente riguarda Roxton."

"Naturalmente! Quando mai non è così?" Disse sua signoria con un grugnito.

"Non è niente, niente di interessante," rispose il conte continuando a sorridere. "L'ho raccontato a Estée solo per divertirla. Una diceria. Niente altro che una diceria messa in giro da un idiota, un idiota geloso. Per favore, dimentichiamola."

"No, Salvan, dovete raccontarla a Lucian. È molto divertente. Specialmente ora che Lucian sta per diventare un membro della famiglia. Come cognato di Roxton ha il diritto di sapere quello che si dice in giro."

Salvan fece un rumore con la gola come quello di un fagiano spaventato e ingoiò il caffè freddo.

"Sono pronto a sentire questa storia interessante," disse Lord Vallentine, chinandosi in avanti. "E qualunque storia che riguardi

Roxton mi farà certamente ridere poiché distorcono sempre la verità. E se poi dite che questa particolare chiacchiera è stata messa in giro da un idiota geloso, allora sono tutt'orecchi. E quando mai i pettegolezzi riguardo a Roxton non sono messi in giro da teste vuote?" Sua signoria si mise comodo e sorrise. "Anche se non credo che mi piacerebbe diffondere delle calunnie sul duca. È piuttosto sensibile, vedete. Se è per questo, lo sono anch'io per quanto riguarda me stesso e i miei. È piuttosto bravo con una pistola, ma dategli un fioretto ed è altrettanto mortale. E c'è più divertimento, con un bell'affondo, no, conte?"

"Sì, è proprio così" confermò il conte con una risata nervosa. Guardò il quadrante di madreperla del suo orologio da taschino. "Il portiere mi ha informato che *M'sieur le Duc* è uscito. La sua assenza mi ha deluso. E la piccola *demoiselle*?"

"È andata a fare una gita in campagna con Roxton," lo informò Vallentine. "Non saprei dirvi quando torneranno. Lo saluterò per voi. Sono sicuro che avete altre visite da fare a Parigi prima di tornare a Versailles."

"No, assolutamente no," disse il conte. "Non tornerò a corte fino a domani, quindi posso tenervi compagnia per tutto il pomeriggio."

"Il figlio al mattino e guarda chi c'è al pomeriggio," mormorò sua signoria, infastidito. "Ascoltate, conte, Estée e io non sappiamo quando torneranno. Potreste dover aspettare molto a lungo."

"Ma sarà presto l'ora di cena. Sarà a casa per cena? Sarebbe veramente un male per lui se non tornasse."

"Che cosa volete dire?" Ringhiò sua signoria. "Sarà qui. Deve..."

"Lucian!"

Salvan sorrise e si inchinò a entrambi. "Grazie, devo parlare con mio cugino di una cosa di grande importanza, immediatamente."

"Salvan ha una lettera della nonna della piccola," Estée non riuscì a trattenersi. "Lei-lei non la vuole. Ha dato il suo permesso perché la ragazza…"

"Zitta, amor mio," ordinò Lord Vallentine con un'occhiata decisa. "Questo non è il momento di discutere di queste cose. Lasciatele a Roxton. Lui saprà che cosa c'è da fare…"

"Da fare?" Fece eco il conte. "Ma è ovvio quello che *deve* essere fatto. Lei deve venire con me. È già tutto sistemato. È fidanzata con mio figlio. Come ho detto a Estée tutto quello che serve è la firma del vecchio conte…"

"Bene, allora aspetteremo quella firma," lo interruppe sua signoria. "Finché il vecchio non lo mette nero su bianco penso che non abbiate il diritto di pretendere niente."

"Scusate, *M'sieur*," disse dolcemente il conte, "come avete detto è una faccenda tra mio cugino e me."

"Lucian, per favore, sedetevi," lo pregò Estée, afferrandogli la mano.

Un rumore nell'anticamera adiacente attirò la loro attenzione e Lord Vallentine si sedette. *Madame* si occupò di impilare i piatti e le ciotole su un vassoio, cercando qualcosa da fare per spezzare il silenzio pesante che era caduto nel salotto. Sua signoria si frugò in tasca, cercando la tabacchiera mentre il conte si chinò in avanti, in attesa, perché aveva riconosciuto la voce morbida e profonda del duca e il tintinnio di una risata femminile. E non fu deluso.

OTTO

L A PORTA DEL SALOTTO si spalancò e Antonia si precipitò dentro dopo essersi tolta mantello, manicotto e cuffia. Rideva, con la testa rivolta all'indietro, in risposta a qualcosa che le aveva detto il duca mentre la seguiva nella stanza. Quasi si scontrò con *Madame*, che si era alzata precipitosamente dal divano per salutarli, ma il duca, il cui volto era lievemente rosato e insolitamente tutto un sorriso, la spostò e Antonia si rivolse a Estée con gli occhi brillanti e un sorriso felice.

"Abbiamo passato una tale giornata, *Madame*!" Disse Antonia senza fiato, baciando le guance di Estée. "Non c'è stata la minima traccia di brutto tempo e il sole faceva sembrare che non facesse così freddo. Abbiamo visto un mucchio di cervi nella foresta e Gray e Tan si sono divertiti un mondo a cacciarli per tutto il bosco. Sono veramente stanchi, credo." Si tolse i guanti e li gettò su un tavolino accanto al sofà. "*Monseigneur* mi ha portato in questo piccolo affascinante villaggio con un mulino ad acqua dove abbiamo fatto merenda e abbiamo visitato una fiera. C'erano tanti, tantissimi stand e aspettate che vi parli del..."

Si interruppe bruscamente, rendendosi conto che *Madame de Montbrail* sembrava tutt'altro che contenta. C'erano lacrime negli occhi azzurri della donna, che si affrettò ad asciugarle, ma Antonia le aveva viste e si rannuvolò.

"Che cosa c'è?" Chiese piano e guardò oltre le spalle di *Madame*. Vide Lord Vallentine e il conte e diede una rapida occhiata al duca per farsi guidare.

Roxton aveva visto il *Comte de Salvan* appena entrato nella stanza. Ascoltò le scuse balbettate da Antonia ma quando la vide ritrarsi verso di lui la spinse avanti con una mano ferma sulla schiena.

"Mio caro Salvan, avevamo quasi smesso di sperare che ci faceste visita," disse con nonchalance. "Mi auguro che abbiate passato un pomeriggio gradevole?"

"Un pomeriggio molto piacevole," rispose il conte.

Fece un magnifico inchino ai nuovi arrivati, con i lunghi volant bianchi di una manica che spazzavano il tappeto. Non riuscì nemmeno a guardare suo cugino, tanto era distratto da Antonia. La valutò apertamente dalla testa ai piedi, permettendo al suo occhialino di restare più a lungo di quanto fosse educato sul corpetto scollato che metteva in mostra la curva alta del suo seno pieno. Con un sorriso di apprezzamento, lasciò cadere l'occhialino.

"Un pomeriggio molto piacevole," ripeté. "Sono gioioso per vostra sorella e *M'sieur Vallentine*. È stato uno shock, per me, questo annuncio, così improvviso! Sono venuto credendo di trovarvi a casa. Mio figlio mi ha detto che eravate in casa. È stato qui stamattina, sì? Per far visita a voi *mademoiselle*. Ha detto che eravate guarita ma non avevo idea di quanto... quanto meravigliosamente guarita..." Fece per avvicinarsi ma quando Antonia rabbrividì per il disgusto, sorrise acidamente. "Andiamo, mia cara, non avete parole gentili per qualcuno che ha desiderato tanto di vedervi alzata e di nuovo voi stessa? La vostra malattia ha privato Salvan della vostra bellezza e del vostro spirito così inusuale."

A una spinta del duca, Antonia tese riluttante la mano.

"Sto bene, grazie, *M'sieur le Comte*," disse, riuscendo a fare un'educata riverenza, senza però riuscire a sorridere.

Quando l'ometto dipinto le baciò la mano fu Vallentine che grugnì la sua disapprovazione per i manierismi del conte. E quando Salvan rifiutò di lasciare la presa sul polso di Antonia e la obbligò a sedersi accanto a lui sul sofà, fu Vallentine che si alzò di colpo, ma un'occhiata dura del duca lo fece sedere di nuovo.

"Maurice vi ha reso giustizia, *mademoiselle*," stava dicendo Salvan. "E vedervi ridere così graziosamente con mio cugino il duca, mi riempie di gioia. L'aria di corte non deve essere adatta a voi. Parigi, però? O forse c'è un altro ingrediente che accende i vostri occhi così belli? Stavo appunto dicendo a Estée, Roxton, che l'aria di Parigi non fa assolutamente bene a Thérèse Duras-Valfons. Era terribilmente arrabbiata ieri sera, vero Estée? E tutto perché non avete partecipato alla sua soirée. L'ha irritata in modo incredibile, la vostra assenza. Penso che tornerà a corte e tra le braccia di quel suo piagnucoloso amante, se non state attento. Voi lo conoscete, il barone inglese Thesiger. Ma," e baciò per la seconda volta la mano di Antonia, "Salvan, lui capisce la ragione del vostro momentaneo allontanamento dalla talentuosa Thérèse…"

"Caffè?" Chiese *Madame* con la voce incrinata. Fece segno alla cameriera ferma sulla porta di avvicinarsi. "Dovete entrambi avere sete dopo le vostre avventure. Del caffè, Antonia? Lucian, che ne dite?"

"Splendida idea," disse calorosamente sua signoria. Si avvicinò al duca e gli sussurrò nell'orecchio. "Duvalier ha tutto pronto. Come avevi ordinato. Mi sono assicurato anche l'aiuto del tuo valletto."

Ma Roxton non lo stava ascoltando. Fissava suo cugino. I metodi di seduzione di suo cugino non l'avevano mai interessato. A volte l'avevano divertito. Ma guardarlo spogliare Antonia con gli occhi lo riempì di ripugnanza. Esattamente come il comportamento oltraggioso del visconte quella mattina. C'era voluto tutto il suo autocontrollo per non scagliarsi contro il giovane. Proprio come ora per mascherare i suoi veri sentimenti con una facciata di indifferenza. Una tale intensità di emozioni era rara in lui ma non era cieco riguardo alla sua causa, cosa sorprendente e un po' inquietante. Quando sentì il conte chiedere della spalla ferita di Antonia pensò che fosse arrivato il momento di intervenire.

"Se non potete conversare in modo tale da divertirci, suggerisco che teniate chiusa la vostra bella boccuccia," disse il duca. "Estée, dove sono i rinfreschi promessi?"

Lord Vallentine si chinò in avanti e sorrise ad Antonia. "Così avete passato una bella giornata, piccolina?"

Lieta di potersi finalmente sottrarre allo sguardo penetrante del conte, Antonia annuì con forza. "Abbiamo passato una giornata magnifica, Vallentine. Non è forse vero *M'sieur le Duc*?"

"Molto gradevole."

"Parlateci della fiera cui siete andata e del vostro spuntino al villaggio," la invitò *Madame*.

Antonia fu perfino troppo lieta di risponderle. Tutto pur di dimenticare la presenza del conte.

"In questo antico villaggio, è antico perché c'è una strada costruita dai romani e un mulino ad acqua, non so quanto vecchio, ma è vecchio, ci siamo trovati in compagnia di un gruppo di viaggiatori il cui francese non era dei migliori," spiegò Antonia. "Venivano da Venezia, vedete, ed erano tutti gentiluomini anziani. Non so che cosa facciano in Francia perché non l'hanno detto. Forse erano solo curiosi e volevano vedere un po' il mondo. Ma dato che non tutti parlavano bene il francese, abbiamo parlato con loro nella loro lingua." Guardò sua signoria con aria di disapprovazione. "Dovete rimangiarvi quello che avete detto, Vallentine, perché *Monseigneur* parla l'italiano bene quanto tutti quelli che conosco!"

"Che cosa ho detto?" Balbettò sua signoria. "Io non leggo nel pensiero, marmocchia. Non guardarmi in quel modo, Roxton. Non lo ricordo, per l'amor del cielo! Chiedi ad Antonia."

"Non lo ripeterò adesso," disse Antonia altezzosamente, mettendo in mostra la fossetta.

Madame sorrise per come veniva trattato il suo fidanzato. "Continuate con la vostra storia, bambina. Potrete rimproverare Lucian a cena."

"Sì, scusate. Vallentine mi ha interrotto…"

"Interr… Oh, va bene, starò zitto," borbottò sua signoria.

"Questi gentiluomini erano così felici di sentire la loro lingua che abbiamo parlato con loro per quasi un'ora. E uno di loro era un artista, perché mentre chiacchieravamo ha preso il suo album e gli inchiostri e mi ha fatto un ritratto accettabile che ha regalato a *M'sieur le Duc*." Si rivolse a *Madame* e sussurrò. "Non indovinerete mai quello che ha detto questo veneziano a *Monseigneur*! Io ho pensato che fosse divertente ma lui era molto irritato e si è affrettato a correggere M…"

"Basta così, Antonia," disse Roxton in tono di rimprovero. "A Estée non interessa minimamente."

"Oh, sì, invece."

"E se non interessa a lei, a me certamente sì!" Aggiunse sua signoria.

"Se ha divertito *Mademoiselle*," Salvan si inserì nella conversazione, "allora divertirà anche noi."

"No, Antonia," disse il duca.

"Venite e sussurratemi all'orecchio le parole del veneziano," suggerì sua signoria. "Se io riterrò che valga la pena di ripeterle, allora potrete dirle a voce alta."

"Molto giusto," concordò il conte.

Antonia si alzò in fretta al suggerimento di Vallentine ma a metà strada ebbe un ripensamento e si avvicinò alla sedia del duca. Rimase in piedi con le spalle rivolte al conte e a Estée. "Non glielo dirò se voi non volete." Gli disse a voce bassa.

"Non glielo dirò se non volete," disse a bassa voce. "Pensavo fosse divertente solo perché siete stato talmente sorpreso che vi abbia preso per mio padre. Eravate veramente infuriato con lui, credo. Ma è una cosa tanto brutta? Almeno non ha avuto l'indecenza di suggerire che foste il mio amante e io la vostra sgualdrina."

Il duca la tirò più vicino. "Credetemi, Antonia, non sono l'uomo giusto per nessuno dei due ruoli. Mi capite?"

Antonia aggrottò la fronte, con la testa piegata da un lato. "No, *Monseigneur*. In cuor mio non lo credo."

Questa scena intima fu troppo per il conte. Anche se non riusciva a vedere i loro volti o sentire le loro parole, la loro vicinanza bastò a far saltare il conte fuori dalla poltrona. Saltò sui tacchi e sbatté forte il bastone sul folto tappeto.

"Roxton! Ascoltatemi. Dobbiamo parlare, voi e io. *Parbleu*! È urgente."

Lord Vallentine che stava guardando il duca e Antonia con uno stupido sorriso sentimentale balzò anche lui in piedi, ma fu *Madame* che intervenne.

"Antonia, è tardi," disse con voce nervosa. "Dovete cambiarvi d'abito prima di cena. Ho chiesto alla vostra ragazza di preparare il vestito di seta color ostrica che Maurice pensava fosse quello che vi stava meglio."

Antonia esitò. Continuando a tenere la mano del duca, passò lo sguardo da *Madame* al duca, dal conte a Lord Vallentine, le cui dita si erano avvicinate al punto sul fianco dove normalmente sarebbe stata l'elsa della spada, per poi tornare a guardare il duca.

"Una parola, Roxton," disse Salvan con la voce stridula, facendo un passo verso il cugino. Lord Vallentine lo imitò.

"Non gli permetterete di prendermi, vero?" Sussurrò Antonia, nel panico. "Promettetemi che non mi consegnerete a lui."

Madame mise un braccio intorno alle spalle di Antonia. Avrebbe voluto che suo fratello dicesse qualcosa ma lui stava lì e guardava Antonia con un'espressione vuota. "Venite, bambina, è ora di cambiarci per la cena."

Antonia si scostò bruscamente. "No! Voglio che *Monseigneur* prometta…"

Roxton le baciò la mano, con un'occhiata fuggevole a suo cugino che incombeva alle spalle di Antonia. "Andate con Estée," disse e si alzò per dar retta al conte. "Mio caro, dovreste veramente imparare a controllare queste sfuriate. Temo per la vostra salute. Vi siete fatto salassare ultimamente? Ecco qual è il vostro problema, Salvan. Un buon salasso vi ridarebbe il vostro solito buon umore, vero Vallentine?"

"Sì," rispose sua signoria con un sorriso sinistro.

Il duca sentì che le signore non avevano ancora lasciato la stanza e si voltò infuriato. "*Allons*! Portate via la ragazza," ringhiò poi si voltò a guardare il conte con un sorriso gelido. "Di certo qualunque cosa abbiate da dirmi potrà aspettare fino a dopo che avrò cenato?"

"No! Cioè… È molto importante che vi parli immediatamente. Sapete perché sono qui."

"Non è molto educato, Salvan. La richiesta di Roxton era molto semplice."

"Sì, ma io…"

"È il minimo che possiate fare, considerando come si è comportato vostro figlio questa mattina."

"Comportato, *M'sieur*?"

"Sì, non è stato molto nobile da parte sua imporre le sue dannate attenzioni alla ragazza…"

"Come?!" Ansimò il conte. "Non me ne ha parlato. Che cos'ha fatto, Roxton?"

"Preferisco non ripeterlo," disse Lord Vallentine, guidando l'ometto verso la porta. "Ritenetevi fortunato che Roxton abbia avuto la presenza di spirito di perdonare al ragazzo la sua sfrontatezza. Ora, se fosse successo a casa mia, beh, io non gliel'avrei fatta passare così liscia. Ma evitiamo di discuterne. Vogliamo la cena e credo che anche voi la stiate aspettando. Sarà un affare lungo quindi non è il caso che ritorniate alla nostra porta tanto presto. Sono sicuro che comprenderete la situazione…"

"Capire?" Ribatté seccato il conte. "Lo concedo solo perché Roxton è mio cugino. È un affare di famiglia e io sono un gentiluomo. Da uomo riconosco il potere di attrazione della piccola *demoiselle*. Quindi gli permetterò di avere la sua ultima cena!" Rise alla propria battuta e si lasciò guidare giù per la scalinata fino al foyer. "Un'ultima cena, eh, Vallentine?"

"Vi ho sentito e non è divertente."

Lord Vallentine prese il conte per l'enorme paramano e lo tirò fuori dalla portata d'orecchio del portiere e del cameriere.

"Ora ascoltatemi, Salvan," disse a bassa voce. "Se potessi fare a modo mio voi non mettereste una zampa unta su quella ragazza. Ma non sono affari miei quindi non estrarrò la mia spada per impartirvi la lezione che vi meritate perché cercate di predare un'innocente. E un'altra cosa vorrei che vi ricordaste, la prossima volta che avrete voglia di sputare in giro le vostre sentenze sulle intenzioni del mio amico: non avete capito niente di Roxton. Ve lo dico ora e voi non lo ripeterete perché siete un uomo saggio, e vi passerò a fil di spada se sentirò anche solo un sussurro; il duca ha a cuore solo gli interessi della ragazza, nient'altro. Non ha intenzione di sedurla, cerca solo di proteggerla."

"*Malheur*! Un uomo come mio cugino che non vuole sedurre una bella donna?" Esclamò il conte, camminando con spavalderia. "Con la sua reputazione? Non lo credo proprio! Mi viene da ridere solo all'idea."

"Ricordate, una parola e vi passerò da parte a parte."

Il *Comte de Salvan* assunse un'espressione ferita. Permise a un cameriere di mettergli indosso il pastrano e a un altro di aprire lo sportello della sua portantina. "Perché dovrei ripetere quello che mi avete detto quando nessuno mi crederebbe se ne parlassi? E perdonerò la vostra franchezza nel minacciarmi perché, anche se siete un barbaro, sposerete Estée. È per il suo bene che non mi offenderò. Che la sposiate mi addolora moltissimo. Mi ferisce, ma sopravvivrò. Voi pensate che a Salvan non interessi il bene della ragazza. Vi sbagliate, amico mio. La *demoiselle* sarà ben accudita quando sarà mia nuora. Mio figlio la renderà felice, farò in modo che lo faccia. Tutto sarà rispettabile, vi do la mia parola."

Lord Vallentine restò a osservare il conte mentre lo aiutavano a salire sulla sua portantina e se ne andava.

Risalì stancamente le scale per cambiarsi per la cena. Non aveva nessuna fiducia nelle rassicurazioni del conte.

QUANDO IL DUCA SCORTÒ Antonia nella grande sala da pranzo trovò *Madame* e Lord Vallentine già in piedi dietro alle loro rispettive sedie. Due lunghe ali del tavolo di mogano erano state rimosse per rendere la cena più intima. La tavola era stata preparata con le migliori porcellane di Dresda e piatti d'oro, entrambi i candelieri di cristallo erano lucenti e brillanti e pieni di luce. Sul tavolo lucido, coppe di cristallo piene di fiori freschi affiancavano i piatti d'argento coperti dalle campane, di tutte le dimensioni e forme. Duvalier e quattro camerieri in livrea attendevano i comodi del duca accanto alla credenza.

Antonia esitò. "Perché Madame non è al suo solito posto a capotavola?" Chiese.

"Stasera siederete voi lì," disse Estée con un sorriso radioso.

Antonia guardò il duca per averne conferma e, quando lui annuì, andò al suo posto, mentre il cameriere si affrettava a tirare indietro la sua sedia. "Avete usato il servizio migliore stasera e ci sono… *Eh bien!*" Aveva visto i pacchetti legati con i nastri e spalancò gli occhi. "Pensavo aveste… Non mi aspettavo che sapeste…" Guardò gli altri che si erano seduti e rise imbarazzata. "Sapevate tutti che era il mio compleanno!"

"Bene, sedetevi e aprite i regali," chiese sua signoria. "Il mio è quello con il grande fiocco rosso."

Antonia allargò obbediente le sottane e si sedette, con l'imbarazzo che spariva all'idea di aprire i regali. Prese una lunga scatola piatta legata con un nastro rosso e la scosse. "Non c'è niente qua dentro."

"Ehi!" Esclamò Vallentine. "Attenta!"

Antonia rise e rimise il pacchetto sul tavolo. "Forse lo aprirò per ultimo." Quando Vallentine fece il broncio, slegò il nastro tirandolo. "No, aprirò per ultimo il regalo di *M'sieur le Duc* e il vostro per primo, Vallentine." Dentro la scatola c'era un delicato ventaglio di pelle di pollo conciata e dipinta, con le bacchette d'argento e una nappina di perle e fili d'argento. "È molto bello, Vallentine, grazie. Non ho mai avuto un ventaglio di una tale… qualità… e gusto." Lo aprì con un'agile mossa del polso e si sventolò scherzosamente come aveva visto fare a molte signore a corte. "È così che userò il ventaglio di sua signoria quando andrò all'opera e ai balli. Lo tengo come una grande dama, vero, *Monseigneur*?"

"Proprio così, *mignonne*."

Vallentine rise. "Una grande dama, eh? Sarete una grande dama e molto di più un giorno, piccoletta. Aprite il regalo di Estée, sono ansioso."

Antonia mise da parte il ventaglio e prese un pacco molle e piuttosto grande, tastando cautamente il contenuto. "Che cosa può essere? Volete che tenti di indovinare, Vallentine?"

"Non è necessario. So che cos'è. Apritelo."

"È molto ansioso, vero, *M'sieur le Duc*? Forse aprirò il resto dei miei regali dopo cena."

"Se volete."

"Non incoraggiarla, Roxton," scattò Vallentine. "Mi state punzecchiando, civetta! Voglio che vi sbrighiate con il regalo di Estée per vedere che cosa vi ha regalato Roxton. È stato dannatamente misterioso, ve lo posso dire. Non sono riuscito a farmelo dire."

"Grazie tante, Lucian," disse imbronciata Estée, fingendo di sentirsi ferita.

"Dannazione! Non intendevo dire niente," si scusò Vallentine. "È solo che... Beh non siete curiosa di sapere che cosa ha regalato vostro fratello alla piccoletta?"

Le due dame risero, Vallentine borbottò qualcosa su una cospirazione femminile e poi restò zitto.

Madame de Montbrail aveva regalato ad Antonia un paio di guanti di capretto color lavanda e una maschera da ballo in piume di pavone. Antonia si provò i guanti nuovi e alzò la maschera tenendola per il manico dipinto, tubando deliziata.

"Questa è una vera maschera. Grazie *Madame*. Pensate che nonna Strathsay potrebbe tenere un ballo in maschera in mio onore, *M'sieur le Duc*?"

"Indubbiamente, appena vedrà la vostra maschera. Come potrebbe rifiutarsi?"

"Non ho mai avuto un compleanno incantevole come questo!"

"Ci sono ancora due pacchetti da aprire," le ricordò Vallentine, nel tono più casuale che riuscì ad assumere.

Antonia mise da parte la maschera e i guanti nuovi e rivolse tutta la sua attenzione ai restanti regali. Ognuno avvolto in carta argentata e legato con nastri neri. Prese quello più grande. "È un libro."

"Come fate a saperlo?" Chiese Vallentine. "Non l'avete ancora aperto."

Era un libro, un sottile volume di poesie e Antonia lo aprì scoprendo che il duca aveva inserito una dedica per lei. Prima che *Madame* potesse chiederle di vederlo, Antonia lo riavvolse nella carta e lo mise da parte.

"Spero che sia un libro adatto e corretto per la ragazza," disse severamente *Madame*.

"Le regalerei forse qualcosa di diverso, Estée?" Rispose suo fratello, sorseggiando il chiaretto dal bicchiere di cristallo.

Con l'ultimo regalo Antonia fece le cose con calma. Quando finalmente ebbe rimosso gli involucri esterni, tenne in mano un lungo astuccio sottile, coperto di velluto nero. Non la aprì immediatamente ma se la mise davanti e la fissò con le sopracciglia aggrottate.

"Per amor del cielo, Antonia!" La implorò Lord Vallentine, perdendo il controllo. "Non sopporto più questo temporeggiare. Quella dannata cosa non si apre da sola!"

Antonia afferrò l'astuccio e lo aprì in fretta, con una risata. Quello che vide all'interno le fece chiudere di colpo il coperchio e spingere via la scatola. Guardò il duca, senza riuscire a parlare.

"*M'sieur le Duc*, siete… siete sicuro che sia per me?"

Gli occhi neri di Roxton restarono fissi nei suoi, mentre accennava un sorriso. "Per intonarsi ai vostri occhi, *mignonne*."

"Ne ho avuto abbastanza!" Dichiarò Vallentine, saltando fuori dalla sedia per afferrare l'astuccio.

"No!" Ordinò Antonia, correndo con la scatola lungo il tavolo. La tese al duca con un sorriso timido. "Me lo mettereste, per favore?"

Il duca appoggiò il bicchiere e le fece segno di avvicinarsi. "Giratevi e restate ferma," le ordinò a bassa voce. "E siate tanto gentile da sollevare dal collo questa massa ribelle di riccioli."

Dall'astuccio di velluto il duca estrasse il più raffinato collier di smeraldi e diamanti che Estée avesse mai visto; ogni smeraldo aveva le dimensioni dell'unghia del mignolo di suo fratello ed era diviso dagli altri da diamanti scintillanti. Rimase a guardare a bocca aperta mentre suo fratello faceva scivolare la collana intorno alla gola di Antonia e poi agganciava abilmente il fermaglio di diamanti. Le pietre preziose erano effettivamente del colore degli occhi della ragazza.

Antonia alzò la mano sul gioiello e lo sfiorò con le dita.

"Non riesco a vederlo. Devo… devo trovare uno specchio," mormorò, uscendo di corsa dalla stanza.

Lord Vallentine era rimasto meravigliato quanto Estée e si

fissarono attraverso il tavolo con gli occhi sgranati e la bocca aperta.

Il duca fece segno a Duvalier di cominciare a servire la cena, dicendo, sopra la spalla: "Niente chiaretto per *Mademoiselle Moran*, basterà il Barbados."

"Avrei dovuto indovinarlo!" Disse sua sorella con una risatina nervosa, finalmente riuscendo a superare la meraviglia. "Quando ho suggerito di mettere un collare alla ragazza non intendevo che mi prendeste in parola."

"Ma com'era perspicace la vostra battuta, mia cara," rispose Roxton. Alzò l'occhialino verso il piatto ben preparato di ostriche che gli veniva offerto, rifiutandole. "Posso solo immaginare, dal movimento della tua mascella, Vallentine, che vorresti dirmi qualcosa?"

"Voglio sapere che cosa hai in programma per Antonia," disse. "È una cosa che mi preoccupa da settimane."

"In programma?"

"Non fare il difficile! È una cosa seria. Salvan ha ricevuto una lettera da Lady Strathsay dove dice che non le interessa un accidente se la ragazza sposa o no quel ragazzo demente!"

"Lo so, mio caro," disse il duca. "Calmati. Suggerisco di non parlare di questo... ehm, sgradevole argomento questa sera. Lasciamo che Antonia abbia almeno una bella festa di compleanno."

"Su questo non discuto," fu d'accordo Vallentine. "Quello che mi preoccupa sono i compleanni a venire."

"Roxton," disse Estée, appoggiando il coltello e la forchetta d'argento, "dovete sapere che Antonia si fida completamente di voi per proteggerla dai Salvan e dalle loro intenzioni. Se le spezzate il cuore non vi perdonerò mai!"

Il duca guardò sua sorella con un'espressione distaccata. "Allora permettetemi di alleviare alcune delle vostre paure dicendovi che il nostro caro cugino sarà inaspettatamente richiamato a corte stasera da *Sa Majesté* e inevitabilmente trattenuto là per i prossimi sette giorni."

"Sei stato tu?" Chiese Vallentine e sorrise quando l'amico chinò la testa. "Non so come ci sei riuscito, ma sono dannatamente contento che l'abbia fatto."

Il duca sorseggiò il vino con un piccolissimo sorriso di soddisfazione. "Come maestro di camera il mio caro amico Richelieu è molto vicino alla sua reale maestà. Ho solo chiesto che mi restituisse un favore."

"Sono molto lieta di sentirlo," disse sua sorella con un sorriso sollevato, ma ancora non completamente soddisfatta. "Ma sette giorni o sette settimane, Salvan tornerà per la piccola appena potrà. Ci deve essere stato qualcosa di più che avreste potuto fare per assicurarvi che nostro cugino non torni del tutto!"

"Ora, ascoltatemi, amor mio, vostro fratello ha già fatto tanto," predicò sua signoria quando il duca si limitò ad alzare gli occhi al cielo senza dire niente. "Abbiate un po' più di fiducia, sono sicuro che abbia qualche altro asso nella manica di cui non ci ha ancora parlato."

Madame aprì la bocca dipinta, per nulla soddisfatta della risposta, ma la richiuse in fretta quando sua signoria sibilò un avvertimento, accennando alla porta.

Antonia era tornata in sala da pranzo e si sedette in silenzio al suo posto. Bevve dal suo bicchiere senza alzare gli occhi. Era evidente che aveva pianto e i tre educatamente la ignorarono continuando a conversare come se non fosse successo niente. Sua signoria invitò il duca a raccontare un incidente divertente che era successo mentre era a caccia nelle foreste che circondavano Fontainebleau. Una vanteria di Lord Vallentine riguardo alla propria abilità di cavallerizzo fece alzare la testa ad Antonia, con un sorriso malizioso sul volto.

"Non mi credete, eh?" Chiese sua signoria, con la forchetta a mezz'aria.

"Lucian è un maestro, in sella," disse *Madame*, fiera.

"Posso saltare gli ostacoli alla pari con Roxton. Mai incontrato un ostacolo che non possa convincere un cavallo a saltare, in un modo o nell'altro." Quando Antonia mantenne l'espressione scettica, Vallentine aggiunse indignato: "Non volete chiedere al duca se dico la verità? A lui crederete, lo so."

Per fargli dispetto Antonia lanciò un'occhiata interrogativa al duca.

Roxton sorrise al trattamento imperioso che riservava all'amico.

"Non dovete trattare così male Vallentine, *mignonne*. Si merita quasi tutto quello che gli riservate, ma non in questa occasione."

"È bravo quanto voi in sella?" Chiese incredula.

Estée rise e scosse i riccioli neri. "Mia cara ragazza, pensate che *M'sieur le Duc* sia il più bravo in tutto?"

"Ma sì, certo, *Madame*," rispose semplicemente Antonia. "Oh, eccetto che con una lama, perché tutti sanno che Vallentine è il miglior spadaccino di Francia."

"Una menzione onorevole!" Esclamò Vallentine. "Non adulatemi, potrebbe cominciare a piacermi!"

"Ma *Monseigneur* è il più elegante, nella forma e nel polso," aggiunse Antonia seriamente, facendo sbuffare sua signoria.

"Buon Dio!" Disse in tono drammatico, picchiandosi una mano sulla fronte. "Avete mai sentito qualcuna come lei? Pensa che Roxton sia il termine di paragone per tutte le virtù maschili."

Antonia lo guardò dall'alto in basso. "Voi siete semplicemente geloso."

Estée e Vallentine risero e sua signoria aggiunse, con un tono paternalistico smentito dal luccichio dei suoi occhi azzurri: "Se oggi non fosse il vostro compleanno, ragazza mia, discuterei fino a farvi cambiare idea. Ma per oggi lascerò correre."

"Si può sempre sperare che questo lasci a *M'sieur* abbastanza tempo per riflettere sulla follia delle sue parole," disse Antonia con un sospiro studiato. "Domani vi renderete conto che ho ragione."

"Non potete vincere, Lucian!" Ridacchiò *Madame*.

Lord Vallentine cercò una risposta adeguata ma non trovandola si chinò verso il duca. "L'hai sentita, Roxton? *Mademoiselle* mangiafuoco cerca di convincerci che tu sia il termine di paragone di tutte le virtù maschili! Sei stato un sacco di cose ai tuoi tempi, amico mio, ma certamente mai un fulgido esempio."

Il duca guardava fisso il contenuto del suo bicchiere, con un po' di colore sulle guance magre. Non rispose e continuò a mangiare quello che restava sul piatto. Il suo amico lanciò un'occhiata a Estée, trovandola perplessa quanto lui. Forse era possibile che il duca fosse imbarazzato. Un mese prima Vallentine non avrebbe mai pensato che l'uomo fosse capace di modestia, non in quel modo. Si mise comodo, con lo stuzzicadenti d'oro in bocca, un occhio attento sul duca e in mente un sorriso grande come la Senna.

Fu Estée a suggerire che prendessero il caffè e il brandy nel salotto adiacente, ma Antonia volle andare nella biblioteca. Era un'infrazione alle tradizioni ma il duca le permise di scegliere. Si sedettero a fare una partita di whist finché Antonia tirò da parte il duca per giocare a reversi e poi a backgammon. Lord Vallentine e la sua fidanzata si sistemarono sul sofà accanto ai giocatori ma abbastanza lontani da non farsi sentire. Non ci volle molto prima che la loro intima conversazione tornasse alla coppia seduta davanti a loro.

"Guardateli, Lucian," disse Estée, mescolando il suo caffè nero con aria assente, con lo sguardo fisso sul collier di smeraldi e diamanti. "Non so che cosa possiamo fare per lei. Sono molto preoccupata. Penso che si sia innamorata di mio fratello ma è troppo giovane per saperlo. Come potrebbe, alla sua età? E il duca? Passa troppo tempo con lei, a fare quei loro stupidi giochi da tavolo, incoraggiando la sua natura ribelle e regalandole monili costosi. Non mi meraviglia che le abbia fatto girare la testa.

Sbaglia ad incoraggiarla, può solo spezzarle il cuore. È troppo vecchio per lei."

"Vi ricordate il vostro primo matrimonio, con Jean-Claude?" Chiese pazientemente Lord Vallentine. "Eravate più giovane di Antonia, lo giurerei, quando lo sposaste. Doveva avere il doppio dei vostri anni! Eppure siete stati felici, no?"

"Era diverso."

"In che senso, diverso?"

"Era un matrimonio combinato," ribadì Estée. "Combinato da mia madre e da mio zio Salvan e approvato da mio fratello. All'inizio l'idea non mi piaceva per niente. Ho pianto per tutta la cerimonia. Ma loro sapevano che era nel mio interesse e sì, Jean-Claude mi ha reso molto felice."

"E aveva il doppio dei vostri anni."

"È ridicolo confrontare Jean-Claude con mio fratello! Jean-Claude era vedovo e sapeva trattare una moglie. Inoltre non si sarebbe mai potuto definirlo un libertino. Pensate che mia madre lo avrebbe approvato per sua figlia se avesse avuto la reputazione di mio fratello?"

Lord Vallentine annuì, scoraggiato. "Avete ragione, ovviamente. Non c'è una mamma a Parigi, o a Londra se è per quello, che apprezzerebbe di vedere sua figlia sposata a un nobile con la reputazione di Roxton. Comunque non ci sono leggi che dicano che un uomo non può vivere come gli piace."

Estée non lo stava ascoltando. Sospirò dicendo: "Sono preoccupata, così preoccupata, Lucian. Avete sentito Salvan. Ha una lettera della nonna di Antonia. Nemmeno lei vuole la ragazza. La lascia ai lupi. Ho sempre disprezzato Augusta e questo me la fa detestare ancora di più. E c'è questo contratto di matrimonio che aspetta solo la firma del nonno…"

"Scommetto che vostro fratello ha già studiato un piano per togliere la ragazza da questo impiccio. Non ha detto a tavola che sapeva della lettera di Augusta Strathsay? Se lo sa, vuol dire che ha già studiato qualcos'altro."

Estée distolse lo sguardo dalla gola della ragazza, guardando francamente sua signoria. "E se non fosse così?"

Sua signoria si appoggiò ai cuscini di seta e sospirò pesantemente, passandosi una mano sul bel volto. "Guardate, Estée," disse, "non voglio discuterne ancora. Ho piena fiducia che vostro fratello riesca a proteggere Antonia dai Salvan. Non vedo perché voi non ne abbiate altrettanta."

Estée sorrise esitante e appoggiò la testa sulla spalla di sua signoria. "Non siate ingenuo, Lucian. Io vi amo perché siete un romantico, ma non sono i Salvan che spezzeranno il cuore di Antonia. *Moi*, io vedo come stanno le cose. Lei è una cosina così dolce e mio fratello la ferirà, tanto, e io non so come fare a impedirlo."

Lord Vallentine si grattò sotto la parrucca. "Nemmeno io, dannazione! Ma non possiamo essere tetri, non stasera, altrimenti la piccoletta sospetterà che c'è qualcosa in ballo e mi tormenterà finché spiattellerò tutto. Non ho difese contro di lei, lo sapete!"

Madame rise, pizzicandogli la fossetta sul mento.

"*Monseigneur* e io vi abbiamo dato abbastanza tempo per corteggiarvi sul divano," annunciò Antonia, in piedi accanto al vassoio del caffè e del brandy. "Ora faremo educatamente conversazione, sì?"

I due gentiluomini risero divertiti alla battuta ma Estée rivolse ad Antonia una severa predica riguardo alla sua impertinenza, dicendo che una giovane signora non dovrebbe mai fare dichiarazioni del genere in compagnia mista.

"Sono-sono stata sconsiderata," balbettò Antonia. "Non mi sono resa conto… Mi dispiace…"

"So che vi dispiace," disse Estée, abbracciandola stretta. "Sono stanca, ecco tutto," guardò suo fratello oltre la testa bionda di Antonia. "Non permettetele di restare alzata fino a tardi."

"Vi accompagno di sopra," disse Vallentine, offrendo il braccio alla fidanzata. Ammiccò ad Antonia. "Non andatevene, diavoletto. Voglio un'ultima chance per cercare di battervi a back-gammon, anche se è il vostro compleanno."

"Buonanotte, *Madame*," disse Antonia con un sorriso. "Sono molto felice che sposiate Lord Vallentine. Sarà un buon marito, credo, anche se è senza speranze in qualunque gioco da tavolo e non sa tirare di scherma con..."

"Discola!" Rise sua signoria, dandole un buffetto sotto il mento.

Antonia aspettò finché furono usciti dalla biblioteca prima di rivolgersi al duca con un'espressione interrogativa. "Sono stata senza tatto, vero?"

"Alquanto. Ma non importa, Estée prende tutto troppo sul serio, come tutti i tipi come lei."

Antonia si sedette accanto a lui sul sofà, scalciando via le scarpe. "Forse non dovrei nemmeno prendere tanto in giro Vallentine?"

"Ne sarebbe deluso."

Antonia fece una risatina. "Forse lo prenderò in giro, ma solo un po'. Vi dispiace se resto seduta solo con le calze *Monseigneur?*" Chiese, agitando le dita dei piedi al calore del fuoco.

"A me no. Ma dovete ricordare che non è educato che una signora si tolga le scarpe in... ehm, una compagnia rispettabile. E una signora non dovrebbe mai mostrare le caviglie."

"No? Eppure una signora può mostrare al mondo quasi tutto il seno e nessuno alzerà un sopracciglio disapprovando. Lo trovo piuttosto strano."

"I dettami della società sono strani, *mignonne.*"

"Beh, a me non importa nulla di quello che la società pensa di me, purché a voi non dispiaccia quello che faccio."

"Ma io non sono un gentiluomo rispettabile, Antonia," le rispose pacato, allontanandosi da lei per versarsi un brandy. "Cercate di ricordarlo."

"E se io non fossi una signora rispettabile?" Gli chiese, in tono leggero, guardando la sua schiena diritta con un piccolo sorriso. "Allora *Monseigneur* mi bacerebbe le caviglie?"

Il duca voltò la testa. "Non mi fermerei alle caviglie, piccola sfrontata. Ora comportatevi bene altrimenti vi manderò a letto."

Quella risposta era tutto quello che aveva sperato di ottenere, ma un dubbio latente le fece aggrottare la fronte e restare seria per un po'. "Étienne ha detto che suo padre e voi state facendo una stupida sordida gara per la mia virtù."

Il duca appoggiò il bicchiere di brandy e si sedette, impossessandosi di entrambe le sue mani. "Antonia, guardatemi negli occhi e ditemi se credete onestamente che potrei prendere parte a uno dei detestabili piani di mio cugino."

"Non lo credo, *Monseigneur*," rispose a bassa voce. Guardò le sue lunghe dita che le tenevano le mani e decise che non c'era un momento migliore per scoprire quanto tenesse veramente a lei. "Questo orribile contratto di matrimonio tra i Salvan e mio nonno, non sono tanto ingenua da non sapere che quando *M'sieur le Comte* otterrà la firma di mio nonno sarò obbligata a sposare Étienne. E con mia nonna anche lei a favore di questa unione non ho un alleato al mondo, eccetto voi, *Madame* e ovviamente Vallentine. Ma c'è qualcosa che potete fare…"

"Credetemi, *mignonne*, se ci fosse un modo…"

"… per aiutarmi," continuò Antonia, prendendosi un momento per ricomporsi prima di dire, esplicitamente: "Mi chiedo se mi fareste l'onore di fare l'amore con me prima che mi sposi…"

"*Mademoiselle* esagera," ringhiò il duca, lasciandole andare le mani.

"… perché se non lo fate, Salvan mi avrà per primo e io non credo che potrei sopportarlo," aggiunse Antonia in fretta, l'espressione cupa sul volto del duca la faceva sentire meno coraggiosa a ogni secondo che passava. "Ho sentito che se… se la prima volta di una donna con un uomo non è un'esperienza piacevole per lei, se lui pensa solo alle proprie voglie e alle proprie necessità e non a quelle di lei, allora, dopo, tutte le volte per lei sarà insopportabile. Ed è questo che succederà, *Monseigneur*, se Salvan otterrà quello che vuole."

"Antonia, per l'amor del cielo..." La rabbia fu sostituita dall'angoscia, perché sapeva che stava dicendo la verità e non sapeva come placare le sue paure giustificate. "Quello che chiedete... Non è un mio diritto... Dovete capire che non posso interferire..."

Antonia sbatté gli occhi. "Volete che mi abbia Salvan?"

"No! Ovviamente no! E, anche se lo voglio, non posso avervi nemmeno io!"

"Perché non volete fare l'amore con me?" Chiese con una vocina flebile.

"Non voglio?" Ripeté, come se la risposta fosse evidente. Eppure era la prima volta da che l'aveva aiutata a fuggire da Versailles che si permetteva di contemplare quell'eventualità. Si rese conto che desiderava, e molto, fare l'amore con lei ed era tanto palesemente ovvio che sentì il calore salirgli alle guance, e abbassò la testa per nascondere il rossore per il senso di colpa.

"*Mignonne*, se non ci fosse nulla di male e potessi cambiare il tempo, sospenderlo solo per noi due, lo farei, tutto per il privilegio di fare l'amore con voi," le confessò. "Ma non possiamo fermare il tempo. Non è una questione di non volervi nel mio letto, la questione è di non farlo perché non è giusto. È sbagliato per un uomo della mia età e nella mia posizione approfittare di una ragazza affidata alle sue cure, sarebbe un abuso di fiducia."

"Ma se è quello che voglio io," gli chiese semplicemente, "come potrebbe essere un abuso di fiducia, come dite voi?"

Il duca riprese il bicchiere di brandy dalla mensola e ne bevve il contenuto in un sol sorso, continuando a guardare Antonia che sedeva immobile come una statua sul sofà, con le sottane allargate intorno a lei e i piedini nelle calze bianche che spuntavano dagli strati di seta. Lo stava guardando e studiando la sua espressione, con i grandi occhi verdi smeraldo, leggermente a mandorla, pieni di speranza e dell'ottimismo della gioventù. Aveva degli occhi così adorabili. Il duca deglutì, con la gola chiusa, guardandosi l'anello di smeraldi sulla mano sinistra.

"Non posso fare quello che mi chiedete," disse roco, deglutendo di nuovo e aggiungendo, atono: "È... Sarebbe oltremodo oltraggioso; la mia moralità sarebbe giudicata peggiore di quella di Salvan."

"Quando due persone *innamorate* fanno *l'amore* che cosa importa il giudizio del mondo? Certamente tutte le altre considerazioni non sono importanti?"

A questa semplice dichiarazione il duca fece un sorriso sghembo. Antonia capì, con il cuore che si faceva pesante, che la facciata del cinico era tornata saldamente al suo posto.

"Una visione divertente ma eccessivamente ingenua del mondo, mia cara," disse languidamente e tornò a guardare il fuoco, con il sorriso che diventava una smorfia di preoccupazione mentre continuava a fissare le fiamme morenti. "È ora che andiate a letto," le disse deciso. "Domani Vallentine accompagnerà *Madame* a Saint-Germain per far visita ad alcune vecchie zie. Staranno via per due notti al massimo, quindi non starete sola per molto."

Antonia si avvicinò al camino e alzò gli occhi sul suo profilo impassibile. "Voi non resterete qui con me?"

"No. Non sarebbe corretto," disse alle fiamme. "Alle prime luci, mi unirò alla caccia del re a Fontainebleau."

"*Bonne nuit, Monseigneur,*" rispose Antonia, facendogli una riverenza. "E grazie per oggi. Ho avuto un compleanno bellissimo. E i vostri regali..." Sfiorò il collier di smeraldi e diamanti intorno alla gola. "Ne farò per sempre tesoro."

Si allontanò in silenzio per rimettersi le scarpe col tacco ed era a metà strada verso la porta quando il duca la chiamò, facendole battere forte il cuore e brillare ancora la speranza negli occhi.

"Antonia. È meglio dimenticare che ci sia stata questa conversazione stasera."

"Sì, *Monseigneur*," rispose sommessamente e non si attardò.

Eppure, andò nelle sue stanze sorridendo. Sempre ottimista, almeno ora sapeva di stargli abbastanza a cuore da volerla e non accettare comunque la sua offerta. Domani avrebbe dimostrato che la sua intuizione era a prova di errore. L'indomani avrebbe sospeso il tempo.

NOVE

S APERE CHE IL DUCA era partito alle prime luci dell'alba per Fontainebleau per andare a caccia con il re fu una sorpresa per Estée. Suo fratello non aveva menzionato di avere intenzione di farlo, ma significava che lei e Lord Vallentine potevano andare a trovare le vecchie zie a Saint-Germain senza doversi inutilmente preoccupare della correttezza di lasciare Antonia da sola a casa con il duca e senza nessuna donna come chaperon. Proprio come aveva predetto suo fratello, il conte era tornato anche lui a corte, piuttosto riluttante come diceva il biglietto che le aveva scarabocchiato. Sarebbe stato preso dai doveri di corte per il resto della settimana e questo voleva dire che non sarebbe stato in grado di mettere in opera la sua minaccia e portare via Antonia dall'*hôtel*. Ragione in più perché Estée si sentisse a suo agio dopo aver deciso di andare a Saint-Germain.

Eppure, non era completamente convinta che la sua decisione fosse giusta e restò incerta anche quando la carrozza fu caricata con i portmanteau, con il cocchiere al suo posto a cassetta e Vallentine che camminava avanti e in dietro sui ciottoli del portico col pastrano e i guanti, proclamando che se l'amore della sua vita non si sbrigava a salire in carrozza non sarebbero arrivati a Saint-Germain con la luce del giorno. Finalmente andarono a chiamare Antonia, che si era alzata tardi e aveva fatto colazione nelle sue stanze, e le paure di *Madame* finalmente si acquietarono.

Antonia rassicurò *Madame* che non era in apprensione sapendo di essere sola, le disse che era contenta di passare il tempo in biblioteca a leggere con i due whippet del duca a farle compagnia. Augurò ai due un buon viaggio. Detto tutto, *Madame* la abbracciò, Lord Vallentine le mandò un bacio e Antonia salutò con la mano la carrozza che usciva dai cancelli neri e oro dell'*hôtel* per immettersi su Rue St. Honoré. Rientrò e disse subito a Duvalier che le molle e gli ingranaggi di tutti gli orologi dell'*hôtel* necessitavano di essere puliti e di assicurarsi che per primi fossero rimossi quelli nell'ala del duca. Dovevano essere portati negli alloggi della servitù dove l'orologiaio poteva prendersi tutto il tempo che serviva al suo compito senza disturbare l'andamento della casa.

A metà pomeriggio tutti gli orologi, grandi e piccoli, erano stati tolti dagli appartamenti privati del duca e ora erano dabbasso, con l'orologiaio e il suo assistente già al lavoro. Duvalier si scusò con la piccola *demoiselle* perché il lavoro era lento e ci sarebbero voluti parecchi giorni per completarlo. Antonia assunse un'espressione adeguatamente seria e nascose il sorriso nelle pagine di Tacito. Non sorrideva più quando il visconte d'Ambert le fece inaspettatamente visita un'ora dopo.

Aveva messo da parte il suo libro ed era andata nel cortile grande, con i sentieri acciottolati, un gruppo di castagni e grandi riquadri di prato, per giocare a riporto con i whippet. Il valletto del duca, che l'aveva disturbata in biblioteca per portar fuori i cani per una passeggiata, non era riuscito a resistere alle sue lusinghe e si era unito a lei per giocare a riporto con Gray e Tan. La capitolazione dell'ometto altezzoso aveva causato un tale putiferio di risate tra l'armata di servitori del duca che la governante e Duvalier furono obbligati a ordinare a tutti di allontanarsi dalle finestre dei piani superiori, per paura che il valletto li scoprisse con il naso contro i vetri delle finestre e per rappresaglia riferisse prontamente al duca il comportamento poco consono dei suoi servitori durante la sua assenza.

Antonia non aveva nessun desiderio di vedere Étienne ed Ellicott arrivò in suo soccorso. Informò il visconte che *Mademoiselle Moran* non era in casa. Il giovane si attardò in un'anticamera, con il fuoco spento, per mezz'ora prima di andarsene avvertendo il valletto che sarebbe tornato l'indomani e che *Mademoiselle Moran* avrebbe dovuto riceverlo altrimenti lui, il *lacchè* del duca, ne avrebbe sopportato le conseguenze. L'indomani non avrebbe lasciato la casa senza vederla. Il valletto si inchinò, accompagnandolo sollecitamente all'uscita, chiedendosi cosa mai avrebbe potuto fare il visconte, e tornò nel cortile senza riferire ad Antonia le minacce del ragazzo. Il gioco continuò senza altre interruzioni fino al momento di fare uno spuntino.

Antonia continuò a essere di buonumore fino al calare della sera. Solo dopo essersi svestita ed essersi preparata per andare a letto, seduta al tavolo da toilette ingombro, nella sua sottile chemise di cotone, cominciò ad avere i primi dubbi. Cominciò a perdersi di morale. Forse la sua intuizione in quest'occasione non era giusta e il duca intendeva veramente restare a cacciare con il re? Ma per quanto tempo sarebbe rimasto lontano? E sarebbe tornato prima di *Madame* e Vallentine?

Antonia sapeva che le cacce del re duravano settimane e sapeva anche che *Madame* aveva in programma di sposarsi per la fine del mese e si aspettava che il duca prendesse parte ai suoi piani e ai preparativi. Ragione sufficiente per lui per restare lontano, pensò Antonia con una risatina, ma sapeva anche che era abbastanza amico di Lord Vallentine da non permettere a sua signoria di sopportare da solo tutti i preparativi. Tornata di buonumore, decise di fidarsi del proprio istinto. Quindi si mise negligentemente una vestaglia di seta a fiori sulla chemise e uscì dalla stanza con una sola candela e, con orrore della cameriera, con i capelli sciolti sulla schiena e senza la cuffietta da notte.

L'*hôtel* era molto silenzioso quando attraversò gli innumerevoli corridoi, stanze e scalinate che la portarono lontano dal suo appartamento per quanto era possibile in questa magione dal tetto a mansarde. Arrivò al secondo piano nell'ala sud, dove c'era l'appartamento privato del duca, usando le scale di servizio. Si congratulò con se stessa per la sua furbizia nel localizzare questa scala privata, usata solo dal valletto e da un pugno di servitori maschi. Nessuno entrava in queste stanze, nemmeno i servitori, a meno di avere la completa e implicita fiducia del loro padrone. Antonia era riuscita a carpire questa interessante notizia e altri fatti da Ellicott, mentre giocavano a riporto con i cani.

Antonia fu sorpresa che una volta arrivata al secondo piano non ci fossero porte tra le stanze cavernose che si susseguivano. Ogni stanza era sorprendentemente calda e bene illuminata, arredata con mobili eleganti, folti tappeti e tende pesanti. Grandi quadri in cornici dorate di artisti moderni, come Fragonard, ornavano ogni parete e le vetrinette laccate contenevano una miriade di ornamenti e oggetti d'arte. C'erano busti di imperatori romani, statue di ninfe nude e profonde poltrone dove rannicchiarsi con un buon libro. C'erano tantissimi libri, nelle librerie alte fino al soffitto, con enorme soddisfazione di Antonia, e se non si fosse sentita sempre più nervosa a ogni nuova stanza in cui entrava sarebbe stata tentata di prendersi un momento per leggere i titoli sui dorsi dei volumi rilegati.

Nella penultima stanza sentì un movimento proveniente dalla stanza successiva e fu solo allora che si guardò attorno, rendendosi conto di essere nel bel mezzo della camera da letto del duca. Il letto a baldacchino, di mogano intagliato, con le cortine di velluto blu e oro sembrava insignificante in quella stanza così vasta. Ancor più le dormeuse, i sofà, le vetrinette e i tavolini sparpagliati. C'era un enorme camino di marmo, dove divampava un bel fuoco, con una cappa scolpita che raggiungeva il soffitto di gesso con le dorature. Una lunga scrivania con le gambe affusolate e la sedia coordinata, con la superficie coperta di carte, era sistemata accanto a una portafinestra con le tende aperte, vicina al letto. Attraverso la finestra Antonia riusciva appena a vedere le stelle.

Il suo sguardo tornò al letto a baldacchino e si chiese se il duca lo aveva mai diviso con un'altra, immaginando di no. Questo era il suo dominio privato, maschile, al riparo dalle responsabilità della sua posizione, della sua famiglia, amici, dipendenti, servitori, di tutti quelli che contavano su di lui, in un modo o nell'altro, per la loro sopravvivenza... non un posto per le amanti.

Il pensiero la fece riflettere, e per un brevissimo istante Antonia quasi girò sui tacchi per scappare, finché la curiosità non la fece avanzare, sentendo uno sciabordio e un rumore di acqua versata e una conversazione a bassa voce che arrivava dalla stanza accanto.

RESTÒ FERMA SULLA SOGLIA, esitando ad andare oltre, non così coraggiosa come aveva pensato che sarebbe stata scoprendo che il suo intuito non l'aveva tradita. Il duca era effettivamente tornato a casa e lei avrebbe voluto correre da lui e gettarsi tra le sue braccia, eccetto che per un fatto piuttosto importante che la bloccava sulla soglia.

Il duca era nudo.

Aveva appena finito di farsi il bagno nella grande vasca incassata, era in piedi sul morbido tappeto di Aubusson di fronte al camino, e si asciugava distrattamente.

Antonia lo aveva considerato uno splendido esemplare di uomo vestito nei suoi soliti abiti di velluto nero e pizzo, con gli orpelli della sua classe e ricchezza, ma nudo era magnifico. Essendo un uomo alto, ben fatto, il velluto e il pizzo avevano nascosto i muscoli ben definiti e tutto il resto, eccetto i polpacci robusti e le spalle larghe. La schiena ampia fluiva nei fianchi stretti e nel sedere piccolo e sodo che accentuava l'allargarsi delle cosce muscolose. E i piedi erano lunghi, ed eleganti come le sue lunghe dita.

Guardarlo muoversi, piegarsi e stirarsi mentre asciugava i muscoli ben allenati portò un'ondata di desiderio a riscaldare la gola e il volto di Antonia, che alla fine permise al suo sguardo voglioso di seguire la sottile linea di peli scuri che scendeva dall'ombelico, giù sul ventre piatto fino a dove la sua essenza virile era annidata tra le cosce. Capì immediatamente perché le dame di corte bisbigliavano dietro i ventagli fluttuanti che il duca inglese aveva dato tutto un nuovo significato all'espressione *troppo grande per i suoi calzoni*.

Lo sguardo di Antonia indugiò affascinato sulla parte più vulnerabile e sensibile del corpo di un uomo, non avendo mai visto un uomo nudo prima d'ora e non aspettandosi di poterne vedere uno così a proprio piacere. E fu sbalordita dalla propria reazione a questa nuova e affascinante esperienza, perché desiderava irrefrenabilmente accarezzarlo *lì* e vederlo godere del suo tocco. Non sapeva perché ma il solo provare queste emozioni le faceva tremare le gambe ma era contemporaneamente stranamente piacevole.

Il duca smise di muoversi e rimase fermo, davanti a lei, completamente esposto e a suo agio nella sua nudità. Aveva gettato da parte il telo bagnato e stava legando un nastro alla fine della sua lunga treccia nera, dopo averne abilmente intrecciato le ciocche umide. Colore e calore aumentarono sul volto e sul seno di Antonia, che si inumidì le labbra sforzandosi di alzare gli occhi verso il suo volto.

Il duca la stava fissando.

Antonia non osò muoversi.

Il tempo si era veramente fermato mentre restavano in piedi ai lati opposti della stanza, senza che nessuno dei due si muovesse o parlasse.

Antonia si obbligò a non distogliere gli occhi dai suoi. E se il desiderio le aveva infiammato le guance e la gola, l'intrusione e il fatto di essere scoperta inchiodavano i suoi piedi nudi al pavimento e le annodavano la lingua. Eppure l'intensità dei suoi occhi neri la rese conscia che mentre lei lo stava guardando, apertamente e carnalmente, anche lui stava facendo la stessa cosa e un fremito di desiderio la attraversò al pensiero che la stesse spogliando con gli occhi.

Antonia doveva muoversi. Le ginocchia stavano cedendo. Fece un passo avanti.

Poi il duca parlò e con una voce così alterata che Antonia si bloccò di nuovo.

"Fuori, dannazione, fuori!" Ringhiò il duca, irrigidendosi. Ma non si mosse e i suoi occhi lasciarono quelli di lei solo per un breve istante per guardare alla sua destra.

Se Antonia non avesse notato quell'occhiata, si sarebbe voltata e sarebbe fuggita. Un singhiozzo le si fermò in gola, ma quell'occhiata e rendersi conto con meraviglia che aveva parlato in inglese la fecero esitare. Non le aveva mai parlato nella sua lingua natia. Guardò velocemente alla sua sinistra e là, carponi sul pavimento, cercando di tenere stretti al petto gli abiti da equitazione e la biancheria che il duca aveva scartato, c'era Ellicott, il valletto che cercava di uscire in tutta fretta dalla stanza.

Le mosse di abietta capitolazione del valletto, fecero sorridere Antonia e portarono un momento di comico sollievo a una situazione che aveva raggiunto un'intensità ben oltre il suo controllo. Ma il suo sorriso morì quando il duca si voltò e infilò il corpo nudo in una vestaglia di seta che il valletto gli aveva precedentemente preparato sullo schienale di una poltrona imbottita.

"*Mademoiselle* ha apprezzato quello che c'era in offerta?" Le chiese bruscamente, affondando le mani nelle tasche della vestaglia.

"Sì, *Monseigneur*," rispose sinceramente Antonia.

"Trovate di vostro gradimento questo corpo, allora?"

"Sì."

Il duca cominciò a camminare verso di lei.

"Non avete provato un verginale disgusto nel vedere... ehm, l'attrezzatura di un uomo per la prima volta?"

Inconsciamente, Antonia cominciò ad arretrare.

"Per nulla, *Monseigneur*. Avrei dovuto? È molto... affascinante."

"Affascinante? Una descrizione tutta nuova. La maggior parte delle donne ammira le mie dimensioni ma per una vergine che non dovrebbe poter distinguere il pacco di un uomo da quello di un altro, prenderò affascinate come un complimento."

"Non-non è solo *quello*," balbettò, confusa dalla sua voce piatta e dallo sguardo impassibile. Ora erano fermi, in piedi, nella camera. "Guardare tutto il vostro corpo è af-affascinante. Avete un corpo magnifico."

Il duca sorrise, mostrando denti bianchi e regolari.

Pensava che non fosse sincera? Certamente, con tutti gli anni di esperienza che aveva, non si sarebbe imbarazzato per un elogio così onesto?

"Di regola, le donne amano ispezionare lo stallone prima della monta, per accertarsi che valga la cavalcata. Pensate che io valga la cavalcata, *Mademoiselle*?"

Cavalcata? Di che cosa stava parlando? E se non era imbarazzato, era arrabbiato con lei o c'era qualche altra emozione nella sua voce?

"Non intendevo offendervi."

"Offendermi...?"

Cristo! Aveva fatto del suo meglio per offendere lei, di modo che provasse disgusto e scegliesse di fuggire prima che fosse troppo tardi per cambiare l'inevitabile, ed eccola lì che si scusava con lui! Che cosa doveva fare? Sapeva esattamente che cosa voleva fare, ma percorrere quell'ultimo metro per chiudere lo spazio tra loro due era come saltare sopra un burrone. Una volta spiccato il salto non era possibile girarsi a mezz'aria, si doveva saltare fin dall'altra parte.

Si era auto convinto che aiutandola a fuggire da Versailles

l'aveva protetta da suo cugino Salvan. Si era detto che non lo interessava fisicamente, che non era abbastanza matura per i suoi
gusti. La ragazza aveva alleviato il suo solito senso di noia e le si
era affezionato, ma quello era tutto. O almeno era così che aveva
cercato di convincersi. Ma poi aveva colto il visconte a baciarla...

Una rabbia indicibile era montata in lui ed era arrivato a un
pelo dallo scagliarsi con violenza sul ragazzo. Ma c'era più della
rabbia verso il ragazzo per essersi preso delle libertà. Trovare
Antonia tra le braccia di un altro gli aveva inferto un duro colpo.
Poi la sera prima lei gli si era offerta e, con sua sorpresa e vergogna, si era reso conto di volerla, e molto. Desiderava ardente-
mente affondare dentro di lei. Voleva fare l'amore con lei più
disperatamente di quanto avesse mai voluto fare l'amore con qualsiasi altra donna. Eppure, non era la conquista che bramava.
Voleva *fare l'amore con lei*, non semplicemente portarsela a letto.
La cosa principale era il desiderio primitivo di iniziarla ai piaceri
del sesso, di vedere la sua gioia e la sua soddisfazione quando
l'avesse portata a raggiungere l'orgasmo.

E voleva essere il primo ed il solo a portarla in paradiso.

Ma era sempre stato con donne esperte, donne che sapevano
che cosa volevano e come ottenerlo. Dare piacere alle donne per
ottenere una mutua soddisfazione e non solamente per riaffer-
mare, autocompiacendosi, il suo considerevole talento sessuale,
ecco che cosa lo rendeva l'amante più ricercato nei boudoir di
Parigi e nei salotti di Londra, ma guidare l'inesperienza attraverso
lo stesso labirinto sessuale era un compito completamente nuovo e
che faceva paura, che non era sicuro di poter svolgere con la stessa
prodezza.

"Non vi piace essere ammirato?" Chiese incuriosita Antonia,
che non riusciva a capire perché lui continuasse a restare fermo a
un metro di distanza, anche se i suoi pensieri sembravano lontani
chilometri.

Non gli piaceva? Che lei lo avesse osservato mentre si asciugava era l'episodio più erotico che avesse mai sperimentato senza

effettivamente toccare la pelle di una donna. Essere ammirato e desiderato così apertamente e onestamente era un afrodisiaco così nuovo e potente che aveva voluto prolungare l'esperienza finché era stato umanamente possibile tenersi sotto controllo. C'era voluta tutta la sua forza di volontà per restare fermo davanti a lei senza avere un'erezione esplosiva. Continuava a ripetersi che qui c'era una ragazza senza nessuna esperienza sessuale, che se si fosse lasciato andare lei sarebbe probabilmente scappata per lo shock della scoperta. L'imbarazzo furioso per l'intrusione intempestiva di Ellicott aveva versato acqua fredda su quello che stava accadendo, appena in tempo.

"Forse sono io che non vi piaccio?" Gli chiese Antonia ansiosamente, con una smorfia, imbarazzata perché era davanti a lui in una sottile chemise di cotone, senza forma, che nascondeva completamente le sue curve femminili. "Mi dispiace, *Monseigneur*... io-io vado..."

"Antonia, piccola strega!"

Capitolazione.

In due passi chiuse lo spazio tra di loro e la tirò a sé, con le mani che stropicciavano la chemise mentre si chinava in fretta a baciare la sua bocca piena. Era un bacio dolce, cui lei si concesse con ardore, con le mani che salivano intorno al suo collo e il seno premuto contro i suoi muscoli duri. Era il primo vero bacio che Antonia riceveva e la dolcezza lasciò presto posto alla passione. Il duca aveva un modo meraviglioso di ammaccarle le labbra, pensò maliziosa, con la bocca famelicamente incollata alla sua.

Prima di capire che cosa stava succedendo, l'aveva sollevata da terra e lportata verso il letto, dove la depose tra la montagna di cuscini di piume. Ma appena fatto, il duca si allontanò. Antonia non voleva che smettesse di baciarla e toccarla. Confusa, lo guardò togliersi la vestaglia, dandole la schiena. Così si sedette e si tolse la camicia sfilandosela dalla testa e gettandola da parte, ragionando che se lui aveva intenzione di restare nudo davanti a lei, lei non avrebbe dovuto essere imbarazzata a mostrarsi a lui.

"Non ho paura," mormorò accanto al suo orecchio, con le braccia intorno al suo collo. Le sue mani si posarono timidamente sulle spalle, poi scesero sulla schiena ma quando le fece scivolare intorno al torace, lui le fermò le dita prima che potessero scendere ancora. Nella voce di Antonia risuonò la sorpresa: "Non volete che vi tocchi?"

Il duca si portò la sua mano alle labbra e le baciò dolcemente il polso.

"*Mignonne*, voglio che mi tocchiate più di ogni cosa al mondo, è solo che... non voglio *farvi male*. Voglio veramente che *apprezziate* fare l'amore... mi capite?"

"Ma... a me piacerà fare l'amore... con voi."

"È solo che è la vostra prima volta e voglio che sia piacevole e non ho mai... non ho mai fatto l'amore con una vergine..."

Dio, perché stava di colpo diventando goffo?

Antonia sorrise e si mosse in fretta per sedersi accanto a lui, con solo la criniera di capelli color miele, lunghi fino in vita, a coprirla. "Allora sarà una prima volta per entrambi," lo rassicurò con un sorriso, chinandosi in avanti per baciargli la guancia un po' ruvida.

Sorpreso da tanta ingenua fiducia, fu lento a reagire. Lui, che era sempre stato completamente padrone di sé con una donna in camera, veniva rassicurato da una ragazzina ignorante, che gli diceva che sarebbe andato tutto bene quella notte. Lo aveva sbilanciato e ammaliato allo stesso tempo e per un attimo si chiese se sarebbe stato in grado di funzionare.

Mentre si girava e la baciava, beandosi del profumo della sua pelle, con le dita affondate nei suoi capelli, la sua preoccupazione principale era di rendere quella, di tutte le notti, quanto più possibile piacevole per lei. Per farlo avrebbe dovuto essere così gentile e tenero e andare piano e... Il respiro gli si bloccò in gola.

"Ho avuto voglia di toccarvi lì sin da quando siete uscito dal bagno," confessò Antonia con aria colpevole, con una mano tra le cosce del duca.

"Siete senza vergogna..." Balbettò il duca, mentre l'afflusso di sangue e calore tra le gambe, alla sua carezza, lo portava a un'erezione quasi dolorosa. Il duca guardò gli occhi di Antonia che si spalancavano, prima che alzasse gli occhi per osservarlo da sotto le ciglia con un sorrisino malizioso. "*Totalmente* senza vergogna."

"Già, credo di sì," gli confessò. "Anche se ieri non lo avrei pensato." Ricadde sui cuscini con una risatina. "Ora, per favore, mostratemi che cosa fate con quello quando diventa delle dimensioni di una bestia."

Dormirono, Antonia accoccolata tra le braccia del duca, entrambi rannicchiati tra montagne di cuscini, sotto la pesante trapunta, nell'enorme letto a baldacchino. Prima che il sole si alzasse fecero l'amore altre due volte. Senza la tensione emotiva della prima volta ma altrettanto intensamente, forse perfino di più ora che il duca aveva iniziato Antonia ai piaceri del sesso. Era ancora più attento ai suoi bisogni e lei, ora che sapeva che cosa voleva dire fare l'amore e goderne, era ben disposta ad accettare i suoi insegnamenti. Alla fine, il sonno profondo del desiderio saziato li vinse entrambi e dormirono fin oltre mezzogiorno.

Il duca si svegliò nel primo pomeriggio.

Da solo.

Per un attimo pensò che Antonia fosse tornata nelle sue stanze. Fece una smorfia, l'idea non gli piaceva per niente. Poi sentì qualcosa di non familiare, qualcosa di così estraneo ai suoi appartamenti che si chiese se il suono piacevole non stesse per caso arrivando dall'esterno, dal cortile, finché sentì uno sciabordio. Sentì cantare e l'acqua sciabordare e una piacevolissima voce femminile, un contralto melodico.

Era Antonia e stava cantando in italiano.

Gettò lontano le coperte, trovò la vestaglia tra l'assortimento di cuscini e coperte gettate da parte e andò nel suo spogliatoio, trovando Antonia immersa fino alle spalle nella sua vasca incassata e piastrellata, tra le bollicine profumate. Si era raccolta gli splendidi capelli in cima alla testa, ma senza molto successo, poiché la costruzione era alquanto sghemba e un lungo ricciolo era sfuggito lungo la schiena nuda ed era immerso nell'acqua. Il duca appoggiò una spalla all'alta cassettiera di mogano e la guardò con un sorriso indulgente.

Lei lo vide quasi immediatamente e con un sorriso radioso camminò nell'acqua verso di lui, con la schiuma che si divideva davanti a lei, a mostrare alla sua ammirazione il seno luccicante. Antonia appoggiò le braccia conserte sul bordo del gradino superiore della vasca e lo guardò.

"Spero che non vi dispiaccia se ho fatto un bagno, *Monseigneur*," gli disse con un sorrido timido. "Mi sembrava molto necessario dopo... dopo quello che... perché…" Corresse immediatamente lo scivolone, dando un altro indirizzo alla frase. "… Perché è una vasca molto interessante questa. Quasi un piccolo stagno. Ci sono voluti secoli a Ellicott e ai camerieri per riempirla. Mi sorprende che il loro andirivieni non vi abbia svegliato. Ma forse dormite sempre come un sasso dopo una notte di… Mi interessava molto il meccanismo con cui si svuota," si impaperò cercando di coprire l'imbarazzo, facendo solo sorridere di più il duca. "Ellicott mi dice che c'è una serie di tubi che fa defluire l'acqua saponata giù dallo scarico fin sotto alle cucine. Stavo pensando che è un peccato che non si possa avere un meccanismo simile per portare fin qui l'acqua pulita."

"La vostra sete di conoscenza è insopprimibile, *mignonne*," le rispose con arguzia, ignorando i suoi due scivoloni imbarazzanti e prendendo l'occhialino dal mucchio di oggetti sul suo tavolo da toilette. Si sedette sullo sgabello a guardarla, con le lunghe gambe nude incrociate alle caviglie e i talloni appoggiati al gradino inferiore della vasca. "Senza dubbio il mio valletto era più che felice di parlare di meccanica con voi mentre io dormivo come un sasso?"

"Ho sempre trovato Ellicott molto servizievole. E non mi ha

chiesto una sola volta perché ero nelle vostre stanze, né mi ha fatto sentire imbarazzata."

"Certamente no, se vuole mantenere il suo posto," mormorò il duca, lasciando pendere l'occhialino dal nastro di seta tra due lunghe dita. La guardò intensamente. "State... bene, *mignonne*? Non avete nessun... fastidio?"

Antonia aggrottò la fronte e scosse la testa. Un altro ricciolo si sciolse e ricadde sulla spalla insaponata. "No, *Monseigneur*. Dovrei? Perché?"

Il duca non sapeva come rispondere alla sua domanda diretta, se non in un modo, e glielo aveva già confessato la notte precedente.

"Ho sentito che a volte, dopo aver fatto l'amore, una donna che non è mai stata prima con un uomo potrebbe provare fastidio," disse lentamente, con le guance arrossate. "Ma non avendo nessuna... ehm, precedente esperienza di una situazione simile, non posso rispondervi con sicurezza." Sorrise gentilmente. "La mia sola preoccupazione è per il vostro benessere e per la vostra felicità, *mignonne*."

Questo le fece un enorme piacere e, per nascondere il rossore si alzò, prese il secchiello di acqua pulita messo da parte per quello scopo, si sciacquò dalle bollicine di sapone prima di uscire dalla vasca salendo i tre gradini piastrellati. Coprendosi con il telo da bagno che Ellicott aveva discretamente provveduto ad appoggiare sulla sedia imbottita più vicina, si voltò a guardare il duca, che non aveva distolto gli occhi da lei nemmeno per un istante, e disse, ciarliera: "Spero che non vi dispiaccia, ma ho mandato Ellicott a prendere alcuni abiti e qualche altra cosa."

"Sono sollevato di sentire che quello che una volta era il mio valletto ha trovato da fare mentre io dormivo," le rispose, ammirando le gambe tornite attraverso l'occhialino.

"Sì, ho detto a Ellicott che Gabrielle non deve sapere nulla di dove sono, anche se credo che forse lo sappia già."

"Mi stupite."

"Ma è così, *Monseigneur*, perché…"

"Vi credo, *mignonne*," le disse, dando uno strattone al telo da bagno così da farlo cadere, lasciandola in piedi nuda davanti a lui.

Nonostante la sua statura minuscola, le sue curve femminili erano la perfezione assoluta e avevano il potere di togliergli il fiato. Per la prima volta in vita sua si chiese che cosa aveva mai potuto fare di giusto al mondo per meritarsi di portare a letto una donna così bella, questa creatura deliziosa dai lineamenti delicati che aveva un cuore puro e un'anima incontaminata. Si sentì curiosamente benedetto e confortato.

Non voleva che quella giornata finisse.

La prese tra e braccia e la fece sedere sulle ginocchia. "Dovete proprio vestirvi?"

Antonia gli mise le braccia al collo ma non riuscì a guardarlo negli occhi, improvvisamente timida. "Se vogliamo fare lo spuntino che Ellicott ha preparato per noi, allora sì, temo che dobbiamo farlo."

Il duca le accarezzò il seno, sfiorando lievemente un capezzolo con il pollice. "Ma siete ancora più bella di quanto immaginavo fosse possibile, senza i vestiti, *mignonne*," mormorò, strofinandole il viso sul collo nudo. "In effetti, questo conoscitore di eccellente carne femminile vi ritiene la più bella di tutte…"

Eppure, appena pronunciato il complimento, lo rimpianse. Non serviva che lei girasse la testa verso la sua spalla per rendersi conto che non aveva accettato la sua franca ammissione con la sincerità con cui lui l'aveva intesa, ma come la battuta di un amante a una bella donna. Così, per la seconda volta in meno di un giorno, lui, l'amante consumato, si sentì incredibilmente goffo in compagnia di questa ragazza.

Tolse la mano dal seno e le pizzicò il mento.

"Avete ragione," si scusò, scostando una morbida ciocca color miele dalla guancia arrossata. "Ellicott si offenderebbe se non concedessimo alla sua cucina il rispetto che si merita. E non potrebbe servirci le sue quaglie in salsa di vino rosso senza lasciar cadere tutto se ci trovasse a tavola come siamo ora. Quindi farò il bagno, la barba e indosserò una redingote degna del mio augusto rango. Il mio correttissimo valletto approverà, vero?"

Antonia sorrise e si sentì di nuovo a suo agio. "Sarà molto contento di voi, *Monseigneur*. E quando avremo fatto il nostro spuntino, vorrei che mi portaste in giro a esplorare!"

Sorrise, e gli venne in mente una risposta particolarmente lasciva. Ma si trattenne. "Esplorare? E che cosa avrebbe in mente di esplorare, *Mademoiselle*?"

"Ieri sera, venendo nelle vostre stanze, ho notato una libreria piena di volumi interessanti, di tutte le forme e dimensioni."

"Solo voi avreste potuto."

"Mi mostrerete alcuni di quei volumi, *Monseigneur*?"

Una richiesta semplice, che avrebbe onorato, anche se avrebbe selezionato attentamente i libri. Dopo tutto, nonostante la sua facciata mondana, Antonia restava essenzialmente ingenua e lui non avrebbe voluto che cambiasse per niente al mondo. La libreria che aveva descritto accoglieva la sua più preziosa collezione di scritti erotici e in folio di vari artisti, con schizzi a penna e inchiostro, disegni a carboncino e acquerelli, raccolti in tutto il mondo conosciuto. C'era un particolare in folio che gli venne istantaneamente in mente, dall'Asia Minore. Dall'India, se la memoria non lo tradiva. Belle illustrazioni. Molto illuminanti. L'esplorazione avrebbe potuto essere veramente interessante...

Così, ADATTANDOSI A una provvisoria routine domestica entro i confini dell'appartamento del duca, Antonia e il duca passarono parecchie ore del giorno nel salotto e nello studio e il resto del loro tempo nel grande letto a baldacchino.

Solo Ellicott fu l'unico membro della servitù in contatto con il suo padrone in quei pochi giorni e solo quando era assolutamente necessario che violasse la loro privacy. Una mattina entrò nella sala da pranzo privata per rimuovere i resti della colazione tardiva, solo per rendersi conto che i due amanti non si erano ritirati nello studio per il caffè, come d'abitudine. Con stupore del valletto, Antonia era in piedi sopra il lucido tavolo di mogano, in sottogonna, e sfilava avanti e indietro, con le sole calze, davanti al duca, il suo unico spettatore, incantato, seduto in maniche di camicia e calzoni neri, con le lunghe gambe negligentemente tese sopra la sedia imbottita più vicina. Sebrava che la piccola *demoiselle* stesse recitandola scena di una commedia. E se questo non fosse stato sufficiente per impietrire l'ometto azzimato, il suo padrone stava ridendo, così forte da avere le lacrime agli occhi. Stava ridendo per la mimica eccezionale della ragazza, per la sua ultima imitazione della regina di Francia, Marie Leczinska, l'insignificante e molto pia moglie polacca di Luigi.

Il duca era così lontano dall'immagine consueta del flemmatico e distaccato aristocratico da non essere credibile, tanto che Ellicott si convinse che doveva avere bevuto. Come se gli eventi dei giorni precedenti non fossero stati sufficienti per mettere alla prova la cecità selettiva perfino del valletto più aperto di mente, il buon umore sfrenato del suo padrone fu l'ultima goccia e corse fuori dalla stanza nel panico, evitando per un pelo di inciampare nei tappeti o di urtare i mobili dorati. Non osò tornare fin quando lo chiamarono.

Era tardi, la sera del sesto giorno, con Antonia che dormiva profondamente sul sofà, la testa su un cuscino sulle sue ginocchia, quando il duca mise da parte il giornale inglese vecchio di una settimana che stava leggiucchiando e lasciò vagare lo sguardo per la stanza. C'era qualcosa in quella stanza, a dire il vero in tutte le stanze, che non quadrava. Non era ancora riuscito a capire esattamente che cosa. Ricercandone il motivo con calma, la risposta arrivò. Che cos'era successo a tutti i suoi orologi? Non ce n'era nemmeno uno in vista e immaginava che quando avesse avuto modo di controllare le altre stanze, avrebbe trovato che era lo stesso dappertutto. Era sconcertante.

Quando Ellicott apparve sulla soglia con il caffè e il brandy che il suo padrone prendeva la sera tardi, il duca chiese a voce bassa se il valletto poteva chiarire il mistero. Ellicott appoggiò il brandy e un bicchiere a portata di mano della mano libera del suo padrone, mentre lo informava riluttante che *Mademoiselle* aveva ordinato di togliere tutti gli orologi dell'*hôtel* per farli pulire e sistemare.

Il duca era senza parole. Poi sorrise tra sé.

...se potessi cambiare il tempo, sospenderlo solo per noi due, lo farei...

Era pieno di ammirazione per l'astuzia di Antonia.

Fu allora che chiese non solo che ora fosse ma anche che giorno della settimana fosse e se c'erano notizie dal mondo esterno di cui avrebbe dovuto essere informato.

Ellicott non sentì il suo padrone, si stava dando da fare con il servizio da caffè, aveva appoggiato il vassoio d'argento sul tavolino basso accanto al sofà, stando attento a non inciampare nelle pantofole di seta che Antonia si era tolta e cercando di fare del suo meglio per ignorarne l'esistenza, fallendo miserevolmente e trovandosi ad ammirare apertamente la ragazza con uno stupido sorriso sentimentale. Pensava a come apparisse adorabile e incontaminata mentre dormiva, con la sua massa di capelli di miele e le sottane di seta in disordine, e con una mano che stringeva ancora sul petto un libro aperto. Si permise di sorridere apertamente.

Il duca osservava il suo valletto e una rabbia inesplicabile ebbe la meglio su di lui.

"Voi, amico mio, resterete sordo, muto e cieco fino a nuovo ordine," sibilò e si sentì gratificato quando Ellicott fece un passo indietro come se l'avesse colpito, abbassando immediatamente gli occhi sul tappeto. Poi il duca ripeté la richiesta di sapere l'ora e il giorno e eventuali notizie urgenti che richiedessero la sua attenzione.

Ellicott gli porse un biglietto che aveva appoggiato sul vassoio del caffè. Veniva dal *Comte de Salvan* ed era arrivato due giorni prima con le istruzioni di consegnarlo al duca senza ritardo. Ellicott non se l'era sentita di farlo, disprezzando il nobile francese tanto quanto lo disprezzava Lord Vallentine. Poi informò il duca che Lord Vallentine era tornato da Saint-Germain il giorno prima, mentre *Madame* aveva preferito restare con le sue parenti per il resto della settimana per tenere compagnia a una delle vecchie zie che era caduta dalla carrozza e si era rotta un dito del piede.

Con una faccia impassibile, il valletto disse al suo padrone che Lord Vallentine aveva chiesto dove fosse *Mlle Moran*, dato che *Madame* gli aveva chiesto di portarla a Saint-Germain, e di aver informato sua signoria che la piccola *demoiselle* era a letto con un'imprecisata malattia contagiosa ma che era fiducioso che si sarebbe rimessa completamente tra un giorno o due. Poi si inchinò profondamente, con un'occhiata al volto del suo padrone prima di uscire in fretta, per nulla sorpreso che il duca sembrasse essere invecchiato di una decade in pochi minuti.

Per la prima volta in sei giorni, nelle primissime ore del mattino e con Antonia rannicchiata nel suo letto, addormentata, il duca lasciò i suoi appartamenti privati con i suoi cani per fare una passeggiata solitaria nel boschetto di castagni, alla luce della luna, con il biglietto del conte nella tasca della redingote.

DIECI

L ORD VALLENTINE ANDÒ da Rossard la seconda sera dopo il
suo ritorno a Parigi e bighellonò nelle varie sale da gioco
sperando che il duca entrasse da un momento all'altro con il suo
passo noncurante, ma non lo vide arrivare. I gentiluomini con cui
fece conversazione negarono di aver visto il duca in uno
qualunque dei luoghi di ritrovo che frequentava in città. Ma si
diceva che suo cugino Salvan lo avesse visto alla caccia del re a
Fontainebleau in compagnia della sua ultima amante, la *Comtesse
Duras-Valfons.*

Mentre stava uscendo, Lord Vallentine incontrò per caso nel
vestibolo il *Marquis de Chesnay* e ripeté il pettegolezzo che aveva
sentito, facendo scoppiare in una risata maliziosa il grasso nobiluomo. Certo che aveva visto *M'sieur le Duc de Roxton* a Fontainebleau! Aveva passato una giornata di ebbro libertinaggio con
quattro o cinque dei suoi amici e il duca era con loro. Dov'era
stato *M'sieur Vallentine*? La sua fidanzata lo stava trasformando in
un fungo? Era stata proprio un'orgia. Peccato che Vallentine non
avesse partecipato. Ma de Chesnay lo capiva. Marguerite aveva

avuto ragione ancora una volta. La bella Estée tollerava quegli eccessi in un fratello ma non nel suo futuro marito. Augurò tanta fortuna all'imbarazzatissimo Vallentine e, in disparte, lo informò che l'orientale era stata scavalcata da una cipriota dai capelli rossi. Roxton, tubò il marchese, era insaziabile. De Chesnay trotterellò fuori, alle prime luci del mattino, canticchiando sotto voce una melodia licenziosa.

Meno di dieci minuti dopo il *Comte de Salvan*, con gli occhi brillanti e pieno di bonomia, piroettò nel vestibolo. Se de Chesnay faceva sentire Vallentine a disagio, vedere il volto dipinto e ridente del conte mentre recitava la parte del grande cortigiano, quale si illudeva di essere, gli fece venire la bile in gola. Non solo de Chesnay e Salvan, ma tutta l'atmosfera inebriante di Rossard lo disgustava. Ma non era il suo fidanzamento che aveva guastato per lui questo tipo di intrattenimento, ma sapere che il duca continuava a essere indiscreto e che non gli importava che i suoi appetiti continuassero a fornire materiale di divertimento alla nobiltà.

E quello che il *Comte de Salvan* annunciò a sua signoria era purtroppo da aspettarsi e Vallentine borbottò non più di due parole educate al piccolo nobiluomo prima di precipitarsi fuori per strada, in cerca di aria fresca per liberarsi la testa. Lo rese ancora più determinato a scoprire dov'era finito il duca, perché d'acchito non riusciva a credere a quello che gli aveva detto il conte. Doveva sentire lui stesso dal duca le deprimenti novità.

Sulla strada verso casa, in una portantina, Vallentine si ripeté più e più volte che le affettate dimostrazioni di autocongratulazione del conte erano solo una facciata. Era inconcepibile che Salvan l'avesse vinta. Così, quando scese dalla portantina sotto il portico dell'*hôtel*, si era autoconvinto che l'annuncio del conte di un altro fidanzamento in famiglia, un fidanzamento che era molto vicino al suo cuore e che Vallentine doveva tenere per sé finché Salvan potesse informare la piccola *demoiselle* della sua grande fortuna, era solo un mucchio di letame. Un portiere insonnolito lo aiutò a togliersi il pastrano e la spada e Vallentine salì al secondo piano con un candelabro in mano. Stava per andare a letto quando un cameriere uscì dalla biblioteca e, senza parlare, gli indicò con gli occhi la porta. Lo sguardo muto del servitore fu sufficiente perché Vallentine posasse il candelabro ed entrasse silenziosamente in biblioteca.

Tolse l'orologio dal taschino e lesse l'ora, le sei. C'era ancora un grande fuoco nel camino e uno dei candelieri era acceso e gettava la sua luce sopra la mensola del camino e su una coppia di poltrone accanto al fuoco. Il resto della lunga stanza restava nell'ombra. Su un vassoio d'argento accanto alla poltrona preferita del duca, c'erano un decanter di cristallo di brandy e tre bottiglie vuote di chiaretto. Quindi non fu sorpreso di scoprire un paio di gambe inguainate in stivali allungate verso il camino e una mano bianca, coperta di pizzo, che roteava lentamente il brandy in un bicchiere. Quello che sorprese sua signoria fu l'intensità pensierosa del volto magro e l'espressione degli occhi neri che fissavano immobili la luce tremolante del fuoco.

Vallentine ritenne fosse meglio salutare l'amico come se l'avesse visto solo il giorno prima.

"Ehi, Roxton! Ho avuto una botta di fortuna stasera da Rossard. Avresti dovuto esserci. Ho vinto diecimila *livres* a un pivello di Londra. Sciocco individuo, non dovrebbe frequentare un posto simile. Ma suppongo che sia pieno di soldi. Il padre possiede il Northumberland. Conosciamo suo padre. Comunque, buona fortuna a lui, dico. Dannazione, chi vorrebbe mai quell'angolo di Inghilterra pieno di vento. Ti dispiace se ne prendo un goccio?"

Si versò un brandy e appoggiò le spalle alla mensola del camino, dando un'occhiata preoccupata al duca mentre beveva. Si chiese se l'amico si fosse ammalato. Era bianco come il gesso nonostante avesse bevuto tre bottiglie del migliore. Decise di essere franco.

"Salvan era da Rossard. Era anche molto compiaciuto di sé. Zampettava in giro come un gallo di Dartmouth. Dove sei stato in questi ultimi due giorni, Roxton?" Chiese all'improvviso Vallentine. "Ho fatto fuori le suole, scarpinando in giro per Parigi come un dannato turista sbarbatello. Dannazione! Arrivo a casa per scoprire che tu sei sparito e che Antonia è a letto con l'influenza. Bene, mi dicono che la poverina ha l'influenza ma non sarei del tutto sorpreso se si fosse messa a letto per evitare Salvan e il suo tetro figlio. Non ti fa venire la nausea vedere quei due che le girano intorno come avvoltoi intorno a una carogna?"

"Ti sei assunto il ruolo del mio guardiano, Vallentine?" Chiese il duca. "Io faccio quello che voglio, quando e dove voglio. Non devo rendere conto a te, a mia sorella o a *Mademoiselle Moran*. Se devi proprio saperlo, sono stato piuttosto… ehm, assorto."

"Lo vedo benissimo, sei per tre quarti brillo."

"No, almeno per sette ottavi," rispose il duca placidamente, alzando il bicchiere. "Vuoi sapere in che cosa, o meglio in chi, sono stato assorto?"

"Se riguarda una donna, non mi interessa," borbottò infuriato sua signoria.

"Ah, Vallentine, c'è stato un tempo in cui quello era tutto ciò…"

"Guarda, Roxton, non è il momento di scherzare!"

"Mio caro, sono perfettamente serio. E ho bevuto una buona quantità di chiaretto per giustificare la serietà dei prossimi festeggiamenti."

"Festeggiamenti? Che festeggiamenti?"

Il duca sospirò stancamente. "Sono pronto per l'inquisizione," mormorò. "La causa dei festeggiamenti, mio carissimo Vallentine? Un fidanzamento, ma non il tuo, un altro."

Vallentine sollevò il polso coperto di pizzo infastidito e si voltò a guardare il fuoco. "Beh non mi interessa. Voglio che mi dica come'è possibile che Salvan abbia qualcosa di cui esultare."

"Non te l'ha detto?"

"Mi ha detto un mucchio di sciocchezze cui non voglio credere. Quindi chiedo a te la conferma," disse Vallentine con calma.

Il duca ci mise un bel po' per rispondere.

"Antonia è formalmente fidanzata con il *Vicomte d'Ambert*," dichiarò il duca. "C'è un contratto di matrimonio, redatto dagli avvocati di Salvan, firmato di sua mano da Strathsay, testimoni due pari di Francia. Persino sua maestà ha ritenuto opportuno dare la sua regale benedizione. Quindi è legale, definitivo e irrevocabile. È mercoledì o giovedì?"

"Dannazione!" Tuonò Lord Vallentine. "Non... Non può essere vero! Devi andare dal vecchio e fargli cambiare idea. Fai tutto quello che serve. Minaccialo se vuoi! Verrò anch'io e ti darò una mano. Capirà la ragione, altrimenti useremo un po' di persuasione..."

"Vallentine, il conte di Strathsay è morto quattro giorni fa."

Vallentine lo guardò a bocca aperta, dovette sforzarsi per non afferrare il primo oggetto a portata di mano, un candelabro o una bottiglia, e gettarlo contro il muro per sfogare la sua rabbiosa frustrazione. "Come?" Urlò. "Che diavolo... Che..."

"Oh, smettila con questa crisi isterica da donnicciola," lo rimproverò il duca.

"Lei era sicura che avresti sistemato le cose," disse più calmo Vallentine. "Ha riposto tutte le sue speranze in quel modello di virtù del suo duca inglese e per che cosa?"

"Per pietà, Vallentine," sussurrò il duca. "Pensi che non lo sappia? Pensi che non abbia dato fondo a tutte le possibilità? Credi che voglia vederla diventare la viscontessa d'Ambert? Rimane il fatto che c'è un contratto legalmente vincolante. È quello che vogliono entrambi i suoi nonni. È fidanzata con d'Ambert e Salvan ha già cominciato a gridarlo dai tetti. Che cosa vuoi che faccia?"

"Non so se te ne sei reso conto," disse Vallentine imbarazzato, "ma sei un uomo di mondo quindi oserei dire che non è una novità per te, ma nel caso non te ne fossi accorto…"

"Posso anche essere ebbro ma non sono un idiota. Che cosa vai blaterando?"

"Antonia è innamorata di te."

Il duca lo fissò con il volto pallido e rigido. "Sei uno stupido romantico."

"Stupido romantico, io? Perché? Perché oso dirti la verità? Bene, allora è vero."

Roxton tornò a guardare le fiamme.

"Bene, che ne dici?" Gli chiese l'amico.

"È troppo giovane per avere le idee chiare," disse Roxton, deciso. "Per lei io sono un eroe che ha osato strapparla dalle grinfie del mio caro cugino Salvan. Pensa che l'abbia salvata. Non mi conosce per quello che sono veramente."

"Lo pensi veramente? Ti sbagli. È giovane, sono d'accordo, ma sa esattamente che cosa sei. E non gliene importa un fico secco."

Il duca rise pano. "Pateticamente commovente," disse sarcastico.

"Dio maledica Salvan!" Esplose sua signoria, picchiando il pugno sulla mensola del camino. "Che-Dio-lo-maledica! Non puoi permettere questo matrimonio imposto. Che io sia dannato se quella piccolina deve essere sacrificata a un tipo come quel rottame di clown dipinto e quel malinconico idiota che chiama suo figlio. Il padre non ha spina dorsale e il figlio non è normale. C'è del sangue marcio in quella famiglia."

"Stai esagerando," disse altezzosamente Roxton. "Il sangue dei Salvan scorre anche nelle mie vene."

"Non lo dimentico! Ma tu ed Estée siete i migliori tra loro," disse sua signoria. "Allora, che cosa facciamo?"

"Ci sono state unioni peggiori."

Lord Vallentine rimase attonito. "Mio Dio!" Brontolò con la voce rotta. "Come fai a dirlo? Antonia si spegnerà."

"La mia moralità è peggiore di quella di Salvan e Antonia lo sa," disse il duca con un sorrisetto sghembo. "A Londra troverà distrazioni a sufficienza e la distanza le darà una prospettiva più chiara. Sarà lieta di dimenticarmi in breve tempo."

"Londra?" Vallentine gridò dal sollievo. "Dannazione! Sapevo che non l'avresti delusa. Hai un piano!"

"Un... ehm, piano, per così dire. Sì. La morte di Strathsay è un inconveniente per Salvan," disse meccanicamente il duca. "Ci deve essere un ragionevole periodo di lutto per il caro generale giacobita scomparso, prima che possa aver luogo il matrimonio. Perfino il mio caro cugino non può sfidare le convenzioni per soddisfare i suoi... ehm, desideri. Quindi deve aspettare sei mesi."

"Bravo! Come hai fatto a fargli accettare il fatto che la ragazza deve essere mandata a Londra?"

"Ah, Vallentine, vorrei poterti dire che è stata una cosa facile," disse Roxton, alzandosi per sgranchirsi le gambe. "C'è una condizione. A parte quella, Salvan ha dimenticato l'esistenza di uno zio, un certo Theophilus Fitzstuart, di cui ti ho parlato un po' di tempo fa. Augusta potrà anche non volere la nipotina ma il galante Theo sì. L'ha reclamata e ha messo in discussione la validità del contratto di matrimonio."

"L'hai convinto tu, vero?"

Il duca sorrise, un sorriso spiacevole. "Gli ho scritto qualche tempo fa ma Theophilus non aveva bisogno di essere persuaso. Diversamente da sua madre, ha il senso di quello che è moralmente giusto e sbagliato. Come zio di Antonia e prossimo conte di Strathsay ha degli obblighi nei confronti della ragazza."

"Può contestare un contratto firmato da suo padre? Su quali basi?"

"Se può provare che lui, e non suo padre, era il tutore legale della ragazza nel momento in cui il contratto è stato firmato, sì."

"Questo renderebbe nullo il contratto," disse Lord Vallentine, con uno scintillio negli occhi. "Non capisco perché tu pensi che sia il ragazzo e non suo padre, a essere il tutore legale della ragazzina, va un po' oltre la mia possibilità di comprensione a quest'ora del mattino, ma accetterò qualunque bastone tu riesca a mettere tra le ruote a Salvan. Sapevo che non avresti deluso la piccola. L'ho detto a Estée in carrozza. E sei anche dannatamente lucido, per qualcuno che sembra non abbia dormito da giorni e che è per tre quarti ubriaco!"

"Oh, il mio declinante prestigio," sospirò il duca, fiutando una presa di tabacco con la mano ferma. "Ma cerca di capire la delicatezza della situazione, Vallentine. Apprezzerei che niente di quello che ti ho detto fosse riferito ad Antonia. Che vada da sua nonna come promesso sarà sufficiente."

"La porterai tu?"

"Io? No, io resterò a Parigi," gli disse Roxton. "La affiderò alle cure di Ellicott. Come riuscirò a fare a meno di lui per quei pochi giorni, non lo so. È il prezzo da pagare per fare l'eroe, suppongo."

Vallentine ignorò il tono scherzoso. "Perché non l'accompagni tu?"

"La... ehm, condizione, mio caro," rispose dolcemente. "Il mio caro cugino non permetterà che la ragazza lasci Parigi senza la mia parola che non mi inchinerò davanti a lei prima che sia diventata la viscontessa d'Ambert. Così, io resto in Francia. Oh, risparmiami quell'espressione addolorata! Non mi merito la tua simpatia."

Lord Vallentine scosse la testa. "Non c'era sicuramente bisogno che tu accettassi, no? È una punizione più grande di quello che entrambi meritate."

"Com'è adeguata, però," lo prese in giro il duca. Smosse con la punta dello stivale un ceppo che era caduto. "Se non uscirà niente di buono dalla rivendicazione di Theophilus Fitzstuart, allora è meglio per Antonia che io resti in... ehm, esilio."

"Pensi di poter restare lì tranquillo e guardarla diventare la viscontessa d'Ambert? Pensi che la tua vita continuerà come se niente fosse cambiato..." Chiese sua signoria, poi si interruppe perché si accorse di un'intrusione.

Guardando nella luce grigiastra del mattino che filtrava attraverso la finestra senza tende alle sue spalle, sorrise quando Gray infilò il muso nella la porta della biblioteca, immediatamente seguito da Tan. Avvistando il loro padrone, trotterellarono dal duca, chiedendo una carezza. Roxton si chinò su un ginocchio, e li fece felici grattando prima l'uno e poi l'altro sotto il mento.

"Non pensare che siano stati trascurati," disse Vallentine, tirando con affetto l'orecchio di Gray. "Antonia li vizia. So da fonti sicure che lei e il tuo pignolissimo valletto sono stati visti giocare a riporto nel cortile. Ha del tenero per la ragazza, quello."

"Ellicott?" Roxton fu vivamente divertito dall'espressione scura sul volto di Vallentine. "Devo forse scambiare quattro chiacchiere con lui?"

"No, ti sto solo avvertendo."

Roxton sorrise.

"Che c'è di tanto divertente?" Chiese cupo sua signoria.

"A parte l'immagine mentale del mio valletto che gioca a… riporto, l'espressione sul tuo volto, carissimo Vallentine. Non ti è mai venuto in mente che Ellicott ha inclinazioni diverse da te e me?"

"Buongiorno, piccoletta!" Lo interruppe Lord Vallentine. "È un po' presto per andarsene in giro. Neanche i servitori sono ancora alzati."

ANTONIA ERA IN PIEDI esitante sulla soglia, in pantofole. Aveva una vestaglia di seta a fiori allacciata negligentemente sopra la sottile camiciola e i capelli erano una massa di riccioli spettinati. Sorrise timidamente a sua signoria ed entrò nella stanza con circospezione.

Il duca alzò gli occhi dai suoi whippet e desiderò di non averlo fatto. Diede un colpetto all'orecchio di Gray per mandarlo via, si alzò e voltò le spalle ad Antonia. "Non ricordo di avervi fatto chiamare," disse freddamente in inglese, sorprendendo Vallentine perché non aveva mai preso in considerazione la possibilità che Antonia fosse in grado di capire o parlare proprio quella lingua, tra tutte.

Quando Antonia lo ignorò completamente e andò diritta dal duca, sussurrando qualcosa alle sue spalle, Lord Vallentine educatamente si ritirò per andare dall'altra parte della stanza, nella semioscurità. Non sapendo che cosa fare, prese la tabacchiera.

"Quando mi sono svegliata e non c'eravate... La verità è che adesso non riesco a dormire senza di voi," confessò ingenuamente Antonia, sussurrando in francese. Guardò alle sue spalle, sollevata che Vallentine avesse avuto la buona educazione di spostarsi abbastanza da non sentire. "Ellicott mi ha informato che avevate portato Gray e Tan nel boschetto di castagni, ieri notte e che non gli avete detto quando sareste tornato..."

"Posso andare e venire in casa mia come voglio, no?"

"S-sì, sì, certamente," balbettò, confusa dal suo comportamento freddo e dal fatto che continuasse a parlare con lei nella sua lingua natia. "Ve l'ho detto solo perché ero preoccupata e presumevo..."

"Voi *presumevate*?" La interruppe, guardandola con disdegno. Prese la tabacchiera e picchiettò il coperchio. "Presumete un po' troppo."

"S-se mi sono intromessa tra voi e Vallentine, tornerò nei vostri appartamenti e aspetterò..."

"Tornerete nelle vostre stanze."

"Le mie stanze..." Ripeté, sorpresa. "Perché?"

"Andrete da vostra nonna a Londra..."

"Londra?"

"... mentre si completano i preparativi per il vostro matrimonio con il visconte d'Ambert."

Antonia sbatté gli occhi, senza capire. "*Matrimonio?*"

Il duca fece per prendere un pizzico di tabacco ma la mano gli tremava talmente tanto che rinunciò al tentativo e chiuse il coperchio, ficcando la mano nella tasca della redingote e stringendo forte la scatoletta d'oro.

"La vostra cameriera preparerà i vostri portmanteau e voi e i vostri effetti personali lascerete questa casa prima di mezzogiorno."

"Mezzogiorno?" Mormorò, intontita.

E poi capì.

Mezzogiorno.

Il tempo.

Il suo sguardo saettò verso la mensola e si sentì di colpo miserabile.

C'era un orologio da carrozza nella sua custodia di filigrana d'oro, lucente e perfettamente funzionante. Ebbe il presentimento che il tempo avesse accelerato senza di lei e che il sogno che stava vivendo, il sogno da cui non voleva svegliarsi, fosse diventato un incubo senza che lo sapesse o lo volesse. Lacrime amare le salirono agli occhi.

"Per favore, no. È troppo presto," lo implorò con un sussurro, aggrappandosi al paramani di velluto, con il seno caldo premuto contro il suo braccio. Alzò gli occhi rabbiosamente incredula sul suo profilo. "Non voglio andare a Londra. Non voglio lasciarvi. Non voglio!"

Roxton si obbligò a scrollarsela di dosso. "Smettetela immediatamente con questo comportamento infantile. È sconveniente e volgare."

"Ma non c'è stato abbastanza tempo per-per *noi*," piagnucolò, con la mano ancora stretta sui pizzi al polso del duca.

Il duca si voltò, con un'espressione dura negli occhi neri, e tolse le dita di Antonia dal pizzo di Bruxelles. "Vi ho dedicato abbastanza tempo e ora l'interludio è finito."

"De-dedicato?"

"Non è che la vostra compagnia non sia stata divertente."

"Divertente?" Ripeté Antonia, mormorando appena. "Io... Io pensavo... che con me..."

"... fosse diverso?" Le disse con divertita condiscendenza, finendo la frase per lei. "Mia cara ragazza, lo pensano tutte e alla fine, tristemente, si sbagliano tutte." Le diede un buffetto sotto il mento, dicendole, in tono indulgente: "Col tempo, voi, come tutte quelle prima di voi, penserete ai miei esperti insegnamenti come a un gradino verso traguardi più grandi. Il vostro futuro marito mi sarà certamente riconoscente."

Le lacrime, ora, scorrevano sulle guance arrossate di Antonia, che si sentiva fisicamente male. Avrebbe voluto scappare via dalla stanza, essere a migliaia di chilometri di distanza da queste parole odiose, crudeli, ma le gambe non volevano muoversi.

"Questo è oltremodo vergognoso, perfino per uno come voi, *M'sieur le Duc*," disse a voce bassa.

Il duca le fece un inchino formale e, senza osare guardarla negli occhi pieni di lacrime, le passò accanto per andare al suo scrittoio laccato. Prese una pila di corrispondenza ancora chiusa dicendo a Lord Vallentine, come se Antonia non fosse più nella stanza: "Vallentine, sii buono e informa Estée che non sarò a casa fino a giovedì. *Madame Duras-Valfons* si aspetta che la raggiunga a Fontainebleau..."

Troppo sconvolta per parlare, senza più una prospettiva di felicità futura e sapendo che non era solo un brutto sogno da cui si sarebbe svegliata presto, Antonia fuggì dalla stanza quando il duca menzionò la sua amante, con la mano premuta sulla bocca per soffocare i singhiozzi devastanti.

"Gesù, Roxton! È stata una vera carognata," gli buttò lì Lord Vallentine, uscendo dall'ombra quando la porta sbatté alle spalle di Antonia. Lo sguardo di completa disperazione sul suo volto pallido e umido di lacrime era stato sufficiente a fare arrossire il suo. "Era proprio necessario trattarla in modo così maledettamente brutale?"

"Per l'amor del cielo, Vallentine," disse il duca con la voce roca, la gola secca, con il tremito della mano destra che minacciava di estendersi a tutto il corpo, "non ora. Né mai."

"Va bene, terrò a freno la lingua," disse Vallentine con un lungo sospiro. "Spero per te e per lei, sia benedetto il suo cuoricino, che i prossimi mesi si rivelino fruttuosi, prima che ci siano danni seri."

"Mio caro, ci sono già stati," dichiarò il duca. "Il danno è già stato fatto."

PARTE II

L'INGHILTERRA DI GIORGIO II

UNDICI

L A NONNA DI ANTONIA, Augusta Mary Fitzstuart, contessa
di Strathsay, aveva compiuto cinquantuno anni il mese
prima. Ordinariamente questa circostanza non l'avrebbe preoccupata. Era considerata ancora una bella donna, non aveva un solo
capello grigio nei suoi riccioli fiammeggianti e la sua figura voluttuosa non era da disprezzare. Sembrava più giovane dei suoi anni,
faceva tardi la sera e non si stancava mai di farsi un nuovo amante,
nei lunghi intervalli in cui non vedeva il suo unico vero amore. Il
fatto di essere la nonna di una giovane e bella donna non le aveva
mai attraversato la mente, finché non le avevano scaricato addosso
la ragazza.

Aveva uno stile di vita che parecchi della buona società consi-
deravano stravagante per una donna della sua età; i più puritani
arrivavano al punto di condannarla come una comune meretrice
per aver fornicato con il suo cognato vedovo, Lord Ely. Era
l'uomo che avrebbe dovuto sposare trent'anni prima e che ora
legalmente non poteva sposare, stanti le leggi vigenti. Erano
amanti da più di vent'anni. Sarebbe stato a Londra, quella sera, in
quella stanza e, anche se non vedeva l'ora di incontrarlo dopo

un'assenza di quattro mesi, era un po' timorosa. Ne incolpava sua
nipote. Ed erano anche colpa della ragazza i difetti che si vedeva
ora sul volto. Avrebbe voluto non aver mai messo gli occhi su
di lei.

La sua relazione incestuosa, agli occhi della Chiesa e dello
Stato, con il conte di Ely non le aveva mai fatto perdere il sonno.
Avere Antonia sotto il suo tetto le aveva causato più notti insonni
di quante volesse ricordare. Non che la ragazza desse il minimo
fastidio. Se ne stava da sola e passava un mucchio di tempo in
compagnia di suo zio Theo, l'unico figlio maschio di Lady Strathsay. Quindi non c'era niente di cui lamentarsi, per quello. Non era
vanitosa, o eccessivamente modesta, malevola o infantile. Aveva la
lingua pronta ed era troppo istruita per il suo stesso bene, ma
quella era colpa del padre. Era il fatto che non desse minimamente fastidio che la preoccupava continuamente. Quello e la
somiglianza della ragazza con lei.

Avrebbe dovuto essere lusingata nello scoprire che la sua unica
nipote aveva ereditato i suoi inconsueti occhi verde smeraldo, il
famoso seno e la carnagione lattea. Non era possibile negare una
somiglianza notevole. Lady Strathsay avrebbe voluto poterla
negare, e ignorarla. E se questo non fosse stato sufficiente a farla
ricorrere in fretta ai suoi vasetti di trucchi e polveri, c'era un bel
numero di gentiluomini in visita che frequentava il foyer della sua
residenza di Hanover Square. E non per vedere lei. Venivano tutti
a fare visita a sua nipote. Le dava il mal di testa. Le ricordava
talmente la sua gioventù. Eppure, mentre lei aveva accettato con
piacere le attenzioni dei suoi ammiratori, e lo faceva ancora,
Antonia era completamente indifferente a tutti loro. Lady Strathsay aveva il fondato sospetto che a sua nipote non sarebbe interessato assolutamente nulla se nessun gentiluomo le avesse fatto
visita.

Stava per lanciarsi in qualche congettura sulle ragioni di
quello strano comportamento quando grattarono alla porta del
suo boudoir, scombussolando i suoi pensieri, e si appoggiò a un

gomito, facendo cenno al suo paggio nero di aprire. Un cameriere le consegnò il biglietto da visita del signor Percival Harcourt e lei lo mandò via subito, ordinandogli di far entrare immediatamente il visitatore.

"Mia carissima signora, sono ai vostri piedi, come sempre," esclamò il signor Harcourt entrando nella stanza e facendo un magnifico inchino alla contessa. Si mise in tasca il fazzoletto profumato e baciò la mano che gli tendeva. "Non mancate mai di abbagliarmi!"

"E voi non mancate mai di adularmi, caro ragazzo," gli rispose. "Mi piace, i giovanotti di oggi non sono attenti come dovrebbero. È una vergogna, una tendenza moderna che deploro. Ma voi, mio caro Percy, come idee siete della mia generazione, anche se forse non negli abiti. Che cosa avete al collo? Si spera che sia morto."

Il signor Harcourt fece una risatina e le tese un grande manicotto di zibellino, sospeso al collo da un nastro e che poggiava sulla fusciacca di seta che aveva in vita. "È solo un manicotto, signora. Il tempo è orrendo. Decisamente orrendo. Sono stato obbligato a indossare guanti di cotone a letto per tutta la settimana, per evitare i geloni. C'è un orribile vento da nord-est e prevedono neve. Theo mi ha informato, in una lettera che ho ricevuto ieri, che la gente in campagna prevede neve, e crederò sempre di più a un contadino piuttosto che a uno di città."

"Neve? Spero che il ragazzo torni da Treat prima di quell'eventualità," disse Lady Strathsay, e indicò al signor Harcourt una sedia dalle gambe sottili su cui accomodarsi. "È là da più di due settimane. Dio sa che cosa sta combinando per Roxton. Qualche progetto di costruzione o per drenare il lago o qualche altra stupidaggine. Perché dovrebbe preoccuparsene, quando non c'è notizia che il duca abbia intenzione di tornare presto a Londra, proprio non lo so."

"Verissimo milady. Aspettavamo tutti sua grazia per le feste di Natale. Di solito è il periodo in cui apre la casa di St. James

Square. Ma non c'è ancora il batacchio sulla porta. Nemmeno Theo ha ricevuto notizie, non in modo *informale*."

Lady Strathsay colse una nota di censura nella voce del giovane uomo, e aggrottò la fronte. "Non avete bisogno di dirmi che mio figlio è servilmente devoto a quel *roué*. È così degradante per un uomo che sta per diventare conte. Ma si rifiuta di lasciare il suo posto come sovraintendente del duca finché le sue rivendicazioni al titolo di Strathsay non saranno state accettate dal re e dal parlamento."

Il signor Harcourt fu in qualche modo sorpreso. "Pensavo… Cioè, c'è un testamento, no, milady?"

Lady Strathsay sorrise a labbra serrate. "Non meniamo il can per l'aia, signor Harcourt. Ovvio che Strathsay ha lasciato un testamento. Quale papista non lo farebbe? Come potrebbe lasciare questo mondo senza confessare tutti i suoi peccati a uno squallido pretino? Suppongo che abbia dovuto fare ammenda per i suoi peccati altrimenti gli avrebbero negato l'ultimo sacramento o rito, o qualunque cosa sia che un prete fa prima che esalino l'ultimo respiro. Gettargli secchiate di acqua benedetta, forse. Strathsay ne avrebbe avuto bisogno, dell'acqua, voglio dire. Non è mai stato uno da lavarsi o profumarsi. Sa Dio che me lo ricordo ancora!"

"Ecco il tè. Sam, versalo per il signor Harcourt. È Bohea, sapete, e me lo prepara un ometto sullo Strand." Si spostò per sistemarsi lo scialle che era scivolato dalle sue spalle bianche, senza praticamente smettere di conversare. "Ah, dov'ero rimasta? Oh, Strathsay! Almeno ha avuto la decenza di sistemare le cose alla sua morte. Se non fosse stato per la sua coscienza papista, io continuo a credere che sarebbe andato nella tomba senza riconoscere Theo come suo figlio. Coscienza e vanità insieme. Gli uomini sono creature talmente vanitose. Lasciare un figlio e un erede per portare avanti il loro nome è così importante per loro. E dopo che Strathsay ha proclamato che Theo era un bastardo per ventisette anni, vi meraviglia che la rivendicazione del povero ragazzo sia messa in discussione?

"James non ha avuto altri figli dopo che è nato Theo, nemmeno bastardi. Sospetto che la sifilide abbia messo fine a tutto. Non che abbia interferito in qualche modo nelle sue capacità sotto le lenzuola. Oh no, signor Harcourt. Era l'unica cosa che ammiravo di lui, alla fine. Beh, è l'unico ricordo piacevole che ho di lui… Oh caro, avete versato il tè sui vostri adorabili calzoni giallo canarino. È troppo forte il tè, ragazzo mio? Sam, porta un asciugamano per il signor Harcourt."

Il paggio corse fuori dalla stanza e il signor Harcourt fu lieto del diversivo. Maneggiò maldestramente la ciotola di tè e si tamponò il ginocchio dei calzoni di satin con un fazzolettino lezioso. Non avrebbe dovuto sorprendersi per le divagazioni della contessa. Le sue relazioni amorose erano innumerevoli, la sua reputazione notoria e il suo modo franco di parlare leggendario. Era, soprattutto, la creatura più vanitosa che conoscesse e la sua gelosia per la nipote era tanto evidente da essere patetica. Non era venuto a visitare la nonna, ma la nipote. Ma era abbastanza saggio da sapere che fare visita alla più giovane senza aver prima fatto visita alla più vecchia non sarebbe stato consigliabile.

"Preparato sullo Strand, mi dite? Interessante, e com'è buono questo tè, milady," disse, con uno sguardo preoccupato alla macchia scura che si allargava sui suoi calzoni. "Io non mi preoccuperei per le rivendicazioni di Theo. Il re metterà la sua firma senza esitazioni. Specialmente con Roxton e i Lord che lo sostengono. Ed è l'erede di Strathsay, dopo tutto. Non si discute!"

"Credo abbiate ragione," disse sua signoria con un sospiro. "Potete immaginare la tensione cui mi ha sottoposto. Con questo inopportuno periodo di lutto e con Antonia qui..." Prese lo specchietto per guardare il suo riflesso. "Invecchierò certamente, lo so!"

Il signor Harcourt non colse l'allusione, tanto desiderava difendere la signorina Antonia Moran. Così non diede a Lady Strathsay le rassicurazioni che andava cercando dai suoi visitatori, che era ancora bella come nel fiore della sua gioventù. La irritò ma lui non se ne accorse, dicendo con la sua risatina caratteristica che faceva quando messo di fronte a una situazione imbarazzante: "La signorina Moran deve essere un vero conforto per voi in un momento così duro, milady. Avere una nipote che vi presta tutte le sue attenzioni e che non è mai un fastidio deve essere una vera benedizione."

Lady Strathsay gettò da parte lo specchio e squadrò il giovanotto e il suo assurdo manicotto con sfavore.

"Conforto? Antonia? Signor Harcourt, è chiaro che non avete la più pallida idea di che tormento sia per me quella ragazza! Avere la responsabilità di una ragazza di diciotto anni, inseguita da ogni gentiluomo a Londra come una volpe inseguita dai cani non si può chiamare conforto! Può avere ereditato la mia grande bellezza, ma non mi somiglia per niente. Si ritrae decisamente se un uomo fa tanto di ammirare il suo seno da lontano. E a che cosa serve? Credo proprio che dentro quel bel guscio ci sia una ragazza brutta! Ah! Non posso farci niente… Povera me, signor Harcourt, decisamente la mia miscela di tè non vi fa bene. La vostra faccia è dello stesso colore della vostra redingote scarlatta. Sam, porta al signor Harcourt un bicchiere di borgogna."

Il ragazzo nero uscì dalla stanza mentre entrava la buona amica di Lady Strathsay, Lady Paget, che quasi si scontrò con il ragazzo. Si spostò di lato, raccogliendo le ampie gonne e rise quando lui le fece un inchino un po' goffo e scomparve. I grandi occhi marroni di Lady Paget si puntarono sullo strano abbigliamento del signor Harcourt e sulla macchia sui suoi calzoni, dando appena segno di averlo notato. Gli tese la mano e si sedette, senza essere invitata, sulla sedia davanti alla dormeuse. Il signor Harcourt fu svelto a baciarle la mano e a sedersi di nuovo. Lady Paget si chiese che cosa ci facesse quel damerino nel boudoir della sua amica e se si depilava le sopracciglia per ottenere un arco così perfetto.

"Mia cara Gussie," le disse dolcemente, "mi aspettavo di

trovarvi con un uomo, ma non uno così giovane! Richard vi ha dato il benservito, amor mio?"

"Cara Kate, di malumore?" Rispose Lady Strathsay con una risata vuota. "Dick è stato qui questa mattina. Forse ve lo manderò. Dopo tutto, John arriverà da Ely per una settimana, quindi francamente non so che cosa farmene del povero Dick. Lo intratterrete voi per me?"

"Non io! Inoltre, ve l'ho detto. Ha quella giovane bisbetica di Anne Yarmouth, la semplice moglie di un giudice, così mi dicono, a tenerlo occupato. Terribile da parte sua scendere così in basso. Mi dispiace per voi, mia cara, veramente. Come state signor Harcourt? Pronto per una serata a teatro e per il signor Garrick? La vostra carrozza rosa è assolutamente divina."

La bocca del signor Harcourt si muoveva da un po', pronto a negare qualunque insinuazione potesse fare Lady Paget riguardo alla sua visita a Lady Strathsay. Ma quando menzionò la sua carrozza rosa sorrise radioso. "Lo pensate veramente, milady? Dite che la signorina Moran ne sarà impressionata?"

"Tutta la città parla della vostra carrozza, signor Harcourt. Andate alla finestra e date un'occhiata, Gussie. Sta attirando una vera folla nella piazza. Il ruolo di chaperon che mi avete affidato è veramente nuovo per me," disse Lady Paget, sventolando il ventaglio di filigrana d'avorio. "Veramente non ho idea di cosa fare con la mia protetta, Gussie. Dov'è ora?"

"Si sta vestendo, ma dubito che stia indossando l'abito che ho scelto io. Indosserà una delle creazioni di Maurice, come sempre." Lady Strathsay diede un'occhiata al signor Harcourt che era caracollato fino alla finestra. "Percy, avete intenzione di andare al Theatre Royal con i calzoni macchiati di tè?"

"Milady? La macchia!" Ansimò. "No, devo procurarmi un altro paio di calzoni." Inciampò andando in fretta verso la porta, brontolando tra sé e sé: "Spero che Patrick possa prepararmene un altro paio canarino..."

Entrambe le signore si misero a ridere alle sue spalle, con Lady

Paget che diceva: "Quel ragazzo è assurdo! Non so come si sia fatto quella macchia ma contribuisce all'effetto generale. Avrei preferito che non gli aveste ricordato di cambiarsi."

"Credo che gli sia sfuggita la ciotola quando ho menzionato per caso il magnifico seno di Antonia. O è stato quando gli ho confidato le notevoli capacità di Strathsay sotto le lenzuola? Beh, comunque sia. I giovani d'oggi sono così suscettibili, Kate. Penso che si ripercuota anche su come fanno l'amore, non credete?"

"È possibile. Dovreste saperlo meglio di me. Gli uomini giovani mi annoiavano quando ero giovane e non è probabile che ne abbia un'opinione migliore adesso. Quanti anni ha Dick?"

"Troppo giovane. Lo sono sempre."

"Vergogna, Gussie. E con vostra nipote sotto il vostro stesso tetto, anche!" Lady Paget vide l'amica rannuvolarsi e assumere un'espressione sgradevole. "Vi dà ancora fastidio," disse, sorpresa. "Non dovrebbe, dopo aver vissuto tutti questi anni come meglio avete voluto."

"Appena un po'. Un segno dell'età, mia cara. La visita di John mi preoccupa. Gli altri non sono niente, lo sapete. E sono discreta, come sempre. Morbosamente discreta con Antonia al piano di sotto. John è diverso. Non accetterà di muoversi furtivamente per i corridoi, sussurrare e roba del genere. Beh, non l'ha mai dovuto fare in vent'anni, quindi perché dovrebbe cominciare adesso? E tutto per proteggere la sensibilità di Antonia!"

"Sottovalutate vostra nipote, mia cara. Per il poco che la conosco, penso che sia molto più consapevole di quanto le diate credito," disse Lady Paget. "Buon Dio, ha vissuto con Strathsay ed è stata lasciata a cavarsela da sola a Versailles, oltre a tutto. E se questo non fosse già un bel passo avanti per conoscere il vizio in tutte le sue forme, ci sono state le settimane che ha passato nella residenza di Parigi di Roxton a completare la sua educazione."

Lady Strathsay si mise diritta e fece cenno al paggio di appoggiare il pesante vassoio d'argento accanto al gomito di Lady Paget e di versarle un bicchiere di borgogna. La guardò maliziosa. "Gelosa, Kate?"

"Di una *ingénue*," disse Lady Paget con una smorfia di diniego. "Ho ragione di esserlo?"

"Gli scrive tutte le settimane..."

"Ancora? Che devozione incredibile," rispose causticamente Lady Paget. "Se state ancora controllando la sua corrispondenza, non vedo motivo di preoccupazione. Sono solo stupita che la ragazza non si insospettisca e non si chieda perché non abbia avuto la decenza di risponderle."

"L'ha chiesto una volta, ma ho risposto tranquillamente ricordandole le abitudini carnali di Roxton. Non me l'ha più chiesto." Lady Strathsay si ammirò nello specchietto. "Non è una cosa facile da fare, Kate. Probabilmente sto invecchiando per preoccuparmi della ragazza. Tanto che ho intenzione di mandarla via questa settimana, a visitare gli Harcourt mentre John è in città."

"Un'idea della scialba Charlotte?"

"Sì."

"Sarà una nuora eccellente, mia cara, vostro figlio è molto fortunato, come lo siete voi."

Lady Strathsay ridacchiò. "Sì, è stata una fortuna per me che si sia innamorato della scialba Charlotte. Mi piacerà averla come figlia. Cioè, quando il ragazzo si deciderà finalmente a chiedere la sua mano."

"Continua a rimandare?"

"Theophilus è lagnoso. È l'antitesi della sua divina mamma. Chiederà la sua mano solo quando entrerà in possesso del titolo. E dopo aver parlato con Roxton. Sembra pensare che sia giusto chiedere il permesso al depravato capo della casata. Non è uno strazio?"

Entrambe le signore si lasciarono andare a uno scoppio di risatine.

"Mia povera Augusta!" Disse Lady Paget, ansimando. Si asciugò gli occhi pieni di lacrime. "Una lagna per figlio e una ninfa per nipote! Non vi meritate una simile sfortuna. Mi chiedo quale sarà la reazione di John quando metterà gli occhi sulla bella Antonia."

Per quanto buttato lì in modo assolutamente casuale, il commento ebbe l'effetto voluto e cancellò il sorriso dal volto di Lady Strathsay, che fece una smorfia. "Dovrete continuare a chiedervelo, carissima Kate, come me."

"Oh, già, dimenticavo. Non ne avrà la possibilità. Andrà a Twickenham, dite?"

"Non dovete pensare che controlli la posta di Antonia solo per fare piacere a voi," fu la meschina rappresaglia di Lady Strathsay. "Pensavo che la vostra relazione con Roxton fosse finita molto prima che andasse a Parigi l'estate scorsa."

"È così," disse Lady Paget. "Ma quale donna vorrebbe vedere al suo posto un oggetto del desiderio più giovane e molto più bello? Ho diritto al mio orgoglio, Augusta, esattamente come voi. Il mio unico desiderio è che la ragazza non sia ferita, anche se so che succederà, se non è già successo. Senza dubbio è stato lusingato dalla sua adorazione, ma non si sarà montato la testa. Avrà alimentato la sua vanità, certamente. La gente come lui ne ha un disperato bisogno. Ma il suo cuore resterà solo suo."

"Cara Kate, mia povera *cara* Kate," disse la sua amica tendendole la mano. "Vi avevo avvertita di non cadere vittima del fascino del duca. E vi ha spezzato il cuore, vero?"

"Scheggiato, Gussie, solo scheggiato. Ma sono lieta di non aver ascoltato il vostro avvertimento. Il mio unico rimpianto è che voi non gli siate mai piaciuta. Sarebbe stato così divertente confrontare le esperienze." Sorrise alzando le sopracciglia. "Per come stanno le cose, dovrete accettare la mia parola che come amante sia bravo come dicono in molti boudoir."

La biacca al piombo e il belletto nascosero il naturale rossore intenso che accese le guance di Lady Strathsay, che riuscì a impedirsi di rispondere in modo pungente solo grazie all'entrata inaspettata di sua nipote.

• • •

"THEO È A CASA!" Annunciò Antonia, nel suo inglese dal pesante accento francese. "Ho sentito la carrozza entrare nel cortile della scuderia. Charlotte è andata alla finestra perché Gabrielle mi stava raccogliendo i capelli. Ha detto che doveva essere Theo per via di tutti i portmanteau sopra la carrozza. Ma non ha voluto che guardassi. Sono contenta che sia arrivato a casa in tempo per andare a teatro stasera. Anche se Charlotte ha detto…"

"Sono molto lieta di sentirlo, e prima che nevichi, anche," disse sua nonna con un'occhiata a Lady Paget. "Comunque questa notizia non ti dà il diritto di precipitarti nelle mie stanze senza farti annunciare. Ti ho già avvertita un centinaio di volte, Antonia!"

"Non… Non c'era il cameriere alla porta, *Grandmère*, così ho pensato…" Antonia cominciò a balbettare.

"E quell'abito non è quello che ho scelto perché lo indossassi."

"Ma è quello che desidero indossare io," rispose, testarda, Antonia.

"Ed è anche molto bello," disse Lady Paget, baciando Antonia sulle due guance.

Il buonumore di Lady Paget era svanito nel momento in cui Antonia era entrata nel boudoir. La sua toilette accurata e l'abito costoso che indossava impallidivano messi a confronto con l'aspetto di Antonia. Non riuscì a impedirsi di fissare la ragazza. L'abito di velluto verde smeraldo con la sottogonna di tessuto argentato, il corpetto stretto alla vita sottile e la bassa scollatura quadrata che mostrava in tutto il suo splendore il magnifico seno latteo, il tutto fu sufficiente a farle rimpiangere di essersi offerta di farle da chaperon. I capelli color miele della ragazza, acconciati graziosamente in un grappolo di riccioli ornati con nastri di seta e il fermaglio di diamanti, erano solo la ciliegina su una torta magnifica. Ma il suo sguardo si concentrò sulla gola di Antonia.

Un semplice e magnifico filo di smeraldi e diamanti le circondava la sottile gola bianca.

Lady Paget uscì dalla trance quando la sua amica scagliò un commento perfido alla ragazza, per pura gelosia.

"Sì, suppongo che sia una creazione abbastanza graziosa," mormorò Lady Strathsay. "Questo Maurice ha del talento. Ma avrebbe dovuto mostrare più tatto quando ha disegnato e tagliato il corpetto. Certamente mostra al meglio il tuo seno ma non riesce a coprire la spalla dove quello sfregio grottesco…"

"Gussie, per favore!" Disse Lady Paget con una risata imbarazzata. Sorrise ad Antonia che era in piedi, rigida, con gli occhi verdi che bruciavano di rabbia. "Amor mio, date un'occhiata fuori dalla finestra. C'è la carrozza di Harcourt in piazza."

"Davvero?" Disse Antonia, e si precipitò sul sedile della finestra senza darsi pensiero delle sue sottane. "*Mon Dieu*, è rosa! È incredibile, no, milady? Oh, e i cavalli, hanno i pennacchi rosa. Sembra uscita da una favola!" Si voltò a guardare nella stanza e vide la testa incipriata di Charlotte che spuntava dalla porta. "Non vedo l'ora di vedere la faccia di Theo. Non sarà affatto contento di andare a teatro in una carrozza dipinta di rosa."

Quando Charlotte sussurrò qualcosa all'orecchio della contessa, facendola balzare in piedi con una rapida occhiata a Lady Paget, Antonia fece una smorfia.

"Che cosa avete detto in modo che io non sentissi?" Chiese.

"Antonia, vai da Gabrielle e fatti sistemare i riccioli e prendi la tua reticella," le ordinò sua nonna. "Il signor Harcourt ti aspetta dabbasso…"

"Ma Theo…"

"… si sta vestendo e vi raggiungerà subito," disse Lady Strathsay, spingendola verso la porta. "Ora fai quello che ti ho chiesto."

La signorina Harcourt le sorrise incoraggiante. "Non vorrete far tardi per la commedia del signor Garrick."

Antonia guardò le tre signore con un'espressione sospettosa.

"Vado, solo perché vostro fratello è stato tanto gentile da portare la carrozza rosa, stasera."

"Perché vi siete liberata della ragazza?" Chiese Lady Paget quando Antonia lasciò la stanza.

Lady Strathsay e Charlotte Harcourt si scambiarono un'occhiata.

"Il signor Fitzstuart aveva un passeggero con lui, milady," spiegò sussiegosa Charlotte. "Ho ritenuto prudente informare Lady Strathsay prima che dicessero qualcosa ad Antonia. Non ci sono conseguenze immediate, dato che il passeggero ha solo fatto scendere il signor Fitzstuart e poi è proseguito."

Lady Strathsay sospirò quando Lady Paget la guardò senza capire. "Non fate l'oca, Kate! Devo dire proprio a voi il nome a voce alta? Oppure ho mal interpretato quell'espressione stordita? Forse siete solo rimasta senza voce dalla gioia? È Roxton!"

"Roxton?" Esclamò Lady Paget.

"Sì, e sarei lieta, mia cara Kate, se non menzionaste ad Antonia il ritorno del vostro toro da monta," dichiarò Lady Strathsay. "Che cosa ci fa in Inghilterra, quando ha dovuto dare la sua parola al conte… Anche se questo non vi interessa…" Emise un sospiro di irritazione e lanciò lo specchietto sulla dormeuse. "Dannatamente irritante! Posso solo pensare che sia la notizia peggiore da che sono stata costretta a portare il lutto!"

NELL'ATTIMO STESSO IN cui svoltò in Drury Lane e si fermò davanti al Theatre Royal, la carrozza rosa del signor Harcourt divenne il centro di attrazione di tutte le eleganti carrozze con i loro seguiti, e della piccola folla di spettatori che ancora si attardava sul marciapiede. Da un lato del grande portone, un gruppo di servitori in livrea aspettava pazientemente. Lo strano mezzo di locomozione del signor Harcourt fu una distrazione sufficiente a causare un momento di silenzio nel gruppo. Poi la baraonda cominciò di nuovo. I servitori corsero ai quattro angoli dell'edificio per riferire la notizia e gli occupanti della carrozza rosa si videro oggetto di un benvenuto rumoroso.

Uno dei servitori in livrea restò al suo posto. Diversamente dai suoi colleghi, tutti ansiosi di informare i loro padroni del colore della carrozza del signor Harcourt, per regolare le scommesse più assurde, non era interessato alla carrozza ma ai suoi occupanti. Quando superarono il foyer il servitore sparì. I suoi abiti particolari, rosso e argento, colsero l'attenzione di Antonia. Guardando il volto del servitore non riuscì a dare un nome a lui o alla casata, quindi smise di pensare che le sembrava di averlo già visto e dedicò tutta la sua attenzione al signor Harcourt.

Antonia non sentì quasi nulla del suo discorso sulle persone che incontravano nel foyer caldo e senz'aria, tali erano il rumore e le risate. Aprì il ventaglio con uno scatto, attenta a non farsi schiacciare, insieme ai suoi vestiti, nel mare di profumi e piume. Il signor Harcourt la teneva vicina, e con la figura imponente del signor Fitzstuart che apriva la strada allungando il bastone da passeggio, furono in grado di attraversare il foyer e arrivare alle scale senza troppi fastidi.

Le scale non furono così facili da affrontare. Lady Paget fu separata dal resto della compagnia e si perse tra la folla. Il duca di Cumberland balzò sul signor Harcourt e Antonia, e le dita grassocce del duca si curvarono sulla mano di Antonia, dimostrando una notevole riluttanza a lasciarla andare, anche dopo l'educata presentazione. Il signor Fitzstuart e la signorina Harcourt, che erano fermi un gradino più sotto, osservarono con orrore Antonia dare un colpetto secco sulle nocche di sua altezza con il ventaglio e continuare per la sua strada. Il principe la seguì con lo sguardo sbalordito e prima che il signor Fitzstuart potesse offrire le sue più profonde scuse per il comportamento oltraggioso di sua nipote, il grasso gentiluomo scoppiò in una fragorosa risata e fece un profondo inchino alla figura di Antonia che si allontanava.

"Bella mossa, signorina Moran," la complimentò il signor

Harcourt con una smorfia. Le offrì una sedia. "Cumberland si meritava di essere rimesso al suo posto."

"Solo Antonia poteva riuscire a fare una cosa del genere," sussurrò la signorina Harcourt a Theophilus Fitzstuart. "Io non riuscirei a essere così coraggiosa. Credete che sia una codarda, signor Fitzstuart?"

Gli occhi verde pallido del signor Fitzstuart la esaminarono amorevolmente. "Quello e molto altro, mia cara signorina Harcourt." Si sistemò su una sedia accanto ad Antonia. "Vi state divertendo, demonietto?"

"Moltissimo," rispose eccitata. "Meno male che siete tornato a casa oggi, altrimenti non mi starei divertendo nemmeno la metà. *Tiens*! Theo, c'è Lady Paget che sta parlando con quella persona grassa, Cumberland! Chi è il terzo nel palchetto laggiù? Non riesco a vederlo, vedo solo le scarpe. Non deve essere così grasso se riesce a restare nell'ombra, no?"

"Per favore, non definite grasso sua altezza, amor mio," disse la signorina Harcourt ridendo.

Il signor Fitzstuart cercò di distogliere l'attenzione di Antonia da Lady Paget, indicandole l'orchestra e le persone sedute in platea, e sembrava ci stesse riuscendo brillantemente, finché il signor Harcourt non lanciò un gridolino.

"Oh Dio! Cumberland sta sventolando il fazzoletto verso di noi," gemette il signor Harcourt. "Signorina Moran, per favore, allontanatevi dalla balaustra altrimenti tutto il resto dei giovani bellimbusti comincerà a salutarci! Che impudenza! Che... cosa... state... facendo?" Gridò stridulo.

"È educato rispondere al saluto. Non posso ignorare quell'uomo grasso, altrimenti sarà un fastidio e continuerà a salutarci tutta la sera."

"Venite a sedervi," la blandì suo zio, tendendo la mano.

"Speravo che l'aveste ignorato," disse il signor Harcourt con un broncio.

"Zitto, Percy. Vi state rendendo ridicolo," disse sua sorella

Charlotte, osando sorridergli e così deprimendolo ancora di più. "Forse potreste mandare il vostro uomo a prendere dei rinfreschi?"

"Forse una tazza da versare sul povero Percy per raffreddargli i bollori?" Chiese giovialmente il signor Fitzstuart.

"Vorrei che Cumberland se ne andasse!" Brontolò il signor Harcourt, incrociando le braccia. "Se continua a fissare..."

"Calma, carissimo fratello," lo mise in guardia Charlotte.

"Harcourt, è ridicolo da parte vostra," lo rimproverò Antonia. Con un gesto pubblico e deliberato, diede al damerino il suo fazzolettino. "Ecco. Adesso non fisserà più la vostra redingote scarlatta o quella cosa morta che portate al collo..."

"Fissare me? Ma lui... Siete voi... Beh io... Grazie..." Balbettò il signor Harcourt, rallegrandosi immediatamente. "Non vi piace la mia redingote, signorina Moran?" Chiese preoccupato.

"È molto carina, anche se non credo che i calzoni gialli vi stiano molto bene."

"No?" Borbottò, abbattuto. "E il mio manicotto?"

Antonia non gli rispose. Era stata distratta dall'orchestra che cominciava a suonare e dagli applausi dalla platea.

"Spero che questo attore, Garrick, sia bravo."

"Uno dei migliori attori che questo paese abbia prodotto, mia cara," la rassicurò la signorina Harcourt, mettendosi comoda per godersi lo spettacolo.

Il primo atto era cominciato da un po' e Antonia si stava divertendo con tutto l'entusiasmo di qualcuno nuovo alla bravura nella recitazione del signor Garrick, quando si voltò verso suo zio per fare un'osservazione sulla protagonista femminile e lo colse che le sorrideva con una curiosa espressione sul volto. Si stupì, ma lui non sembrò notare che lo stava fissando quindi non disse nulla finché non calò il sipario e il pubblico cominciò a muoversi per sgranchire le gambe, bere qualcosa e conversare con i conoscenti.

"Non so che cos'avete stasera, Theo," gli disse alla fine. "Se continuate a guardarmi come un *mouton* stordito, mi arrabbierò."

"Una pe-pecora, *chérie*?"

"Un-un *mouton*... pecora? Sì ecco che cosa sembrate. Non mi piace per niente la vostra espressione, quindi per favore smettetela."

"Se vi ricordo una pecora, posso capire perché!" Il signor Fitzstuart rise piano.

"Perché mi guardate così?" Gli chiese, osservandolo da vicino.

"Oh, perché siete molto bella," disse.

Antonia chiuse di scatto il ventaglio. "Questa non è una risposta cui possa credere!"

"Mi domando dove sia finita Lady Paget?" Chiese il signor Fitzstuart in tono indifferente e controllò i palchi alla sua destra, poi tornò a sua nipote, che lo stava ancora guardando con aria interrogativa. "Se ve lo dico penserete che sono una grande lagna."

Antonia sorrise con le fossette. "Meglio una lagna di un *mouton* o di un suonato. Che è come *grandmère* chiama Harcourt. Vuol dire uno che è stupido?"

"Mamma ha dei bei modi di dire."

"È successo qualcosa mentre eravate a Treat," disse Antonia, "*Moi*, io lo vedo. Avete un segreto! Conoscete il segreto di Theo, Charlotte?"

"Segreto?" Esclamò il signor Harcourt, perdendo ogni interesse per il signor Garrick.

Charlotte scosse la testa incipriata e sorrise. "Vostro zio e io non abbiamo ancora avuto l'occasione di parlare da quando è tornato, amor mio. Se ha un segreto non me l'ha confidato."

"Ha anche uno stupido sorriso sulla faccia!" Si inserì il signor Harcourt. "Oserei dire che è l'aria di campagna." Rabbrividì. "Maiali e mucche e pecore. Brr! Lady Paget, siete tornata finalmente! I miei sentimenti sono stati seriamente feriti pensando che non teneste alla nostra compagnia."

"Ho sentito menzionare il mio nome insieme a quello di un branco di animali di fattoria?" Chiese Lady Paget. "Che cosa sta succedendo? Non mi sorprenderebbe che questo palco stesse ricevendo altrettanta attenzione del signor Garrick. Povero ragazzo.

Oh, no! Quello sciagurato vi sta di nuovo salutando, Antonia. L'avevo avvisato."

"Cumberland!" Esclamò il signor Harcourt, balzando verso la balaustra.

Antonia non era interessata alle gesta del duca di Cumberland o allo spettacolo che stava dando il signor Harcourt, facendo le smorfie in direzione del grasso principe. Si rivolse a Lady Paget, che si era seduta dietro alla sua sedia.

"Theo ha un segreto. Charlotte non lo sa. Milady, non credete che Theo si stia comportando come una pecora stordita da quando è tornato da Treat?"

Lady Paget ridacchiò dietro il ventaglio. "Una descrizione perfetta, mia cara ragazza!" Fissò il signor Fitzstuart con i grandi occhi castani sgranati. "Sono rimasta quasi stordita anch'io. Proprio in questo momento, in effetti."

"Davvero?" Replicò il signor Fitzstuart sorpreso. "Non avrei mai pensato…"

"Nel foyer, mio caro ragazzo," confessò Lady Paget. "Per puro caso, ma mi ha veramente sorpreso."

Antonia li guardò entrambi. "Non capisco assolutamente di che cosa stiate parlando! È molto scortese verso Charlotte e me che continuiate a parlare per enigmi."

"Verissimo, Antonia!" Disse Charlotte con un accenno di risata rivolto al signor Fitzstuart. "Comunque, io conosco il segreto. Non l'ho scoperto nel foyer, ma nel cortile ad Hanover Square."

Questa dichiarazione irritò Antonia che trovava tutta la conversazione sconcertante e decise così di raggiungere il signor Harcourt, per studiare il pubblico e chiedergli che cosa ne pensasse della recitazione del signor Garrick. Lady Paget guardò pensierosa Antonia, poi consegnò al signor Fitzstuart un bigliettino ripiegato.

"Non so che cosa dovrei farne, quindi lo consegno a voi," gli disse. "Decidete voi per me. I vostri principi morali sono sicuramente migliori dei miei. Se dovesse decidere vostra madre, farebbe a meno delle formalità e direbbe che sono una chioccia iperprotettiva."

L'espressione interrogativa del signor Fitzstuart si fece divertita quando lesse la missiva. La diede da leggere a Charlotte. Il signor Harcourt guardò da sopra la spalla della sorella, con l'occhialino che le faceva il solletico all'orecchio mentre si sforzava di leggere lo scarabocchio. Ma prima di riuscire a capire più di qualche parola, sua sorella ripiegò il biglietto e lo rese al signor Fitzstuart, che si avvicinò a sua nipote accanto alla balaustra e le consegnò il biglietto.

"Aspetto vostre istruzioni, *mademoiselle*," disse con scherzosa altezzosità.

Antonia lesse la breve nota e la rese con calma a suo zio, con una fossetta su ciascuna guancia. "Questo signor Garrick è un attore molto bravo, credo, quindi può prendere in prestito il mio ventaglio." Sciolse la catenella d'argento dal polso e appoggiò il ventaglio su un cuscino che un servitore aveva portato nel palco, seguendo Lady Paget. "Dovete avvertire *M'sieur* di prendersi buona cura del mio ventaglio perché è un regalo di Vallentine, che è un amico speciale," disse al servitore. "Non lo perdonerei mai se dovesse danneggiarlo."

Il servitore continuò a inchinarsi mentre usciva e Antonia tornò ad affacciarsi alla balaustra, dove il signor Harcourt stava facendo il broncio. Con il mento appuntito per aria e le braccia conserte, faceva ondeggiare l'occhialino che penzolava dal nastro tenuto con due dita.

"Volete vederlo?" Chiese Antonia, sventolandogli il biglietto sotto il naso. "È del signor Garrick."

Quando il giovanotto le strappò il biglietto di mano, tutti gli amici si misero a ridere, ma Harcourt li ignorò mentre leggeva il biglietto. Fu il solo a non percepirne la nota umoristica. "Cane impudente! Lui e Cumberland. *I vostri occhi sono dello stesso colore brillante dei vostri smeraldi*? Proprio! Grottesco e-e… sfacciato! Mi

meraviglia che abbiate permesso alla signorina Moran di conse-
gnargli il suo ventaglio, Theo."

"Andiamo, Percy, è solo uno scherzo," disse il signor
Fitzstuart.

Il signor Harcourt non si lasciò placare. "Le libertà che si
prendono questi attori!"

"Guardate i miei occhi, Harcourt," gli chiese Antonia, alzandosi sulla punta dei piedi davanti a lui. "Sono dello stesso colore
dei miei smeraldi. Noi, la nonna, Theo e io, abbiamo tutti gli
stessi occhi. E *M'sieur le Duc* ha appositamente scelto queste
pietre per me per quel motivo."

"*M'sieur le Duc* ha un gusto eccellente," disse una morbida
voce maschile dal fondo del palco.

Le teste incipriate si voltarono per vedere chi fosse entrato.
Ma Antonia non si voltò. Sapeva chi era e la gioia e l'incredulità
di sentire quell'amatissima voce per la prima volta in due mesi la
tennero immobile accanto alla balaustra.

Sua grazia, il nobilissimo duca di Roxton, vestito di nero
come suo solito, con un solitario tra le pieghe del pizzo intorno
alla gola, con i riccioli neri pettinati severamente all'indietro, alzò
l'occhialino per studiare il gruppetto del signor Harcourt. A Lady
Paget non era mai parso più elegante né così sicuro di sé. Roxton
non cercò di unirsi al gruppo ma restò sotto la luce di un'applique, aspettando una reazione.

Il signor Harcourt fu il primo a farsi avanti. "È Roxton! Vostra
grazia, che sorpresa! Pensavamo risiedeste in permanenza a Parigi,
vero Theo? Bene, bene, benvenuto a casa, duca."

"Devo ammettere di avervi imbrogliato un po'," confessò il
signor Fitzstuart.

"Già," lo rimproverò scherzosamente Lady Paget. "È il duca
che siete andato a vedere a Treat, ci giurerei."

"Davvero?" Chiese il signor Harcourt. "La mia amicizia vale
tanto poco per voi, Theo, che dovete tenere segreto..."

"Zitto, Percy," disse Charlotte osservando il duca, che aveva occhi solo per Antonia. Toccò il braccio del signor Fitzstuart, che seguì il suo sguardo. "Ora conosciamo il segreto di vostro zio, Antonia," disse alla schiena rigida della ragazza. "Ma perché abbia dovuto tenere per sé la notizia…"

Ma Antonia non sentiva niente. Era così felice ed eccitata che aveva dimenticato all'istante l'inglese. Prima che il duca riuscisse a profferire una sillaba, era di fronte a lui, premuta contro di lui, con le sottane di velluto schiacciate, e lo guardava speranzosa in volto, con una mano che afferrava uno dei bottoni d'argento del suo panciotto.

"Siete voi!" Sussurrò, con le lacrime agli occhi. "Pensavo di non rivedervi mai più. Quando siete arrivato a Londra? Sono stata tanto sola senza di voi. Ed è passato *così* tanto tempo e ho tanto da dirvi! Cominciavo a pensare che intendeste veramente dire quello mi avete detto a Parigi. Non avete mai risposto alle mie lettere e… Oh! *Mon-Monseigneur*, ora sono molto, *molto* felice!"

Il duca era talmente impreparato a un benvenuto così entusiastico, che ottenere proprio la reazione che aveva tanto desiderato lo lasciò completamente senza parole. Centinaia di parole gli si affollarono in gola, ma rimasero inespresse. Deglutì ma non riusciva a parlare. Istintivamente mise le braccia intorno alla sua vita sottile e l'attirò a sé, per poi scostarsi immediatamente e fare un passo indietro, ricordandosi che non erano soli, che erano in un posto pubblico e che quattro spettatori interessati in quello stesso palco, se non tutto il pubblico ora seduto in teatro, stavano scrutinando ogni loro mossa.

"Antonia," sussurrò roco, con gli occhi neri che la fissavano senza battere ciglio, "vi prego, per l'amor di Dio, non fatemi questo."

Antonia non capiva. Tutto quello che vedeva era un'emozione incomprensibile repressa sul suo volto cereo, e balbettò.

"Ma io pensavo… Non siete contento di vedermi? Non vi sono mancata? Voi… voi non siete venuto per me?"

Gli occhi neri del duca continuavano a divorarla, fece per

parlare ma di nuovo non riuscì a trovare le parole per spiegarsi. Alla fine, l'ombra di un movimento oltre le spalle di Antonia lo decise. Le afferrò i polsi e la scostò bruscamente, ed entrò nel palco. Era passato solo un momento, forse nemmeno un minuto, ma fu sufficiente per sbalordire il loro pubblico, che rimase in silenzio, imbarazzato.

Fu il signor Fitzstuart il primo a rimediare, si fece avanti, tirandosi dietro Charlotte e la presentò al duca. Charlotte era abbastanza padrona di sé da chiacchierare con lui di argomenti futili, che non richiedevano una risposta. Il signor Harcourt, però, era rimasto all'oscuro, incapace di capire il comportamento di Antonia o del duca ma, sentendosi curiosamente imbarazzato, si voltò a guardare il pubblico che si sedeva per il secondo atto.

Solo Lady Paget sembrava abbastanza colpita dalla scena emotiva di cui era appena stata testimone da non ignorarla. Non riuscì a evitare di fissare di nuovo il duca, vedendo un lato di lui che pensava non esistesse. Non era arrabbiata o gelosa, né sentiva la minima animosità nei confronti di Antonia per essere riuscita là dove lei aveva fallito nell'anno in cui lei e il duca erano stati amanti. Curiosamente, si sentiva più vicina di prima alla ragazza. E fu lei che mise un braccio intorno alle nude spalle tremanti di Antonia per confortarla.

"Vogliamo sederci, amor mio?" Sussurrò con voce calma. "Forse un bicchiere di borgogna?"

Antonia riuscì solo a scuotere i riccioli. Era così afflitta che la testa le pulsava dolorosamente e tutto quello che voleva era restare da sola. Non si era mai sentita così stupida, né più certa che, per il duca, lei avesse, né più né meno, la stessa importanza di ogni altra sua amante scartata. Senza rendersene conto, si asciugò le lacrime dal volto.

Suo zio si avvicinò a un segnale di Lady Paget, lasciando la signorina Harcourt a discutere valorosamente con il duca la commedia di quella sera.

"Porto a casa Antonia," lo informò Lady Paget. "Potete chiamare una carrozza?"

"Ehi, dico. Vi porterò io!" Disse il signor Harcourt. "Voi potete restare qui con Charlotte, Theo. A me francamente non importa molto di Garrick. Ricordatevi di riprendere il ventaglio della signorina Moran. Non mi piacciono gli attori e non mi fido di loro. È probabile che vada a impegnarlo appena esce da qui. Mi dispiace scappare in questo modo, vostra grazia, ma sono sicuro che capirete. Va bene, Theo?"

"Stai zitto, Percy," disse il signor Fitzstuart e spinse il suo amico verso la porta. Prese il mantello di Antonia da un cameriere e glielo mise sulle spalle.

Roxton fece un passo avanti, tanto acutamente imbarazzato che per la prima volta in vita sua non sapeva che cosa fare. Fu intercettato da Lady Paget.

"Credevo che nove settimane sarebbero state un tempo sufficiente per elaborare una frase che la ragazza potesse capire," gli disse con simpatia. Quando lui non riuscì a guardarla negli occhi, la donna gli strinse il braccio. "Il brandy va benissimo per calmare i nervi. Ne darò una piccola dose ad Antonia. Farà meraviglie, esattamente come una vostra visita domani mattina. Buona notte, vostra grazia."

DODICI

I L MATTINO DOPO l'escursione a teatro faceva freddo, e c'era una nebbia bassa sul terreno che minacciava di non alzarsi fino a tarda mattinata.

Gabrielle svegliò la sua padrona un'ora prima del solito. Appoggiò il vassoio della colazione sul tavolo accanto alla finestra come faceva sempre e aprì le pesanti tende per far entrare la luce tenue di una giornata d'inverno. Una cameriera dal passo leggero si inginocchiò accanto al camino per ravvivare il fuoco, poi accese le candele nello spogliatoio e nel piccolo salotto. I suoni della città che si svegliava attirarono Gabrielle verso la finestra, per guardare fuori dai vetri gelati.

I richiami caratteristici dei numerosi venditori, il rumore delle ruote delle carrozze sui ciottoli e le grida dei mandriani che portavano i loro animali al mercato fecero sentire alla ragazza la nostalgia di Parigi. Ma c'era un'attività più interessante nel cortile sotto la finestra del salotto. I ragazzi di stalla facevano il loro lavoro fischiando mentre ispezionavano, cercando eventuali danni, una carrozza coperta di fango, sporca e malconcia che era arrivata la sera prima da Ely.

Gabrielle esitò a svegliare la sua padrona. Sapeva che non aveva dormito bene. Tuttavia, da quando avevano lasciato Parigi, non c'era stata una notte in cui la sua padrona non avesse passato sveglia una parte delle ore di oscurità, rannicchiata sul sedile della finestra, stringendosi le ginocchia al petto e guardando desolata le stelle. Era sparito il suo spumeggiante e contagioso buonumore e l'ottimismo della gioventù. Era come se sulle giovani spalle della sua padrona fosse sceso un gran peso, un peso così immane da minacciare di spremerle fuori la vita.

Gabrielle aveva un'idea piuttosto chiara di quale fosse quel peso e di chi glielo avesse inflitto. La rattristava oltre misura. E, anche se era una brava ragazza, timorosa di Dio che aveva sempre creduto che una donna che aveva peccato meritasse la pubblica umiliazione per il frutto dei suoi peccati, pregava ogni giorno che non succedesse alla sua giovane padrona. Sperava con tutto il cuore che ci fosse un'altra spiegazione perché la ragazza avesse perso l'appetito, fosse più pallida del solito e non avesse avuto il ciclo femminile da quando avevano lasciato Parigi. Qualunque altro motivo diverso da quello che Gabrielle temeva di più.

Proprio quella mattina la sua padrona dormiva profondamente, dopo una notte particolarmente irrequieta e, se non avessero dovuto partire per Twickenham, Gabrielle non l'avrebbe svegliata nemmeno se alla porta ci fosse stato il re di Francia.

Lasciò Antonia da sola a piluccare la colazione e andò a prepararle il bagno.

Antonia si lasciò vestire in silenzio, senza mostrare interesse nella scelta di un abito da viaggio adatto, e nemmeno nell'acconciatura dei suoi capelli lavati di fresco. Gabrielle fece del suo meglio e scelse un semplice abito aperto di velluto con sottogonne color lavanda in tinta. Gabrielle avrebbe voluto sfumare di rosso gli zigomi alti della ragazza e renderle la bocca più piena applicando la tinta rossa per le labbra, perché il piccolo volto a cuore che la guardava dallo specchio era troppo pallido e triste. Invece, pettinò accuratamente i lunghi capelli color miele ancora umidi, facendo tante trecce sottili; ne avvolse alcune sopra la testa e raccolse il resto sulla nuca in una retina d'argento tempestata di pietre dure, fissando il tutto con gli spilloni con le perle. Il risultato era da togliere il fiato ma quando Antonia si guardò nello specchietto non vide nemmeno il proprio riflesso e ringraziò meccanicamente Gabrielle per il suo lavoro.

Un cameriere venne a prendere i portmanteau e Gabrielle lasciò Antonia seduta al tavolo da toilette, mettendole davanti le fette di pane che aveva lasciato intatte sul vassoio della colazione. Quando tornò, il pane era ancora intatto e Antonia stava scrivendo una lettera seduta al sécretaire di noce.

"Sei mai stata a Venezia, Gabrielle?"

"Scusate, milady?"

"Andrò a vivere a Venezia," annunciò Antonia, rimettendo la penna nel calamaio. "Verresti con me?"

"Ma, milady, io… io non sono mai stata fuori da Parigi finché non siamo venute a vivere qui a Londra. Non parlo la lingua e…"

"Non parli nemmeno inglese, ma sei qui in Inghilterra," le ricordò Antonia, chiudendo la lettera con un sigillo. "Non possiamo tornare a Parigi perché sarei obbligata a un orribile matrimonio che non voglio assolutamente. E potrei incontrare *M'sieur le D… lui* in qualche posto, dovunque, e non potrei sopportarlo… Papà aveva degli amici a Venezia e Maria ora è là. A lei non importerà niente del b… E certamente non posso restare qui perché il povero zio Theo non si riprenderebbe mai dello shock della mia disgrazia. Se non vuoi venire con me lo capirò e sarai libera di tornare da tua madre e dalle tue sorelle."

Gabrielle sbatté gli occhi a questo discorso ma ritenne fosse meglio accettare tutto quello che le chiedeva, tanto era instabile il suo stato mentale. "No, milady. Non potete andare da sola. Chi si curerebbe di voi e del piccolo… Ovviamente verrò con voi." Diede ad Antonia il manicotto di zibellino e un paio di guanti di capretto color lavanda. "*Mademoiselle* e *M'sieur Harcourt* sono nella hall."

Si sentì grattare leggermente alla porta e Charlotte Harcourt entrò senza farsi annunciare.

"Bene, avete un manicotto," disse allegramente. "Percy ha degli scaldini nella carrozza ma vi serviranno i guanti e il manicotto. Fa freddo ma credo che il sole si affaccerà tra non molto. Se solo la nebbia sparisse, allora il viaggio sarebbe perfetto. Ho insistito perché Percy lasciasse la carrozza rosa a Londra, quindi viaggeremo nella relativa oscurità di una *chaise* azzurro fiordaliso. Grazie al cielo ho io il buon senso in famiglia!" Guardò la lettera sigillata sul tavolo. "Oh, vi ho interrotto? Devo andarmene?"

"No, ho finito e Gabrielle lascerà la lettera al maggiordomo perché la spedisca."

"Molto bene. Spero che la ragazza abbia messo in valigia un completo da equitazione," disse Charlotte con falsa allegria, perché aveva visto i cerchi scuri sotto gli occhi di Antonia e il pallore delle sue guance. "Non vedo l'ora di mostrarvi la nostra casa e i terreni. Sono la gioia e l'orgoglio di Percy. Sta ancora rinnovando un'ala, ma sarà piuttosto gotica quando sarà finita. Spero che non vi daranno fastidio i falegnami e i muratori e tutti gli altri operai. Rendono tutto più divertente! Andiamo, allora, non facciamo aspettare Percy altrimenti…"

Antonia si fermò di colpo sul pianerottolo del secondo piano e toccò il braccio di Charlotte. "Voglio scusarmi per essere stata così… così *imbécile* a teatro."

"Non ci pensate. Noi non ci pensiamo per niente."

"Ma sono stata un'*imbécile*."

"Assurdità! È stato molto maleducato a comportarsi così…"

"No," rispose fermamente Antonia, con gli occhi fissi sul manicotto. "Lui… lui non sopporta le cattive maniere e io sono stata maleducata, mi sono comportata come una bambina in un posto così pubblico. Lo ha sicuramente messo molto in imbarazzo, questo comportamento sconsiderato da parte mia."

"Ssst, mia cara," disse Charlotte con un sorriso. "Non dovete pensarci. Quali che siano state le vostre maniere, le sue non sono state migliori. Non che pensi che siate stata in qualche modo maleducata. Era naturale che voi… No, non è questo il modo di cominciare la nostra gita di una settimana! Abbiamo lasciato Percy ad aspettarci nella hall, poveretto."

Prese Antonia per il braccio e continuarono a scendere le scale. Ma arrivata all'altro pianerottolo, Antonia si fermò di nuovo e non proseguì. Anche Charlotte aveva sentito le voci più in basso, nella hall, e sbirciò oltre la balaustra. Si vedevano solo il maggiordomo e un cameriere.

"È solo Hawthorne," rassicurò Antonia. "Probabilmente è Percy che sta parlando con vostro zio. Ci teneva in modo particolare a salutarvi."

"No, è *M'sieur le Duc*," dichiarò Antonia.

Charlotte era scettica ma la assecondò. "Lo pensate davvero? Dobbiamo andare in cortile di nascosto dalla scala di servizio?"

Antonia scosse la testa. "Sono una stupida ma non una codarda," e seguì Charlotte per l'ultima rampa di scale fino al grande atrio.

Era effettivamente il duca. Indossava una redingote da equitazione in velluto nero con pizzi d'argento e calzoni aderenti color camoscio, uno stivale impolverato era appoggiato sul primo gradino e un gomito alla balaustra, in mano un frustino.

Charlotte fece la riverenza e disse 'buongiorno' ma il duca la guardò appena. Aveva lo sguardo fisso su Antonia da quando era scesa dallo scalone. Charlotte non sapeva se restare di fianco ad Antonia o farsi indietro. Indecisa, esitò dando un'occhiata al bel volto severo del nobiluomo, più imperscrutabile che mai. Charlotte poteva anche non approvare questo arrogante gentiluomo e le sue nefande abitudini di predatore ma non ritenne che ci fosse alcun pericolo nel lasciare che parlasse ad Antonia in uno spazio così pubblico come l'atrio centrale, quindi si ritirò a una certa distanza, restando in piedi accanto a un gruppo di divani vicino alle scale.

Antonia fece per seguirla ma il duca le bloccò la strada. La mano guantata di Antonia afferrò forte la balaustra e sentì il polso accelerare, ma era allo stesso tempo curiosamente intorpidita. Aveva preparato e ripetuto più volte quello che gli avrebbe detto se se ne fosse presentata l'occasione e decise che avrebbe fatto il suo discorsetto senza emozionarsi. Avere Charlotte come muta testimone l'avrebbe aiutata ma niente poteva impedire alle sue guance di arrossarsi.

"Devo parlare con voi," pretese il duca, sottovoce. "Da sola."

"Buongiorno, vostra grazia," rispose Antonia con calma, con lo sguardo fisso sulla spilla di diamanti tra le pieghe della sua cravatta di pizzo. Parlò nel suo inglese dal curioso accento francese, anche se lui aveva deciso di rivolgersi a lei in francese. "Se volete scusarmi, stavo proprio uscendo con Charlotte. Quindi se voleste…"

Il duca fece un passo avanti e le afferrò il gomito. "Ascoltatemi Antonia. È importante che mi spieghi…"

Antonia liberò il braccio e affondò le mani guantate nel manicotto. "Non è necessario che mi spieghiate altro, vostra grazia. Siete stato molto chiaro quella mattina a Parigi e avrei dovuto dar retta alle vostre parole, allora…"

"Non è così," la contraddisse e non riuscì a resistere a sfiorarle la guancia con il dorso della mano. "Vi ho trattato in modo abominevole."

"Per favore, vostra grazia, gli Harcourt stanno aspettandomi per portarmi a Twickenham," balbettò, sentendo il volto che si faceva di fiamma al suo tocco.

"La vostra pronuncia inglese è migliorata in fretta da che mi avete lasciato," si complimentò il duca, con un sorriso davanti al suo rossore, "ma preferisco di gran lunga che parliamo in francese. Mi concederete cinque minuti del vostro tempo, *mignonne*? I cavalli possono aspettare…"

Antonia esitò, alzò gli occhi e colse il suo sorriso indulgente. Non solo la disorientò, ma servì a farle dimenticare l'inglese e il discorsetto ben preparato, ripetuto tutte le notti nell'intimità del

suo letto a baldacchino. Il suono delle voci nel portico e il fatto
che il maggiordomo si fosse avvicinato a Charlotte e che entrambi
aspettasero vicino le instillarono un senso di urgenza. Avrebbe
potuto non avere un'altra opportunità di dire quello che aveva in
mente e la sua determinazione ad evitare le emozioni svanì. Parlò
in rapido francese.

"Non dovete sentirvi minimamente in colpa," lo rassicurò a
voce bassa. "Voi non avete fatto niente di male. Niente di più e
niente di meno di quello che vi ho chiesto io."

"Colpevole? Ma io voglio spiegare il mio...."

"Non ce n'è veramente bisogno. Io capisco, davvero. Quando
mi avete portato a Parigi nella vostra carrozza avrei dovuto capire
che era solo una piccola cortesia per una lontana cugina e non..."

"Cortesia? Le mie azioni non avevano niente a che fare con la
cortesia. Era perché già allora io..."

"Per favore, *Monseigneur*! Dovete permettermi di finire," disse
con un momento di distacco imperioso che gli fece reprimere un
sorriso. "Altrimenti farò confusione e non è il caso perché ho
molte cose da dirvi."

"Molto bene, continuate," le disse paziente, appoggiando un
gomito alla balaustra.

"Mi rendo conto adesso che a Parigi mi avete dimostrato tante
piccole cortesie e che avrei dovuto ritenerle tali. Invece, essendo
molto ingenua e stupida, mi sono fidata dei miei sentimenti e ho
osato sperare che anche voi li provaste per me." Incontrò coraggiosamente il suo sguardo per un breve istante. "Che non sia così
non è certo colpa vostra e quindi vi perdono."

Il duca deglutì. "Non merito certo..."

"Per favore, per favore, non interrompetemi. È molto difficile
per me dire queste cose," chiese Antonia sussurrando. Si schiarì la
voce, si avvicinò un po' in modo che solo lui potesse sentirla e
continuò. "Voglio che sappiate che qualunque cosa succeda non
dovrete sentirvi in obbligo verso di me per quello... quello che è
successo tra di noi. Fa parte del passato e le conseguenze sono solo

mie. E se voi aveste avuto la cortesia di darmi il beneficio di una risposta a una delle molte lettere che vi ho scritto, non dovrei stare qui a spiegarmi perché saprei che capite... Ma a teatro me l'avete fatto capire chiaramente e quindi ritengo che adesso ci capiamo a vicenda. Non vi darò più fastidio. Ora, per favore, lasciatemi passare."

Il duca non si fece da parte e Antonia non cercò immediatamente di passare. Nonostante l'attività intorno a loro, era come se fossero le uniche due persone nel grande atrio. Il duca le alzò lentamente il mento per guardarla negli occhi verdi.

"Non ho mai cercato di nascondervi la mia vita, Antonia, nemmeno gli aspetti più sordidi," le disse gentilmente. "Eppure, conoscendomi per quello che sono, voi mi avete reputato una persona migliore. Non vi merito, specialmente per il modo imperdonabile in cui vi ho trattato. Ma da quando abbiamo diviso il mio letto ho scoperto che non posso... Che ho bisogno... Che sono... Quello che sto cercando di dirvi è che..."

"Eccovi qua!" Esclamò Theophilus Fitzstuart, entrando dalla porta principale aperta e avvicinandosi al duca a grandi passi. "Percy è furioso per via dei cavalli. Non riusciranno a trattenerli ancora per molto. Charlotte? Antonia? Siete pronte? Ah, vostra grazia! Ho interrotto..."

Il duca aveva voltato le spalle a Theo per nascondere il volto arrossato e Antonia capì che l'occasione era sfumata. Con suo zio che la guardava ansioso e Charlotte che si avvicinava per raggiungerla, raccolse in fretta le sottane, fece una riverenza al duca e corse nel vasto atrio verso la carrozza che la aspettava.

THEOPHILUS FITZSTUART GUARDÒ ANTONIA che correva fuori, con Charlotte che la seguiva in fretta, e si rivolse al duca, che era ancora appoggiato alla balaustra e guardava rannuvolato il frustino nelle mani guantate.

"Mi dispiace, sono stato intempestivo. Avrei dovuto dar retta all'avvertimento di Charlotte."

"Sì," rispose secco il duca senza guardarlo e salì le scale due gradini per volta.

"Le mie scuse, vostra grazia, ma se avessi saputo..." Theophilus Fitzstuart cercò di spiegarsi, seguendo il duca.

"Dov'è vostra madre?"

"Mia madre?"

Roxton percorse un corridoio a lunghi passi e si autoinvitò nel salotto di Lady Strathsay, mandando via con un gesto un agitato cameriere e facendo gridare e scoppiare in lacrime colpevoli una cameriera di sua signoria che aveva l'orecchio incollato alla porta della camera.

"Fate alzare immediatamente la vostra padrona," le ordinò e aprì le tende di damasco per guardare fuori dalla finestra nella piazza sottostante. "E dite a Hawthorne di mandare la colazione che ho ordinato in questa stanza. Fitzstuart, vi unite a noi?"

"Colazione, vostra grazia?"

"Oh, smettetela di fare il pallagallo! Bene, ragazza, devo buttare giù la porta?"

"Sicuramente, qualunque cosa dobbiate dire alla mamma può aspettare?" Suggerì Theophilus Fitzstuart, inorridito come la cameriera all'idea di disturbare sua madre a quell'ora.

"No, ho già aspettato abbastanza," disse amaramente Roxton. "Comunque, potete certamente andarvene se l'idea di strappare la vostra cara mamma dalle braccia del suo amante vi disturba. Quale Dick è oggi? O si è dimenticata di far pubblicare la lista di questa settimana sul bollettino?"

"Questo è fuori luogo!"

"Sì, ma fin troppo vero. Non intendo scusarmi."

"Non ho chiesto le vostre scuse. Conosco bene le abitudini di mia madre," disse rigidamente il signor Fitzstuart. "Ma che siate voi a condannare il suo comportamento quando il vostro è stato oggetto delle chiacchiere ai tavoli da tè per quasi due decadi..."

"Diversamente da Augusta, io ho avuto la decenza di condurre le mie... ehm, *liaisons* sotto il tetto di qualcun altro," disse il duca sarcastico. "Vostra madre ha avuto la maleducazione di mettere in mostra la sua depravazione un piano sopra la sua stessa nipote."

Il signor Fitzstuart non riuscì a ribattere. Si sedette sul bracciolo di una sedia cinese intagliata e fece oscillare una gamba, in silenzio e di malumore. Il duca fiutò un pizzico di tabacco e continuò a guardare fuori dalla finestra finché la cameriera riapparve dalla camera da letto. Stava tremando e aveva un segno rosso sulla guancia sinistra. Theo fece una smorfia vedendo l'opera di sua madre. Il duca si limitò ad alzare l'occhialino.

"Molto medievale," disse, strascicando le parole. Fece un cenno di congedo alla cameriera spaventata. "Andate a curarvi la faccia."

La cameriera fece una riverenza a uscì in fretta.

"Ah, ecco la colazione," disse il duca quando il maggiordomo e un cameriere dagli occhi sgranati appoggiarono il bricco di caffè e un pesante vassoio su una credenza. "Hawthorne, versate il caffè per il signor Fitzstuart. Tornerò tra un attimo, Theophilus."

"Che cosa avete intenzione di fare?" Chiese il signor Fitzstuart allarmato. "Mio Dio! Non vorrete seriamente entrare?"

"Mio caro ragazzo, la camera da letto è il posto dove rendo di più. Qualunque chiacchiera da salotto ve lo può confermare."

IL DUCA E IL SIGNOR Fitzstuart stavano bevendo la seconda ciotola di caffè e avevano richiesto un altro piatto di panini quando Lady Strathsay emerse dal buio della sua stanza, non diversamente da una leonessa dalla sua tana. I capelli rossi le scendevano in riccioli scomposti lungo la schiena, aveva colorato le labbra di un rosso vivo e si era profumata di fresco. Una larga vestaglia di seta cinese a fiori le copriva negligentemente le spalle. Non serviva a coprire una sottile chemise di seta e non lasciava dubbi sul fatto che avesse ancora delle belle gambe e la figura di una donna con la metà dei suoi anni.

"Affascinante, vi siete messa la faccia," disse il duca, allungando le gambe. Diede un'occhiata a Theo che si era affrettato ad alzarsi nel momento in cui la contessa era entrata nella stanza come un turbine. "Siate un figlio diligente e versate il caffè alla vostra cara mamma."

"Non ne voglio!" Rispose la contessa con un ringhio, socchiudendo gli occhi alla luce della tarda mattinata che riempiva il salotto. "Come osate…"

"Risparmiatemi l'indignazione," disse freddamente il duca. "Ho già avuto occasione di sentirvi in passato e vostro figlio non si merita un assaggio della vostra lingua velenosa. Vi suggerisco di bere una ciotola di caffè. Ho intenzione di intrattenervi per un bel po' di tempo."

Istintivamente, la contessa diede un'occhiata alla porta della sua camera.

"Mi sono preso la… ehm, libertà di ordinare la colazione per John," disse Roxton, facendo un mezzo sorriso quando lei lo guardò infuriata. "Hawthorne provvederà a tutto, anche al giornale del mattino e a un boccale di birra… È questo che preferisce?"

"Quando penso che avete avuto l'audacia…"

"Per favore, non servono ringraziamenti. Era il minimo che potessi fare," disse il duca con un cenno arrogante della mano bianca. "Un boccale di birra è il minimo che potessi fare per avervi costretto a farvi alzare dalle ginocchia. Anche se ho avuto l'impressione che John abbia pensato che l'episodio non mancasse di un lato umoristico. Ha riso quando gli ho offerto di aspettare finché avesse… Ma no, non vorrei imbarazzarvi ulteriormente. Specialmente non davanti a vostro figlio."

Lady Strathsay guardò suo figlio come se lo vedesse per la prima volta. "Che cosa ci fate qui?"

Il signor Fitzstuart strinse le labbra. "Se preferite che non…"

"Restate," ordinò il duca. Indicò una sedia. "Sedetevi, Augusta."

Di colpo, la donna smise di camminare avanti e indietro sul tappeto di Aubusson e si mise di fronte a suo cugino, con gli occhi ridotti a due fessure verdi. Il duca prese un pizzico di tabacco, come se non avesse notato che lo stava sfidando, e con l'aria di aspettarsi che lei obbedisse senza discutere. Theo pensò che era possibile che sua madre gli disobbedisse ma appena Roxton la fissò da sotto le palpebre semichiuse, l'ammutinamento finì e la contessa si sedette dove le aveva chiesto.

Non fu un gesto di sottomissione. Mise in imbarazzo suo figlio che si voltò per occuparsi del caffè e delle stoviglie. La contessa si lasciò cadere sulla poltrona, la chemise e la vestaglia scivolarono da una spalla a mettere in mostra una quantità di seno rotondo che non fece niente per coprire. Arrivò al punto di gettare una gamba sul bracciolo imbottito della poltrona, con un piccolo piede nudo con le unghie dipinte che puntava verso la finestra, e si adagiò comodamente.

"Quando Kate ha detto che eravate cambiato ha dimenticato di dirmi in che modo," disse la contessa con una voce piena di ironia. "In effetti sembrava molto riluttante a dire molto la notte scorsa. Sono rimasta sorpresa nel vederla tornare presto da Drury Lane, e con Antonia al seguito. Ma quando ha menzionato la vostra improvvisa riapparizione non mi ha stupito che sia scappata. Povera Kate... e povera piccola Antonia! Una si riprenderà, è abbastanza giovane. Ma Kate?" Lady Strathsay scrollò le spalle e ridacchiò. "Invidiavo la vostra eterna giovinezza, Roxton, ma ora non più. Credo che ci sia un po' di grigio alle tempie tra quei riccioli corvini. E le rughe, sì, più profonde, più pronunciate intorno a quella smorfia. Una coscienza sporca, forse?"

Theo tese la ciotola di porcellana con una smorfia. "Il vostro caffè, madame."

Lady Strathsay lo guardò. "Caro Theo, siete arrabbiato con

me? Che cosa volete che dica, quando sono stata io a essere tirata
fuori dal letto?"

"Un po' di rispetto per…"

"… sua grazia?" Lo prese in giro. "Il duca mi conosce troppo
bene. Non ci sono mai state cerimonie tra di noi."

"Questa non è una visita sociale, mamma."

"Cosa? Oh! Volete che faccia la riverenza al capo della famiglia? Buon Dio! Aprite gli occhi, figlio mio. Roxton può anche
essere un duca ma difficilmente merita il mio rispetto, non
quando vi avrò raccontato l'ultima…"

"Basta," disse il duca con voce pacata. Si alzò e andò alla
finestra.

"Quel sorriso sghembo vi dona più di quello che pensiate," lo
prese in giro Lady Strathsay. "Ma pensate alle rughe intorno alla
bocca! Dovete fare attenzione…"

"Siete una stupida, Augusta," disse lentamente il duca. "È un
peccato che non abbiate coltivato la mente la metà di quanto
avete coltivato la vostra vanità. Vi avrebbe potuto risparmiare una
vecchiaia solitaria. Una volta che la vostra bellezza sarà diventata
scialba che cosa avrete da offrire a un uomo? Non è mai troppo
tardi per coltivare un po' di umiltà, cugina."

"Così parlò l'umiltà fatta persona!" Replicò Lady Strathsay.

Roxton le rivolse uno dei suoi rari sorrisi.

"L'arroganza è una *qualità* maschile, mia cara. In una donna è
un *inconveniente*. Ma non sono venuto qua a sprecare il mio
tempo in discussioni scherzose. Theophilus: andate all'*écritoire* di
vostra madre e frugate nei suoi cassetti."

"Che cosa devo cercare, vostra grazia?" Chiese Theophilus
Fitzstuart, fissando alternativamente il duca e sua madre, che era
improvvisamente impallidita. "Forse, mamma, vorreste…?"

"È lì che tenete la vostra corrispondenza?" Lo interruppe il
duca fissando duramente la contessa.

"Che diritto avete di ordinare a mio figlio di frugare tra le mie
carte private?"

Il duca tese la mano a palmo in su. "La chiave, Augusta."

"Non è mai chiuso a chiave."

"La chiave dell'unico cassetto che tenete chiuso."

"Vostra grazia, non capisco perché sia necessario."

"Voglio quello che è mio. E voi avete ancora quello che è mio, vero, Augusta?"

La contessa si agitò a disagio e non guardò né lui né suo figlio.

"Non ho la più pallida idea di che cosa potrei avere che possa interessarvi…"

"Lettere."

"Lettere? Io brucio tutta la mia corrispondenza. Non è il caso di lasciare in giro i propri piccoli affari di cuore. Dovreste saperlo meglio di me."

"Ve ne siete fatta sfuggire una. Voglio le altre."

"Ce-ce ne sono?"

"La vostra faccia vi tradisce. Quelle lettere sono state scritte a me. Appartengono a me. E le avrò. *Subito!*"

"Ho… Ho distrutto il resto!" Disse impetuosamente la donna. "Non vedevo il motivo di tenerle. A che sarebbero servite? Solo pagine di chiacchiere infantili senza senso. A malapena comprensibili per la maggior parte e piene di vecchie notizie, beh, sono vecchie, adesso," scherzò. "Speravate che contenessero pagine di amore eterno per voi? Difficile. Anche se ce n'era una, o erano due, scritte in italiano. Non sono riuscita a decifrarle. Forse è più facile spiegare ordinatamente le proprie emozioni disordinate in quella lingua piuttosto che in francese? Dopo tutto il francese è la sua lingua natia e quando…"

"Mio-mio Dio, mamma! A-avete rubato le lettere di Antonia dal tavolo nell'atrio?" Chiese rabbiosamente Theo. "E le avete *lette?*"

"No, le ha rubate Hawthorne. Io le ho solo tenute in un posto sicuro."

"Io-io non so che cosa dire, vostra grazia," si scusò Theophilus Fitzstuart, con il volto rosso per l'imbarazzo. "Non mi sarei mai

sognato... Cioè, se l'avessi saputo... Tutte queste settimane...
Tutte quelle lettere... Lei pensava che aveste scelto di ignorarla."

Lady Strathsay fece una risatina nervosa. "Non stupitevi Theo!
Certamente lo avevate indovinato? E non l'ho fatto per dispetto,
quindi non guardatemi come se fossi una strega da mettere al
rogo. Checché ne pensiate l'ho fatto nell'interesse di mia nipote. È
così malsano per una ragazza della tenera età di Antonia corri-
spondere con un uomo della reputazione di Roxton," disse con
aria disgustata. "Che cosa avrebbe pensato la società se una delle
sue lettere si fosse persa? Dio ci scampi che il nome di Antonia sia
legato in qualche modo al suo."

Vide suo figlio che andava in fretta verso lo scrittoio di noce
laccato, abbassava il ripiano pieghevole e frugava tra il contenuto
dei cassettini.

"Come osate toccare la mia corrispondenza privata!"

"Un po' tardi per apparire oltraggiata, mamma," dichiarò
Theo. Trovò quello che cercava e inserì una piccola chiave d'argento nella serratura che bloccava una fila di cassetti sotto il
ripiano.

"Sedetevi!" Ordinò il duca quando la contessa fece per alzarsi
dalla poltrona.

"Ho una mezza idea di chiamare John!"

"Fate pure. Se credete che serva," rispose il duca. "Ne dubito.
Probabilmente, e saggiamente, si è trasferito al White."

La contessa cercò una risposta adatta, poi chiuse la bocca,
mentre gli occhi si spalancavano davanti al cambio di espressione
sul volto del duca quando suo figlio mise un fascio di lettere
aperte, legate con un nastro, sulla dormeuse accanto a lui. Pensò
che sembrava quasi capace di emozioni. Punti di colore macchia-
rono le guance ben rasate e un piccolo sorriso segreto aleggiò sulla
bocca sottile. La donna sorrise e andò all'attacco.

"Una simile devozione in una così giovane è veramente rara,"
disse, con voce insinuante. "Avevo supposto che, se non ci fossero state

risposte, si sarebbe stancata di scrivervi dopo due settimane. Ma no, lei ha insistito. Che cara ragazza. Deliziosa, bella, dolce e ancora abbastanza giovane da poter essere modellata secondo la volontà di qualcuno. Un po' caparbia, ma alcuni uomini la trovano una caratteristica attraente. Questa infatuazione infantile per voi passerà, ovviamente. Non penso che il visconte d'Ambert si debba preoccupare, no?"

Roxton alzò gli occhi dalla corrispondenza che stava sfogliando.

Lady Strathsay sorrise dolcemente. "Vi compiango, oh, sì. Ho sempre saputo che se aveste permesso alle emozioni di avere la meglio su di voi, avreste fatto un gran tonfo." Sospirò, tragica. "Forse avete sbavato dietro a mia nipote dal primo momento in cui l'avete vista. Nessuna meraviglia che Kate ne sia stata devastata. Ma è un'anima coraggiosa." Guardò suo figlio che si agitava accanto al camino, molto a disagio. "Theo? Ditemi, Theo, intendete restare lì impalato a permettere a questo nobile satiro di affondare la sua verga tra le vergini cosce di vostra nipote? È giusto che il giovane visconte riceva una sposa con il velo strappato la prima notte di nozze?"

In due passi Roxton fu da lei, con il volto bianco di furia muta e un braccio alzato. La contessa si ritrasse, con una mano sul volto, aspettandosi che la colpisse e sperando che suo figlio intervenisse. Theophilus Fitzstuart non si mosse. Non sapeva che cosa fare. La decisione gli fu risparmiata. Il duca si allontanò, disgustato di sé, e rimase in piedi davanti alla finestra con le spalle rivolte alla madre e al figlio. Si prese un momento e poi parlò, senza girarsi, con gli occhi su una portantina che era entrata nella piazza, davanti a un tiro a sei che stava arrivando.

"È ora di porre fine a questa farsa, madame," disse il duca con la voce ferma. "Sapete bene quanto me che il contratto di matrimonio firmato da Strathsay e dal *Comte de Salvan* non è valido. E lo sapevate fin dall'inizio."

Quando non ricevette risposta, voltò la testa in tempo per

vedere la contessa che scrollava le spalle rivolta a suo figlio, come se fosse perplessa.

"È inutile fare finta, anche con vostro figlio. Lui sa la verità."

"È il motivo per cui sono andato a Treat," spiegò Theo. "Per discutere con sua grazia la validità delle rivendicazioni del *Comte de Salvan* su Antonia."

"Roxton vi ha informato che mettendo piede sul suolo inglese ha infranto la parola che aveva dato a suo cugino?" Rispose Lady Strathsay altezzosamente. "Che cosa pensate di un uomo che dà la sua parola e poi non la mantiene?"

"Mamma, è inutile cercare di calunniare il duca. Ha dato la sua parola in buona fede, ma gli era stata estorta sotto false pretese. Salvan lo ha ingannato…"

"Bah! Roxton ha promesso di non avvicinarsi ad Antonia finché non fosse stata sposata al visconte d'Ambert. Dov'è l'inganno? Non era una richiesta scorretta, visto che ha fatto completamente girare la testa alla ragazza. Buon Dio, lei giustifica perfino il suo comportamento dissoluto; lo tollererebbe anche se dovesse sposarlo. Per fortuna non sarà sprecata su un uomo del genere e grazie al buonsenso di vostro padre sta per sposarne un altro."

"Un po' tardi per recitare la parte della moglie devota, mia cara," la beffò il duca. "Deve essere l'unica volta in cui voi e lui siete stati d'accordo. Ma io scuso Strathsay, perché riteneva veramente di fare il bene di sua nipote. Mentre voi, voi favorite questa unione solo perché terrebbe Antonia lontana dall'Inghilterra e vi risparmierebbe il fastidio di dovervene occupare.

"Non vi siete mai preoccupata per il benessere di sua madre, né vi siete mai occupata del futuro della ragazza quando entrambi i suoi genitori sono morti. E quando avete visto che era infinitamente più bella, sia come aspetto sia come contegno, di quanto voi siate mai stata, certamente non la volevate sotto il vostro tetto. Comodo spedirla a Twickenham proprio prima che John potesse mettere gli occhi sulla sua squisita, giovane bellezza."

"Mi dipingete come una creatura senza cuore," disse Lady

Strathsay con il labbro che tremava. "Ma non lo sono! Anch'io voglio solo quello che è meglio per lei…"

"… purché non interferisca con quello che è meglio per voi!"

"Penso che sia meglio che sposi un ragazzo senza passato piuttosto che essere infatuata fino ad andare a letto con un libertino come voi, con un piede nella fossa!"

Il duca sorrise minaccioso. "Infinitamente preferibile. Se fosse quello che lei desidera. Il che non è. E se il visconte d'Ambert avesse la testa a posto, il che non è, e non fosse un tossicomane, schiavo dell'oppio, cosa che invece è."

"Co-cosa?!" Balbettò la contessa. "Non vi credo! Theo, non puoi credere a questa assurdità. Com'è conveniente per voi, Roxton, che il ragazzo sia matto! Vi permette di farvi avanti e prendere il suo posto senza discussioni. Andiamo, Theo, non potete seriamente credere a una stupidaggine di così bassa lega."

"Ci credo ora. All'inizio pensavo fosse un'assurdità, ma quando Roxton mi ha spiegato le cose, certi particolari…"

"Sono sicura che erano convincenti," disse seccamente al duca. "Ora mi direte che Strathsay e il *Comte de Salvan* erano al corrente di questa faccenda quando hanno firmato il contratto di matrimonio con d'Ambert."

"No," disse il duca, fiutando una presa di tabacco. Scosse i volant di pizzo e si sedette a gambe accavallate sul sedile della finestra. "Strathsay non ne aveva la più pallida idea. Per quanto riguarda il mio caro cugino, non è così innocente. Il povero Salvan è piuttosto stupido, anche se pensa di essere un grande manipolatore. È al corrente della dipendenza dagli oppiacei di suo figlio. Ha cercato di controllarlo, in diverse occasioni, cercando di… ehm, regolare l'assunzione di sostanze da parte del ragazzo, ma senza successo. Poi gli ha sventolato una *lettre de cachet* sotto il naso. Ma non ha funzionato nemmeno quello. Avrebbe potuto funzionare, se gli oppiacei fossero stati l'unica… ehm, malattia del ragazzo."

"Una bella storia," disse sprezzante Lady Strathsay.

Il duca le sorrise sdegnoso. "Bella come quest'altra. Circa nove mesi fa Strathsay vi ha mandato una lettera…"

"Non ricordo…"

"Allora lasciate che vi rinfreschi la memoria," ringhiò il duca. "La preoccupazione principale di Strathsay nella sua vecchiaia era il benessere di sua nipote, una volta che avesse lasciato questo mondo. Voleva vederla sistemata, sposata, sì, e bene. Il *Comte de Salvan* lo avvicinò. Mio cugino sapeva che il figlio era prono a rabbie incontrollate, come lo sapeva tutta la corte, del resto. Nessuna madre voleva che la figlia sposasse qualcuno come lui. Se i Salvan avessero avuto la ricchezza, oltre al titolo, qualche nobile famiglia avrebbe potuto sacrificare una figlia. Comunque, Strathsay non sapeva nulla dell'indole del visconte. Accettò un contratto di matrimonio, ma a una condizione, voleva che Salvan aspettasse un anno. Voleva mandarla da voi perché stava morendo e…"

"Strathsay mi ha scritto? E qual è stata la mia risposta?" Disse insolentemente Lady Strathsay.

"Non ci fu risposta."

"Vedete!" Disse, guardando suo figlio. "Perché vostro padre avrebbe dovuto preoccuparsi di chiedere consiglio a me? Non eravamo in contatto da trent'anni o più! Non avrei riconosciuto la sua calligrafia se me l'avessero sbattuta in faccia. E anche se l'avessi riconosciuta, allora? L'idea che mi abbia scritto è ridicola."

Theo guardò il duca, che stava guardando la contessa con un sorriso cattivo.

"Trent'anni?" Le disse, strascicando le parole. "Forse. Ma finivate nel suo letto tutte le volte che visitavate Parigi. Non siete mai riuscita a resistere a una bella scopata. Il prodotto di una di quelle capriole è qui davanti a voi. Non arrossite, ragazzo mio, conoscete bene vostra madre."

"Come… Come osate," ansimò la contessa.

"Fate i vostri conti e state zitta, Augusta," disse Roxton. "Per finire la mia… ehm, bella storia. No, non avete scritto a Strathsay ma a Salvan. Avete dato al conte tutto il vostro appoggio per questo matrimonio. Salvan ne è stato deliziato. Avrebbe fatto sposare il figlio con una ragazza il cui unico parente cui importava qualcosa di lei stava esalando gli ultimi respiri. Non aveva madre, padre, fratelli; non interessava a nessuno. bene Con un po' di fortuna, il matrimonio avrebbe calmato gli scoppi di rabbia del visconte, per quanche tempo. Se Salvan fosse stato molto fortunato, poco dopo il matrimonio ci sarebbe stato un erede per portare avanti il nome; prima che la malattia di suo figlio diventasse un imbarazzo troppo evidente e dovesse essere rinchiuso per sempre. E la ragazza?

"Che cosa sarebbe successo alla giovane sposa? Salvan avrebbe avuto una nuora non solo bella e dolce, ma giovane. Il mio caro cugino ha un debole per le ragazze giovani, più giovani sono meglio è. È piuttosto disgustosamente persiano nei suoi gusti. Oh, vedo la sorpresa nei vostri occhi, Augusta? Sordido, vero? Ancora più sordido è il fatto che stia dando la caccia a vostra nipote da quasi un anno. La vuole per sé. Farla sposare al figlio rende tutto più comodo."

"Voi-voi non me l'avevate detto," disse Theophilus Fitzstuart con una risatina fiacca. "È assurdo pensare che farebbe... che potrebbe... che lui..."

"Sì," disse il duca.

"Tutto troppo comodo," dichiarò la contessa. "Perché Salvan dovrebbe darsi tanti fastidi per il figlio quando potrebbe facilmente risposarsi e risparmiarsi la fatica di organizzare un'unione accettabile per suo figlio? Perché non rinchiudere il ragazzo e dimenticarsene? Può avere altri figli."

"Potrebbe farlo," ammise Roxton. "Comunque, produrre altri figli non cambierebbe le cose. Étienne resterebbe il primogenito e quindi il suo erede. Non è più conveniente far produrre un erede al figlio, piuttosto che aspettare che il titolo passi al suo fratellastro? Rinchiudere il ragazzo è la soluzione meno appetibile per Salvan."

Lady Strathsay allungò la mano per prendere il campanellino d'argento. "Ben argomentato. Poi ci direte che Salvan ha intenzione di fare a meno dell'interferenza di suo figlio in tutto il procedimento e che vuole mettere incinta Antonia lui direttamente."

"Mamma, per favore!"

"Non essere un puritano, Theo. È una deduzione logica, perfino per te! Hawthorne," disse quando il maggiordomo entrò in silenzio nella stanza, "ci servono altri rinfreschi. Lord Ely...?"

"È andato al White, milady," rispose il maggiordomo. "Mi ha informato che ritornerà in tempo per la cena."

Lady Strathsay gli fece cenno di andarsene e chiese il suo ventaglio, che il figlio prese immediatamente dallo scrittoio. "Se Salvan è stato così furbo non può aver dimenticato l'esistenza di mio figlio."

"Non ha dimenticato Theophilus, ha solo considerato poco importante la sua esistenza."

"Bene, accidenti!" Disse Theophilus Fitzstuart sbuffando e mettendo le braccia conserte. "Vostro cugino mi piace sempre meno, vostra grazia."

"Siate lieto del fatto che non lo incontrerete mai," disse il duca, con simpatia. "Ma vostra madre ha messo il dito sulla falla nei piani grandiosi di Salvan. Non ha mai dubitato per un momento quando Strathsay vi ha definito come un... ehm, frutto bastardo di una delle numerose storie di vostra madre. Perdonatemi, ragazzo mio, non voglio offendervi intenzionalmente. Salvan non vi ha mai visto, quindi la somiglianza con vostro padre per lui non significa nulla. E Strathsay ha continuato a rinnegarvi fino al suo ultimo respiro. Tutto per dispetto. Era l'unico modo possibile per vendicarsi della sua cara moglie per averlo... ehm, abbandonato quando più ne aveva bisogno."

"Stupidaggini!" Lo interruppe la contessa. Ma arrossì suo malgrado. "Ha scelto lui di sostenere le rivendicazioni degli Stuart, non io. Ben gli sta, per aver condotto una spedizione contro la corona. Pazzo! Come ha fatto la gente a pensare che lo avrei seguito in esilio dopo quel tradimento..."

"L'hanno pensato e voi non l'avete fatto. Una tale *devozione*."

"Siete l'ultima persona che può disprezzarmi, Roxton! E la mia moralità. Quando la vostra è la più atroce... la più ripugnante... la più orribilmente insaziabile..."

Il duca si inchinò, con un luccichio negli occhi.

"Mia cara Augusta, se avessi saputo che rifiutare il vostro letto vi sarebbe bruciato ancora dopo tutti questi anni, avrei fatto un sacrificio. Ma anche quand'ero un imberbe ragazzetto di quindici anni avevo abbastanza discernimento da resistere a tutti i trucchi del repertorio sessuale che avete usato per sedurmi. Ma non dirò altro. Theophilus sembra particolarmente offeso dal nostro... ehm, comportamento. Potrete schiaffeggiarmi più tardi, Augusta, se può soddisfare la vostra rabbia. Ah, ecco il tè."

Hawthorne depose il vassoio d'argento su un tavolino e, dopo essersi sistemato con una ciotola di caffè, questa volta su una poltrona accanto al fuoco, il duca continuò.

"Non è il testamento di Strathsay che dovrebbe preoccuparci. Theo è nominato come suo figlio ed erede in quel documento, redatto molti anni prima della morte del conte. Non lo sapevate, ragazzo mio? Sì, è così. Ma Salvan non l'ha mai saputo e probabilmente non lo sa ancora. Capite che, in quanto... ehm, bastardo, non avete mai rappresentato una minaccia per i piani di Salvan?"

"La legittimità di Theo non cambia il fatto che c'è un contratto di matrimonio tra Salvan e Strathsay," ribatté la contessa. "Strathsay ha firmato il documento prima di morire. Che cosa può cambiare Theo, che sia o no il figlio legittimo?"

"È il testamento di Frederick Moran che è importante."

Lady Strathsay fece una smorfia. "Ora sono doppiamente confusa. Quell'eccentrico quacchero è morto oltre un anno fa. Non vedo che cos'abbia a che fare con tutto questo!"

"Mia cara, voi arrossite. Coscienza sporca, forse?" La stuzzicò il duca e fissò Theo, che a sua volta guardava sua madre con un'espressione furiosa. "Voi sapete che mia sorella ha recentemente sposato Lucian Vallentine e che hanno passato la loro luna di miele a Venezia e in Toscana?"

"Ovvio," disse Lady Strathsay, sempre più a disagio sotto lo sguardo attento del figlio. "Perché abbiano deciso di attraversare l'Italia non lo capirò mai."

"Li ho mandati io," disse Roxton. "Vallentine è stato felice di compiacermi. L'ho mandato a casa di un particolare avvocato, l'avvocato di Moran. È successo che il signore avesse una copia del testamento di Sir Frederick Moran. Non è stato un colpo di fortuna? Quando si pensa che l'originale in qualche modo si è perso alla sua morte. Ma Sir Frederick vi aveva scritto riguardo alle sue intenzioni, Augusta."

"Se l'ha fatto, non lo ricordo in modo particolare. Deve essere successo parecchi anni fa."

"Cinque anni fa, per essere precisi. Aveva ritenuto prudente informarvi, in quanto nonna di Antonia, dei suoi piani per la figlia nel caso fosse morto all'improvviso. Ho una lettera, la copia lasciata al suo avvocato. Conferma quello che pensavo mesi fa, senza ovviamente poterci fare niente." Roxton finì il caffè e continuò. "Voi sapete bene quanto me che Strathsay non è mai stato nominato tutore di Antonia nel testamento di Sir Frederick. Certamente il nome Strathsay appare, ma è il nome di Theophilus James Fitzstuart, secondo conte di Strathsay. Moran presumeva che il vecchio conte sarebbe morto molto prima di lui e che Theophilus avrebbe ereditato il titolo."

"Voleva che fossi io il tutore di Antonia, mamma, non Strathsay," dichiarò Theo. "Moran ve lo disse in quella lettera. Vi informò anche che nominava il duca come esecutore testamentario."

Lady Strathsay scrollò le spalle e sbadigliò. "Anche se l'ha fatto, non ricordo nessuna lettera."

"Statene certo, ragazzo mio, siete voi il tutore di Antonia."

"E allora?" Ribatté la contessa. "Non cambia il fatto che per contratto Antonia deve sposare il visconte d'Ambert."

"Cambia tutto, mamma," sostenne il figlio. "Strathsay non aveva il diritto di contrattare un matrimonio per Antonia. Non è mai stato il suo tutore, quindi il contratto è nullo. Non è tenuta a sposare il visconte."

"Lo pensate davvero, figlio mio?" Disse sua madre con leggerezza. "Finché la vostra rivendicazione non è firmata dal nostro monarca, non siete il secondo conte di Strathsay, no?"

Theophilus Fitzstuart si irrigidì ma il duca rise piano.

"Una scintilla di intelligenza, mia cara Augusta. Non c'è bisogno che ti preoccupi, ragazzo mio. La tua rivendicazione sarà firmata questa settimana, così mi hanno assicurato. Sarete il conte di Strathsay per legge oltre che per nascita prima che sia finita la settimana. E come tale, il tutore legale di Antonia. Tocca a voi, quindi, decidere il suo fato."

"Ditemi, Theo," disse caustica la contessa, "quale sarà il suo fato? Ci sarà uno scambio di pretendenti? Chi è più adatto, secondo voi?"

"Per favore, mamma, non ci ho pensato… cioè, questo ruolo è nuovo per me e…"

"Un giovane francese di nobile nascita, abbiamo solo la parola di Roxton che la sua testa non è a posto, o forse preferireste vederla sposata a questo toro invecchiato?"

"… voglio quello che è meglio per Antonia," concluse fermamente Theophilus Fitzstuart. "I bisogni e i desideri di Antonia sono la cosa più importante, quindi glielo chiederò…"

"Oh, risparmiatemelo! Chiedere a una ragazza di diciotto anni che cosa vuole?" La contessa rise nervosamente. "È folle!"

"*Di-diciotto?*"

Era Roxton e aveva parlato con un sussurro.

La contessa alzò il sopracciglio perfettamente arcuato verso il duca.

"Sì, di-*ciotto*," dichiarò, quasi facendo le fusa e guardando la gola del nobiluomo stringersi mentre si portava la mano alla bocca. "Ha avuto la temerarietà di aggiungere due anni alla sua breve vita, pensando stupidamente che venti sarebbero stati presi più sul serio di diciotto. Chi ha mai sentito di una donna che si *aggiunge* degli anni?" Scrollò le spalle nude, con una subdola occhiata soddisfatta al duca che, volendo mascherare il suo disagio, si stava impegnando a slegare il nastro del fascio di lettere. "Diciotto o venti, due anni sono poca cosa per un uomo che va verso i quaranta, vero, duca? Anche se… Deve rendere ancora più dolce la prospettiva di assaggiare la sua ciliegina…"

"*Mamma.*"

"Per favore, Theo," disse con un sospiro di irritazione per l'imbarazzo di suo figlio, che aveva il volto rosso mattone, e si alzò in piedi. "Non so come tu possa deplorare la condotta e le intenzioni di uno senza condannare allo stesso modo l'altro. Mi sembra che i progetti di Roxton per Antonia siano non meno sordidi di quelli del *Comte de Salvan*. Che ne dite, Theo?"

"Brava, Augusta, bra-va!" Disse sprezzante il duca. "Il vostro odio e la vostra invidia per la vostra unica nipote non conoscono limiti."

La contessa si gettò oltre la spalla la sua lunga criniera rossa, mentre andava rapidamente verso la sua camera.

"Prendete le vostre lettere e andatevene. Anche se non capisco perché vogliate leggerle adesso, ma, comunque, non mi interessa. Solo lasciate in pace John e me per il resto della settimana, anche tu, Theo. Oh, c'è un particolare che ho dimenticato di menzionare," disse, in piedi sulla soglia e con un sorriso dolce. "Dato che ora siete il tutore della ragazza, Theo, questo è un problema vostro. Sono sicura che il duca vi offrirà i suoi consigli, visto che ha un interesse così profondo per la nostra piccola Antonia. Mi domando come farete a sbrogliare questa matassa se deciderete contro la richiesta del visconte. Almeno potrete dirlo in faccia al ragazzo…"

"Scusate, mamma?"

"Non l'ho già detto? Che testa vuota! Ieri pomeriggio, quando Charlotte mi ha sorpreso con la notizia del ritorno di Roxton, sono rimasta così sorpresa e scioccata che ho immediatamente scritto al *Comte de Salvan* per avvisarlo…"

"Una bassezza proprio adatta a voi," sibilò Roxton, alzandosi.

"Non vedete l'ora di usare la vostra spada, cugino?" Lo pungolò. Anche se il veleno nella voce del duca la fece tremare dentro. "Almeno io ho avuto la decenza di informarvi."

"Come avete potuto fare una cosa simile?" Chiese Theo, esasperato. "A che cosa può servire? Anche se Salvan, suo figlio o entrambi vengono di corsa da Versailles, non cambierà nulla."

"Vedremo, no? Dopo tutto non sono convinta che il ragazzo sia così male come lo descrive Roxton. Ha scritto ad Antonia diverse lettere graziose e lei non ha mai detto una parola contro di lui."

"Questo perché Antonia è fatta così. Lei vede del buono in tutti," disse Theo con un sospiro stanco e una mano sulla fronte. "Dio mio, che cosa devo fare?" Guardò il duca, che si era messo accanto alla finestra per osservare il traffico di portantine, carrozze e carri che andavano al mercato. "Vostra grazia, mi dispiace. Io…"

Roxton si inchinò educatamente a Lady Strathsay, causandole un istante di inquietudine. "Auguro a entrambi una buona giornata. Godetevi questa settimana, Augusta. La prossima non sarà altrettanto piacevole."

TREDICI

THEOPHILUS FITZSTUART ARRIVÒ nella casa di campagna del signor Harcourt, a Twickenham, e trovò i bagagli di sua nipote e la sua cameriera che aspettavano la carrozza nell'atrio rivestito a pannelli. Lo informarono che la signorina Moran era in biblioteca con il signore e la signorina Harcourt. Il maggiordomo lo accompagnò in una lunga stanza rivestita di libri. Il signor Harcourt era in cima ad una scaletta e cercava su uno scaffale. Antonia era lì accanto, con la testa china sulle pagine di uno spesso volume appoggiato su uno scalino. La signorina Harcourt era seduta accanto al fuoco, con il ricamo in grembo, dimenticato, mentre ascoltava suo fratello e Antonia che discutevano su qualche argomento erudito che le sfuggiva.

Theo aveva chiesto di non essere annunciato, quindi riuscì a sorprendere la signorina Harcourt senza rendere immediatamente nota la sua presenza agli altri.

"No, non disturbateli," sussurrò e si sedette accanto a lei sul sofà. "Desidero parlare con voi un momento." Le prese la mano. "Twickenham è stato un impegno gravoso, senza la mia compagnia a sostenervi, signorina Harcourt?"

La giovane donna sorrise. "Non so proprio come rispondervi senza deludervi, signor Fitzstuart. Se dicessi che non ho avuto un momento di pace quest'ultima settimana e che mi sono divertita moltissimo, ma che avrei preferito passare questo tempo tranquilla, con voi al mio fianco, sareste soddisfatto?"

"Spero che mia nipote non sia stata un fardello gravoso."

"Oh no! È deliziosa! Non dovete pensare che mi abbia causato problemi o preoccupazioni," lo rassicurò Charlotte. "I primi due giorni non era proprio lei ma una volta che Percy le ha mostrato la biblioteca è riuscito a farle dimenticare la sua tendenza a rimuginare su... su certi particolari. Ci sono volte, momenti tranquilli, in cui vedo che non riesce ad allontanarsi dai suoi pensieri, ma Percy è talmente persistente. È molto affezionato ad Antonia."

Theo si rannuvolò.

"Non dovete preoccuparvi che ci sia niente di più, nell'affetto di Percy, che un'adorazione adolescenziale," disse Charlotte, sistemando il ricamo nel cestino. "Tutti i suoi grandi amori sono messi su un piedestallo e credo che nessuno sia ancora sceso dalle nuvole. E ora ha messo lassù anche Antonia. Anche se lei è diversa dal resto. Gli dice quello che pensa e nemmeno tanto gentilmente per i sensibili nervi del povero Percy."

"Temo che mia nipote sia abituata a dire quello che pensa," si scusò Theo. "Qualcosa che suo padre incoraggiava. Mi auguro che non vi abbia turbato?"

"No, per niente. All'inizio, cioè appena ci siamo incontrate, ero incline a pensare che avesse il temperamento di vostra madre. C'è una sorprendente somiglianza fisica tra di loro, dovete ammetterlo. Ma la sua condotta e la sua natura sono tanto lontane da quelle di Lady Strathsay che potrebbero essere due estranee. Perdonatemi se questo vi offende."

"No, abbiamo sempre parlato francamente di mia madre," le disse con un sorriso. "Ed è così che deve essere." Guardò Antonia che aveva la scarpina di satin sul gradino più basso della scala della biblioteca e stava tendendo un libro verso la mano tesa del signor Harcourt. "È stata bene?"

"Come al solito, signor Fitzstuart. Anche se il suo appetito è molto scarso. Non credo di averle visto mangiare più di qualche boccone ai pasti. Mi preoccupa, e anche il fatto che sia troppo pallida. E soffre di qualche doloretto alla giuntura della spalla ferita, nelle giornate fredde. Ma non è una che si lamenti," disse la signorina Harcourt, conversando tranquillamente.

Quando Theo le rivolse uno sguardo penetrante, gli occhi di Charlotte persero il sorriso.

"Signor Fitzstuart, quella ragazza sta soffrendo. Lei e io non ci conosciamo abbastanza bene perché mi confidi i suoi pensieri più segreti. Ma in un paio di occasioni abbiamo parlato della sua vita a Versailles e del suo soggiorno a Parigi. Sembra che abbia molto di cui essere grata per la protezione del duca di Roxton. Quel conte francese sembra assolutamente odioso."

"E... signorina Harcourt?" Chiese Theo. "Per favore, spero che siate altrettanto franca riguardo al benessere di mia nipote."

"Non me l'ha detto lei stessa e non voglio allarmarvi," gli spiegò, guardandolo da sotto le ciglia, "ma Antonia è molto innamorata del duca. All'inizio ero incredula. Ho pensato a un'infatuazione infantile. Ma non è così. Sa che uomo è eppure... Sono riuscita a farvi capire?"

"Sì, chiaramente. E...?"

Charlotte si guardò le mani, che teneva in grembo, per raccogliere i suoi pensieri.

"Mi vergogno di ripetere quello che mi ha detto Antonia in confidenza ma lo faccio perché sono preoccupata per lei e so che voi, come suo zio, avete a cuore i suoi interessi. Vostra nipote ha in programma di partire per Venezia entro la fine del mese. Preferirebbe scappare sul continente che essere obbligata a sposare il visconte d'Ambert. Ha scritto all'amante di vostro padre, Maria Casparti, chiedendole rifugio! Pensare che Antonia preferirebbe vivere con l'amante di vostro padre piuttosto che restare con sua nonna non solo dice molto sulla mancanza di sentimenti della contessa, ma che Maria Casparti, nonostante la sua immoralità, deve avere un buon cuore.

Ho perfino offerto ad Antonia di restare qui a Twickenham, con Percy e me, ma è decisa che preferirebbe vivere nella relativa oscurità di Venezia che portare disonore alla sua famiglia e ai suoi amici... e al duca." Charlotte alzò lo sguardo sul volto dalle labbra tirate di Theophilus Fitzstuart. "Non riesco a immaginare quale disonore possa portare una ragazza innocente a un nobiluomo della reputazione del duca, e voi, signor Fitzstuart? Mi spezza il cuore pensare che ritenga di doversene andare per il suo bene."

"Grazie, mia cara," dichiarò Theo, lieto perché avrebbe finalmente avuto l'opportunità di parlare privatamente con sua nipote durante il viaggio a Treat, e cambiò bruscamente argomento, togliendo una pergamena dalla tasca della redingote e porgendola a Charlotte. "Un invito a Treat per voi e Percy. È per domani. Anche se il preavviso è poco, spero che parteciperete alla festa del duca questo fine settimana, non fosse altro che per vedere mia madre soffrire mille tormenti." Sorrise. "Riuscite a immaginarlo, Charlotte? La contessa che passa quattro giorni in campagna, sotto il tetto di Roxton, lontana da Londra e dai suoi ammiratori, circondata da animali di fattoria e campi verdi! Avvizzirà, lo so."

"Sono sicura che non potrebbe concepire un fato peggiore. È una meraviglia che abbia accettato l'invito."

"Non è stato tanto un invito quanto un ordine. Non osa incorrere ancora di più nell'ira del cugino Roxton. Ha già portato la sua pazienza al punto di rottura. È lui che gestisce le sue finanze, che le permette di vivere al suo indirizzo di Hanover Square per un affitto risibile e che mantiene il suo tiro a sei. Ed è inutile che lei faccia appello a Lord Ely. Lui non la manterrà finché lei starà a Londra. La vuole con sé a Ely. Allora il suo borsellino sarebbe aperto. Ma lei si rifiuta di rinunciare a Londra."

"Povera Lady Strathsay," disse Charlotte senza simpatia.

"Percy e io dobbiamo partecipare, non fosse altro che per vedere come se a cava con la vita di campagna. Signor Fitzstuart…"

"Theo. Vi chiedo di chiamarmi con il mio nome. Specialmente ora che siamo fidanzati. Oppure, se preferite essere formale con me finché l'annuncio non apparirà sulla Gazzetta, potete rivolgervi a me come richiede il mio titolo…"

"Theo!" Ansimò Charlotte, così forte che Antonia e il signor Harcourt li guardarono nello stesso momento.

Lord Strathsay saltò in piedi e la strinse tra le braccia. "Cara Charlotte, davanti a voi vedete il secondo conte di Strathsay!"

Antonia corse da loro e tirò il paramano della redingote da viaggio di suo zio, obbligandolo a lasciar andare Charlotte e a guardarla.

"Non mi dispiace che stiate baciando Charlotte, ma mi oppongo all'idea di perdere tempo con Harcourt. Non vi siete fatto annunciare!"

"Ehi, dico!" Esclamò il signor Harcourt con un'espressione ferita. Non si preoccupò di salutare Lord Strathsay, né notò come era rossa in volto sua sorella. "Se non volevate che vi aiutassi a trovare quel dannato libro non avreste dovuto chiedermelo sin dall'inizio!"

Antonia alzò il nasino. "Ma visto che era il *vostro* tempo che stavo sprecando, Harcourt, perché siete offeso?"

"Il mio tempo?" Il signor Harcourt arrossì fino alle orecchie. "Oh! Ah! Vi porgo le mie scuse. Non potreste *mai* sprecare il mio tempo, signorina Moran…"

"Ma posso dirvi questo: il vostro francese è veramente scarso," lo ammonì Antonia, ma con un sorriso a suo zio. "E questo *ci* ha fatto perdere tempo."

"Non è molto gentile da parte vostra, Antonia," la rimproverò suo zio con finta serietà.

Quando Antonia esitò a scusarsi, il signor Harcourt sporse il labbro inferiore, facendola ridere, e impulsivamente gli baciò la guancia. "Non fate quella faccia ferita, Harcourt. Stavo solo prendendovi in giro. Il vostro francese non è malvagio come il vostro italiano, che è migliore di quello di..." Fece una pausa per pensare.

"Migliore di quello di chi, signorina Moran?" Chiese il signor Harcourt sorridendo da un orecchio all'altro e arrossendo per il bacio ricevuto.

"Di quello di... *M'sieur Vallentine*!"

"Mio cugino?" Il signor Harcourt sbatté gli occhi. "Non ne sono sorpreso. Parla abbastanza male anche l'inglese!"

"*Bon Dieu*. Voi inglesi siete tutti imparentati," disse Antonia scuotendo i riccioli. "Ma avrei dovuto immaginare che eravate un cugino di Vallentine. È una questione di cervello"

"Antonia!" Disse bruscamente Lord Strathsay, ma non riuscì a non sorridere.

La signorina Harcourt ritenne che fosse il momento di intervenire e prese nelle sue le mani di Antonia. "Vi farebbe piacere avermi come zia, Antonia?"

"*Parbleu*! Più di chiunque altra! Sono contenta che Theo abbia finalmente chiesto la vostra mano. Mi stavo quasi arrabbiando con lui."

Lord Strathsay le tirò un ricciolo. "Davvero vi fa piacere?"

"Che cosa avete detto? Charlotte! Siete... siete... fidanzata," balbettò il signor Harcourt.

"Mi fa molto piacere," disse Antonia allo zio, ignorando l'incredula interruzione di Harcourt. "Perché non ho zie. E presto voi e Charlotte avrete dei bebè e questo mi farà ancora più piacere perché voglio molti cugini."

TRE ORE DOPO, ed era quasi l'ora di cena, l'elegante carrozza che portava il conte di Strathsay e sua nipote svoltò per oltrepassare l'imponente cancello nero e oro che segnava l'entrata della tenuta nell'Hampshire del duca di Roxton, Treat. La magione era in cima a una collina erbosa alla fine di un viale serpeggiante, fiancheggiato da alberi. L'edificio principale risaliva ai tempi della Restaurazione ma, dopo decadi di restauri, non assomigliava più a quello che era in origine. Dalla struttura centrale partivano ali a est e a ovest, con una vista su un lago artificiale, ben rifornito di trote, anatre e cigni, e punteggiato da piccole isole accessibili da un ponte e piccole imbarcazioni. A est, acri di giardini ornamentali coprivano il dolce pendio e si curvavano verso il lago. A ovest c'era un piccolo giardino elisabettiano recintato, con le mura che si sgretolavano, ricoperte di edera e, oltre quello, foreste e campi e borghi, tutto di proprietà del duca di Roxton.

Il tragitto lungo il viale alberato passava accanto al lago e Antonia tenne il naso premuto contro il vetro, e colse scorci di isolotti con tempietti e cigni che scivolavano sotto un ponte di pietra, della foresta e degli ondulati pascoli a maggese, dove le pecore brucavano indisturbate. Ma niente l'aveva preparata alla vista della casa.

Quando la carrozza si fermò sul viale di ghiaia, aspettò con impazienza che il cameriere in livrea aprisse la porta e abbassasse i gradini. I garzoni di scuderia corsero sulla ghiaia verso la testa dei cavalli, i bagagli furono gettati ai lacchè in attesa e il cocchiere saltò giù da cassetta, si tolse i guanti e accettò il boccale che gli offrivano. Un lacchè aprì la porta inchinandosi ma prima che Antonia potesse scendere, Lord Strathsay tese la mano per tenerla seduta. Lei lo guardò con un'espressione interrogativa e aspettò una spiegazione.

"Dite che siete determinata a fare di Venezia la vostra residenza," le disse suo zio, prendendole la mano guantata. "E io non vi fermerò se... se dopo questo fine settimana lo desidererete ancora. Ma vi chiedo di considerare seriamente la mia offerta, di restare con Charlotte e me."

Antonia scosse la testa, con un curioso groppo in gola. "Grazie, Theo. È molto gentile da parte vostra e di Charlotte. Ma non... non posso restare in Inghilterra."

Il conte le strinse la mano. "Ci conosciamo da così poco e non voglio perdervi tanto presto. Ma non voglio che siate infelice e qui lo siete, perché?"

"Per favore, per favore non chiedetemi di spiegarlo... Un giorno il motivo sarà chiaro e io... io non posso sopportare che pensiate che sia una persona migliore di quello che sono. In verità, sono molto più simile a *Grandmère* di quanto possiate immaginare! Quindi, per favore, ora entriamo perché questo viaggio mi ha fatto star male."

Con questa sorprendente dichiarazione Antonia si affrettò a scendere dalla carrozza, afferrando una manciata di sottane e con l'aiuto di un attento cameriere. Si avviò verso l'insieme di edifici monolitici che si estendevano a destra e a sinistra senza alzare gli occhi, finché suo zio le gridò di aspettarlo. Fu sono allora che alzò gli occhi dal ghiaietto del viale e i suoi occhi verdi si spalancarono davanti all'enormità di quello che vedeva davanti a sé.

"*Tiens!* Vallentine aveva ragione. Questo posto mostruoso come il palazzo di Versailles!"

"Non proprio in quella scala," disse Lord Strathsay con una risata. "Ma è certamente mostruoso. E continua a crescere, con gli ultimi miglioramenti del duca. Ha commissionato la ristrutturazione e il rinnovamento dell'insieme dei suoi appartamenti privati, e tra tutte le cose da incorporare nella sua grande visione, una stanza da bagno, con una vasca piastrellata incassata e acqua calda corrente, secondo lo stile dei romani, addirittura!" Theo scosse la testa mentre conduceva Antonia nel foyer di marmo italiano delle dimensioni del salone di una qualsiasi casa rispettabile. "Riuscite a immaginarlo? Ah, Duvalier, potete prendere il cappotto e il manicotto di *Mademoiselle Moran*."

Antonia riusciva perfettamente a immaginare la vasca incassata secondo lo stile romano, e le si riempirono gli occhi di lacrime. Poi vide il soffitto, con i cieli azzurri dipinti con nuvole e cupidi dorati e gli dei che la fissavano dai paradisi e, inesplicabilmente, si sentì molto felice, più felice di quanto si fosse sentita per settimane. Forse il fato non l'aveva abbandonata, dopo tutto?

Il nome del maggiordomo fece immediatamente distogliere gli occhi dal soffitto ad Antonia e per un orribile momento Lord Strathsay pensò che Antonia stesse per abbracciare l'uomo anziano.

"Duvalier! Oh, Duvalier, è un tale piacere vedere un volto familiare," disse tutta felice, stringendogli la mano.

Il volto del maggiordomo si scompose in un sorriso radioso mentre le prendeva il cappotto e il manicotto, tenendoli stretti come se fossero suoi. "Posso dire che piacere sia avere *Mademoiselle Moran* ospite a Treat?"

Lord Strathsay guardò sbalordito il maggiordomo e sua nipote parlare sottovoce, come due vecchi amici. Non riusciva a immaginare che questa creatura sorridente e felice fosse la stessa ragazza che durante il viaggio in carrozza attraverso la campagna era sembrata così triste, come se avesse il peso del mondo sulle spalle, e non osò interromperli mentre salivano la scalinata ricurva.

"Dovete camminare molto per arrivare all'ingresso?" Chiese Antonia, saltellando accanto al maggiordomo, con la testa che si voltava da una parte e dall'altra per vedere i dipinti, i mobili, e tutte le dorature e i marmi delle vaste stanze che si diramavano dal corridoio. "Come sta Baptiste?"

"Chi è Baptiste?" Chiese Lord Strathsay, ma lo ignorarono senza nemmeno rendersene conto.

"Ah! *Mademoiselle* ricorda Baptiste!" Disse felice Duvalier con un sorriso fino alle orecchie. "Non potrà mai più fare il cocchiere, dato lo stato del gomito. È triste per lui ma non è infelice. *M'sieur le Duc* gli ha affidato la cura di tutte le sue carrozze e veicoli a Parigi. È una posizione importante, una vita rispettabile. Sua moglie è molto fiera di lui. È la seconda cugina di mia sorella. Quindi Baptiste è di famiglia."

"Davvero?" Disse Antonia interessata. "Sono contenta per lui e per la seconda cugina di vostra sorella."

"Duvalier," disse Lord Strathsay e fu contento di vedere la

schiena del maggiordomo che si irrigidiva sull'attenti. "Dove ci state portando?"

"Perdonatemi, milord," disse il maggiordomo con voce impassibile e senza più guardare Antonia, che si era allontanata per ammirare il panorama da una serie di alte finestre. "*M'sieur le Duc* ha ordinato di mostrarvi le vostre stanze immediatamente. La cena sarà annunciata tra breve."

Theo gli fece cenno di proseguire e prese per mano Antonia perché non vagabondasse di nuovo. La lasciò alla porta della sua suite facendosi promettere che non sarebbe andata in giro per i corridoi ma che l'avrebbe aspettato appena si fosse cambiata, in modo che potesse scortarla a cena. Il conte si cambiò e fu pronto prima di lei, ma non dovette aspettare che pochi minuti. Antonia uscì dal suo spogliatoio in una spuma di sottane rosso veneziano. Aveva al collo il collier di smeraldi e i capelli erano pettinati all'indietro e lasciati ricadere sulle spalle nude. Prese un grande ventaglio di avorio intagliato e la sua reticella e scese nel salone con suo zio.

C'era una ventina di ospiti riuniti nel salotto orientale appena fuori dal salone. Non tutti quelli invitati per il fine settimana erano arrivati in tempo per la cena. Antonia non conosceva la maggior parte degli ospiti e rimase incollata al fianco dello zio mentre lui attraversava la stanza in cerca di sua madre. La trovò in fretta. Stava parlando con Lady Paget e sembrava tutt'altro che contenta di quello che la circondava.

"Sono arrivati in tempo per la cena!" Annunciò Lady Paget, baciando entrambe le guance di Antonia. "Com'è stato il vostro soggiorno con gli Harcourt, amor mio?"

"Non sembra che una settimana con Percy Harcourt vi abbia fatto così male," interloquì Lady Strathsay, tendendo la mano a suo figlio. "Avete portato con voi Charlotte?"

"Percy la accompagnerà qua domani."

Antonia fece graziosamente la riverenza a sua nonna e le baciò doverosamente la fronte ma non riuscì a capire perché non aveva ricevuto altro che un benvenuto distratto.

"Volete qualcosa da bere?" Chiese Lady Paget ad Antonia. "Venite, andiamo a sederci e potrete raccontarmi tutto della strana casa di Percy."

"Vi state godendo il soggiorno, mamma?"

"Non fate il somaro, Theophilus," borbottò sua madre. "Che cosa c'è da fare in campagna, oltre a sporcarsi i piedi di fango? La ragazza sembra particolarmente radiosa. Che cosa le avete detto? Oppure una settimana della nauseante devozione di Harcourt le ha ridato il buonumore? Non è perché avete per caso menzionato la visita del visconte? Glielo avete detto, spero."

"Non vedo Roxton..."

"È sempre in ritardo. Quindi non glielo avete detto," disse maliziosamente Lady Strathsay, sbirciando sopra le stecche del ventaglio. "Non è stato molto saggio."

"Non si è presentata l'occasione giusta. Non vedo che differenza possa fare."

"Vedremo chi ha ragione," dichiarò la contessa, voltandosi verso Antonia con un'espressione diversa. "Antonia, mia cara, venite a vedere chi è appena entrato." Si alzò per vedere meglio la faccia di sua nipote e quando la ragazza sobbalzò inorridita, si voltò verso il figlio con un sorriso soddisfatto. "Ecco," disse trionfante. "Non vi avevo detto di dirglielo prima che arrivasse?"

Antonia aveva interrotto la sua conversazione con Lady Paget per andare da sua nonna. Non aveva sentito le sue parole ma aveva seguito il suo sguardo attraverso la stanza. Lord Strathsay stava guardando nella stessa direzione ma mentre la contessa sorrideva sventolando il ventaglio, lui guardava cupo attraverso l'occhialino. Antonia si era aspettata di vedere il duca, visto il silenzio generale. Ma non era il duca. Era il visconte d'Ambert che attraversava lentamente la stanza.

. . .

Ci fu un momento di esitazione impaurita prima che Antonia facesse la riverenza e tendesse la mano al visconte, il cui inchino fu molto formale, senza traccia di calore sul volto pallido. Notò che aveva cominciato a portare una mouche all'angolo dell'occhio e del belletto sulle guance rasate, la sua parrucca era pesantemente incipriata e la sua redingote, con le rigide falde dorate, superava in lucentezza perfino le pesanti sottane d'oro di sua nonna.

Mentre fissava la cima della sua testa incipriata, il sangue caldo nelle sue vene sembrò diventare di ghiaccio e Antonia sentì improvvisamente molto freddo. Si chiese se il *Comte de Salvan* non avesse effettivamente vinto, dopo tutto, e se questa festa in casa non fosse in effetti un festeggiamento per il suo fidanzamento con il visconte. La nonna sembrava sicuramente contenta del giovane francese e il fatto di non vedere traccia di sorpresa sul volto dello zio sembrava confermare le sue paure che questa riunione fosse stata programmata fin dall'inizio. Le venne la nausea ma si sforzò di sorridere al visconte che la guardava fisso.

Lady Strathsay le diede un colpetto con le stecche d'argento appuntite del suo ventaglio. "Non avete nulla da dire a *M'sieur le Vicomte*, mia cara?"

Antonia poté solo balbettare un benvenuto. Il visconte si voltò per rispondere a una domanda che gli aveva fatto Lord Strathsay ma dopo cinque minuti di educata conversazione con lo zio di Antonia e sua nonna, prese Antonia per il gomito e poco cerimoniosamente la condusse verso il primo sofà libero.

"Dieci settimane in Inghilterra e non riuscite a pronunciare una parola di saluto affettuoso?" Le sussurrò. "Avete perso l'uso della lingua?"

"Ero così sorpresa di vedervi, Étienne. Pensavate che non lo sarei stata?" Ribatté con un sussurro iroso e aprì di scatto il ventaglio.

Il visconte si guardò attorno con disgusto e fiutò una presa di tabacco. "Come potete sopportare questo paese barbaro, eh? La lingua inglese, mi irrita le orecchie. E sentirli parlare francese?

Parbleu, mi offende; e c'è un piatto chiamato... pudding? Sì, pudding. *Mon Dieu,* è un abominio!"

Antonia si chiese se stesse scherzando, ma sembrava così serio che le scoppiò in gola una risata. Nonostante i suoi sforzi per restare seria, cominciò a ridacchiare.

Lady Strathsay guardò compiaciuta suo figlio e alzò le sopracciglia perfettamente arcuate. "Vi aspettavate qualcosa di diverso?"

"Un momento fa stavate prevedendo una catastrofe, mamma," le ricordò Theo, con lo sguardo fisso sulla giovane coppia. "Entrambi dobbiamo essere grati che questa riunione sia andata meglio di quanto ci aspettassimo."

"Meglio per chi?"

Lord Strathsay vide una scintilla familiare nell'occhio di sua madre e fece una smorfia.

"Non interferite, mamma. Roxton sa che cosa..."

"Kate!" Chiamò la contessa, ignorando suo figlio. "Che ne pensate del nostro giovane francese?"

Lady Paget si districò dalla discussione con un gentiluomo agricoltore locale riguardo alla coltivazione di frutta esotica e seguì lo sguardo dell'amica fin dove Antonia ed Étienne sedevano insieme a parlare.

"Sembra abbastanza gradevole. Troppo serio per uno così giovane. Perché mia cara? Non penserete..."

"Certamente no!" Ribatté la contessa e fissò torva suo figlio che aveva osato sorridere. "Ma per mia nipote, certamente."

"Non vedo obiezioni a un'unione simile," disse Lady Paget. "Ma non conosco il ragazzo. Ma dato che vostro figlio intende lasciare ad Antonia la decisione, qualunque tentativo da parte vostra per forzare l'unione sarebbe sprecato, mia cara. Andiamo a cena? Vedo che il duca è arrivato."

Lord Strathsay offrì il braccio a Lady Paget e si unì al resto degli invitati che sfilavano attraverso le pesanti porte di mogano. Duvalier era in piedi dietro la sedia del suo padrone a capo del lungo tavolo e dietro a ciascuna delle venti sedie c'era un cameriere, con la livrea rossa e argento che si intonava ai ricchi arazzi di Bruxelles che adornavano le pareti. Tre pesanti candelieri di cristallo gettavano una luce tremolante dal soffitto a cassettoni e dall'alto della galleria che correva per tutta la lunga sala, veniva il suono di un quartetto d'archi.

Il visconte si sedette accanto ad Antonia scuotendo la testa. "Vive meglio di Luigi!" Sussurrò, vedendo la lucentezza della cera, la brillantezza dei cristalli e le montagne di cibo elegantemente sistemate nei preziosissimi piatti di porcellana lungo il tavolo. "Meno male che non c'è mio padre. Tutta questa magnificenza gli farebbe venire un colpo!"

Antonia permise all'attento cameriere di riempirle il bicchiere di borgogna. "Allora accertatevi di dirgli tutto quello che vedete," gli disse, e sorrise quando Étienne fu colpito dall'idea e rise forte.

Dall'altra parte del tavolo Lady Paget teneva d'occhio la coppia come meglio poteva attraverso le composizioni di cibo e il movimento delle teste incipriate e dei camerieri. Non riusciva a vedere Lady Strathsay, che era seduta lontano da lei, a recitare la parte della padrona di casa con un anziano generale e a una zitella bigotta. Si considerava più fortunata, seduta alla sinistra del duca con Lord Strathsay accanto a lei.

Aspettò l'opportunità di parlare con il duca, che stava ascoltando educatamente le chiacchiere insulse di una certa Susanna Woodruff, una bionda carina con grandi occhi azzurri, figlia di Sir Jasper, un allevatore di cavalli arabi. Susanna conosceva tutti gli ultimi pettegolezzi. Questo fatto, pensò Lady Paget con un sorriso beffardo, e la sua bellezza bionda le avevano meritato quella posizione così privilegiata, a destra del loro ospite.

La sua occasione arrivò quando l'attenzione della signorina Woodruff fu attirata dal giovanotto al suo fianco che interruppe il suo flusso di scandali con un'osservazione impertinente.

"Mi chiedo se Susanna si renda conto di star parlando con lo stesso uomo che ha appena diffamato, definendolo come il damerino amante di Beth Ruthmore?" Chiese Lady Paget, spingendo da parte il resto della sua zuppa di piselli. Ma quando il duca non rispose, né guardò dalla sua parte, gli batté il ventaglio sul pizzo al polso. "Roxton! Avete appena mangiato una seconda tartina agli asparagi e so che odiate gli asparagi!"

Il duca guardò il suo piatto e lo spinse da parte con un brivido.

"Scusatemi, Kate. Sono un ospite negligente."

"E distratto, anche, nei confronti miei e di tutti i vostri ospiti," gli disse scherzosa. Ma il duca non sorrise. "Augusta mi ha informato che vostra sorella sta venendo a Londra. La aspettate a breve?"

"Mai abbastanza presto. Io sono il disgraziato che ha sperimentato il *grand tour* in compagnia di Lucian Vallentine. Quindi non mi aspetto che arrivino quando vorrei. Una circostanza spiacevole, Estée non ne sarà contenta. Ma non intendo restare qui senza fare nulla ad aspettare i comodi di Vallentine." Puntò l'occhialino sulla coppa di frutta che gli offriva un cameriere e scelse una mela. "Temo non sia tutto quello che vi ha detto Augusta..."

"Oh no," gli assicurò. "Ma non tradisco le confidenze." Accettò uno spicchio di mela dal coltellino dal manico di madreperla del duca e gli sorrise quando lo vide fare una smorfia. "Sono sempre stata discreta, mio caro. Voi, invece, siete stato piuttosto negligente. Anche se questo non vi ha mai dato fastidio in passato." Quando lo sguardo del duca percorse il tavolo fino a metà e si fermò, mentre consumava la mela in silenzio, Lady Paget sospirò impaziente. "Non c'è veramente speranza per voi. Accidenti! C'è stato un tempo in cui io, e diverse altre, saremmo state molto offese da un'infedeltà pubblica così evidente."

"È terribilmente difficile da esprimere a parole, Kate... È come se mi avesse mostrato l'esistenza dei colori," si meravigliò il duca, distogliendo lo sguardo da Antonia per guardare Lady Paget con un sorriso di autocompatimento. "Il mondo non è più grigio."

Lady Paget sorrise e gli strinse affettuosamente la manica.

"Sapete naturalmente che questo significa che non c'è possibilità di guarigione. Dovete sposarla senza indugio."

"Non è... ehm, così semplice."

"Esitate perché quel bel ragazzo francese crede di essere fidanzato con lei?"

Il duca tornò ad affettare la seconda metà della mela ma l'espressione dura del suo volto le rivelò qualcosa dei suoi sentimenti. Lady Paget scrollò le spalle.

"C'è una soluzione," gli disse a bassa voce, dato che la signorina Woodruff aveva finito la sua discussione con il giovanotto e stava cercando di riconquistare l'attenzione del duca. "Una fuga."

"Come sua madre e sua nonna prima di lei? Come mia madre?"

"Allora ci avete pensato seriamente, vedo?"

"È una soluzione pulita... per me. E per i Salvan? Il mio caro cugino si vedrebbe assolto da tutte le colpe e riceverebbe la simpatia di tutti, sull'onda dello scandalo della nostra fuga. Discutere dell'illegalità delle sue rivendicazioni su Antonia quando lei fosse già la duchessa di Roxton sarebbe una rappresaglia meschina."

"Che cosa sarebbe uno scandalo per voi? Il fatto che sarebbe la vostra duchessa non sarebbe una punizione sufficiente per i Salvan?"

Il duca scolò il vino e fece un cenno a Duvalier. "Dimenticate il visconte. È innocente."

La donna mostrò la sua sorpresa. "Ma Augusta ha detto..."

"Vi ha detto proprio tutto, eh?" Le disse con un mezzo sorriso. "Si crede fidanzato. Le sue... ehm, condizioni rendono solo la situazione ancora più delicata. Ditemi, Kate," disse, alzandosi per inchinarsi alle signore che si ritiravano, "la duchessa di Roxton sarebbe ricevuta nell'alta società dopo che la nostra fuga fosse resa pubblica?"

Lady Paget fissava la fila di signore che andava verso il salotto. Notò anche che Susanna Woodruff si era fermata sulla porta per aspettarla. "Capisco il vostro dilemma," disse con un sospiro. "Conoscete la risposta, esattamente come me. Non ho mai capito perché noi donne, una volta avvolte dal mantello della rispettabilità del matrimonio, possiamo essere liberali con nostri favori quanto vogliamo. Ma una fuga? No. Dubito che perderebbe mai quello stigma."

Il duca sorrise a labbra tirate. "Ho visto mia madre soffrire crudelmente per questo ostracismo sociale e non permetterò che mia moglie soffra come lei."

Lady Paget gli strinse una mano. "Proprio così, vostra grazia. Ma io credo che ad Antonia non importi un fico secco dei dettami della società. A causa di suo padre lei è stata una reietta per tutta la vita. C'è una sola cosa che interessi ad Antonia: stare con voi."

Con quell'ultima dichiarazione, Lady Paget seguì in fretta le signore nella Long Gallery, dove avevano sistemato dei tavolini per giocare a carte e dove li aspettavano tè e caffè. Tre camerieri erano in servizio accanto a una credenza laccata, coperta di piatti e vassoi di pasticcini. Una grande urna d'argento per il caffè poggiava sul suo sostegno di noce e uno simile per il tè era posizionato accanto al gomito di Lady Strathsay in modo che potesse versarlo. Le signore si raggrupparono sui divani di satin a righe e sulle sedie dalle gambe sottili sistemate intorno a uno dei due grandi camini.

Lungo la parete esterna c'era una fila di portefinestre con pesanti tende di broccato blu e oro drappeggiate. Oltre le finestre si estendeva una terrazza di marmo bianco e nero, con una bassa balaustra a colonnine sui tre lati e una scalinata che portava verso i giardini ornamentali.

Antonia era in piedi accanto a una delle finestre e osservava un cameriere che accendeva le torce che sporgevano ad angolo retto dalla bassa balaustra. Non era di buonumore. La cena era stata stressante. Con Étienne da un lato con le sue domande incessanti su tutto quello che aveva fatto mentre era a Londra, e le sue costanti opinioni derogatorie su tutto quello che era inglese; e alla sua destra, Sir Jasper Woodruff, un gentiluomo allegro, che aveva pensato di fare un grande favore ad Antonia conversando con lei in francese. Ma la pronuncia del caro gentiluomo era atroce. Antonia educatamente non gli aveva chiesto di parlare inglese, e era stata costretta a proseguire la conversazione con enormi difficoltà.

Un'ora dopo, l'uomo catturò di nuovo la sua attenzione. Questa volta, avendo bevuto una bella quantità di ottimo chiaretto francese, le confidò, in inglese, che la bella biondina alla destra di Roxton era sua figlia. Era molto fiducioso che il suo buon amico Roxton avrebbe chiesto la mano di Susanna. Fraintese lo sguardo di incredulità di Antonia scambiandolo per un'espressione di meraviglia perché il duca, tanto a lungo uno scapolo con una reputazione ben nota, prendesse in considerazione lo stato matrimoniale. Le confidò anche che Susanna era stata allevata per essere una donna ragionevole e che quindi non avrebbe preteso che il duca cambiasse in alcun modo il suo stile di vita. Avrebbe chiuso un occhio davanti alle sue indiscrezioni, in cambio del titolo di duchessa.

Come a illustrare questo punto, Sir Jasper indicò fieramente il comportamento esemplare di sua figlia, quando dall'altra parte del tavolo c'era Lady Paget. Ora, quale altra donna si sarebbe comportata così, senza arrossire, quando lì, davanti a lei, c'era una donna che era stata l'amante del duca per molte lune, in intima conversazione con lei?

Antonia si chiese se aveva capito correttamente Sir Jasper o se le era sfuggito qualcosa nella traduzione. Ma ripensandoci per il resto della lunga cena, che assaggiò appena, capì che Sir Jasper non stava solo facendo dei pettegolezzi. In qualche modo non si stupì. Aveva scartato *Madame de La Tournelle* e *Madame Duras-Valfons* come pure distrazioni, come anche le chiacchierate visite del duca al famoso bordello che serviva la nobiltà francese, la Maison Clairmont. Ma il fatto di conoscere Lady Paget e di apprezzarne la compagnia rendeva quella *liaison* più difficile da ignorare.

Questi pensieri le giravano nella mente mentre tremava alla brezza che entrava dalla finestra aperta, indifferente al freddo e all'ordine imperioso di sua nonna di raggiungere immediatamente le altre accanto ai camini. Le signore continuavano a bere il tè, mangiucchiare dei dolcetti e scambiarsi gli ultimi pettegolezzi. Ma non ignoravano la strana ragazza con gli obliqui occhi verdi, che parlava inglese con un accento pesante e, si sussurrava, era fidanzata all'attraente giovane visconte.

La signorina Woodruff fu la prima a fare la domanda che tutti avevano in testa ma che nessuno osava esprimere a voce alta. "Milady," chiese alla contessa, con gli occhi azzurri sulla schiena di Antonia, "non ho potuto fare a meno di notare il divino collier di smeraldi al collo della signorina Moran. Raccontatecene la storia. È un regalo di fidanzamento, un gioiello di famiglia oppure..."

"Sono sicura che diventerà un gioiello di famiglia," tagliò corto Lady Paget prima che la sua amica avesse la possibilità di rispondere. "È divino, vero? Un regalo del duca per il suo compleanno, così mi ha detto. Qualcuno vuole un altro macaroon? Sono deliziosi."

Passarono il piatto e Lady Paget scivolò verso la portafinestra e passò un braccio intorno alla vita sottile di Antonia. Quando la ragazza alzò gli occhi, arrossì e si tirò indietro, ne fu un po' ferita ma non se ne preoccupò.

"Chiudete la finestra, altrimenti vi ammalerete, mia cara," disse Lady Paget con un sorriso. "Vostra nonna richiede la vostra presenza al suo tè. Ma se preferite, camminerò lungo la galleria con voi."

"Scusatemi, non intendevo..."

"C'è un grande ritratto sopra il camino che vorrei mostrarvi, e diversi altri che potreste trovare molto interessanti. Oppure preferite bere un po' di caffè, prima?"

"No."

"Bene. Venite con me allora," disse Lady Paget, prendendo a braccetto Antonia. "Questa deve essere la stanza più lunga della casa. O forse la biblioteca è altrettanto lunga? Non lo ricordo con esattezza. È passato parecchio tempo da quando sono stata qui l'ultima volta. Roxton ha fatto fare parecchie modifiche a quest'ala quindi sono un po' disorientata. Enorme, vero? Una residenza elisabettiana bruciata fino alle fondamenta da Cromwell: barbaro! Restano solo le rovine della cappella e parte del muro che circondava il cimitero. La struttura attuale, o dovrei dire, quello che resta dopo che il quarto duca di Roxton ci ha messo le mani, risale ai tempi di re Carlo. Era la residenza più grande nel regno finché hanno costruito Blenheim." Diede un'occhiata ad Antonia. "Avete pensato che fosse orribile appena l'avete vista?"

"Oh no, milady. Ho pensato che fosse gigantesca."

Gli occhi castani di Lady Paget brillarono. "Gigantescamente orribile?"

Antonia si ritrovò a sorridere.

"Ecco," disse Lady Paget guardando un quadro in una grande cornice in foglia d'oro sopra il camino di marmo italiano.

Contro uno sfondo a tinte smorzate e pannellatura di mogano c'erano quattro figure dipinte a colori vividi. La donna era seduta, vestita con un abito di velluto azzurro della stessa sfumatura dei suoi occhi, con i capelli scuri pettinati all'indietro ma con un lunghi riccioli che ricaedvano sopra le spalle. In grembo una bambina di due o tre anni con gli stessi occhi e corti capelli ricciuti. La signora era molto bella e la bambina era il suo ritratto.

In piedi dietro la donna, con una mano sullo schienale della sedia e l'altra appoggiata all'elsa ingioiellata della spada, c'era suo marito. Indossava una redingote secondo la moda di quel tempo. Le falde erano lunghe, larghe e irrigidite da stecche di balena e colla e gli ampi paramani erano risvoltati e trattenuti da enormi bottoni rotondi d'oro cesellato. La cravatta era elaborata, di finissimo pizzo; la parrucca, lunga e incipriata. Aveva le guance magre,

gli occhi neri e un naso forte. C'era un'aria di calma sicurezza in
lui e il sorriso era più insolente che amichevole.

La quarta figura era un giovinetto dalle gambe lunghe, con
calzoni di satin grigio ostrica e una redingote intonata, con le
falde rigide. Era reclinato sul pavimento, seduto su un cuscino di
velluto, con un braccio in grembo a sua madre e l'altro al collo di
un whippet bianco che aveva la zampa sulla pagina di un libro
aperto. Il ragazzo aveva il sorriso insolente di suo padre e quello
che prometteva di essere un naso forte, le mani delicate e affusolate di sua madre e una testa piena di riccioli neri portati sciolti
sulle spalle.

Lady Paget non aveva dubbi che Antonia avesse riconosciuto
immediatamente l'identità dei membri di questo ritratto formale
ma domestico, giacché lo sguardo della ragazza era incollato alla
tela e la studiava in silenzio. Tornò a guardare il ritratto e
cominciò il suo monologo.

"Madeleine-Julie de Salvan era considerata la principale
bellezza della corte di Luigi quattordicesimo e tutti si aspettavano
grandi cose da lei," disse Lady Paget. "Suo fratello, che era il conte
di Salvan a quel tempo, le aveva organizzato uno splendido matrimonio con il figlio del *Prince de Parvelle*. Era quello che volevano
entrambe le famiglie e, in effetti, l'unione aveva ricevuto la benedizione del re. Era tutto pronto per uno sfarzoso matrimonio a
corte. Nessuno sospettava che Madeleine-Julie avesse altre idee.
Un giorno la sua cameriera scoprì che la sua padrona era sparita.
Non solo, ma la ragazza sparì per dieci giorni."

"Dov'era andata?" Chiese Antonia, distogliendo infine lo
sguardo dal ritratto per togliersi la rigidità dal collo.

"Era fuggita con il marchese di Alston," rispose allegramente
Lady Paget. "Era un inglese, un protestante e aveva trentacinque
anni. Lei aveva appena diciotto anni, era una papista e fu scomu-
nicata per aver sposato un eretico e aver rinunciato alla propria
fede. La sua famiglia cadde in disgrazia e a corte la evitarono. I
Salvan persero i loro incarichi. Ci volle una decade per riconqui-

stare il favore del re. Il conte si rifiutò di parlare a sua sorella per anni. Lord Alston era stato uno dei suoi più cari amici.

"Il matrimonio non fu accettato nemmeno dalla famiglia di lui. La marchesa fu respinta anche dai parenti inglesi del marito. Non mise mai piede sul suolo inglese e i suoi figli furono considerati bastardi dai francesi..."

"*Mon Dieu*. È tutto troppo orribile," balbettò Antonia.

"Per nulla," ribatté Lady Paget, abbracciando Antonia. "Non dovete pensare che la vita di Madeleine-Julie con Alston sia mai stata triste. Si amavano moltissimo. Non sentivano il bisogno della vita di corte, né dei capricci della società. Erano contenti e felici, e finché avevano l'un l'altra, andava tutto bene. Il marchese era devoto a sua moglie e ai suoi figli. Fu solo qualche anno dopo il loro matrimonio, in effetti con la nascita del loro primo figlio, che il *Comte de Salvan* permise alla sua famiglia di farle visita. Penso che Roxton debba aver avuto sette o otto anni quando il conte perdonò finalmente sua sorella.

"Non poté più rimettere piede a corte ma che importava quando i membri dell'alta società andavano nella sua casa di Parigi a cena e a trovarla? La società è molto incostante. Quello che è considerato uno scandalo il giorno prima, imperdonabile, è ignorato il giorno dopo e sotterrato, come se non fosse successo nulla di sconveniente. La vita continua. Mi capite, Antonia?"

"Non mi importa quello che pensa la società, oppure-oppure come si comporta nei miei confronti. Inoltre, non sono tanto importante perché si disturbino per me," disse piano Antonia. "Non sono mai stata un membro di questa società, che sia qui, o in Francia o in Italia dove mio padre mi ha portato dopo la morte della mamma."

Abbassò la testa e giocherellò con una ciocca di capelli che era sfuggita al fermaglio. "Ma voglio essere felice, come lo è stata Madeleine-Julie. E non potrei sopportarlo se... se dopo tutto... cioè, che cosa sarebbe successo se il marchese di Alston non fosse stato tanto devoto alla moglie e alla famiglia? E se fosse rientrato nella società senza di lei, se le fosse stato infedele, dopo tutto quello che lei gli aveva sacrificato e se..."

"*Oh la la*, sono un mucchio di se," rise Lady Paget. "Scartateli tutti! Non avete niente di cui preoccupare la vostra bella testolina, ve lo assicuro. Mia cara ragazza, non vedete? Roxton vi ama alla follia!"

Antonia si irrigidì e arrossì, e fissò coraggiosamente in volto Lady Paget.

"Stavamo parlando di *Madame la Marquise*, milady," le disse atona. "Niente di più. Potrò anche essere giovane e so che a volte sono ingenua, molto ignorante del mondo, effettivamente. Ma non sono cieca e nemmeno tanto stupida da non vedere quello che mi buttano in faccia. Sir Jasper mi ha confidato che spera che *M'sieur le Duc* chieda la mano di sua figlia. Era molto fiero del suo comportamento esemplare a tavola, quando ha finto di essere cieca davanti al fatto che l'amante inglese di *M'sieur le Duc* era seduta davanti a lei; non le importava assolutamente. Bene, a me importerebbe tantissimo! E questo è un difetto, lo so, ma ci posso fare niente. Quindi, per favore, proprio voi non parlatemi dei sentimenti di *M'sieur le Duc*. Ora tornerò indietro. Ho freddo e voglio il caffè. Grazie per avermi mostrato questo interessante ritratto."

"Oh cielo," disse Lady Paget con un sospiro, guardando Antonia che si affrettava ad allontanarsi. "Che Dio strafulmini Jasper!"

QUATTORDICI

G LI OSPITI DI ROXTON stavano passando la serata a giocare
a carte e a chiacchierare quando il duca finalmente si
presentò nella galleria, l'ultimo dei gentiluomini a raggiungere le
signore. Alzò l'occhialino per controllare la situazione e fu lieto di
constatare che la serata stava procedendo in modo soddisfacente.
Non aveva voglia di unirsi al divertimento. In effetti, rifiutò l'offerta di giocare a whist e l'invito a sedersi al suo fianco della signorina Woodruff, il cui sventolare del ventaglio di pizzo fu
entusiasticamente interpretato da due gentiluomini speranzosi che
si affrettarono a gettarsi ai suoi piedi.

Il duca, invece, andò a scaldarsi le mani accanto al secondo
camino.

Antonia non lo notò perché era alle sue spalle, vicino a
dov'era seduta su una chaise longue con il visconte. Aveva la testa
china su una ciotola vuota di tè, come se stesse leggendo la
fortuna nelle foglioline. Non era la sua ciotola, era quella del
visconte. Lei preferiva il caffè ma lui aveva insistito che assaggiasse
un sorso di tè. All'inizio aveva rifiutato ma la sua insistenza le
aveva fatto afferrare la ciotola di modo che la smettesse di assil-

larla e la piantasse di fare storie. Ma ne era seguita una discussione animata. Tutto perché lui aveva osato giudicare la sua scelta d'abito. Non gli piaceva, le aveva detto. La faceva sembrare una sgualdrina. Quando fossero stati sposati, avrebbe deciso lui che cosa era adatto alla moglie di un visconte. Antonia rise ma quando si rese conto che parlava sul serio, l'incredulità la fece arrabbiare.

"È stato un errore permettervi di lasciare la Francia," le sussurrò con rabbia repressa. "Non solo vi vestite come una sgualdrina, ma vi comportate come una prostituta da poco."

"Ne ho avuto abbastanza delle opinioni di *M'sieur le Vicomte* per questa sera," dichiarò e si alzò, ma lui le afferrò il polso e la tirò indietro accanto a lui. "Étienne! Lasciatemi andare!"

"State zitta!" Le ordinò. "Come osate parlarmi, a me, il *Vicomte d'Ambert,* come se fossi solo un… un…"

"Oh, Étienne, cercate di ragionare. Quando parlate e agite così siete Salvan," disse, in tono scherzoso. "Eravamo così amici prima che lui vi mettesse in testa questa stupida idea del matrimonio."

"Stupida idea?" Echeggiò lui, cercando di trovare la tabacchiera in una delle sue tasche.

"Sì, dimenticherò come mi avete chiamato se vi scuserete."

"Scusarmi? Io?" Disse altezzosamente. "*Mademoiselle* non sa che cosa dice. È la vostra condotta che richiede delle scuse!"

"Mi auguro che vi stiate godendo la serata?" Chiese il duca con la sua caratteristica voce morbida. Aveva sentito tutta la loro conversazione e pensava fosse venuto il momento di intervenire. Offrì la sua tabacchiera al giovane e non fu sorpreso quando lui rifiutò. "Perdonatemi, ragazzo mio. Dimenticavo. Il visconte preferisce la sua… ehm, miscela, vero?"

Il visconte fu in piedi in un attimo. "Sì, *M'sieur le Duc,*" rispose, rigido. "*Mademoiselle* e io stavamo avendo una conversazione privata…"

"Affascinante," interruppe il duca senza sorridere. "Temo di dover porre fine alla vostra conversazione privata. Mi permetterete di avere cinque minuti da solo con *Mademoiselle Moran*."

"Ma io..."

"Non ho bisogno che rispondiate per me, Étienne," sussurrò furiosa Antonia e si fece da parte per permettere al cameriere di appoggiare una tavola da backgammon sulla chaise longue.

"Potete guardare, se volete," disse il duca. Si sedette allargando le falde della redingote e cominciò a distribuire i suoi pezzi sulla tavola. Senza distogliere gli occhi dal suo compito, sventolò la mano coperta dai pizzi verso il visconte. "Da qualche parte un po' più in là. Preferisco giocare a backgammon senza un pubblico che mi soffi sul collo. *Mademoiselle*, quando siete pronta..."

Il visconte si inchinò. "Come desidera *M'sieur le Duc*. *Mademoiselle*, continueremo la nostra discussione domani mattina. Forse allora avrà avuto abbastanza tempo per riflettere sulla follia delle sue parole."

"Non ho nient'altro da dire, visconte," disse Antonia, senza alzare gli occhi.

Si affrettò a mettere a posto i pezzi, anche se maldestramente, e tenne gli occhi sulla tavola, sentendosi imbarazzata e nervosa. Sapeva di essere arrossita quando il duca aveva messo un braccio dietro la chaise e le aveva tirato scherzosamente un ricciolo. Gettò il dado e aspettò la risposta.

"La fortuna è con voi, *petite*," disse. "Un asso non può battere il vostro *point trois*."

Continuarono poi a giocare in silenzio. Solo le voci dei giocatori di carte ai tavoli disturbavano occasionalmente la loro concentrazione. Diversi ospiti si erano sparpagliati lungo la galleria, e alcuni si erano seduti accanto al camino dall'altra parte. A un certo punto Sir Jasper bighellonò accanto al duca, pieno di bonomia e di troppo chiaretto, solo per essere ignorato.

La signorina Woodruff si avvicinò come per caso un po' più tardi, per distrarre l'attenzione dal gioco con un commento fatuo, e fu ignorata anche lei. All'inizio non colse l'allusione e rimase a chiacchierare di cose insignificanti, finché notò che il duca aveva occhi solo per la sua compagna di backgammon. Le chiuse la bocca in un attimo e se ne andò indignata a farsi consolare da un gentiluomo con gli occhi da cucciolo che lei aveva continuato a ignorare per tutta la serata.

Lady Strathsay cercò anche lei di disturbare la coppia e stava per ordinare ad Antonia di ritirarsi in camera sua. Ma suo figlio le impedì di dare voce alle sue opinioni in merito all'ora tarda, allontanandola per ascoltare un recital di poesie dall'altra parte della lunga galleria.

Il visconte fece finta di interessarsi a una partita di Basset, continuando però a osservare Antonia. Quando terminò accanto ai tavoli e fece per attraversare la stanza, fu intercettato da Lady Paget. Fu così lieto di sentire la sua lingua parlata in maniera civile che le permise di portarlo a sentire il recital di poesia.

Antonia non sentì e non vide nessuna di questa manovre. Per lei era come se fossero tornati nell'appartamento privato del duca all'*hôtel*, com'era stato prima che venisse in Inghilterra, e come aveva immaginato che sarebbe stato di nuovo. Giocarono in silenzio. Il duca non iniziò nessuna conversazione, ma la sua sola presenza rendeva la conversazione inutile. A conclusione della quarta partita, Antonia raccolse i dadi e batté le mani.

"Ho vinto! Non potreste fare i punti che vi servono, nemmeno se faceste un doppio sei!"

"Abbiamo vinto due partite a testa, dobbiamo farne una quinta per decidere chi vince la gara," disse e gettò le sue pedine sulla tavola. "D'accordo, *mignonne*?"

"Avete... Non avete deliberatamente perso la partita, vero, *M'sieur le Duc*?"

La sua aria offesa lo divertì ma parlò con voce pacata, ben diversa dallo sguardo dei suoi occhi neri. "È un'accusa grave quella che mi fate, Antonia. Sono sorpreso. Certamente mi conoscete meglio di così?"

"Mi-mi dispiace. Non volevo… So che non lo fareste mai," gli disse in fretta e lanciò i dadi. "È che perdete tanto di rado."

"Di rado non è mai. Spero di essere abbastanza gentiluomo da ammettere la sconfitta nelle rare occasioni in cui capita." Si portò la lente all'occhio per decidere la sua prossima mossa. "Ora dovete giocare come meglio sapete. Se sarò fortunato e vincerò in quest'occasione, vi chiederò una ricompensa, come vincitore."

"Ma non avevamo deciso la posta prima di cominciare!" Ribatté Antonia. "Non è corretto."

Il ritardo nel lanciare i dadi gli fece alzare gli occhi. "Per chi non è corretto? Se vincerete avrete il privilegio di chiedere una ricompensa. Io sono pronto ad assumermi il rischio. Ma se pensate che non sia sportivo..."

"No! No! Va bene!" Gli assicurò e, senza darsi pensiero di dov'era, si tolse con un calcio le scarpe di satin goffrato e infilò i piedi sotto le gonne per essere più comoda tra i cuscini. "Ora, per favore, concentratevi sulla partita perché voglio veramente vincere."

La partita fu del duca fin dall'inizio. Faceva delle mosse avventate lasciando catturare le sue pedine, solo per infliggere lo stesso trattamento ad Antonia. Per quanto cercasse, lei non riusciva a portarsi in vantaggio. Il risultato fu un gammon per il duca. Antonia prese bene la sconfitta anche se si lamentò dicendo che aveva tirato in lungo il risultato permettendole di far fuggire le sue pedine nella tavola interna, solo per essere poi catturate di nuovo ed escluse.

"Sarà sempre così," disse, senza lamentarsi. "Potremmo giocare a backgammon per tutta la vita e voi sareste sempre il giocatore migliore."

Il duca fissò i dadi che aveva in mano. "Credetemi, *mignonne*, non c'è niente che mi piacerebbe di più al mondo."

Antonia abbassò la testa. "Per favore, *M'sieur le Duc*. Non dovete dirmi queste cose perché io… Oh! Non so come fare a dirvi come mi fa sentire!" Si affrettò ad alzarsi, si infilò le scarpe e si lisciò le sottane con una mano agitata. "La nonna sta venendo e mi rimprovererà per essere rimasta con voi troppo a lungo."

Con la coda dell'occhio il duca vide la contessa che si avvicinava con passo fermo. Fece un mezzo sorriso. "Vostra nonna mi vede come un'influenza corruttrice, *mignonne*."

"Influenza corruttrice?" Ripeté Antonia sorpresa. "Ma è l'ultima persona che può puntare il dito, *Monseigneur*!" E con il rischio di dispiacere sua nonna si lasciò cadere sullo sgabello accanto al suo ginocchio sinistro. Lo sguardo intenso dei suoi occhi scuri e la smorfia di preoccupazione fecero nascere in lei una piccolissima scintilla di possibilità, quindi aggiunse, maliziosa: "Se mi avete corrotto, allora ne sono molto contenta. Abbiamo passato sei meravigliosi giorni insieme, vero? E ho scoperto che mi piace molto fare l'amore con voi. Ma quando prenderò un amante in futuro, cercherò di essere più simile alle donne che portate a letto normalmente. La prossima volta mi accerterò di non permettere ai miei sentimenti di ostacolare le mie relazioni..."

"Antonia! Non dovete dire cose simili! Mi sentite? Non assomigliate assolutamente a quelle donne," sussurrò minaccioso, afferrandole un braccio e scuotendoglielo un po'. "Non voglio che siate come loro, assolutamente! Non ho mai voluto che foste altro che voi stessa. E per quanto riguarda la prossima volta:non ci sarà una prossima volta!"

Antonia abbassò le ciglia e sorrise tra sé e sé. Sospirò con rimpianto. "Lo so, *Monseigneur*," disse triste. "L'avete chiarito molto bene a Parigi..."

"Con altri uomini, piccola strega," sibilò, tirandola vicina per baciarla in fretta sulla fronte. "Capito?"

"Le ragazze della vostra età dovrebbero essere a letto," disse seccamente Lady Strathsay, in piedi sopra la coppia, che si divise riluttante. Fissò la nipote. "Vi state rendendo ridicola, mia cara."

Antonia si alzò in piedi ma ignorò la contessa, dicendo con un sorriso al duca: "Non avete chiesto il vostro premio, *Monseigneur*."

Lui le sorrise, guardandola negli occhi. "Domani, mentre i

domestici giocheranno a cricket, venite in biblioteca e avrò il mio premio."

"Non lo permetto! Non sarebbe corretto..."

Antonia guardò lentamente la nonna, dall'alto in basso. "Siete l'ultima persona che possa dare lezioni di correttezza a *M'sieur le Duc*, milady" disse sprezzante.

"Come osate..." Cominciò a dire la contessa, così furiosa da non riuscire a finire la frase.

"A letto, *petite*," disse gentilmente il duca, "prima che la vostra vecchia cara nonna dica che tengo le donne lontane dai loro letti invece che dentro."

La contessa fissò entrambi a bocca aperta, con le guance del colore dei capelli raccolti e alla fine si rivolse al duca quando Antonia fece una riverenza e se ne andò riluttante. "Voi incoraggiate la sua ostinazione Roxton, e non lo tollero."

Il duca fece una risatina e si sedette a pulire l'occhialino con un angolo del fazzoletto di lino. "Allora sarà meglio che vi sediate, mia cara, perché ritengo di avere una splendida duchessa *in fieri*..."

LA CONTESSA ERA ANCORA di malumore per il comportamento della sera prima di sua nipote, mentre, seduta sotto un padiglione, guardava la partita di cricket. Perché gli uomini dovessero giocare a cricket in questa stagione proprio non lo capiva e serviva solo ad aumentare il suo cattivo umore. Il wicket era stato disposto sul campo in basso oltre i giardini ornamentali; una distesa di erba verde rigogliosa circondata da antiche querce e ai bordi delle vaste terre coltivate. La vicinanza di un gregge di pecore e la frizzante aria di una giornata di sole non riuscivano a migliorare l'umore della contessa.

Il piccolo paggio nero agitava il ventaglio mentre un cameriere alle sue spalle era attento a ogni suo capriccio, sia che volesse un bicchiere di canarino o di borgogna, o un piatto di cibo da mangiucchiare dal buffet preparato sui tavoli a cavalletto sotto il padiglione. Lady Paget, la signorina Harcourt e Antonia erano reclinate sui cuscini disposti su un tappeto di lana che copriva l'erba accanto alla sedia della contessa. Stavano chiacchierando tra di loro e la partita sembrava non interessarle molto, specialmente ad Antonia, che non aveva mai sentito parlare di cricket, né l'aveva mai visto giocare e non riusciva a immaginare che cosa stessero facendo gli uomini con le mazze e la palla, e perché avessero deciso di correre avanti e indietro tra due serie di bastoni.

I gentiluomini che non erano necessari in campo e che non prendevano parte alla partita erano seduti con le signore, comodi sotto il padiglione a bere, conversare e a servirsi del buffet. E a tutti i domestici che non erano strettamente necessari in casa, o nel padiglione, era stato permesso godersi un picnic per conto loro sotto le querce. Le mogli, le fidanzate e i bambini formavano un rumoroso gruppo di sostenitori.

Lady Strathsay aveva cercato di attirare l'attenzione del visconte ma dopo mezz'ora di faticosa conversazione, il ragazzo se n'era andato verso i tavoli a cercare un bicchiere di vino. Continuò a bere per la maggior parte della mattinata e rimuginò in silenzio, dando calci alle zolle e desiderando di essere in una nazione civilizzata. Lo avevano avvicinato per chiedergli di far parte della squadra dei gentiluomini e aveva decisamente rifiutato. Era impensabile che si abbassasse a giocare contro dei servi. Gli inglesi erano veramente assurdi. Non vedeva l'ora di tornare a Parigi il giorno dopo e portare Antonia con sé.

La guardò ridere e parlare con le dame e gli ribollì il sangue al pensiero che non riuscisse a comportarsi allo stesso modo con lui. Era colpa di suo padre, di suo padre e del duca. L'avrebbero pagata, pagata cara, per avergliela messa contro. Un grido accanto all'orecchio lo distolse da quei pensieri e perse il contenuto della tabacchiera nell'erba. Era la voce della signorina Woodruff. La risposta franca di Lady Strathsay a una domanda aveva fatto ridere

la bionda. Ringraziò Dio di non parlare inglese, era così sgradevole all'orecchio.

"Ellicott sta battendo molto bene, credo," disse Antonia a
Charlotte. "È veloce a correre tra quei bastoni."

"Wicket, mia cara," le disse gentilmente Lady Paget.

"E bravo il valletto!" Dichiarò la signorina Woodruff con una
risata nervosa. "Ora sappiamo perché Roxton lo tiene. È veloce a
correre tra i bastoni."

Antonia reagì. "Non è così, signorina Woodruff. Ellicott parla
un francese eccellente, è un ottimo tiratore e veste *M'sieur le Duc*
in modo perfetto. Sa anche cucinare le quaglie in una deliziosa
salsa di vino rosso. Quindi è indispensabile, no? Perché ridete,
Charlotte? È vero, ve lo dico io."

"Amor mio, avete un modo tanto affascinante di mettere le
cose nella giusta prospettiva," disse Lady Paget con una risatina,
guardando la signorina Harcourt sopra la testa bionda di Antonia.

"Se Ellicott sa cuocere le quaglie non sono sorpresa che sua
grazia lo tenga al suo servizio," disse la signorina Harcourt.

"Le sue quaglie sono veramente buone," le assicurò Antonia
con la fossetta nella guancia. "Un giorno, lui, Ellicott, ci ha cuci-
nato le quaglie perché Frédéric, che è lo chef del duca, era al
matrimonio di suo fratello a Dijon..."

"Io avrei creduto che tenesse il valletto perché è al corrente di
troppe delle indiscrezioni del duca per essere licenziato," disse la
signorina Woodruff, rivolgendo ad Antonia uno sguardo
innocente.

La signorina Harcourt pensò fosse ora di intervenire. "Sono
stata piacevolmente sorpresa di vedere Lord Strathsay capitano
della squadra dei domestici. Ma il duca non dovrebbe anche lui
guidare i suoi uomini in battaglia?"

"Cosa? Roxton giocare a cricket?" Disse Lady Paget con una
smorfia. "Lui pensa che il gioco sia dannatamente stupido e che
sia una ridicola e totale perdita di tempo, per usare le sue parole."

"No, non è vero signorina Woodruff," dichiarò Antonia,

ignorando il cambio di argomento. "Perché Ellicott dovrebbe essere licenziato solo perché sa chi ha portato a letto *M'sieur le Duc*?"

"Antonia!" Esclamò la signorina Harcourt.

"*Eh bien*! Che c'è di male nella verità?" Chiese Antonia. "*Monseigneur* non ha mai fatto segreto delle sue amanti, quindi perché dovrebbe esserci uno scandalo?"

"*Touché,* amor mio," disse Lady Paget e guardò la contessa girando la testa. "Questo dice tutto, no, Gussie?"

"Le puttane di Roxton mi sono supremamente indifferenti," disse Lady Strathsay scrollando le spalle. "Penso che Theo stia facendo un ottimo lavoro come capitano. Come sempre. Meno male che siete arrivata presto questa mattina, Charlotte, altrimenti sarebbe stato amaramente deluso."

"Sta facendo un lavoro eccellente, milady," confermò la signorina Woodruff. "Molto meglio guardare un gentiluomo più giovane e più atletico correre tra i bastoni. Oserei dire che sua grazia non gioca perché è troppo vecchio per questi sport giovanili. È giusto. Mio padre e lui hanno un'età in cui è più facile soffrire di gotta..."

"Puah! Che stupidaggine!" Disse con veemenza Antonia.

"Andiamo a fare una passeggiata nei giardini, Antonia?" Suggerì Lady Paget. "Theo batterà fra un po', quindi abbiamo tempo..."

"Stupidaggine? Oh, povera me, signorina Moran. Se mi fossi resa conto che questa verità vi avrebbe colpito, non avrei espresso la mia opinione," disse la signorina Woodruff con voce soave. "Lontana da me l'idea di aprirvi gli occhi. Ma avrei pensato che qualunque gentiluomo che abbia indossato la corona nobiliare all'incoronazione di Giorgio secondo e della sua regina Caroline dovrebbe essere considerato vecchio, oggi. Il mio papà era fianco a fianco con sua grazia nell'abbazia."

"Non essere sciocca, Susanna!" Disse seccamente Lady Paget, alzandosi in fretta per seguire Antonia, che si era bruscamente allontanata per andare verso i tavoli, nel bel mezzo della tirata rancorosa di Susanna Woodruff.

"Non so perché ti preoccupi di seguirla," fu la sparata finale di Lady Strathsay. "Non c'è nulla in quello che ha detto Susanna che potrebbe offendere la ragazza!" Allontanò il paggio e mandò il cameriere a riempirle il bicchiere. "È dannatamente testarda come suo nonno: uomo orribile!"

IN QUALUNQUE ALTRO momento Antonia avrebbe trovato incantevole il sentiero greco nei giardini ornamentali. Molti degli alberi e dei cespugli dovevano ancora germogliare ma l'insieme di sentieri di ghiaia, stravaganze, grotto e statue era una meraviglia. Un ruscello sinuoso serpeggiava attraverso il sentiero in una serie di cascatelle fino ad arrivare al giardino orientale, completo di pagoda, ponticello cinese e lanterne appese ai rami dei salici. Massi attentamente posizionati attraverso il ruscello permettevano un facile accesso al giardino orientale. Antonia riuscì ad attraversarlo senza bagnarsi l'orlo del vestito e senza l'aiuto del visconte.

Il *Vicomte d'Ambert* era corso davanti a lei e aveva saltato i massi due alla volta. Quando era arrivato dall'altra parte non le aveva offerto la mano. Aveva aspettato che fosse quasi a metà poi le aveva bloccato la strada, saltellando da una parte all'altra finché fu sicuro che avrebbe inciampato e solo allora si era tirato indietro per permetterle di mettersi ai sicuro. Quando le offrì la mano, Antonia la respinse e continuò la sua passeggiata come se lui fosse stato semplicemente un'apparizione.

Non gli aveva chiesto di farle compagnia. Aveva rifiutato l'invito di Lady Paget di unirsi a lei. Quando Étienne si era offerto di prendere il posto della donna, Antonia era stata lieta che Lady Paget l'avesse distratto in modo da poter scivolare via. Ma dopo dieci minuti di tranquilla passeggiata l'aveva raggiunta. Antonia aveva cercato di parlare dei giardini, ma a lui interessava solo riprendere il litigio della sera prima. Quando Antonia rifiutò di farsi coinvolgere, non solo divenne insistente, ma un vero fastidio. Un momento prima ballava al suo fianco e poi spariva davanti a lei, per poi saltar fuori da dietro una statua o da un cespuglio.

Quando Antonia si fermò ad ammirare un grotto particolarmente bello, completo di fontana, il visconte saltò su una panchina di marmo a osservarla.

"Vorrei che la smetteste di cercare di spaventarmi," gli disse, senza guardarlo. "Sono troppo arrabbiata per spaventarmi. Se siete deciso a tenermi compagnia, scendete a guardate questa fontana. Credo sia di un imperatore cinese. Vedete come l'acqua scende in piccole pozze ai suoi piedi. Mi chiedo dove porti questo ruscello. Forse al lago. Mi piacerebbe vedere il lago. Ci sono cigni e oche e..."

"Non ho bisogno di capire l'inglese per sapere che siete stata scortese con *Mademoiselle Woodruff*," la interruppe Étienne. "Ve ne siete andata mentre stava parlando con voi. In Francia non sarebbe tollerabile. Speravo che le vostre maniere sarebbero migliorate, ma sono ancora atroci. Mio padre, lui forse potrà trovare originali questi capricci, io no."

Antonia non si prese la briga di rispondere. Si allontanò e a un'intersezione di tre sentieri prese quello a sinistra. In cima alla collina più avanti c'era una piccola radura con una rotonda sopra una collinetta erbosa. La rotonda le avrebbe permesso una vista meravigliosa di tutti i giardini e sperava di capire in che direzione fosse la casa. Si era appena congratulata con se stessa per essersi liberata del visconte quando lui apparve al centro del sentiero in salita.

"Pensavate di sfuggirmi, piccola Antonia?" Disse con un inchino beffardo. "Un pensiero molto stupido! Estremamente stupido! Con tutti i vostri libri siete ancora una femmina maleducata. È un bene che abbiate l'aspetto che avete perché nessun uomo si darebbe la pena di cercarvi. Penso che i riccioli color lino di *Mademoiselle Woodruff* siano da preferire ai..."

Antonia lo schivò. "Sono felice per voi. Voi e lei siete fatti l'uno per l'altra."

"Mi ricorda in particolare una piccola parigina che conosco piuttosto bene. Molto bene in effetti. Ma voi non la conoscete di certo. Non frequenta le *levée* e mai i salotti."

"È la vostra amante?" Chiese Antonia. "Spero che siate buono con lei e che lei sia buona con voi."

Non era quello che il visconte voleva sentirsi dire. E non gli piaceva il modo in cui Antonia gli sorrideva. Lo irritava e lo metteva in imbarazzo. Si frugò in tasca per cercare la tabacchiera poi ricordò che era vuota, il contenuto sparso sull'erba del padiglione.

"No, non sono buono con lei!" Urlò. "Non me ne importa un fico secco di lei! È più di quello che merita, il fatto che io mi interessi a un essere così inferiore."

"Che modo orribile di parlare!"

"Perché? Pensate che dovrei comportarmi da gentiluomo con una che non è degna di bere dalla mia coppa? Queste creature non sono niente," disse con altezzoso disprezzo.

"Però *M'sieur le Vicomte* accetta volentieri i loro favori...?"

"È diverso! È un onore per loro. Quando saremo sposati dimenticherete che queste donne esistono."

Antonia raddrizzò la schiena e si fermò a guardare rabbiosamente il visconte.

"Étienne, non vi sposerò mai. Non vi amo e voi, voi non amate me. Non so perché insistiate con queste assurdità ma dovete smetterla. Se mai tornerò a Parigi non sarà come vostra moglie."

Il visconte aveva messo un piede sul primo dei sei gradini della rotonda e le bloccava l'accesso con il suo corpo. "Non avete voce in capitolo. Non tocca a voi dirmi che cosa fare, o prendere decisioni. Abbiamo già deciso il vostro destino. Mio padre e io. È quello che vogliamo, che voleva Strathsay, quello che vuole mio padre, è quello che voglio io!"

"Volete che vostro padre mi porti a letto?"

"State zitta! Quello non è importante. È importante quello che è nel mio interesse. Perché pensate che sia venuto in questo paese barbaro, eh? Per il piacere della compagnia di mio cugino Roxton? Penso di no. Tornerete in Francia con me e ci sposeremo..."

"*Mon Dieu*, sono stufa fino alla nausea di questa infinita discussione," borbottò Antonia, cercando di salire i gradini. "Lasciatemi passare. Voglio vedere il panorama."

"Come osate interrompermi! Come osate trattarmi come se fossi un-un ragazzo!"

"*M'sieur le Vicomte* non sa quello che sta facendo," disse con un tono di rabbia controllata quando il ragazzo le afferrò il braccio. "Anche se fossimo fidanzati non avreste il diritto di toccarmi senza il mio permesso, e nemmeno quello di gridarmi in faccia. Se non potete comportarvi in maniera civile devo chiedervi di andarvene."

Étienne la guardò a bocca aperta. Fu tale il suo stupore che la lasciò andare. Ma si riprese in fretta e saltò su per i gradini con i pugni chiusi per la rabbia. Antonia era in piedi e gli voltava le spalle. Era appoggiata alla balaustra e ammirava il panorama dei giardini ornamentali e, oltre quelli, il padiglione dai colori brillanti e il campo punteggiato dalle figure dei giocatori di cricket. Attraverso gli alberi più in basso vide diverse figure che camminavano nei giardini, ma erano così lontane che non riuscì a identificarle. Disse qualcosa al visconte sul panorama ma lui non la sentì. Prima di capire che cosa stesse facendo l'aveva inchiodata contro la balaustra, forzandole le braccia dietro la schiena. Più Antonia si dibatteva più forte diventava la presa sui polsi.

"Étienne, mi state facendo male..."

"*Taisez-vous.* Che cosa me ne importa? Mi ascolterete, adesso. Vi ho offerto il mio nome e osate insultarmi come se io, un Salvan, fossi una nullità? Voi, la figlia di un medico buffone che si è comportato in modo vergognoso... un-un pagano, oltre a tutto.

E la nipote di una prostituta dipinta? No, non muovetevi! Sono molto più forte di voi e detesterei farvi male."

"Smettetela! Lasciatemi andare!"

"C'è da stupirsi che insista con voi..."

"Veramente da stupirsi," ribatté Antonia con spirito, anche se adesso aveva veramente paura di lui.

"Un po' di umiltà è quello che voglio da voi. Non voglio una moglie piena di pensieri tratti da un libro. Non si addice a una viscontessa comportarsi come una borghese. Se sarete buona e obbediente e cercherete di compiacermi, non mi lamenterò e non sarà necessario battervi..."

"Non vi sposerò mai..." La frase restò in sospeso perché il visconte l'afferrò per il collo e strinse finché Antonia fece fatica ad inspirare.

"Non... Non dovrete mai più contraddirmi," le sibilò in faccia. "Ho sentito abbastanza parole dalla bella bocca di *Mademoiselle*. Voi e io torneremo a Parigi stasera. Non resterò un altro giorno sotto il tetto del cugino Roxton, per essere umiliato e trattato come se fossi uno scolaretto. Ho visto come ostentavate il gingillo da puttana che vi ha regalato! Pensavate che non lo sapessi? Stupida Antonia! È un regalo misero. Ho visto diamanti ai polsi delle sue puttane che farebbero vergognare quelle pietruzze."

Mentre parlava le lasciò andare il collo e Antonia rabbrividì, prendendo grandi boccate d'aria. "È colpa sua se vi hanno sparato," disse con una risatina, le lunghe dita che si piegavano sul satin aderente alla spalla di lei. "Che peccato che abbiate dovuto fare la sciocca eroina e mettervi in mezzo."

"Ci avete sparato voi? Eravate voi quello che aspettava nella foresta? Come-come avete potuto fare una cosa così mostruosa?" Gli chiese, con l'orrore nell'apprendere la verità su quell'episodio che superava la paura per le sue intenzioni. "Perché..."

"Non sono stato io!" Disse quasi sputando le parole. "Ho detto che ero io? L'ho detto? L'ho detto? Mio padre... lui-lui non è riuscito a farne a meno! Ha creduto alla vanteria di Roxton. Io no, mai. Lui vi ha sparato, stupida, stupida Antonia! Vi ho detto di non muovervi. Vi ha messo in corpo quella pallottola, vi ha sfigurato... Fatemi vedere se è ancora così orribile come ricordo..."

"Per l'amor del cielo, Étienne," lo pregò.

Ma con un movimento rapido le denudò il braccio e la spalla, esponendo la cicatrice raggrinzita accanto alla clavicola. Antonia lo fissò con una rabbia muta, con il volto che diventò scarlatto quando la toccò. Fu allora che sentì le voci che salivano dai giardini, che chiamavano il suo nome. Le diede il coraggio di trovare le parole che sapeva lo avrebbero sbilanciato, e che forse le avrebbero permesso di scappare.

"Étienne, ascoltatemi," sussurrò, cercando di coprirsi con i brandelli del corpetto strappato. "La notte del ballo in maschera vostro padre aveva ragione a credere a *M'sieur le Duc* perché in carrozza gli ho lasciato..."

"Bugiarda!" Urlò, con il volto ora rosso come quello di Antonia. Non avendo la sua preziosa miscela per calmare i nervi aveva cominciato a tremare incontrollabilmente.

Fu tutto quello che servì ad Antonia per tuffarsi sotto il suo braccio e scappare. Con una mano che sollevava le sottane e l'altra che cercava disperatamente di coprire le sue nudità, corse giù dalla discesa erbosa verso il giardino orientale. Le voci erano più forti oltre il ruscello. Sentì la voce di suo zio e quella di Lady Paget e capì che non potevano essere lontani, forse oltre la prossima curva del sentiero. Perse quasi subito le scarpe. Il sentiero di ghiaia era duro sotto i piedi morbidi ma non osò rallentare.

"Bugiarda! Tornate qua! Voglio la verità!" Gridò il visconte. "Non potete nascondervi da me!"

Una mano si allungò per afferrarla attraverso gli arbusti, ma Antonia scivolò in una pozza di fango e il visconte perse la sua occasione. Antonia si rialzò e continuò a correre, solo per essere bloccata in una sezione particolarmente stretta del sentiero dai rami spinosi di cespuglio di rose selvatiche. Si sentì lo scricchiolio degli stivali da equitazione del visconte sui ciottoli alla sua destra, mentre Antonia tirava disperatamente per districarsi, strappando la sottana. Aveva la gola secca, ma urlò comunque per chiedere aiuto e continuò a correre inciampando. Poteva essere a pochi passi da lei ora, e l'avrebbe afferrata in un attimo. Sentiva già le mani sulle spalle.

Voltò la testa e lo vide, la faccia contorta di rabbia. Si gettò su di lei, afferrò le sottane ampie e la tirò a sé. Antonia cadde in ginocchio sotto il peso degli strattoni che dava alla gonna e fu trascinata implacabilmente indietro. Riusciva a offrire solo una patetica resistenza. Si obbligò ad alzarsi, cominciò a rimettersi in piedi e urlò. Dalla gola secca non uscì alcun suono e crollò. Proprio mentre rinunciava a lottare, con le gambe e le braccia molli per la fatica, fu inaspettatamente raccolta da due braccia robuste.

Cadde contro il petto ampio, respirando di sollievo. C'era conforto nelle braccia del suo protettore e Antonia affondò il volto nel morbido velluto del suo panciotto, sentendo il cuore del suo salvatore battere quasi rapido come il proprio. Non riuscì ad alzare la testa né a parlare o a riconquistare l'uso delle gambe per parecchi secondi. Il suo sollievo fu talmente grande che scoppiò in lacrime. Le diedero un fazzoletto e si asciugò gli occhi ma era riluttante a lasciare la protezione delle braccia forti che la tenevano in un abbraccio così confortante. Si sentiva stupida e imbarazzata e non sapeva che cosa fare. Poi, di colpo, si sentirono altre voci, un fruscio di sottane e il grattare di suole di cuoio sui ciottoli. Di colpo, il giardino sembrò riempirsi di gente.

"Oh, Theo! Sono così felice che mi abbiate trovata," riuscì a sussurrare e finalmente sbirciò attraverso i riccioli scomposti. Sgranò gli occhi. "Oh, siete voi!"

"Ssst, *mignonne*. Non c'è più niente di cui preoccuparsi adesso," rispose il duca, scostandole gentilmente i capelli dal volto rivolto verso di lui. "Dubitavate che vi avrei trovato?"

"Avrei dovuto saperlo," sorrise e si accoccolò felice tra le sue braccia, che si strinsero intorno a lei.

Lady Paget e Lord Strathsay arrivarono sulla scena dalla direzione opposta, erano andati prima alla rotonda. La signorina Harcourt, che aveva seguito il percorso che aveva preso il duca, zoppicò arrivando dal ruscello e crollò a sedere su una panchina di marmo. Si erano fermati tutti alla vista di Antonia salva tra le braccia del duca. Ci fu un generale sospiro di sollievo. Ma Lord Strathsay aveva visto la lotta nella rotonda e andò avanti, a cercare il visconte. Non vide immediatamente il ragazzo accucciato, con la testa piegata e che respirava affannosamente, vicino alla fontanella a cascata con la statua di un imperatore cinese.

Si accorse dello stato dell'abito strappato di Antonia e i riccioli scomposti e non riuscì a controllare la sua rabbia.

"Dov'è?" Gridò al duca. "Dov'è quel miserabile cane bastardo? Ditemelo, Roxton. Avrò il suo sangue per questo!"

"Dovete proprio urlare?" Disse il duca con calma.

"È...?" Chiese Lady Paget, guardando Antonia, e fu immediatamente zittita dall'occhiata impassibile del duca.

"Posso fare qualcosa per voi, vostra grazia?" Chiese la signorina Harcourt.

"No, grazie, signorina Harcourt. Eccetto tornare con Theophilus alla partita di cricket..."

"All'inferno la partita di cricket!" Mugghiò Lord Strathsay. "Non avreste mai dovuto lasciarla andare da sola con quel mostro!"

"Temo sia stata colpa mia," disse Lady Paget con espressione contrita. "Avrei dovuto insistere per andare con lei."

"Non incolpate voi stessa, milady," disse la signorina Harcourt. "Non potevate immaginare il risultato..."

"Eccovi, miserabile verme!" Gridò Lord Strathsay, facendo un passo verso il visconte che si stava sistemando il panciotto stropicciato.

Il visconte si ritrasse ma sorrise nervosamente. "*M'sieur!* Era solo un gioco! Ve l'assicuro! Giocavamo a… nascondino, *hein?*"

"Dannazione a voi, quello non era un gioco!"

"Theo, per favore," lo pregò la signorina Harcourt.

Lord Strathsay afferrò il giovane uomo per i pizzi della sua lavallière poi lo lasciò andare con una spinta sdegnosa che mandò il visconte a rotolare nei cespugli.

"Come osate mettere le mani su mia nipote, ipocrita parassita!"

"Strathsay," disse il duca con tono di comando nella voce. "Permettete che me ne occupi io."

"Voglio avere soddisfazione da questo inutile rifiuto umano!" Dichiarò Lord Strathsay, tirando in piedi il visconte. "State tremando e siete sudato, *M'sieur le Vicomte*. La vostra vista mi offende!"

"Roxton ha ragione, Strathsay," si intromise Lady Paget. "Vero, Charlotte?"

"Sì, oh, sì," confermò la signorina Harcourt sul punto di un collasso nervoso. Guardò il fidanzato, poi il duca e vide in che stato erano i piedi di Antonia. "Oh, i suoi poveri piedi!"

Lord Strathsay si voltò senza lasciar andare il visconte e fissò il duca, il cui volto era bianco come i pizzi intorno al collo.

"Vi chiedo di portare in casa mia nipote e mandare un servitore con le nostre spade. Intendo sistemare la faccenda qui e ora. Charlotte, milady, per favore andate."

"No! No!" Gridò piangendo Charlotte. "Per favore, Theo, ci deve essere un altro modo…"

"Lasciatemi andare, *M'sieur!*" Ordinò il visconte d'Ambert, che aveva ritrovato abbastanza sangue freddo da apparire altezzoso, anche se un'occhiata al duca lo fece ritrarre. "Come vi ho spiegato, Antonia e io…"

"Non osate pronunciare il suo nome!" Abbaiò Lord Strathsay, torcendo la cravatta del visconte.

"Come desidera *M'sieur*. Ma voglio farvi notare che *Mademoi-selle Moran* e io siamo in rapporti familiari da tantissimo tempo."

"Bugiardo! Mia nipote non vi ha mai dato motivo di credere di considerarvi niente di più di un amico. E come amico non avete il diritto di imporle le vostre attenzioni! Guardatela! Guardate cos'ha causato il vostro disgustoso comportamento! Voi... voi..."

"Strathsay, basta così," lo interruppe il duca a bassa voce, ma fu sufficiente perché Lord Strathsay lasciasse andare il francese.

Il visconte si allentò la cravatta e si pulì le mani sui calzoni come se avesse toccato qualcosa di repellente.

"*M'sieur*, vi chiedo di stare molto attento quando mi accusate. Vi ricordo che *Mademoiselle* e io siamo fidanzati. Quindi non sono affari di nessun altro quello che io... quello che noi facciamo nell'intimità di un giardino."

"Fidanzati? Col cavolo!"

"*Eh bien. Mademoiselle* era tutt'altro che riluttante."

Lord Strathsay soffocò di rabbia. "Come... Voi... voi..."

"Theo, no!" Gridò Charlotte e svenne prontamente quando il suo fidanzato schiaffeggiò forte il visconte sul volto con il dorso della mano.

Lady Paget corse in suo aiuto. Si mise la testa della giovane donna in grembo e le sventolò un po' d'aria in volto con il suo ventaglio a gouache.

"Intendo darvi una lezione. Che Dio vi stramaledica, d'Ambert!" Gridò Lord Strathsay e fece seguire allo schiaffo un pugno al mento del francese che mandò il giovanotto a barcollare dentro un gruppetto di cespugli. "Alzatevi! Alzatevi e combattete!"

"Questa storia è andata avanti fin troppo," sospirò il duca con impazienza. Sentì Antonia che si agitava tra le sue braccia e abbassò gli occhi.

"*Monseigneur*. Per favore, non dovete permettere loro di incontrarsi con le spade," gli disse. "Étienne era il migliore della sua classe e ha detto che gli avete insegnato voi come..."

"Sì, *mignonne*. Lo so bene," le disse gentilmente, tenendola stretta. Ai due uomini che si fissavano, uno in piedi sopra l'altro che strisciava sotto i cespugli tenendosi la guancia indolenzita, parlò con un tono di noia sprezzante. "Se voglio vedere due galli che combattono, vado a scommettere a Darmouth. Theophilus la vostra mancanza di... ehm, buone maniere mi delude. Sapete quello che penso di un gentiluomo che si abbassa a venire alle mani di fronte a una signora. Aiutate la vostra fidanzata. È svenuta e sta diventando un peso per Lady Paget."

"Vostra grazia! Protesto! Pretendo..."

"Non tocca a voi pretendere qualcosa," disse il duca fremendo di rabbia. "Sono padrone a casa mia, no?" Sostenne lo sguardo di Lord Strathsay senza battere ciglio. "Il vostro silenzio è gratificante. *M'sieur le Vicomte*," disse gelidamente, guardando il giovane francese con tanto disprezzo che il giovanotto si affrettò a rimettersi in piedi, "mi farete il piacere della vostra compagnia nell'atmosfera più dignitosa del mio studio. Immediatamente."

"*M'sieur le Duc*! Pretendo il diritto di incontrare..."

"Voi, mio carissimo amico, avete rinunciato a ogni diritto."

QUINDICI

IL DUCA RIENTRÒ IN biblioteca un'ora dopo aver deposto Antonia su un sofà accanto al camino. Aveva dato istruzioni che restasse lì, accudita dalla sua cameriera, con i piedi immersi in un pediluvio lenitivo. Se avesse voluto qualcosa, avrebbe dovuto suonare il campanellino d'argento per chiamare Ellicott e se si fosse annoiata, c'erano abbastanza volumi sugli scaffali da tenerla occupata fino al suo ritorno. Ma non fu sorpreso di trovare il divano vuoto, la coperta ammucchiata sul pavimento e diversi libri aperti sparpagliati intorno al pediluvio. Ispezionò le pareti coperte di libri, fino alla passerella con la ringhiera cinese intagliata che correva lungo tre delle pareti e dava accesso agli scaffali più in alto, ma Antonia non si vedeva. Controllò la terrazza (anche se era quasi certo che non avrebbe lasciato il tepore della casa senza calzature adeguate) e stava per chiamare il maggiordomo quando notò la strana angolazione di uno degli scaffali.

Non era effettivamente uno scaffale ma una porta abilmente nascosta che celava una scala segreta. Dava accesso alla biblioteca attraverso l'appartamento privato del duca al piano di sopra. Nessuno usava quella scala eccetto il duca e, a volte, il suo valletto.

Si chiese se era stata una distrazione di Ellicott a permettere alla porta di restare aperta, o se Antonia l'aveva trovata da sola. Era incline a credere a quest'ultima ipotesi.

"Ragazzetta curiosa," sorrise tra sé e sé e si chiuse alle spalle la porta segreta.

La scala portava allo spogliatoio del duca, una stanza ingombra dei suoi effetti più personali. Una scrivania con le sottili gambe dorate era posizionata sotto una lunga finestra, con la superficie cosparsa di pergamene arrotolate, sigilli d'oro, libri e petizioni di gente che chiedeva il suo patrocinio; c'era una vetrinetta di faggio laccato con le ante di vetro ingombra di flaconi di miscele di tabacco, tabacchiere inconsuete e una collezione di piccoli oggetti raccolti durante i suoi viaggi; contro una parete c'era un lungo tavolo di mogano, con busti di imperatori romani e vasi greci.

Alle pareti a pannelli erano appesi panorami, ritratti di amici e antenati e degli animali preferiti, tutti soggetti adatti a un occhio critico. Solo una serie di incisioni, otto in tutto e un'edizione limitata dell'artista Boucher, potevano essere considerate inadatte agli occhi di giovani signore, zie zitelle e parroci moralisti. Il soggetto era un tema ricorrente: un satiro dal volto familiare intento in vari atti sessuali con delle ninfe in uno scenario boschivo. Le ninfe, con i volti e le forme ben riconoscibili, erano tutte note per la loro bellezza mozzafiato, nascita elevata e reputazione malfamata.

Quando erano state pubblicate la prima volta, le incisioni avevano scatenato il finimondo nei circoli dell'alta società, venivano comprate più in fretta di quanto riuscissero a essere stampate, e avevano fatto infuriare il *Duc de Richelieu* tanto da fargli lasciare la corte per un mese, a causa di un attacco di stizza gelosa. Tutto perché era il volto di Roxton e non il suo che dava vita al satiro. Questa serie era stata regalata al duca dallo stesso artista e aveva il posto d'onore sopra la vetrina delle tabacchiere.

Il duca trovò il coraggio di guardare verso le incisioni e si arrese al suo destino. Attraversò lo spogliatoio con un'imprecazione ed entrò nella grande camera adiacente. C'era un bel fuoco nel camino. Le pesanti tende di velluto erano state tirate per escludere la luce del tardo pomeriggio e nelle applique erano state accese solo le candele assolutamente necessarie a vederci. Il letto a baldacchino era intatto.

Antonia era raggomitolata e dormiva sul divano accanto al camino con Gray e Tan acciambellati accanto ai suoi piedi nudi. Aveva indossato una delle banyan di seta gialla del duca, l'abito strappato era ammucchiato sul pavimento accanto a una bacinella di acqua profumata e a un vassoio con i resti del tè.

Senza svegliarla, tornò nello spogliatoio e si sedette pesantemente di fronte allo specchio sul tavolino da toilette.

Dannazione a tutti i Salvan! Sospirò, rivolgendosi al suo riflesso, con i gomiti sul tavolo e le dita nei folti capelli alle tempie. *Sono troppo vecchio per lei*, disse al suo riflesso, che osò sorridergli. *Non essere folle. Sposala e al diavolo quello che pensa la società di quest'unione. Ed Étienne, che farne di lui?* Il riflesso fece una smorfia. *Sì, lo passerei a fil di spada piuttosto di permettergli di toccarla di nuovo.* Il riflesso osò inarcare le sopracciglia. *Arriveresti al punto di uccidere la tua stessa carne e il tuo sangue per lei?* Il riflesso continuò a fissarlo, come sfidandolo a confessare a voce alta quello che non aveva mai confessato a nessuno al mondo. Gli fu risparmiato da qualcosa di inconsueto nel riflesso dello specchio. Si girò per vedere meglio il divano.

Diligentemente stesa sul divano c'era una serie di indumenti femminili: un abito di damasco goffrato, *à la française*, del colore dell'oro antico, un corpetto, una pettorina e diverse sottogonne dello stesso colore ma di un tessuto più leggero, forse seta; un paio di calze bianche ricamate, attentamente piegate a metà, con sopra le giarrettiere rivestite di satin, diversi nastri del colore e tessuto delle sottogonne e una piccola scatola di velluto contenente un assortimento di spilloni e fermagli con le perle, e un paio di fibbie di diamanti che conosceva bene. Un cerchio a cupola era appoggiato sul tappeto turco accanto al sofà. L'unico capo di abbigliamento che mancava era un paio di scarpe.

L'insieme era così assurdo, messo lì nel suo appartamento, da non poterci credere. Come per assicurarsi che fossero di questo mondo, raccolse una delle giarrettiere. Ispezionò il resto degli indumenti come se per lui fosse un'esperienza nuova, dato che aveva certamente già visto un assortimento di indumenti intimi femminili in vita sua, ma mai così ben disposto. Lo fece sorridere perché gli riportò alla mente quei sei meravigliosi giorni passati con Antonia nel suo *hôtel* di Parigi. C'era qualcosa di confortante nei suoi abiti così sistemati, come se il tempo si fosse fermato di nuovo e non fosse passata nemmeno un'ora da quando era stato obbligato a mandarla via. Ora potevano continuare come prima, come se le dieci settimane di separazione non fossero semplicemente mai successe e questo fosse solo il settimo giorno per loro due.

Stava studiando la costruzione del cerchio a cupola, facendo distrattamente scorrere una delle calze tra le dita, quando la porta di servizio a pannelli alla sua sinistra si aprì silenziosamente ed entrò il valletto, con un paio di scarpine rivestite di damasco in mano. Né il padrone né il valletto mostrarono di essersi visti ed Ellicott continuò a lavorare come aveva fatto a Parigi, come se la stanza fosse deserta. Mise le scarpine accanto al divano, prese la calza che il duca aveva poco cerimoniosamente gettato a terra, la piegò attentamente e la rimise con la compagna. Poi cominciò a raddrizzare la spazzola, il pettine di tartaruga, l'astuccio, i nastri e la scatola di mouche, allineandoli sul tavolo da toilette. Dava la schiena al duca che, cercando di fare qualcosa per togliersi dall'imbarazzo, prese la tabacchiera dal taschino.

"Mi sono preso la libertà di procurare a *Mademoiselle* un cambio di abiti," disse il valletto in tono leggero. "Mi sono anche preso la libertà di far accomodare come meglio potevo *Mademoiselle* sul sofà nella camera di *Monseigneur* dopo che *Mademoiselle* ha trovato la scala per arrivare in queste camere."

"Sembra che vi siate preso parecchie... ehm, libertà," rispose il duca in inglese.

"Sì, vostra grazia," rispose stoicamente Ellicott. Fece scorrere lo sguardo sul completo da equitazione e gli stivali impolverati del suo padrone. "Ho preparato degli indumenti puliti per vostra grazia e mi auguro che starete comodo nel mio alloggio. Ho preparato a *Mademoiselle* il semicupio di vostra grazia, dato che gli operai non hanno ancora finito il mosaico nella stanza da bagno." Rimase fermo sulla soglia della sua stanza. "Se vostra grazia volesse venire..."

"Avete proprio pensato a tutto, vero?" Mormorò il duca, entrando nella stanza da letto del valletto.

Ellicott servì pazientemente il suo padrone, si occupò di una piegolina sulla manica della camicia di lino bianca ed evitarono accuratamente di conversare, eccetto l'indispensabile. Quando il duca fu sufficientemente decente, in calzoni di velluto nero, camicia bianca e panciotto di seta, tornarono nello spogliatoio di modo che il valletto potesse raccogliere i lunghi capelli del padrone in una treccia, profittando dello specchio sul tavolo da toilette. Fermò la treccia con un nastro di satin. Restava solo da far indossare al suo padrone la redingote di velluto ornata di pizzi d'argento ma il duca gli fece segno di metterla da parte, per indossarla più tardi, e fece affrancare al valletto le fibbie di diamanti alle linguette di pelle delle scarpe nere.

Finiti i suoi compiti per il pomeriggio, Ellicott si alzò e si inchinò leggermente.

"Se vostra grazia lo consente, andrò a vedere se *Mademoiselle* ha completato la sua toilette."

Roxton, che si stava lucidando le unghie di una delle lunghe mani bianche, alzò gli occhi. "Oh, Ellicott pieno di risorse, intendete offrire i vostri servigi come cameriera a *Mademoiselle*?"

"No, vostra grazia. Cioè..."

"Senza dubbio soddisferà la vostra sensibilità morale che io rinunci al piacere di osservare *Mademoiselle* fare il bagno e vestirsi finché avremo scambiato i voti?"

Il valletto sbatté gli occhi, pensando di aver capito male. "Vostra grazia?"

Il duca gettò la limetta tra le cianfrusaglie sul tavolo da toilette e si alzò, stiracchiando le gambe muscolose. "Devo aver sviluppato una moralità, invecchiando," mormorò, poi sospirò con rassegnazione. "Mi auto-esilierò nello spogliatoio e mi terrò occupato rispondendo alla corrispondenza mentre *Mademoiselle* fa il bagno e si veste. Approvate?"

Il valletto osò sorridere. "Sì, vostra grazia. Grazie, vostra grazia."

Il duca lo guardò andare verso la porta di servizio, poi lo richiamò. "Un momento, per favore."

"Vostra grazia?" Disse Ellicott, sorpreso.

"Ricordatemi, vi prego, da quanto tempo siete al mio servizio?"

"Quindici anni, vostra grazia."

"Buon… Dio. Da così tanto?"

"Sì, vostra grazia. Mio padre era il maggiordomo del quarto duca e io… io ero un sottocameriere finché vostra grazia mi ha chiesto di essere il suo valletto."

"Davvero?" Rimuginò il duca. "Mi chiedo che cosa mi abbia indotto..." Disse tra sé, anche se il valletto lo sentì e rispose.

"Vostra grazia disse che ero l'unico tra i domestici di vostro nonno che avesse in testa una lingua civilizzata. Mia madre era un'ugonotta francese. Sono sicuro che vostra grazia non la ricorderà. Era la governante."

"Davvero?" Disse il duca, girando l'anello di smeraldi per cogliere la luce di un candelabro sul piccolo *bureau*. "Ditemi, in tutti gli anni in cui siete stato al mio servizio, i miei… ehm, exploit non vi hanno mai fatto pensare a cambiare impiego?"

Il volto di Ellicott perse il suo colorito sano. "Non capisco, vostra grazia."

"Ci sarà un cambiamento nelle attuali... ehm, sistemazioni," disse il suo padrone con la voce malferma. "Pensavo doveste saperlo."

"Vostra grazia non ha bisogno di spiegare," disse il valletto, rigidamente educato. "Me ne andrò..."

"No, no, babbeo!" Disse Roxton con un sospiro imbarazzato. "Cioè, andatevene se è quello che desiderate, anche se preferirei che restaste."

"Grazie, vostra grazia, sono lieto che i miei servigi siano apprezzati. Cerco sempre di fare del mio meglio e continuerò a farlo in futuro, in modo che vostra grazia non debba mai..."

"Smettetela di blaterare. Sto cercando di dirvi qualcosa di estremamente importante e voi continuate a investirmi come una pescivendola!" Lo rimproverò il duca. Colse il sorrisetto compiaciuto sul volto del valletto e aggrottò la fronte.

"Attento a come vi muovete, amico. In passato vi ho senza dubbio offerto materia infinita di divertimento, ma *Mademoiselle Moran*... lei non è... Lei non è come le altre."

"No, vostra grazia."

"Per quello che vale, e non so perché ve lo devo dire, io la amo. Ci sposeremo questo pomeriggio."

"Lo so, vostra grazia."

"Davvero?" Disse il duca, quasi alla sua vecchia maniera. "Allora sarà meglio che vi occupiate del bagno di *Mademoiselle*."

"Posso essere il primo ad augurarvi felicità, vostra grazia?"

"Sì, ora andate! Oh, e, Martin... Grazie."

IL DUCA STAVA COMPONENDO una terza lettera ed Ellicott era appena tornato con un vassoio di rinfreschi, quando Antonia entrò timidamente in punta di piedi nello spogliatoio. Aveva finito la sua toilette, eccetto le scarpine e i capelli, che aveva pettinato per togliere i nodi e lasciato cadere fino in vita. Il valletto si assentò in fretta, sparendo nello spogliatoio per riordinare, ma il sorriso di Antonia e i ringraziamenti mentre passava lo sconcertarono talmente che quasi inciampò nei propri piedi.

Antonia non disturbò il duca, anche se lui alzò gli occhi dalla pergamena diverse volte per vedere che cosa stava facendo. Era contenta di gironzolare per la stanza, attenta a non toccare niente, ma interessata a tutto quello che conteneva. Si interessò particolarmente alla vetrina con le tabacchiere e si inginocchiò per vedere meglio le scatole sul secondo ripiano. Erano tutte fatte di metalli preziosi o pietre dure, e di materiali esotici come lapislazzuli, tartaruga, madreperla e avorio; una era fatta con la lava di Ercolano. Il terzo ripiano mostrava una collezione di ventagli cinesi, dipinti a gouache su carta. Molti erano d'argento o dorati e smaltati, oppure intarsiati di madreperla. Uno era laccato di nero con le bacchette lavorate a filigrana.

"Questi ventagli sono molto vecchi, *Monseigneur*?" Chiese e fu sorpresa di trovarlo accanto a lei. "Oh, vi ho disturbato?"

Il duca aprì la vetrina con una chiave che tolse dal taschino dei calzoni. "Penso che la maggior parte di questi ventagli risalga agli inizi del sedicesimo secolo. Sono di origine sino-olandese. Ne ho altri, nelle vetrine della biblioteca, che sono più antichi." Scelse il ventaglio laccato e lo aprì con un destro movimento del polso, per sventolarlo come una donna. Lo diede ad Antonia. "Presumo che sappiate come prendervi cura di un ventaglio."

Lei si affrettò a rimettersi in piedi.

"Ma è troppo antico e troppo bello per usarlo," protestò, ma il duca era tornato alla sua scrivania e aveva versato il caffè in due ciotole. "Me ne prenderò buona cura," gli assicurò Antonia.

"Più cura di quella che avete prestato al regalo di compleanno del povero Vallentine," disse. Da un cassetto, tolse il ventaglio di Antonia.

"*Parbleu*! Il ventaglio di Vallentine. L'avete avuto voi tutto il tempo!" Esclamò battendo le mani. "Povero Harcourt, ha passato una giornata cercandolo in tutti i palchi del Théâtre Royal. E ha affrontato *M'sieur Garrick*, che gli ha assicurato di averlo restituito. Ma Harcourt non gli ha assolutamente creduto, lo so."

"Che vi serva di lezione, *mignonne*. Non è consuetudine per le giovani donne offrire i loro ventagli ai membri della confraternita degli attori. Azioni simili causano solo inutili congetture. E non se ne vanno nemmeno in giro a piedi nudi," aggiunse, facendo scorrere l'occhialino fino ai piedini. "Vi ammalerete, *chérie*."

"Ma ho le calze, *Monseigneur*," gli assicurò, alzando le sottane.

"Vedo," disse. "Spero che non prenderete l'abitudine di mostrare le vostre adorabili caviglie a tutti."

Antonia fece una smorfia imbarazzata. "Non le ho mai mostrate a nessuno. Eccetto voi, *Monseigneur*. Vi ho offeso?"

"Nemmeno un po'," sorrise e la invitò a sedersi accanto a lui sul sedile sotto la finestra. "Vi sentite meglio dopo il bagno?"

"Molto meglio," disse. "I piedi sono ancora un po' doloranti ma il pediluvio che ha preparato Ellicott è stato molto lenitivo. È veramente premuroso, *Monseigneur*. E, proprio come a Parigi, non una volta ha fatto una domanda impertinente o.o mi ha guardato di traverso perché ero nelle vostre stanze. Ellicott mi piace."

"Arrossirebbe di piacere se vi sentisse dirlo," disse il duca. "Mi dispiace solo che non abbiate potuto servirvi della vostra cameriera per vestirvi. E, da come è appuntata quella pettorina, i servigi di una cameriera sarebbero proprio stati necessari. Restate ferma in piedi e lasciatemi guardare."

Antonia depose il ventaglio e la ciotola e si mise diligentemente in piedi davanti a lui. Cercò di controllare la posizione della pettorina, con il mento sulla spalla.

"Ero brava a vestirmi da sola quando vivevo con il nonno. Non ha mai trovato il tempo di assumere una cameriera. A volte la cameriera personale di Maria mi aiutava. Ma da quando mi avete dato Gabrielle sono diventata molto pigra, credo. Il problema è che non riesco mai a fare niente guardando il mio riflesso. Tutte le dita diventano pollici e la maggior parte delle volte che tento di appuntare una spilla mi pungo la pelle invece di infilarla in una piega della stoffa."

Dopo averle sistemato i ganci della pettorina negli occhielli giusti da entrambi i lati del corpetto, lei gli tese una spilla di diamanti e perle.

"Grazie. Ora potreste appuntare questa qui sulla spalla? Aiuta a nascondere la cicatrice, vedete."

"Cercherò," le disse piano e aspettò che scostasse i capelli dalla spalla. Eppure, quando tentò di infilare la punta della spilla nel damasco accanto al seno, armeggiò maldestramente al tocco della pelle calda e la spilla cadde rumorosamente sul pavimento. "Antonia, mi... mi dispiace. Io..."

"Non è importante," gli rispose allegra e si affrettò a raccogliere la spilla. "Dato che ci siamo solo noi due, non è il caso di preoccuparsi. Vorreste un'altra ciotola di caffè? Ho scoperto che non sopporto il tè. Ho tentato, ma proprio non mi va." Prese la ciotola del duca e la riempì, poi tornò sul sedile. "Alcuni pensano che bere il tè porti a comportamenti immorali, quindi non indulgono in quest'abitudine. È un'idea sciocca, *hein*? Che differenza c'è tra il tè e il caffè? Uno arriva dalla Cina e l'altro dalla Persia. Direi che i persiani sono molto più immorali dei cinesi. Si deve solo leggere Erodoto per saperlo."

"Antonia, ascoltate. Quello che ho detto il giorno in cui vi ho fatto partire... nemmeno una parola era vera," le confessò, con gli occhi fissi sul contenuto della ciotola di porcellana che aveva in mano. "La mia condotta è stata esecrabile. Non sono fiero di me stesso. Ma viste le circostanze... mi sono sentito obbligato ad allontanarvi dalla Francia... Ogni giorno da allora ho rimpianto amaramente di avervi allontanato da me..."

"Ma volevate proteggermi da *M'sieur le Comte*."

"Proteggervi? Dovete ritenermi un bel protettore!"

"Sono contenta che non abbiate sfidato Étienne e che non abbiate permesso a Theo di farlo. Étienne non è a posto con la testa, vero, *Monseigneur*? È schiavo degli oppiacei."

Le sopracciglia del duca si inarcarono. "Lo sapete?"

"Ma certo. L'ho capito fin da subito. Papà ne prendeva una piccola dose tutte le sere. A volte, quando stava troppo male per somministrarselo da solo, glielo davo io. Ma Étienne, lui ne prende veramente troppo. Ma non credo che sia solo l'oppio che gli causa gli attacchi di rabbia."

"No, *chérie*. Ha lo stesso disturbo di sua madre."

"*Madame de Salvan* era considerata una grande bellezza ai suoi tempi, vero, *M'sieur le Duc*?" Chiese Antonia con una vocina timida, osservando attentamente il suo profilo. "*Madame* vostra sorella mi ha confidato che a un certo punto speravate di sposarla."

"Davvero? Estée è sempre stata quella beneducata in famiglia. No, non ho mai offerto il mio nome a Claudine-Alexandre, solo il mio letto. Sono sicuro che non vi sconvolgerà."

"No, preferisco veramente che mi si dica la verità."

"Per quanto possa fare male?"

"Sì, *M'sieur le Duc*."

Le baciò la mano e si alzò. "Che altro vi ha detto Estée di Claudine-Alexandre?"

"N-niente. Étienne me ne ha parlato un pochino. So che si è avvelenata quando era solo un ragazzo e che in qualche modo lui incolpa voi perché voi e lei eravate amanti."

"Il ragazzo confonde le circostanze. Incolpa me perché la mia relazione con sua madre era ben nota. Ma era stata prima della sua nascita."

"Ma le vostre lettere a lei…"

"Falsificate dalla mia cara *Tante Victoire* e da mio cugino Salvan," disse seccamente. "Era tanto più accettabile e molto meno complicato addebitare il suicidio di Claudine-Alexandre a un cuore infranto piuttosto che a una mente in disordine. Ed era comodo incolpare me. Claudine-Alexandre non aveva mai fatto segreto della sua… ehm, infatuazione per me. Dopo la fine della nostra relazione continuò a scrivermi. Resi le lettere senza aprirle.

Non è mai il caso di mettere le cose per iscritto. Non sono così stupido. Che c'è, *mignonne?*"

Antonia scosse la testa. Pensava alle lettere che gli aveva scritto e la faceva infuriare pensare di essere stata altrettanto stupida. Il duca sembrò leggerle la mente.

"Vostra nonna, nella sua distorta saggezza, mi ha nascosto le vostre lettere," disse e fece un sorrisino quando Antonia alzò di colpo gli occhi. "Le ho io adesso e le ho lette tutte. Non dovete condannarla troppo severamente. Non pensava che fosse… ehm, salutare che teneste una corrispondenza con qualcuno con mia reputazione."

"La nonna è stupida!" Disse Antonia rabbiosamente ed escluse sua nonna dai suoi pensieri. "Quando ero a Versailles e vi conoscevo solo di vista e reputazione, Maria Casparti mi aveva avvertito…"

"L'amante di vostro nonno era preoccupata per il vostro benessere, *mignonne.*"

Antonia ignorò il sarcasmo. "No, non è che fosse preoccupata per me, *Monseigneur.* Non ha mai pensato che foste come il *Comte de Salvan.* Ma la preoccupava che se si fosse scoperto che Étienne era veramente vostro figlio, ci sarebbe stato un grosso scandalo e voi sareste stato nuovamente bandito da corte, come era successo alla morte della *Comtesse de Salvan.* E allora non sareste stato in grado di aiutarmi. *Monseigneur,* Étienne non assomiglia per niente a Salvan. All'inizio non credevo a Maria, finché un giorno non vi ho visto dare una lezione di scherma a Étienne nel Cortile dei Principi e allora ho veramente cominciato a domandarmi se foste voi suo padre. Sono sicura che anche Étienne se lo chiede. Ha gli occhi azzurri di vostra sorella e c'è qualcosa di lui che mi ricorda voi… E poi quando Lady Paget mi ha mostrato il ritratto di famiglia nella galleria e ho visto vostro padre, sono stata certa che Étienne è vostro figlio."

Il duca ci mise parecchio a rispondere. "Dimenticate che mia madre era una Salvan, quindi il sangue dei Salvan scorre in entrambe le nostre vene. È una spiegazione adeguata."

"Ma non è figlio di Salvan. Ha sangue Hesham," insistette. "Claudine-Alexandre vi ha scritto e vi ha detto la verità prima di morire, vero? Ecco perché Salvan e sua madre vi odiano tanto. Ecco perché hanno tanto convenientemente incolpato voi della sua morte."

"Sì, è talmente sordida la reputazione delle donne di corte, e Claudine-Alexandre non era un'eccezione, che i loro figli possono solo essere sicuri della loro madre," disse per accantonare l'argomento e Antonia non insistette oltre.

Lo guardò sfogliare delle carte sulla sua scrivania e dopo qualche minuto di silenzio tra di loro, gli disse: "Posso farvi una domanda, *M'sieur le Duc*?"

"Chiedete tutto quello che volete. Non posso garantire che sarete contenta della risposta."

"Non ho mai capito perché Lady Paget… Lady Paget e la nonna siano tanto amiche," disse Antonia, nel tono più indifferente che riuscì a inventarsi. "Voglio bene alla nonna perché è mio dovere, ma non mi piace, *Monseigneur*. Ma Lady Paget mi piace. Non è egoista e vanesia e non vuole sempre averla vinta. È ragionevole e gentile e piuttosto attraente, in un modo maestoso. Mi piace veramente molto."

Il duca la fissò. "Questa non è una domanda, Antonia."

Antonia sostenne il suo sguardo. "Lei vi… Lei vi piace?"

"Kate e io siamo ottimi amici," le rispose e dovette sorridere tra sé quando Antonia fece una smorfia e abbassò gli occhi sulla ciocca di capelli che stava arrotolando tra le dita.

"Mi ricorda un po' *Madame de la Tournelle*. Anche voi e lei eravate buoni amici."

"Venite qua, *ma belle*," la blandì. "Non so che cosa vi abbiano detto o chi l'abbia fatto, ma ve lo dico in buona fede. Kate e io non siamo amanti da prima della mia ultima visita a Parigi. E per quanto riguarda la divina Tournelle, è stato un interesse passeggero. Qualcuno con cui alleviare il tedio della corte per un po'. Questo rassicura un po' il mio grande inquisitore?"

"E la Maison Clermont?" Chiese francamente.

In un attimo, il sorriso sparì dal volto del duca, che la lasciò da sola accanto alla finestra. Antonia capì immediatamente di avere esagerato.

"Quelle donne alla Maison Clermont non sono niente, lo so. Niente, niente del tutto," disse in fretta, torcendosi le mani. "Ci va tutta nobiltà francese. Quale uomo alla moda non lo fa. Tutti se lo aspettano. È tollerato sia dalle mogli sia dalle amanti. Non dovrei tener conto dell'esistenza di quelle donne e so che è stato sbagliato perfino menzionare un posto simile. E ho cercato veramente di ignorare le vostre visite in quel posto e alle vostre amanti. Mi sono ripetuta che queste donne non significano niente per voi, a parte una soddisfazione momentanea. Dopo tutto, le mogli dei nobili accettano queste infedeltà da parte dei loro mariti come parte dei loro doveri ma... ma da quando abbiamo condiviso un letto e mi avete mostrato come'è meraviglioso fare l'amore, ho scoperto che il pensiero che diate piacere ad altre donne, e che ne riceviate, mi rende molto triste. Non credo che riuscirei mai a scendere a patti con una sistemazione del genere. È una grossa mancanza da parte mia, lo so, ma l'idea che potreste preferire la loro compagnia alla mia, che potreste aver bisogno di frequentare quei posti perché vi annoio o non vi piaccio..."

"Non devo giustificare il mio... ehm, passato con voi o con nessun altro," la interruppe il duca con la voce piatta. "Né intendo scusarmi per come ho passato la mia vita. Non posso cambiare il passato, Antonia, ma non lo vorrei nemmeno se potessi." La guardò con un mezzo sorriso. "Posso solo offrirvi il futuro, così com'è, con un nobiluomo che ha un passato al di là di ogni possibile redenzione. *Mignonne*, meritate qualcuno molto migliore di me."

"Io non voglio qualcuno migliore," gli rispose semplicemente. "Non ho mai voluto nessun altro che voi. Io amo solo voi." Fece un sorriso tremulo. "È destino che stiamo insieme, *Monseigneur*. L'ho saputo dal primo momento che vi ho visto."

Queste parole, pronunciate con tranquilla semplicità, infransero le ultime vestigia di reticenza del duca, che in due passi le fu accanto e la strinse a sé, abbassandosi per baciarla con quella luce negli occhi che Antonia aveva visto al Théatre Royal.

"Destino, vero?" La rimproverò amorevolmente, guardando il volto sorridente sollevato verso di lui nel cerchio delle sue braccia. "Allora incolperò il destino per avermi causato molte notti insonni da quando ho posto gli occhi su di voi a Versailles. Ho fatto del mio meglio per ignorarvi, per dimenticarvi, per scacciarvi dai miei pensieri, tentando di trovare consolazione tra le braccia di altre. Ma voi, il solo pensiero di voi, ha reso... ha reso inabile questo vecchio *roué*. Vedete, non c'è stata nessuna, nessun'altra, dal giorno in cui siete fuggita con me da Versailles." Le baciò la fronte e la portò verso la finestra dove la mise in piedi davanti a lui. Le fece un inchino profondo. "E da quando abbiamo diviso un letto ho scoperto che ho intenzione di diventare rispettabile. Voi, mia cara ragazza, non avrete mai motivo di dubitare. Ve lo giuro sul mio onore. Così, avete ottenuto la vostra confessione, *Mademoiselle*." Quando queste parole furono accolte con lacrimevole gioia, il duca sorrise nervosamente e le prese le mani. "Basta giocare con il tempo. Se avete veramente diciotto anni e non venti, allora va bene, anche se rabbrividisco al pensiero di essere stato usato in modo tanto crudele..."

Antonia abbassò la testa per nascondere un rossore colpevole. "Ma, *Monseigneur*, non avreste mai fatto l'amore con me se aveste saputo la mia vera età."

"Piccola strega calcolatrice!" Disse con una risata e le alzò il mento. "E basta discorsi senza senso di fuggire a Venezia," disse cupamente, guardandola negli occhi. "Resterete con me."

"Sì, *Monseigneur*. Mi piacerebbe molto." Sorrise con le fossette e imitò la voce e l'atteggiamento acido di sua nonna. "Informerete voi Lady Strathsay che sua nipote è caduta in disgrazia o dovrò farlo io?"

Il duca si mise a ridere forte e la tirò a sé, con le braccia intorno alla vita sottile. "Veramente non avete idea di quanto vi ami, vero? *Io vi amo.* Vi voglio come compagna della mia vita, non come amante, *mignonne.* Vi sto chiedendo di *sposarmi.*"

Gli occhi verdi di Antonia si spalancarono e per un attimo non riuscì a trovare la parole per esprimere la sua felicità. "Sì, *M'sieur le Duc,* non c'è niente che mi piacerebbe di più al mondo."

"E dovete smetterla," la rimproverò scherzosamente, prendendo dalla tasca della redingote una piccola fascia d'oro incastonata di smeraldi e diamanti e infilandola su un dito della mano sinistra di Antonia. Per buona misura baciò poi l'anello di fidanzamento. "Per sigillare l'accordo... Basta con *M'sieur le Duc.* È privilegio di una moglie chiamare il marito con il suo nome di battesimo... dentro e fuori dal letto."

"Sì, *Mon—Renard.* Cercherò di ricordarlo," gli disse con un sorriso timido, con le braccia intorno al suo collo. "Cioè, sarebbe molto più facile per me ricordarlo se mi baciaste ancora..."

SEDICI

U N TIRO A QUATTRO che viaggiava a velocità sostenuta
seguì la stretta curva della strada di campagna deserta e
mancò per un pelo la collisione con un pastore che accudiva il
suo gregge. Il cocchiere dell'elegante carrozza urlò insulti al
pastore. Ma l'uomo sembrava non avere un problema al mondo.
Non aveva intenzione di far affrettare il suo gregge verso il
ciglio erboso che bordava gli imponenti cancelli di entrata della
tenuta del suo padrone. Quindi il cocchiere fu costretto a
manovrare i bai intorno all'ostacolo con tutta l'abilità dei
vent'anni passati a maneggiare le redini. La carrozza poi attraversò i cancelli e cominciò a risalire il viale sinuoso. Il pastore
non aveva mai sentito parlare in francese ma era piuttosto
sicuro che l'avrebbe riconosciuto se mai gli fosse stato urlato
contro un'altra volta.

Dentro il veicolo che correva, un gentiluomo e la signora sua
moglie guardavano il viale alberato e il panorama tutto intorno,
senza molto interesse perché stavano discutendo animatamente,
una discussione infinita.

"Se Roxton non è qui, ci rinuncio!" Dichiarò il gentiluomo,

cercando di fiutare una presa di tabacco. La presa gli finì in grembo. "Dannazione!"

"Dove altro potrebbe essere, Lucian? Non credo a tutti quei lacchè che dicono che non è in casa. La casa di St. James Square è vuota, eccetto la governante. E il nostro messaggio spedito qui? Non ha ricevuto risposta. È arrabbiato con noi, ve lo dico io!" Estée Vallentine afferrò la maniglia di cuoio sopra la sua testa con una mano guantata. "Questo cocchiere va troppo veloce. A che cosa serve, se siamo in ritardo di settimane? Siete stato voi che siete voluto andare a Londra, quando io avevo detto che saremmo dovuti venire qui come prima cosa!"

"Ora, ascoltatemi, amor mio. Se vi ricordate, eravate voi che desideravate vedere Londra, non io! Io ammetto che non pensavo che un'altra settimana avrebbe fatto tanta differenza per Roxton. Ha aspettato tanto. Non potevo sapere che saremmo stati bloccati da quella valanga in Svizzera. Accidenti a quel maledetto posto!"

Estée fece il broncio. "Allora avete detto che era un interludio romantico che non avreste mai dimenticato. E ora lo maledite. La luna di miele è veramente finita!"

"No, Estée, non piangete," la implorò sua signoria. Si gettò sul sedile accanto a lei e le prese la mano libera stringendola forte. "Non potete mostrarvi in lacrime a vostro fratello. Che cosa penserebbe di me, suo cognato, eh?"

"Penserebbe che siete quello che siete! Uno scortese e insensibile... *bruto*!"

Lord Vallentine rinunciò ai tentativi di arginare la marea e si limitò a passarle il fazzoletto. Si infilò le mani nelle tasche della redingote e si rannuvolò in volto.

"Sapete che cosa mi sconcerta? La contessa. Si potrebbe pensare che debba sapere dov'è sua nipote. Ma no, si comporta come se la bambina non fosse nemmeno sua. Ho detto a Roxton, a suo tempo, che non ne sarebbe venuto niente di buono, a mandare la piccoletta da quella donna. Avete notato la quantità di piombo sulla sua faccia? Non può essere salutare, no?"

"Quella donna è una meretrice."

"Attenta, Estée. Non è che non sia d'accordo con voi, ma non ditelo di fronte alla ragazza. Quella donna è sua nonna, dopo tutto."

"La sua faccia era dipinta come quella di una sgualdrina. E pensare che ci ha accolto nel suo boudoir vestita solo con una chemise sottile e con la vestaglia aperta. Non sapevo dove rivolgere le sguardo!"

"Disgustoso," borbottò sua signoria, fingendo di cercare in una tasca per nascondere un sogghigno al ricordo della seducente figura della donna. "Mi chiedo dove ho messo quel dannato *étui*."

Estée non si lasciò abbindolare. "Scommetto che non siete in grado di dirmi di che colore era la sua vestaglia. I vostri occhi non hanno lasciato il suo grosso seno per tutto il colloquio!"

"La vestaglia? Era gialla, giallo primula!"

Estée rise e gli pizzicò un po' troppo forte il mento quadrato. "Era color cannella con degli orribili fiori ricamati ai polsi e sull'orlo; gigli, penso."

Lord Vallentine si diede una manata sui calzoni di seta. "Se solo fossimo venuti qua subito!"

"È troppo tardi per dirlo adesso."

"E se non sono qui, eh? Allora?"

"*M'sieur le Duc* mio fratello è qui. Lo so," disse Estée Vallentine con convinzione. Porse la mano al lacchè che aveva aperto la porta della carrozza e abbassato i gradini. "Dovete fidarvi del mio istinto, Lucian."

"Quando mai non lo faccio?" Disse sua signoria con un sorriso e la seguì sul viale di ghiaia. "Che ne pensate della vostra residenza ancestrale? Impressionante, vero?"

"È in una scala di grandezza che trovo incomprensibile!" Esclamò Estée a bocca aperta, tirando indietro la testa per riuscire a vedere tutta l'estensione di edifici, poi girandosi per osservare il lago oltre i prati verdi. "Ora capisco un po' meglio l'enorme arroganza di mio fratello. Qui è un re! Nessuna meraviglia che non sia mai rimasto abbagliato da Versailles e da Fontainebleau. Povera mamma. Non ha mai visto la tenuta di papà."

"Ci si potrebbe perdere in questo posto, se non fosse per la legione di lacchè che tiene al suo servizio. Mi sono perso anch'io una volta. Quando i servitori erano andati a una festa locale. Mi ci è voluta più di un'ora per trovare Roxton."

Sua moglie si mise a ridere. "Si stava nascondendo, Lucian, stupidone!"

Vallentine sorrise. "Ora lo so, ovvio. Che ne pensate dello scenario? Pittoresco, no? Tutto lavoro di Brown. Ma non avreste mai pensato che fosse artificiale. È l'abilità di quell'uomo," disse, indicando il lago e poi i giardini ornamentali. "Tempo splendido! Paese glorioso! E non c'è un posto migliore per passare il tempo in campagna che qui a Treat!"

UN SOTTOMAGGIORDOMO AVEVA INFORMATO Duvalier dell'arrivo della carrozza, facendo sbuffare e sospirare l'uomo anziano, che si raddrizzò il panciotto e la redingote e cominciò la lunga camminata verso l'ingresso, con il sottomaggiordomo alle calcagna. Fece ripetere al servitore le battute provate più volte mentre camminavano e gli consigliò di mantenere un'espressione che non rivelasse niente agli ospiti indesiderati. Anche gli intrusi che si erano dimostrati sgradevoli o insistenti, come lo erano stati alcuni in passato, di solito restavano soddisfatti una volta accompagnati nel salotto blu oltre il foyer, con i mobili coperti e le finestre sigillate. Il maggiordomo si permise un sorriso in segreto. L'ala ovest avrebbe raccontato tutta un'altra storia.

Duvalier restò molto indietro nel foyer e il sottomaggiordomo fece un cenno ai camerieri di aprire le porte, poi uscì alla luce e fece il consueto piccolo inchino alle due figure che arrivavano dal viale. Il discorso ben preparato fluì senza sforzo mentre si raddrizzava per guardare in volto i visitatori, uno a uno.

"Non raccontarci queste fandonie, uomo. Dannazione! Dov'è Duvalier?"

In un istante, il maggiordomo spinse da parte il subalterno che continuava a parlare.

"*M'sieur Vallentine*! *Madame*!" Balbettò, facendoli entrare nell'atrio. Aiutò sua signoria a togliersi il cappotto e gli prese la spada, consegnandoli a un cameriere. "Vi stiamo aspettando da due settimane, *M'sieur*. Posso dire quanto sono felice di vedere voi e *Madame* sani e salvi in Inghilterra."

"Grazie," sorrise Vallentine. "Se fate a tutti gli altri quel discorsetto altezzoso, non mi meraviglia che nessuno creda che *M'sieur le Duc* sia qui. Questo posto sembra un mausoleo! Perché le coperture e la mancanza di cera? Roxton non sta facendo economia, vero? Le cose devono aver preso una pessima piega. Oppure sta facendo una specie di gioco? Com'è? Scommetto che è così!"

"Non siate così cattivo con il povero Duvalier," lo rimproverò Estée. Sorrise al loro vecchio dipendente. "È confortante vedere un volto amichevole, il cui francese non sia spaventoso. Questi inglesi sono esattamente come pensavo che fossero, così flemmatici."

"Oh! Basta, Estée. A Duvalier non interessano le vostre opinioni. Portateci dal duca."

Il maggiordomo si irrigidì e tornò un po' della sua alterigia. "Vi farò portare nei vostri appartamenti e poi, forse, gradirete un rinfresco."

Lord Vallentine guardava il quadrante di madreperla del suo orologio da taschino d'oro. "Roxton dovrebbe star facendo colazione. È già passata l'ora." Sorrise a sua moglie. "Ci cambiamo velocemente e raggiungeremo vostro fratello, Estée. Sarà come ai vecchi tempi a Parigi. Che ne pensate, Duvalier?"

Il maggiordomo preferì non commentare. Niente, pensò, poteva essere più lontano dal vero. Diede istruzioni a un cameriere di accompagnare i Vallentine nel loro appartamento e si congedò, ritornando mezz'ora dopo per scortare i nuovi arrivati nell'ala ovest.

"Mi auguro che Roxton sia lieto di vederci," sussurrò Estée, nervosa e trepidante. "Ci ha detto nella sua lettera che era urgente e che avremmo dovuto affrettarci e siamo in ritardo di due settimane."

"Non dubito che sarà matto come un cavallo, amor mio," replicò Vallentine allegramente, lasciando passare sua moglie nel corridoio. "Siamo così in ritardo che non ha più importanza e a lui non interessa se gli abbiamo disobbedito. Ma vorrà vederci. Ho quel dannato testamento e non sono andato fino a Roma per cercare qualche dannato notaio italiano per poi essere respinto sulla porta di Roxton. Sarebbe stato un viaggio sprecato."

"Sprecato?" Disse stridula Estée.

"Andiamo, non fraintendetemi, piccioncino mio. Sprecato solo nel senso che saremmo potuti arrivare a San Pietroburgo per la nostra luna di miele, invece che a Roma. Ci è piaciuta Roma, vero? E Venezia? Ecco un posto dove vorrei ritornare un giorno."

Lady Estée ridacchiò dietro il ventaglio. "Non siate assurdo, Lucian. A Venezia vi è venuta la dissenteria."

"Davvero?" Disse sua signoria imperturbabile. "Forse pensavo a Firenze, o era Milano? Dannazione se riesco a distinguere una città italiana dall'altra! È successa la stessa cosa quando ho fatto il *grand tour* con vostro fratello." Si guardò in giro con interesse. "Così va meglio! Luce e niente coperture! Ha fatto un po' di cambiamenti, anche. Un po' scarso di mobili ma non è male, comunque. Vivibile, almeno."

Duvalier li accompagnò a una porta, con un cameriere di guardia, all'erta. Chiese loro di aspettare, dicendo: "Chiederò a *M'sieur le Duc* se è pronto a ricevervi." Grattò alla porta e, invitato a entrare, fece cenno al cameriere di girare la maniglia.

Il DUCA STAVA FACENDO colazione da solo. Duvalier non riusciva ad approvare la mancanza di vestiti del suo padrone. I lunghi capelli neri ricadevano liberi intorno al viso e una vestaglia di seta rossa a fiori era legata negligentemente sopra una camicia bianca aperta al collo. Il maggiordomo si chiese cosa pensasse Ellicott di questi nuovi modi rilassati, tra le altre cose.

L'ultima edizione di un giornale londinese era aperta sul tavolo, con una ciotola di caffè su un angolo della pagina. Il duca alzò lentamente lo sguardo, identificò il suo maggiordomo e tornò a guardare le pagine stampate. La sua espressione era imperscrutabile, come sempre, ma la mancanza di vestiti diceva tutto.

"A meno che la mia memoria mi inganni, non ricordo di aver richiesto la vostra presenza."

"No, *Monseigneur*."

"*Madame la Duchesse* ha chiesto di voi?"

"No, *Monseigneur*."

Roxton dedicò al suo maggiordomo una seconda occhiata, con un raro luccichio nei suoi occhi neri. "Avete pensato, forse, di controllare se eravamo ancora… ehm, vivi?"

"No, *Monseigneur*," rispose stoicamente il maggiordomo.

"Ho visto la carrozza. Chi non se n'è voluto andare?"

"È la sorella di *M'sieur le Duc*…"

"Davvero? Perdonatemi. Quando sarebbero dovuti arrivare Lord e Lady Vallentine?"

"I Vallentine sono in ritardo di due settimane, *Monseigneur*."

Il duca alzò le sopracciglia. "Non mi sono reso conto… Cioè, i giorni…"

"Sì, *M'sieur le Duc*," rispose indulgentemente il maggiordomo, con l'accenno di un sorriso all'imbarazzo del suo padrone.

Roxton tornò alla sua lettura. "Fateli entrare. Fate mettere i coperti e informate la cuoca."

Duvalier non ebbe la possibilità di annunciare formalmente gli ospiti. Lord Vallentine, seguito in fretta da sua moglie, entrò a grandi passi nella stanza e superò il maggiordomo con la mano tesa. Sul volto il suo sorriso più ampio.

"Roxton, dannazione! È bello vedere la tua faccia insolente!"

Il duca si era alzato in fretta e si era stretto addosso la vestaglia. Andò incontro a sua sorella attraverso il tappeto e ricevette il suo energico abbraccio con un sorriso e un bacio lasciato cadere sulla cima dei suoi riccioli neri.

"Il piacere è tutto mio," disse, divincolandosi dalla sua stretta per afferrare la mano del suo migliore amico. "State entrambi bene dopo un viaggio così lungo. Niente lacrime, ve ne prego, Estée," le disse gentilmente.

"Gesù, hai anche tu un bell'aspetto!" Esclamò sua signoria. Fece scorrere uno sguardo critico sull'aspetto del suo amico e fischiò piano "Come mai così svestito? Non dirmi che sei appena uscito dal letto, a quest'ora. Non ci credo! Tu?" Scosse la testa e rise. "Mai saputo che dormissi fino a tardi. È l'aria di campagna, vero? E quei riccioli sciolti? Stai cercando di far vergognare un uomo più giovane, eh? Accidenti se i tuoi capelli non rivaleggiano con quelli di Estée!" Abbassò gli occhi su sua moglie e ammiccò. "Il caro fratello, qui, non è lui. Penso che voi e io siamo stati lontani troppo a lungo."

Roxton si passò una mano tra i capelli e, cercando qualcosa per coprire il suo imbarazzo, andò alla credenza e sbirciò sotto le campane che coprivano parecchi piatti.

"Avete già fatto colazione?" Chiese. "Mi dicono che ci sono diverse portate eccellenti. Rognoni alla diavola, cacciagione arrosto e, credo… Sì, trota. Ne abbiamo prese un bel po' ieri nel lago. Oh, e ovviamente ci sono panini caldi e caffè. O preferireste della cioccolata, Estée?"

Lord Vallentine guardò sospettoso sua moglie, che però stava fissando attentamente suo fratello. Si grattò sotto la parrucca e si rivolse a suo cognato con il suo solito fare franco.

"Non sei malato, vero, Roxton? Lord Strathsay non ha voluto dirci dov'eri. Non che pensi che ne avesse la più pallida idea. Ma

c'erano voci che stessi riprendendoti da un attacco di influenza...
Influenza! Non sei mai stato malato un solo giorno in vita tua!"
Alzò l'occhialino. "Perdonami se te lo dico, ma ti stai comportando in modo proprio strano. Siamo stati via per mesi, non anni,
e ho vissuto abbastanza a lungo sotto il tuo tetto da sapere che
non mangi mai più di un panino a colazione. Parlando per me,
non è quello che considero una porzione da uomini, ma tu non
sei il tipo da cambiare le abitudini di una vita. Né ora né mai.
Estée, non credete che vostro fratello sembri un po' congestionato? Non   ditemi   che   qualche   pestifero   medico   ha
raccomandato..."

"State zitto, Lucian!" Disse di scatto sua moglie. Mise una
mano sul braccio del fratello. "Qualcosa... È successo qualcosa.
Che cosa, Roxton?" Gli chiese dolcemente.

"Non serve chiedergli quello che è evidente!" Disse con furia
sua signoria. "Eh? Che... che diavolo... Chi è?"

Il duca sorrise e arrossì suo malgrado. "Non riesci a indovinarlo?"

"Eh? Chi?" Chiese Vallentine con un tono sorpreso e rivolse a
sua moglie uno sguardo interrogativo.

"Lucian! A volte non riesco a credere che siate stupido come
pretendete di essere! Non siate uno zuccone. Sapete benissimo chi
è. Sì, lo sapete!" Strinse la mano del fratello. "Non ci avete aspettato e questo mi offende. Ma capisco completamente. Io... Noi...
siamo così felici per voi."

Il duca le baciò la mano. "Grazie, mia cara."

"Hai sposato la piccoletta senza di noi!" Esclamò sua signoria,
stupito. "Di tutti i tiri da farci! Non potevi aspettare ancora un
giorno! Dovevi proprio fare così. Bene! Bene! Questo spiega tutto.
Nessuna meraviglia che sembri..."

"*Lucian*" disse Estée sotto voce, furiosa e imbarazzata. "Per...
piacere."

"Ehm, sì, ho perso le staffe," borbottò sua signoria imbarazzato e diede un calcetto al tappeto con la punta della scarpa.

"Dannata la mia lingua, Roxton. Devo augurarti tanta felicità," disse e strinse di nuovo la mano del duca. "E siamo felici per voi. Dannatamente felici! Era ora che ti sistemassi e dessi inizio alla tua nursery. Alla tua età..."

"Lucian!" Sussurrò sua moglie furiosa. Gli tirò la manica. "La dissenteria non è l'unica malattia che avete preso a Venezia."

"È stata una decisione vostra, sposarlo," disse Roxton e porse la tabacchiera all'amico. "Attento, mio caro. La mia miscela potrebbe essere troppo forte per le tue narici senili."

Lord Vallentine scrollò le spalle rassegnato e restituì al duca la sua tabacchiera d'oro. "Non è la pazzia," disse, "è il matrimonio che mi ha conciato così."

Lady Estée ansimò. "Di tutti i commenti crudeli!" E poi rise.

Vallentine le fece uno splendido inchino. "Sono ai vostri ordini, *Madame*! Allora," disse al duca, "quando potremo vedere la civetta... *Madame la Duchesse*?"

Estée sospirò. "È un secolo che non la vedo. Eravamo tutti così addolorati di vederla partire da Parigi, vero?"

"Voi, mia cara, siete stata un fiume di lacrime per settimane," confermò sua signoria. "Mi è mancata. Non saprei dire quando degli insulti mi siano mancati tanto. Sono successe tante cose, dopo Parigi. Spero che non sia cambiata."

"Per niente, mio caro," rispose il duca e si voltò verso la camera al suono della voce di sua moglie.

"Renard?" Chiamò Antonia. "Mi dispiace farvi aspettare. Questo spogliatoio è in un tale caos. Tutto un guazzabuglio! Sarò contenta quando gli operai rimetteranno tutto a posto. Ma sono riuscita a fare il bagno senza sgocciolare per tutta la strada dalla stanza da bagno allo spogliatoio, diversamente dall'ultima volta. Ma voi eravate altrettanto bagnato e stavate rincorrendomi, allora, quindi non penso che fosse completamente colpa mia."

Fece un risolino mentre entrava dalla porta, con la testa girata da un lato, concentrandosi per chiudere i piccoli bottoni di perla a un gomito. Indossava un abito da mattino *à la française* di seta delicatamente ricamata con rametti di fiori dai colori brillanti e tralci, e indossava pantofoline in tinta. Aveva i capelli spazzolati ma non raccolti, legati mollemente a metà lungo la schiena con un nastro di seta.

"Non so che cosa faremo oggi," disse. "Quindi ho detto a Gabrielle di non preparare nessun vestito finché non avremo deciso. Mi piacerebbe restare così per tutto il giorno! Mi sono abituata a girare senza quegli orribili corsetti e..." Alzò gli occhi con un sorriso malizioso. "*Bon Dieu*," balbettò e arrossì. "Vallentine e-e... *Madame!*"

Roxton andò incontro a sua moglie e la accompagnò dentro la stanza.

"Non vi biasimo per averli creduti dei fantasmi, *mignonne*," disse ironicamente. "Li aspettavamo una mezza vita fa, vero? Estée, milord, vorrei presentarvi mia moglie: *Madame la Duchesse de Roxton.*"

"Pensavate che non saremmo mai arrivati, piccolina?" Disse Estée, che fu la prima a farsi avanti. Abbracciò la nuova sorella con gli occhi azzurri pieni di lacrime. "Avete reso molto felice mio fratello, bambina. Lo vedo nei suoi occhi!" Sussurrò all'orecchio di Antonia e le baciò entrambe le guance, dicendole nell'altro orecchio: "Quando siete partita per l'Inghilterra sapevo che questo era l'unico risultato possibile. Noi-noi siamo così felici per tutti e due!"

"Grazie, *Madame*," mormorò Antonia timidamente. "Non posso spiegarvi come mi sento. Ma dovete sapere come-come sia meraviglioso essere una donna sposata. È *bon*, vero?"

"Potrete sussurrare alla piccoletta per tutto il tempo che vorrete, dopo!" Disse Vallentine impaziente. Sorrise al duca. "Femmine!" Superò sua moglie e alzò di peso Antonia, senza cerimonie, stringendola in un abbraccio entusiasta. "È bello rivedervi, civetta! Ci siete mancati, voi e Roxton, mentre eravamo via. Veramente troppo, ve lo posso dire!" La rimise in piedi e si voltò verso l'amico, con un braccio ancora intorno alla vita di Antonia. "Se non l'avessi sposata ti avrei fatto rinchiudere! Sei il più fortunato degli uomini, Roxton, e scommetto che non te ne rendi nemmeno conto!"

"Mio caro Vallentine, ti assicuro che lo so con certezza," disse tranquillamente Roxton.

Antonia aveva riguadagnato abbastanza autocontrollo da dire, con fare altezzoso: "*Monseigneur*, ora sono una duchessa e non è corretto che Vallentine mi chiami piccoletta e civetta, e che mi sollevi in quel modo."

"Piuttosto irregolare," disse Roxton, riprendendola tra le sue braccia. "Il viaggio ha reso negligente sua signoria. Dimentica le maniere di un gentiluomo. Una duchessa ha diritto ai più grandi riguardi."

"Eh? Non intendevo... Non potete pensare che... Beh, è solo che..."

"Oh, Vallentine!" Antonia scoppiò a ridere e guardò il duca. "Non è cambiato per nulla. Sembra ancora un grosso pesce San Pietro!"

"Ignorerò il vostro commento, vostra grazia," disse sua signoria con una sbuffata e si avvicinò alla credenza per guardare sotto i coperchi. "Sono affamato! Mangiamo!"

"Sì," disse Antonia al suo fianco. "Il matrimonio ha fatto venire anche a me un certo appetito."

Il piatto di sua signoria cadde rumorosamente sul pavimento e fissò Antonia a bocca aperta.

"Ho detto qualcosa di terribilmente sbagliato, Renard?"

"Niente che vostro cognato non dovrebbe aspettarsi di sentire dalla vostra deliziosa bocca, *mignonne*."

"Bene." Diede un piatto pulito a Lord Vallentine, con un sorriso. "Sono una duchessa alquanto sfrontata, credo."

"Sfrontata! È una descrizione perfetta! Non è accettabile. Non sarà affatto accettabile essere così sfrontata quando Roxton vi porterà in società," la catechizzò sua signoria. "Va bene essere una birichina come *Mademoiselle Moran*, ma ora che Roxton ha fatto di voi la sua duchessa, dovrete comportarvi con un briciolo di..."

Antonia sospirò. "Povero Vallentine." Si riempì il piatto per metà e si sedette a tavola alla destra del duca. "Temo che il matrimonio lo abbia fatto invecchiare di testa, Renard."

"Invecchiare?" Sputacchiò sua signoria e si mise cavalcioni su una sedia davanti alla duchessa. "Hai sentito che cosa ha detto la piccoletta... Che cosa... Avete sentito, Estée?"

"Sì, carissimo" gli disse dolcemente sua moglie, con gli occhi pieni di riso. Accettò una ciotola di caffè da suo fratello, rivolgendosi a lui. "Ho tante domande da farvi."

"Anch'io!" Dichiarò sua signoria, sventolando una fetta di prosciutto su una forchetta in direzione degli sposi.

"Prima dovrete raccontarci dei vostri viaggi," pretese Antonia. "Siete andati a Firenze, Venezia e anche Milano, vero? Com'è stata la traversata delle Alpi? Oh, dovete raccontarci tutto!"

Lady Estée guardò suo marito, che ingoiò il resto del prosciutto e acconsentì graziosamente a essere il narratore. Si appoggiò allo schienale della sedia, con la ciotola di caffè in mano. "Abbiamo fatto talmente tante cose che non so da dove cominciare, *Madame la Duchesse*."

"*Parbleu*. Come suona formale chiamarmi così. Mi sento di colpo veramente importante."

"Lo siete, piccoletta," confermò sua signoria. "E non dimenticatelo."

"Questo è Vallentine," disse Antonia con un gorgoglio di risate. Mise una mano su quella del duca, che se la portò alle labbra. "Vallentine deve chiamarmi *Madame la Duchesse*?"

"Se lo desiderate," le disse Roxton e le baciò le dita una seconda volta. "Ma potreste accondiscendere all'uso del vostro nome come privilegio per un cognato."

Lord Vallentine fece un colpetto di tosse forzato, come li

rimproverasse, e diede un'occhiata a sua moglie. "Quando avrete finito continuerò la mia storia."

Antonia gli diede un'occhiata imperiosa. "Qui non siamo a Parigi, M'sieur. Dato che Monseigneur e io ora siamo sposati, non potete assolutamente offendervi."

"Ben fatto, amor mio!" Applaudì Estée ignorando l'occhiata di rimprovero del suo signore.

"Andiamo, Estée, a Parigi eravate voi, non io, che disapprovavate l'unione di questi due!"

"E voi sapete perfettamente perché, Lucian. Ammetto che mi sbagliavo ma io..."

"Oh oh, mia moglie ammette di essersi sbagliata!"

"Per favore, Vallentine, non potete continuare con il racconto?" Lo invitò Antonia.

"I nostri viaggi? Sì! Prima di tutto devo dirvi che abbiamo portato con noi per tutta la strada da Venezia un enorme baule con tutte le vostre cose. Accidenti a quella cosa!" Disse sua signoria, senza accalorarsi. "Viene dal palazzo Strathsay e la Casparti ci ha assicurato che vostro nonno avrebbe voluto che ne aveste il contenuto. Certamente è pieno di libri! Edizioni rare e roba del genere, e ci sono anche alcuni gioielli. Comunque, quella cosa pesa come un elefante!"

"Maria!" Lo interruppe eccitata Antonia, posando coltello e forchetta. "Sta bene? Non è entrata in convento, dopo tutto? Risiede a palazzo, dite?"

"In grande stile. Strathsay lo ha lasciato a lei nel suo testamento e una bella somma per il suo mantenimento. Un convento?" Disse sarcastico Vallentine. "Toglietevelo dalla testa! Ha quattro, o erano cinque?, pretendenti premurosi. Ma io punto sul conte Di Marchesin. Tipo subdolo, il conte. Ma la Casparti ha intenzione di diventare rispettabile, alla fine. Conoscete il tipo, Roxton," disse, a parte, lanciando un'occhiata significativa al duca.

"Basta così, Lucian," gli disse ansiosamente sua moglie. Ma le successive parole di Antonia la portarono a chiedersi perché si fosse data la pena di cercare di proteggere la ragazza.

"Spero che il conte sia buono con lei," disse Antonia. "Ha sofferto tanto quando il nonno si è ammalato. Sono contenta che abbia deciso di non diventare una monaca. Non è nella sua natura essere casta. Il suo talento sarebbe stato veramente sprecato in un convento. Vero, *Monseigneur*?"

"Non posso parlare per... ehm, esperienza, amore mio. Ma sì, ha quella reputazione."

"Vi ha mandato una lettera," continuò Vallentine, spingendo da parte il piatto e versandosi altro caffè. "Mi ha fatto promettere che le scriverete e le direte come state."

Antonia batté le mani per la contentezza. "Sarà così sorpresa della notizia!"

"Senza dubbio," commentò il duca con un mezzo sorriso. "Se ricordo bene non era particolarmente favorevole al mio... ehm, coinvolgimento nella vostra fuga da Versailles."

"Non vi conosce come me," disse fermamente Antonia. "Le scriverò e le racconterò ogni cosa."

La bocca di Roxton ebbe un tic. "Spero non tutto."

"Per... favore!" Disse sussiegoso Vallentine. "Estée, è un bene che siamo arrivati. Qualcuno deve tenere alto lo standard morale di questa famiglia."

Il duca lo prese in giro. "Dio non voglia, Vallentine."

Prima che sua signoria avesse l'opportunità di rispondere, Estée gli disse di continuare con la sua storia.

"Bene. La Casparti si è dimostrata utile nell'aiutarci a localizzare quel dannato notaio. Ha chiesto l'aiuto di Di Marchesin e lui ha prontamente recuperato il tizio."

Roxton appoggiò la ciotola del caffè sul piattino. "Tutto come mi aspettavo?"

"Non potrebbe essere meglio," disse Vallentine con orgoglio. "Penso che sarai completamente soddisfatto del testamento originale di Moran."

"La tutela?"

"Come ti ho anticipato nella mia lettera. Moran ha lasciato sua figlia alle cure del secondo conte di Strathsay, nominando il tizio. Un nome dannatamente orrendo, Theophilus. Ma quell'uomo mi piace. Tipo distaccato, ma mi piace. Ha i tuoi occhi, monella," disse con un sorriso ad Antonia.

"Allora il *Comte de Salvan* non può più minacciare..."

"Non ha nessun diritto su di voi, amore mio," disse dolcemente il duca, accarezzandole la guancia. "Non c'è potere al mondo che possa dividerci adesso." Si rivolse a sua sorella. "Vi siete fermati a Parigi mentre venivate a Londra. Che cosa si dice?"

Lady Estée esitò e lei e Vallentine si scambiarono in fretta un'occhiata che il duca non mancò di notare.

"Conosci Parigi come tutti, Roxton," disse bruscamente sua signoria. "Che cosa non si dice, eh? A me non interessa, te lo dirò subito, ma prima voglio sapere perché non hai potuto aspettare il nostro arrivo per sposare la piccola. Penso che ci dobbiate almeno questo per aver scarpinato fino a Venezia e ritorno."

Roxton alzò un sopracciglio. "Pensavo fosse ovvio, Vallentine. E il maggiordomo mi informa che siete in ritardo di circa due settimane."

"Due settimane e quattro giorni," lo corresse Antonia. "E in totale fanno oltre dodici settimane da che sono partita da Parigi e ho visto l'ultima volta *Madame* e Vallentine."

Il duca la guardò un po' sorpreso. "Non sapevo che steste contando i giorni, *petite*."

"No, non è... Voglio dire... Le donne sanno queste cose," rispose esitando, poi riprese a bere il caffè.

"Così tanto, eh?" Rimuginò Vallentine. "Ma non cercate di dirci che non siete contenti del ritardo! Respingere amici e parenti dalla vostra porta, non mandare notizie a Londra. Penso che ci dobbiate qualche spiegazione su quello che stava succedendo qui. Beh, non esattamente *quello*, puoi anche smettere di far finta di essere sbalordito da quello che dico, Roxton! Parlaci della cerimonia e piantala di sorridermi in quel tuo modo macabro!"

"Ve lo racconterò io," si offrì volontaria Antonia. "*Monseigneur* e io ci siamo sposati nel giardino elisabettiano. Ci sono le rovine di quella che una volta era una cappella, oh, molti secoli fa. Re Enrico la fece distruggere quando ruppe con la Chiesa di Roma per il suo divorzio dalla donna spagnola..."

"Non è meravigliosa?!" Dichiarò sua signoria con una risata. "Ho chiesto i dettagli del suo matrimonio e lei si lancia in una lezione di storia. Mi aspettavo un monologo sul vestito che indossavate, piccoletta. È quello che avrebbe fatto la maggior parte delle donne ma una lezione di sto..."

Antonia agitò impaziente una mano. "*Eh bien*! Che cos'ha a che fare il mio vestito con tutto il resto? Renard, il cervello di Vallentine è pieno di frivolezze, proprio come quello della nonna."

"Eh, ora non cercate di mettermi nella stessa categoria di quell'arpia dai capelli rossi!"

"Per favore, potete permettere ad Antonia di raccontare la sua storia?" Disse Estée. "Che cosa indossavate, bambina?"

"Charlotte ha tentato di farmi indossare l'abito di seta color ostrica che mi aveva fatto Maurice. Ma io ho scelto le sottogonne di tessuto d'oro e l'abito aperto di damasco ricamato. E *Monseigneur* mi ha regalato un meraviglioso filo di perle che una volta apparteneva alla sua mamma."

"Le conosco, le perle Alston."

"Lo sapevo che avremmo finito per parlare del vestito," borbottò Vallentine.

"Il giardino elisabettiano, *chérie*?" La incalzò il duca.

"Oh, sì. Ci ha sposato questo pastore piccolo e grasso, della parrocchia. Era molto nervoso, mi pare, perché sudava tantissimo e continuava a inchinarsi a *M'sieur le Duc*. Vi ha fatto solo arrabbiare, vero, *Monseigneur*?" Gli occhi di Antonia erano pieni di malizia. Ma io credo che *Monseigneur* fosse arrabbiato solo perché lui era più nervoso di *M'sieur* il pastore."

"Lo capisco," disse compassionevole Vallentine. "Non sarebbe naturale se un uomo non fosse nervoso il giorno delle sue nozze. Non ci si sposa tutti i giorni, non si vuole. Esperienza sconvolgente! Mi viene la pelle d'oca se ripenso a tutta quella faccenda."

"Ad ascoltare voi si potrebbe pensare che aveste davanti il boia, non un prete," lo rimproverò Estée. "Continuate, Antonia. Non vi interromperemo più."

"Sì, per favore, altrimenti il racconto sarà più lungo della cerimonia," disse Antonia altezzosamente. "Si è tenuta di pomeriggio, quando tutti gli ospiti erano andati via esausti per aver giocato a cricket. Ma la nonna non voleva andarsene. Non voleva andare via senza Charlotte e Theo, che dovevano fare da testimoni. Ma *Monseigneur* non la voleva, quindi se n'è andata furibonda, facendo una scenata incredibilmente drammatica. È stato veramente incredibile. Non ho mai visto *Monseigneur* così furioso con qualcuno come con lei."

"Antonia, ritengo che mia sorella e Vallentine abbiano avuto un resoconto adeguato delle mie… ehm, condizioni," la interruppe Roxton, con una smorfia imbarazzata.

Lord Vallentine fischiò piano. "Tanto nervoso, Roxton?"

Antonia scrollò le spalle. "Non c'è altro da dire. Charlotte e Theo sono tornati a Londra dopo la cerimonia, e *Monseigneur* e io siamo fuggiti nell'ala ovest. Siamo stati molto furbi. Siamo qui da allora. Semplice, vero?"

"Semplice ed efficace," confermò Lord Vallentine. "Mezza Parigi scommetteva che foste nel sud della Francia, Roxton, e l'altra metà pensava che foste andati in Italia."

"Nessuno crede che siate ancora in Inghilterra," aggiunse Estée incoraggiante, poiché l'espressione di suo fratello non rivelava nulla di quello che stava pensando. "E quando siamo partiti da Londra non abbiamo comunicato a nessuno la nostra destinazione, quindi non dovete preoccuparvi che ci abbiano seguiti."

"Devo preoccuparmi, Estée?" Chiese il duca.

"Questo non è il momento di parlarne," disse bruscamente

sua signoria e respinse la sedia. "C'è tutto il tempo per discutere di tutto! Che ne dite di una cavalcata per la tenuta, Roxton? A voi due farebbe bene un po' d'aria fresca. Rinchiusi qui dentro, a dormire tutto il giorno, non può far bene a nessuno, luna di miele o no!" Sollevò di peso Estée dalla sedia e si diresse alla porta prima che la coppia potesse dire qualcosa in contrario. "Ci vediamo nelle scuderie!"

"LUCIAN, NON POTETE evitare ancora di dirglielo. Mio fratello vorrà sapere le notizie da Parigi," sussurrò sua moglie mentre lui la scortava con mano ferma fuori dalla stanza.

"Non di fronte alla ragazza," consigliò Lord Vallentine con una rigidità delle labbra che Estée conosceva molto bene, quindi non continuò. "Questo non è né il momento né il luogo per discutere dei Salvan. Parlerò privatamente con Roxton, dopo la nostra cavalcata. Non riuscirei ad avere la sua attenzione con Antonia in giro." Le sorrise. "Un paio di piccioncini in amore, no? Mai pensato di vedere vostro fratello così infatuato. Si comporta come un giovincello! Proprio come quando eravamo a Parigi tutti insieme. Non riesce a staccarle gli occhi di dosso, accidenti! Non lo biasimo. Non l'ho mai vista così meravigliosa." Aggrottò la fronte a un pensiero improvviso. "Accidenti! Quei Salvan si meritano una bella lezione una volta per tutte! Ho in mente…"

"No, Lucian. Non tocca a voi fare qualcosa. Mio fratello, lui saprà che cosa fare. Lo sa sempre."

Vallentine annuì. Ma sulla porta del loro appartamento si fermò e guardò sua moglie con aria preoccupata. "Pensate che l'abbia fatto rimbecillire?" Chiese, dandosi un colpetto significativo sulla tempia.

"Rimbecillire? Il duca?" Esclamò Estée allarmata. "Antonia aveva ragione. Siete invecchiato di testa!"

DICIASSETTE

Il duca si stava facendo mettere gli stivali da equitazione quando Antonia entrò nello spogliatoio e si sedette sul divano. Non aveva indossato un abito da cavallerizza, ma portava un abito da giorno di velluto con sottogonne verde mela a righe. Aveva un parasole e i guanti con cui giocherellò finché Ellicott non finì il suo lavoro e fu congedato. Roxton non si alzò immediatamente dal tavolo da toilette ma rimase seduto a guardare il riflesso di Antonia nello specchio, con una ruga profonda tra le sopracciglia scure.

"*Chérie*, non state bene?"

Lei alzò in fretta gli occhi. "N-no, perché lo dite? Ho pensato di portare Gray e Tan a fare una passeggiata al lago per vedere i cigni," gli spiegò. "Gliel'ho promesso ieri e non ho molta voglia di cavalcare oggi. Ma Vallentine, *lui* sarebbe deluso se non andaste. Vi dispiace se non vengo a cavalcare?"

"Mi dispiace solo che non sarete con me," disse con un sorriso mentre prendeva i guanti di pelle neri e le tendeva la mano. "Venite con me fino alle scuderie. Se il tempo regge, faremo un picnic alle rovine elisabettiane di fronte all'isola del Cigno."

"Mi piacerebbe. Non siamo più stati sull'isola da quando mi avete portato là con la barca a remi il giorno in cui ci siamo sposati. Ma promettetemi che non li porterete là. L'isola e il tempietto ora sono i nostri posti speciali."

"Se lo desiderate. Ma come farò a tenere al guinzaglio Vallentine, quella è un'altra faccenda. Forse se gli dicessi perché..." Si fermò per permetterle di uscire prima di lui nel cortile soleggiato che portava alle scuderie. "Forse lo indovinerà da solo?"

"Mi state prendendo in giro," disse e colse il riso nei suoi occhi. "Nemmeno Vallentine potrebbe indovinare la nostra depravazione nel tempio sull'isola."

Il duca sorrise dolcemente e la attirò a sé. "Ma io ho sempre creduto che fosse onnisciente, *mignonne*. Ma sì, resterà il nostro posto speciale. Ora baciatemi e vi lascerò andare a fare la vostra passeggiata."

Lord e Lady Vallentine erano già in sella e aspettavano che arrivasse il duca. Uno stalliere teneva le redini della giumenta del suo padrone e quando sua signoria vide la coppia dall'altra parte del cortile acciottolato, mandò da loro il servitore.

"Ve l'ho detto, Estée," disse Vallentine con uno scatto della testa. "Rimbecillito. In pieno giorno e guardateli..."

Estée scosse la testa incredula e fece muovere il cavallo per raggiungere suo fratello. "Antonia non viene a cavallo con noi?" Chiese, con lo sguardo sulla duchessa che si era fermata per dare istruzioni a un lacchè.

"Ehm... no," rispose Roxton pensieroso. "Preferisce fare una passeggiata verso il lago."

"Non è da lei. A Parigi dovevo continuare a proibirle di andare a cavallo perché la spalla non era ancora guarita. E non le piaceva per niente. "Non... Non sta bene?"

Il duca guardò francamente sua sorella. "Dice che sta bene."

"Se la ragazza non ha voglia, non ha voglia," li interruppe sua signoria, cogliendo l'ultima parte della conversazione. "Andiamo, Roxton! Ti sfido, ovunque! Indica una direzione e io ci sto. Estée, non cercate di restarci dietro. Seguiteci e ci incontreremo sulla riva del lago e state attenta perché... Ehi, dannazione! Che diavolo, Rox!"

Il duca aveva piantato le ginocchia nei fianchi della giumenta ed era partito. Lord Vallentine fu lasciato indietro di parecchio, mentre diceva bonariamente una sfilza di parolacce, tanto che sua moglie fu lieta che la propria conoscenza dell'inglese non fosse progredita a un punto tale da arrossire fino alle orecchie per quello scoppio. Gli stallieri che erano ancora in giro sorrisero apprezzando, ma si dispersero in fretta quando Estée diede loro un'occhiata eloquente, poi voltò la giumenta baia verso il campo aperto e partì al piccolo galoppo.

Li raggiunse accanto al lago e passarono le due ore seguenti facendo tranquillamente un giro di parte della tenuta. Quando i gentiluomini cominciarono a parlare di tecniche agricole e delle varie occupazioni dei contadini del duca, Estée perse ogni interesse. Fu contenta di restare indietro e di ammirare il panorama, e tentare di vedere il branco di cervi che suo fratello teneva nel parco. E poco dopo si ritrovò sulla riva del lago sotto una vecchia quercia, mentre suo marito sfidava suo fratello a chi avrebbe raggiunto per primo la staccionata più lontana. Sperava di incontrare Antonia. Ma non c'era segno di lei, quindi tornò verso casa.

Era ansiosa di scambiare due parole in privato con la duchessa. Se Antonia si fosse dimostrata poco incline alle confidenze, avrebbe tentato di prendere da parte la sua cameriera, per vedere se i suoi sospetti erano giustificati. Ma quando arrivò alla scuderia e chiese dove fosse la duchessa, nessuno dei servitori riuscì a risponderle. Alzò furiosa le braccia, disgustata che non capissero la sua lingua e quando finalmente trovarono un servitore che parlava abbastanza francese da rispondere alle sue domande, la indirizzò verso le sue stanze e non verso quelle occupate dalla sua padrona.

Estée rinunciò al tentativo e si mise nelle mani della sua cameriera. Mandò un servitore a cercare Duvalier. Si era cambiata, indossando un abito da giorno di seta a fiori, i capelli risistemati, applicati i cosmetici e una mouche nuova fissata all'angolo della bocca, e ancora non si vedeva il maggiordomo. Fu quindi obbligata a uscire dalle sue stanze e andare a cercarlo lei stessa, ma senza la più pallida idea della disposizione delle molte stanze e senza nemmeno sapere se stesse percorrendo un corridoio che la portava a est o a ovest.

Dopo alcune svolte sbagliate, porte chiuse a chiave, stanze con i mobili coperti e corridoi bui, si ritrovò per caso nel salone. Qui c'era un fuoco appena acceso, rinfreschi preparati sulla credenza lucida e i candelieri gettavano una luce calda sui decanter e i bicchieri di cristallo sistemati su un vassoio d'argento. Un cameriere era accanto alla credenza e sistemava le posate d'argento. Disse che non aveva idea di dove fosse il maggiordomo e che no, il duca non era ancora rientrato, poi tornò tranquillamente ai suoi compiti.

Dopo questo discorso, Estée si precipitò fuori dalla stanza borbottando sotto voce insulti sui barbari e pronta a dare battaglia al primo sfortunato che avesse incontrato. Accadde che fosse Duvalier, nell'anticamera fuori dal salone. Era assorto in conversazione con qualcuno che sembrava venire dai campi e non sarebbe dovuto stare in una stanza di prezioso marmo italiano con i pantaloni logori di pelle sbiadita e pesanti stivali che non avevano mai visto il lucido.

Estée mise il naso all'aria e fece una smorfia al villico, che si tolse il berretto e si fece da parte deferente quando lei si avvicinò.

"Dov'è *Madame la Duchesse*?" Chiese senza preamboli. Quando il maggiordomo esitò, chiuse di scatto il ventaglio e gli puntò addosso le bacchette con fare minaccioso. "Pensate che perché *M'sieur le Duc* si è appena sposato forse non si rende conto che dietro le sue spalle i domestici fanno flanella. Non è così. E ora che sono qui sarà come a Parigi. Mi capite? Bene. Allora, parlate. Dov'è *Madame la Duchesse*?"

"È un po' che non vedo *Madame la Duchesse*," rispose sinceramente Duvalier, acutamente conscio dell'attento scrutinio del pastore e ringraziando il cielo che il contadino non parlasse francese.

"È tornata dalla sua passeggiata?"

"Non saprei dirlo, *Madame*," rispose fiaccamente.

"Dite a questo villico puzzolente di andarsene!" Ordinò e voltò le spalle finché il maggiordomo ebbe accompagnato fuori in fretta il pastore. "Che cosa ci faceva qua? Non importa. Non mi interessa! Quindi non avete idea di dove potrebbe essere la vostra padrona?" Quando il maggiordomo non alzò gli occhi dalle proprie mani e sembrò respirare affannosamente, la rabbia di Estée si trasformò in paura. "Che c'è? Non sta bene? Le è successo qualcosa durante la passeggiata, si è storta una caviglia... Cosa?"

"Mi dispiace, *Madame*, ma non posso rispondervi. L'ultima volta che ho visto *Madame la Duchesse* è stato prima della sua passeggiata ed era sulla terrazza che parlava con il valletto, Ellicott."

"Ma questo è successo ore fa! Non è stata più vista da allora?"

"No, *Madame*."

"Avete mandato i servitori a cercarla?"

"Sì, *Madame*. È un mistero."

Il tono del maggiordomo infuriò Estée. "Un mistero?! Avete perquisito le stanze private di *Madame la Duchesse*? Interrogato le sue cameriere? Avete fatto cercare nel resto di questa mostruosità? Cosa? Ditemi che cosa avete fatto per trovare la vostra padrona!" Smise di camminare avanti e indietro e agitò il ventaglio sul seno che ribolliva. "*Mon Dieu*," mormorò tra sé e sé. "Spero che la piccola non si sia fatta male... Dov'è mio fratello? Dobbiamo trovarla..."

Duvalier vide l'opportunità per fuggire e si inchinò. "Se volete scusarmi *Madame*."

"No, non siete scusato! Restate dove siete. Voi sapete qualcosa," disse astutamente Estée. "Non credo affatto che mi abbiate detto la verità!"

Il maggiordomo si inchinò rispettosamente. Tenne duro e rimase testardamente in silenzio. Estée sapeva di non poterlo obbligare a parlare, sia che pestasse il piedino per la rabbia sia che gli urlasse contro. Era inutile trattenerlo, quindi lo congedò, imprecando silenziosamente contro il fratello perché aveva dei servitori così discreti.

Che cosa poteva fare?

Si lasciò cadere sulla sedia più vicina accanto a una parete, tremante e vicina alle lacrime. Provava una sensazione di disagio che l'aveva seguita fin da Parigi, da quando aveva parlato l'ultima volta con suo cugino il conte. Avrebbe voluto parlare immediatamente con suo fratello di quel colloquio al suo arrivo ma Vallentine le aveva consigliato di aspettare. Ora non sapeva se aveva preso la decisione giusta. Suo fratello avrebbe dovuto essere avvertito subito dei pettegolezzi e delle calunnie che circolavano a Parigi. Ora era incline a pensare che ci fosse qualcosa di vero in quelle dicerie.

La cosa migliore da fare ora era cercare la cameriera di Antonia ma Estée non aveva la minima idea di come fare a trovarla. In effetti non ce ne fu bisogno, fu la ragazza a trovare lei. Entrò di corsa nell'anticamera con il volto bagnato di lacrime e gli occhi rossi, torcendo le sottane. Quando vide Estée le si buttò addosso e scoppiò nuovamente in lacrime.

"Dov'è *Madame la Duchesse*?" Chiese Estée, allontanando la ragazza e dandole una bella scrollata.

"Ci sono quattro uomini in biblioteca con le spade e le pistole, e io non li conosco per niente!" Spiattellò Gabrielle. "E ce n'è uno che ho visto all'*hôtel*, spesso. Ma non conosco il suo nome. Chiedono di *Madame la Duchesse*! Che cosa vogliono da lei? Il valletto, manca anche lui..."

"Di lui non mi interessa minimamente!" Scattò Estée. "Quando sono venuti questi uomini? Pensi che siano francesi? Dov'è la tua padrona? Parla ragazza. Parla!"

"Io-io non so quando sono arrivati, *Madame*. Sono francesi, sì. Quello che ho già visto prima ha ordinato a Duvalier di non parlare con nessuno perché vuole parlare solo con *M'sieur le Duc*. Lui-lui ha minacciato delle cose e brandiva la spada come un pazzo!"

"*Mon Dieu*. E dov'è la tua padrona?"

"Non so dov'è..."

"Non sai dov'è?" Ripeté Estée.

"Il valletto di *M'sieur le Duc*, c'è lui con lei, credo. Li ho visti insieme sulla terrazza con i cani di *Monseigneur*. Oh, molte ore fa, ma è sparito anche lui, è strano, no? Ma che cosa possono volere questi uomini?"

"Come faccio a saperlo, ragazza? Non farmi domande stupide! Che cosa... Che cosa devo fare?" Disse in tono assente, guardando la parete di fronte oltre la testa della ragazza. "Devo trovare mio fratello e Lucian e..." Si alzò di colpo e tirò in piedi la cameriera, avvicinandole il viso. "C'è una domanda cui voglio che tu risponda. E non cercare di essere insolente con me altrimenti sentirai la mia mano sulla faccia! La tua padrona si è confidata con te su una certa faccenda dopo... dopo il suo matrimonio?"

Gabrielle abbassò gli occhi.

"Allora?" Chiese Estée. "Non c'è bisogno di essere ritrosa con me. Rispondi!"

"No, *Madame*, non lo farebbe mai... Cioè noi... Noi non abbiamo mai parlato di quello," disse la cameriera a bassa voce. "Ma *M'sieur le Duc* l'ha resa molto felice. Oh, molto felice! E dall'inizio. Ma no, lei non avrebbe mai detto... La vedo appena, capita raramente che non siano uno tra le braccia dell'altra..."

"Non quello, idiota!" Disse Estée con un sospiro imbarazzato. "La salute della duchessa. Com'è la sua *salute*?"

"Salute? Non capisco, *Madame*," balbettò Gabrielle. Ma quando Estée Vallentine spalancò gli occhi, la cameriera capì subito. "Oh! No, *Madame*, la duchessa non mi ha detto una parola... ma io lo so. Ho cinque sorelle maggiori e conosco i segni. Lei, la duchessa, non ha avuto nessuno che le parlasse di queste cose. Ma non ci sono dubbi sulle sue condizioni."

"Nessun dubbio?" Sussurrò Estée. Socchiuse gli occhi azzurri. "Ma certamente è troppo presto?"

"Io... Io non saprei... Io-io... È meglio se parlate con *Madame la Duchesse, Madame*," rispose Gabrielle e fece una riverenza, aspettando di essere congedata, con il rossore sul volto che dichiarava a sufficienza che sapeva più di quello che aveva ammesso.

La sorella del duca sembrò aver dimenticato la sua esistenza, tanto il suo sguardo era distante. Forse la donna l'avrebbe fatta restare lì ancora per un po' se le voci nel salone non l'avessero risvegliata dalla trance. Finalmente congedò la cameriera e poi corse nella stanza accanto, gridando il nome del fratello. La porta sbatté in faccia alla cameriera proprio mentre vedeva di sfuggita *M'sieur le Duc de Roxton* che metteva sul tavolo un decanter e dei bicchieri.

L'ULTIMO SALTO AVEVA sbalzato Lord Vallentine dalla sella, con gran divertimento del suo amico. Era stata questa ferita al suo orgoglio, che lo aveva spinto a sfidare sua grazia a un incontro di scherma prima di raggiungere le loro mogli per la merenda. Roxton non ne fu per nulla turbato. Anzi, colse volentieri l'opportunità di sciogliere un po' il polso, non essendosi allenato da quando era partito da Londra.

"Mi sono allenato con un certo signor...? Oh, come diavolo si chiamava quel tizio? Dannazione se riesco a distinguere un italiano da un altro!" Confessò sua signoria. "Mi sembrano tutti uguali!" Erano seduti su un muretto a riprendere fiato e a ridare un po' di vita alle membra stanche. "Quell'uomo ha la nomea di essere il migliore, a Roma. Bel lavoro di piedi, ma gli ho fatto vedere in fretta che il suo polso non era all'altezza. Gli ho anche cancellato il sorriso da quella faccia scura."

"Provo simpatia per il signore senza nome," disse Roxton. Fece segno a un lacchè che aveva in mano le loro redingote e le cravatte. "Io sono stato un avversario scarso, mio caro. Me ne scuso."

"Per niente. Sei un avversario valido, in qualsiasi momento. Dannazione, devo pur essere migliore di te in qualcosa!"

"Credimi, Vallentine, lo sei," disse il duca. Consegnò la spada nelle mani del servitore. "Dalla vostra partenza da Parigi non ho più avuto un avversario decente. Èdouard Flavacourt manca di esperienza e Du Barrie di talento. Vedo che dovrò concentrarmi un po' di più, altrimenti mi batterai ogni volta."

Lord Vallentine rise e scosse la testa, mentre srotolava le maniche. "Non ti biasimo, hai la testa su altre cose ed è comprensibile, no? Tra te e me, e con tutto il rispetto per la mia adorabile moglie, tua sorella, sei un uomo dannatamente fortunato, amico mio. Dannatamente fortunato!"

"Fortuna, mio caro Vallentine?" Disse languido il duca con uno scintillio negli occhi neri; si gettò al collo la cravatta senza allacciarla e lasciò la camicia bianca aperta sul collo. Quando il lacchè gli offrì la redingote, gli fece segno di aspettare. Era una bella giornata senza nuvole ed era ancora accaldato per l'allenamento. Ordinò al servitore di seguirli all'interno. "Che cosa eri così deciso a non far sentire ad Antonia?" Chiese a Vallentine.

"Non volevo allarmare la ragazza senza necessità," disse Lord Vallentine, rannuvolandosi di colpo. "Le notizie non sono piacevoli."

"È quello che presumevo, continua."

"Ho saputo la storia da mio cugino Harcourt, che l'ha saputa da un amico che sta con i de Chesnay a Parigi," disse sua signoria. "Ovviamente l'avevamo sentita anche prima. La prima sera che siamo a Parigi e chi arriva a grattare alla porta di Estée se non Thérèse

Duras-Valfons! Ha sussurrato tutto nel piccolo orecchio di Estée. Io me ne sono andato da Rossard per ascoltare la storia dalla bocca di un gentiluomo. Non ci si può fidare che la lingua di una donna si attenga ai fatti. E specialmente non di una che grondava rancorosa gelosia."

"Continua," disse Roxton, ignorando un'eloquente occhiata di traverso del suo amico.

"Bene, quando sono entrato da Rossard giuro che tutti si aspettavano di vederti alle mie spalle. Che tremendo scalpore! E credi che abbiano creduto a me, tuo cognato, quando gli ho detto che non avevo idea di dove fossi? Si sarebbe potuto sentire volare una mosca quando gliel'ho detto!"

Il duca si tirò da parte per permettere a sua signoria di oltre-passare la porta prima di lui. "Le notizie?" Lo incalzò.

"Sì, ci arrivo. Non ti sorprenderà sapere che quando Salvan ha annunciato l'annullamento del matrimonio del figlio, tutta Parigi è rimasta sbalordita. È stato l'unico argomento di conversazione per giorni. Non solo a Parigi ma anche a Versailles. Re Luigi ha convocato Salvan per avere spiegazioni. Non è più tornato a corte da allora. Ha avuto una licenza per assentarsi dai suoi compiti, così dice. Anche se si sussurra che è in disgrazia."

"E la spiegazione data per l'annullamento delle nozze?"

Lord Vallentine fece una pausa accanto a una lunga finestra in un corridoio che aveva alle pareti i ritratti degli antichi membri della famiglia Hensham.

"Non ti piacerà neanche un po', amico mio. Le voci a Parigi dicono che il visconte è in uno stato di totale collasso nervoso perché hai rubato la... virtù alla sua sposa promessa. Non si vede da settimane. Dicono che è in campagna, ma de Chesnay giura di averlo visto a Parigi una settimana fa più o meno. E c'è un'altra cosa..."

"Sì?"

"*Madame de Salvan* è morta."

"Oh, davvero?"

"Pensavo ti avrebbe sorpreso. È morta proprio il giorno in cui suo nipote avrebbe dovuto sposarsi."

"Che sfortuna."

"Per chi?" Chiese sarcasticamente Vallentine. "Salvan sta gridando dai tetti che la vecchia è morta di crepacuore, o un'altra stupidaggine del genere, tutto per il disonore che hai inflitto al nome della famiglia, rapendo e seducendo Antonia e rovinando la futura felicità di suo figlio. Conosci lo stile di Salvan. Immagino che quel dannato piccolo gnomo sia felice come pochi che sua madre si sia decisa a morire proprio quel giorno."

"Naturalmente."

"Naturalmente?" Sputò sua signoria. "Ora ascolta, Roxton. Tutto questo non va bene per te e la tua sposa. Specialmente per lei. Quel bastardo non ha detto che hai sposato la monella. E naturalmente, per la tua reputazione non ha nessuna importanza, in un modo e nell'altro. In effetti, nessuno ha fatto tanto da alzare un sopracciglio riguardo alla tua condotta. Per quanto riguarda Antonia, tutta Parigi la critica perché ha permesso che tu la seducessi! La ragazza viene incolpata di tutto! Perfino della morte della nonna Salvan. A dire la verità, la vecchia megera è morta soffocata da una spina di pesce. Ma non sarebbe stata una morte abbastanza tragica, no? E un'altra cosa..."

Roxton sembrava annoiato. "C'è dell'altro?"

"Sì," disse Lord Vallentine e si appoggiò ai pannelli di legno. "Le arpie di corte stanno sguazzando in questo scandalo come oche in uno stagno. Duras-Valfons, de la Tournelle e il resto. Come pensi che sarà ricevuta Antonia da quelle come loro, eh? E quando scopriranno che è *Madame la Duchesse de Roxton*, che succederà? Dimmelo!"

"Oh, risparmiami la predica," disse il duca con amarezza.

"Non potrai restare a Treat per sempre, caro fratello," affermò Lord Vallentine, raggiungendo il duca nel salone.

Roxton ordinò al lacchè di lasciare le redingote e le spade su una sedia e di uscire. Tornò dalla credenza con un decanter e due bicchieri. "Non sono io che servo il mondo, Vallentine, è il mondo che serve me."

Vallentine accettò un bicchiere con un sorriso e scosse la testa. "Sei così dannatamente arrogante."

Il duca alzò il suo bicchiere in un brindisi. "È la mia qualità più affascinante."

Risero entrambi e tornò un po' della vecchia intesa. Ma i sorrisi svanirono dai loro volti quando Estée corse nella stanza piangendo e si gettò sul petto del fratello. Roxton la scostò con una smorfia ma Lord Vallentine la tirò a sé in un abbraccio confortante e la persuase pazientemente a tranquillizzarsi.

"Che cos'è successo per essere così sconvolta, piccioncino mio?" Disse Lord Vallentine con la voce dolce. "Non intendevamo lasciarvi così ma sapete come siamo vostro fratello e io quando siamo insieme. Non avete perso la strada, vero?"

"Perdonatemi, non intendevo essere... essere così sciocca," disse Estée piagnucolando. "Ma ho paura per la bambina."

"Antonia?" Disse bruscamente il duca.

"No! Sì! Non so che cosa sta succedendo!" Disse con un singhiozzo senza lacrime e tese una mano per afferrare la manica del fratello. "Dovete fare attenzione con lei. Non deve agitarsi. È delicata e nelle sue condizioni la minima..."

"Che condizioni?" Chiese Lord Vallentine, lasciandola andare e passando lo sguardo da fratello a sorella.

Il duca afferrò la manica della sorella. "Ha parlato con voi?"

Estée scosse i riccioli alla domanda del fratello. "Non abbiamo avuto l'occasione di parlare. Ma qualcosa che ha detto a colazione mi ha fatto pensare a questa possibilità e poi la sua cameriera mi ha assicurato che è così."

"Dannazione! Di che cosa state blaterando, Estée? Che condizioni? Che cosa c'è che non va con la piccoletta? Eh?"

Fratello e sorella lo ignorarono.

Estée baciò la mano del duca e sorrise tra le lacrime alla

confusione totale che vedeva sul suo volto. "Non avete mai preso in considerazione una simile eventualità?"

"Non ho mai sospettato... Non ha mai detto una parola. Lei... Lei non può esserlo, no?" Chiese. Ma quando sua sorella sorrise e scoppiò in lacrime di gioia si voltò in fretta a riempire il bicchiere.

Lord Vallentine fischiò piano. "Andiamo, Estée," le disse all'orecchio. "Non starete seriamente dicendo che la ragazza, che Antonia, aspetta un bambino? *Già*? Bene, bene!" Esclamò, con una pacca sulla schiena del duca. "È proprio da te fare così in fretta. Dannata la tua impudenza!" Scoppiò a ridere. "Se non è proprio la fortuna del diavolo!"

"Lu-cian!" Lo rimproverò sua moglie con il volto aggrondato e le guance che bruciavano di imbarazzo.

"Dov'è Antonia?" Chiese il duca.

"Non lo so," disse con una vocina preoccupata ed evitando di guardarlo. "I vostri lacchè sono degli stupidi insolenti! E Duvalier, è proprio lo stesso. Si rifiuta di dirmelo. Vuole parlare solo con voi."

Lord Vallentine sorrise. "La piccoletta sta facendo un gioco, ci giurerei. E scommetto che ha coinvolto Duvalier. Vecchio volpone! Se avesse trent'anni di meno ti direi di stare attento. Lui e il tuo valletto, tutti e due. Hanno un debole per tua moglie, Roxton. Accidenti se la piccoletta non sta giocando a nascondino con noi."

Il duca non sorrise. "Che cosa vi ha detto Duvalier, Estée?"

"Niente! La cameriera, Gabrielle, è venuta da me con una storia di intrusi nella biblioteca con pistole e spade..."

"Che cosa sta succedendo qui?" Esplose sua signoria.

"Non urlate con me, Lucian!" Gridò sua moglie, scoppiando nuovamente in lacrime. "Come faccio a sapere che cosa succede in una casa dove i lacchè sono insolenti e hanno la bocca cucita e tra tutti non parlano una lingua civilizzata? Da quando sono tornata dalla nostra cavalcata è tutto sottosopra in questo posto! Mi sono persa e nessuno vuole parlarmi della duchessa e oh-oh..." Cadde tra le braccia del marito. "Lucian, Lucian, sono molto preoccupata per la piccola."

"Ssst. Sono sicuro che sono solo un mucchio di stupidaggini."

"Ma non vi ricordate che cosa si diceva a Parigi? Non saremmo dovuti andare a Londra ma venire direttamente qua!"

"Era solo Salvan che vaneggiava!" Rispose Vallentine. "È troppo fantasioso per poterlo credere. Conoscete vostro cugino meglio di me, Estée, e io dico che è folle come il resto della sua famiglia."

Riempì nuovamente il bicchiere del duca, che però non lo prese. Roxton si era voltato verso il grande specchio sopra la credenza e stava annodandosi la cravatta, con un tremito nella mano destra che rendeva difficile il compito.

"Roxton," gli disse gentilmente, avendo notato il tremito, "vorrei che lo bevessi, ti aiuterà, sai."

Il duca svuotò il bicchiere e lo mise da parte, poi si infilò la redingote da equitazione. "Estée. Che cosa vi ha detto la cameriera di Antonia?" Le chiese a bassa voce.

"Era un guazzabuglio, tutto quanto! Lei-lei ha detto che c'erano quattro uomini in biblioteca, con un altro, il loro capo, e che avevano spade e pistole e le stavano brandendo minacciosamente contro Duvalier! E non sa dov'è Antonia, e in qualche modo il valletto, anche lui è immischiato in tutta questa storia!"

"Gesù! Chi sono questi folli? Ehi!" Chiese Vallentine. "Dove stai andando con quella spada?"

"Scusami, mio caro. Devo salutare i miei ospiti."

"Non senza di me! Aspetta!" Lo richiamò sua signoria, sforzandosi contemporaneamente di indossare la sua spada e inseguire l'amico; sua moglie alle calcagna. "Vengo con te."

"Devo venire anch'io!" Pretese Estée.

"No, vado da solo. *Madame*, voi aspetterete fuori."

"Non affronterai un branco di dannati ruffiani senza di me!"

Roxton attraversò a lunghi passi prima un'anticamera e poi

un'altra, e sparì lungo un corridoio buio. Lord e Lady Vallentine lo seguirono.

"Saresti fortunato a riuscire a tenere in mano una pistola, figurati una spada!" Disse sua signoria alle spalle del duca. "Quindi non ti mettere a discutere con me! Mi ascolti? Oltre a tutto, non puoi negare che è più divertente, in due contro cinque, no?"

"Lucian! Lucian!" Lo chiamò sua moglie, che non riusciva a stare al passo e malediceva i suoi alti tacchi rossi. "Dovete stare attento. Ooh! Perché non rallentate! Perderò un tacco!"

"Aspettate fuori come ha detto Roxton," mugghiò Vallentine voltando la testa. "Non c'è niente di cui preoccuparsi. Noi due siamo in grado di affrontare qualunque branco di rifiuti umani che possa scagliarci contro Salvan!" Scoppiò a ridere. "E non mi sto vantando, accidenti!"

Estée inciampò e decise di rinunciare all'inseguimento. Si lasciò cadere su un divano dallo schienale rigido e tentò di riprendere fiato. "*Mon Dieu*, non uccidetelo!" Gridò con voce acuta mentre marito e fratello si precipitavano attraverso le porte che erano state chiuse dall'interno.

Il duca aveva attraversato metà della lunghezza della biblioteca prima di fermarsi. Lord Vallentine imprecò e si fermò vicinissimo, inciampando e quasi finendo contro l'ampia schiena dell'amico. La mano andò in fretta alla spada e lì rimase, con le nocche bianche che afferravano stretta l'elsa. Ma il duca non si mosse, né fece per prendere la spada. Rimase immobile, con il volto che mascherava le emozioni, la mano tremante infilata in una tasca dei calzoni.

Il *Comte de Salvan*, con pesanti stivali da cavallerizzo e una redingote da viaggio macchiata, era accanto al fuoco morente nel grande camino di marmo, con un tacco sul focolare. Alla sua destra quattro moschettieri, vestiti allo stesso modo, aspettavano impazienti. Si appoggiavano ai mobili e fissavano assorti fuori dalle alte finestre che davano sui prati vellutati. Sembravano un branco di ruffiani, come li aveva definiti Lord Vallentine, e pericolosi come li aveva descritti la cameriera. Tutti portavano la spada, due avevano una pistola. Ma non era stato quello che aveva bloccato il duca a metà strada. Nella mano guantata del *Comte de Salvan* c'era il parasole di Antonia.

Salvan puntò il parasole verso il moschettiere più vicino e disse una frase secca che il duca non afferrò. L'uomo rispose con un'imprecazione e i suoi compagni risero a sue spese. Il conte non rise. Aggrottò la fronte, imprecò contro di loro e batté il focolare con il tacco. Stava per abbaiare qualcos'altro quando sentì una presenza e piroettò per fissare in volto suo cugino. La smorfia svanì, sostituita da un sorriso che si allargava sul volto dipinto.

"*Mon cousin*! Alla fine ci troviamo!" Dichiarò con le braccia tese e un inchino profondo. "Sono passati secoli da che ci siamo incontrati… alla Maison Clermont, vero? Sì, ne sono sicuro. Voi con quel delicato fiore d'oriente e io? Il povero Salvan ha dovuto accontentarsi di una delle ruffiane meno esperte…"

"Dov'è mia moglie?" Chiese il duca a bassa voce.

Il conte fece una risatina breve, amara. "Ah, sì, vostra *moglie*," disse carezzevolmente toccando il parasole con amore e poi lasciandolo cadere come se fosse stato qualcosa di sporco. "La vostra adorabile, e tanto giovane, moglie."

Il gesto fu troppo per Vallentine. Cieco di rabbia e in un batter d'occhio, la spada fu fuori dal fodero e la punta aguzza puntata alla gola del conte, a solleticare gentilmente la pelle deturpata.

"Dov'è *Madame la Duchesse*, disgustoso parassita!"

Appena Vallentine estrasse la spada ci fu il sibilo di acciaio su acciaio quando quattro lame furono estratte istantaneamente e puntate nella sua direzione. La spada di Vallentine non vacillò. Invece ruotò di un giro, ma così velocemente ed espertamente che il movimento non fu nemmeno rilevato. La punta aguzza punzecchiò il conte sotto il mento, facendo sorridere l'ometto, impaurito. I moschettieri non si mossero. Uno osò guardare il duca, che sembrava imperturbato alla prospettiva del trapasso di uno o dell'altro gentiluomo, e si stava scaldando le mani accanto al fuoco.

"Ah, *M'sieur Vallentine*, Salvan è offeso dall'accoglienza che riceve," sussurrò il conte con la voce un po' acuta e gli occhi fissi sull'arma micidiale. Osò muovere la testa e rabbrividì alla sensazione del metallo gelido. "Roxton, vostro fratello non è in sé. Dovete calmarlo o temo che i miei uomini..."

"Siete un dannato codardo, Salvan! Non ho paura di voi o di questa feccia alle mie spalle. Date l'ordine! Ma questa lama vi entrerà nel cervello prima che io cada! Avete seguito la mia carrozza fin qua, vero? Allora, l'avete fatto?"

"Vallentine, se permetti..." Cominciò a dire il duca, ma fu interrotto.

"Avevo intenzione di passarvi a fil di spada a Parigi! Avrei dovuto farlo! Dov'è la duchessa?"

"Togliete la spada, *M'sieur*," disse il conte con la sua voce più altezzosa. Ma il sudore che gli imperlava il labbro superiore smentiva la sua calma. "Sono qui solo per ritirare quello che mi appartiene..."

Vallentine fece un grugnito e diede un altro giro alla spada, torcendo la pelle del conte. "Vostro? Dannazione, questa è buona! Lei è la *Duchesse de Roxton* e questo è tutto! Non avete nessun diritto su di lei!"

"Metti via la spada, Vallentine," disse il duca in inglese, con gli occhi fissi sul camino. "I quattro... ehm, gentiluomini alle tue spalle non sono servi di Salvan, sciocco. Portano le insegne del re di Francia."

Le sopracciglia di Vallentine arrivarono ai capelli e storse la bocca. "Moschettieri?"

"Proprio così."

Sua signoria fischiò sottovoce.

"In effetti, uno è il tuo vecchio compagno di allenamento, il nipote del primo marito di tua moglie," gli disse Roxton. "Sono sicuro che è solo la stima che hanno delle tue capacità che ha impedito loro finora di impegnarti in uno... ehm, scontro sanguinoso. Tuttavia, ti elimineranno se il mio carissimo cugino darà loro l'ordine."

"Voglio ucciderlo, Roxton," disse Vallentine con rabbia soffocata, rimettendo riluttante la spada nel fodero, con un gesto elegante. "Ho tantissima voglia di spargere le sue budella su tutto il pavimento!"

"Desidero farlo quanto te," rispose il duca con calma, poi tornò a guardare la mensola. "Ma dobbiamo pensare ad Antonia."

Vallentine chinò la testa. "*Aye*, era per lei che io..."

Libero dalla minaccia di morte imminente, il conte cercò di riprendere il controllo della situazione. Un po' delle sue buone maniere artificiali tornarono. Ordinò ai suoi uomini di riporre le spade e sorrise a suo cugino. Ma i moschettieri avevano visto la sua paura e notato il sudore sul labbro superiore e sulla fronte dell'ometto e, anche se eseguirono il comando, provarono solo disprezzo per questo figlio di Francia. Tutti e quattro gli uomini fecero un rigido inchino al duca e a Lord Vallentine e quello che conosceva il duca lo salutò. Fu uno schiaffo in faccia al conte, le cui guance butterate diventarono rosse sotto il cosmetico al piombo.

Roxton guardò suo cugino con un'espressione che Vallentine trovò impossibile da decifrare. Si chiese che cosa sarebbe successo dopo. Non si sapeva mai con il suo amico. L'attimo dopo fu costretto a sbattere gli occhi. Con un sol passo, il duca aveva afferrato il conte per il collo e lo aveva spinto contro una parete. L'ometto rideva nervosamente e soffocava. Gli occhi si volsero in fretta verso i moschettieri, che restavano sull'attenti, una mano sull'elsa della loro spada.

"Che idiota incompetente siete!" Ringhiò il duca, dando uno spintone a Salvan. "Le mie istruzioni erano chiare. Dovevate raggiungere il ragazzo a Calais e riportarlo a Parigi sotto scorta. Che cosa ci fate qui?"

"C-cugino c-caro! Non è stato così semplice come pensate," spiegò il conte, ansimando per incamerare aria nei polmoni vuoti. "Mia madre, lei non ha voluto sentire parlare di incarcerarlo!" Si sistemò la cravatta con le mani tremanti. "*Parbleu*. Pensate alla vergogna, ai pettegolezzi, lo sc-scandalo! Ho fatto come avevate ordinato. Sono andato a Calais e ho aspettato. Ma lei, mia madre, non ha accettato e l'ha raggiunto per prima..."

"Risparmiatemi i dettagli insignificanti. Spero per il vostro bene che siate riuscito a sistemare le cose."

Il conte sembrò confuso. "Ma... non era a Calais! È scomparso. Appena ha messo piede sul suolo di Francia, si è imbarcato di nuovo su un traghetto per tornare in Inghilterra. Lo abbiamo seguito e a Dover ci hanno detto che ha chiesto indicazioni per arrivare alla vostra tenuta." Diede un'occhiata a Lord Vallentine e fece una smorfia. "Anche se perché volesse tornare qua..."

Il duca si asciugò la bocca con la mano tremante. "Pensate che sia qui, *in casa mia*?"

"Eh? Cosa succede?" Chiese Lord Vallentine. "Salvan non sa dov'è Antonia? Non l'ha presa lui?"

Lo ignorarono completamente.

Il duca si rivolse ai moschettieri. "È ancora dentro casa?"

"Crediamo di sì, *M'sieur le Duc*," rispose il loro capo. "Pensavamo di averlo intrappolato qui, in questa stanza, ma sfortunatamente era un'indicazione sbagliata, anche se abbiamo trovato..."

"Sì?"

Il moschettiere si accucciò accanto a uno scaffale. "C'è parecchio sangue sul tappeto qui."

Vallentine si chinò e premette un dito sul tappeto di Aubusson sporco. La macchia scura era grande, bagnata e appiccicosa.

"Oh mio Dio, Roxton," profferì con un brivido, "è una ferita dannatamente brutta."

"No! Non ci credo," balbettò il conte. "È impossibile! Un taglio! Niente di più di un taglio, ne sono sicuro!"

Roxton andò a un pannello nella parete, lo spinse e lo scaffale accanto a dove erano accucciati Vallentine e i moschettieri ruotò verso l'interno mostrando un vano buio. C'erano alcune gocce di sangue anche lì. Sua signoria si precipitò in questo spazio mentre i moschettieri restarono indietro aspettando le istruzioni del duca, che ne mandò immediatamente tre verso i suoi appartamenti privati al piano di sopra, facendoli passre per la scala principale. Chiese al loro capo di seguire lui e Lord Vallentine per la scala segreta. Non volendo essere lasciato indietro, il conte trotterellò dietro al cugino e passò davanti a forza, per afferrare la manica del duca.

"Che cosa avete intenzione di fargli?" Chiese al duca sussurrando.

Il duca se lo scrollò di dosso e continuò a salire le scale. "Che cosa credete? Se ha osato mettere un dito su di lei..." Si voltò a guardare il volto dipinto dell'ometto rivolto verso l'alto. "Salvan, lei aspetta un bambino."

"*Eh bien*," sibilò il conte, con gli occhi spalancati e increduli. "Un bambino? Ne siete certo? *Mon Dieu*, se lo scopre..."

Il duca si voltò e fece segno agli altri di seguirlo in silenzio e il conte fu fin troppo contento di permettere a Lord Vallentine e al moschettiere di passargli davanti sulle scale. Aveva mostrato a suo cugino un volto pieno di preoccupazione e simpatia, ma nel buio della scala si permise un sorriso tranquillo; quasi una risatina.

C'ERA UN SILENZIO inquietante nella prima stanza di sopra. Non c'erano segni di lotta, tutto era al suo posto. Il conte alzò il mento, invidioso, davanti a tutto quel comfort e quell'opulenza, come aveva fatto all'inizio vedendo Treat ma non poté evitare di guardarsi intorno interessato. Fu attento a restare ben indietro. Lord Vallentine e il moschettiere erano ciechi a tutto eccetto l'urgenza della situazione e trovando il guardaroba deserto avevano fretta di entrare nello spogliatoio. Il duca li fermò.

"Lasciami andare per primo," sussurrò Vallentine. "C'è silenzio, no?"

"Stai cercando di risparmiarmi, mio caro?" Disse il duca con un mezzo sorriso. "No, andrò io. Resta qui con gli altri. Se il ragazzo vede un reggimento potrebbe farsi prendere dal panico e..."

"Andiamo, Roxton," predicò Vallentine. "C'è un boccale di sangue sul tappeto dabbasso! Quel ragazzo non è a posto con la testa. È pericoloso. Mi capisci? Non puoi aspettarti di ragionare con uno come lui. Chi sa che cosa farà quando ti vede? Prego solo che non sappia tutta la storia... che lei non gli abbia detto..." Si interruppe vedendo un'espressione di profondo dolore attraversare il volto pallido del duca e gli afferrò il braccio. "Sono un bruto insensibile, lo so. Vai avanti. Aspetterò. Ma dammi quella pistola." Gliela prese e armò il cane. "Se qualcuno deve sparare, sarò io!"

Il conte, che aveva preso un ventaglio da donna dalla scrivania, si sedette e incrociò le gambe con tutta la calma di uno che aspettasse di essere ricevuto. Sventolò il ventaglio come una donna e sospirò. Lord Vallentine lo fissò disgustato e confuso dall'espressione impassibile del francese, che cinque minuti prima era stata una massa tremolante di nervi e sudore.

"Siete piuttosto tranquillo per un uomo il cui folle figlio è in preda a furia omicida e ha probabilmente già causato a qualcuno una grave ferita, no, Salvan?"

Il conte alzò le sopracciglia. "Ma, *M'sieur Vallentine*, sono sconvolto, ve lo assicuro."

Il moschettiere reagì con un grugnito.

"Se Roxton mette le mani su di lui lo ucciderà. Lo sapete, no?"

Il conte continuò a sventolarsi. Il moschettiere sbuffò. Pensava che questo nobile fosse folle quanto il figlio e si chiese che cosa avevano fatto di male lui e i suoi colleghi per essere inviati segretamente in questa avventura altrettanto folle, in una nazione con cui la Francia era in guerra e dove tutti gli uomini, eccetto il flemmatico *Duc de Roxton* parlavano una lingua aspra e non avevano buone maniere.

"La vostra adorabile moglie, vive anche lei qui in questo enorme ammasso di casa?" Chiese il conte, guardandosi intorno con interesse.

Vallentine lo guardò aggrottando la fronte. "E allora?"

Salvan scrollò una spalla imbottita. "Non guardatemi con quella passione gelosa. Voglio solo un suo consiglio. È mia cugina, *enfin*."

"Consiglio?"

"Ma certo," rispose il conte, gettando da parte il ventaglio. "Ho intenzione di risposarmi e mi serve il consiglio di Estée su cosa fare riguardo a..."

"Siete pronto per Bedlam!" Sibilò Vallentine. "Vostro figlio è un pazzo maniaco in libertà, dannazione! Ha intrappolato la duchessa, qualcuno ha sanguinato su tutto il tappeto e voi... e voi mi parlate della vostra idea di risposarvi? A che gioco state giocando, Salvan?"

"Gioco, *M'sieur*?" Chiese il conte, offrendo la sua tabacchiera. "Non credo di capirvi."

Vallentine sventolò minacciosamente la pistola. "State lontano da me, parassita, altrimenti metterò fine alla discendenza dei Salvan, subito!"

DICIOTTO

IL DUCA TROVÒ DESERTO anche lo spogliatoio ma non chiamò gli altri perché venissero avanti. Stava per passare nella camera da letto, da solo, quando si vide davanti il suo valletto. Ellicott uscì dalla camera tenendosi il braccio sinistro sopra il gomito. Il sangue filtrava tra le dita e imbrattava il davanti della camicia. Quando vide il suo padrone sulla porta, con una mano sull'elsa della spada, perse la grinta e abbassò la testa, lasciando cadere le spalle. Quando osò guardare il volto cereo del padrone, dovette sbattere gli occhi per liberarli dalle lacrime.

Bastò per spingere il duca sull'orlo della pazzia.

Fu a malapena in grado di parlare.

"La duchessa?" Chiese con voce roca.

Il valletto esitò per un momento e poi desiderò di non averlo fatto perché il volto del duca assunse una sfumatura cadaverica.

"No! No! Lei… La duchessa non è ferita," gli assicurò in fretta. "Quando la vedrete, ci sarà sangue sui suoi abiti ma non è il suo, è di Gray. Lui, il visconte, ha tagliato la gola di Gray…"

Il duca chiuse gli occhi.

"… davanti a lei, in biblioteca. L'atto di un pazzo. La duchessa è svenuta. Quando ho tentato di andare da lei il visconte si è lanciato su di me con il pugnale, ma sono riuscito a schivarlo. Non è niente di serio, vostra grazia," disse quando il duca guardò il braccio insanguinato e prima che potesse fare la domanda. "Ho… ho fatto l'errore di cercare di interferire nei suoi piani, e nel suo attuale stato delirante lui… lui ha la forza di dieci uomini."

Il duca guardò la porta della camera. "È là dentro con lei, adesso?"

Il valletto annuì. "Sì, crede che sia andato a cercare un cameriere per aiutarla con le valige. Ha intenzione di riportare la duchessa con lui a Parigi. Abbiamo pensato fosse meglio assecondarlo. La duchessa sta facendo del suo meglio per seguire i suoi piani. Ha perfino fatto da sola le valigie. E ora…"

"E ora?"

"È seduta con Tan in grembo, sul sedile della finestra." Ellicott guardò le gocce di sangue sul pavimento lucido. "Ha minacciato di tagliare la gola anche a Tan se lei non fa quello che le chiede. Vostra grazia..."

Il tono della voce del valletto fece sì che il duca lo guardasse. "Sarà meglio che vi facciate curare il braccio, Martin. Me ne occuperò io."

"Sì, vostra grazia, ma io..."

Il duca aspettò. Il valletto deglutì.

"Penso che dobbiate sapere che il visconte non ha idea della situazione attuale, che siete sposati e che sua grazia sia..." Deglutì ancora. "So del bambino solo perché quando è rinvenuta dopo lo svenimento temeva che il sangue sugli abiti significasse che aveva abortito. Ma le ho assicurato che era tutto a posto. Che il bambino era salvo. Vostra grazia il visconte è pazzo…"

"Lo so bene, Martin," disse il duca a bassa voce.

Ellicott guardò bene negli occhi il suo padrone. "Così pazzo che non esiterà a ucciderla se interferirete."

ANTONIA ERA RANNICCHIATA sul sedile con il whippet beige e bianco acciambellato in grembo. In qualche modo, il fatto di avere lui da proteggere la faceva sentire meno spaventata. Doveva restare calma per il bene di Tan. Doveva continuare a essere piacevole e gradevole finché l'avesse trovata il duca. Pregava che Ellicott l'avesse trovato perché il visconte stava diventando sempre più agitato.

Ma questa creatura non era il *Vicomte d'Ambert* che conosceva. Non si poteva chiamarlo in altro modo nel suo attuale stato, con la barba lunga che gli mascherava il volto e i suoi capelli naturali che erano cresciuti ispidi in testa. Vestito con i pantaloni di pelle e la camicia di lana di un pastore, avrebbe potuto tranquillamente essere scambiato per il più trasandato dei contadini. Un contadino che inalava tali quantità di oppio che le sue narici si erano infettate e colavano abbondantemente; le mani tremavano così forte che non era in grado di raccogliere un oggetto senza farlo cadere, eccetto quando era arrabbiato, allora sembrava avere la forza di un reggimento.

Antonia lo osservava, adesso, attraverso un groviglio di capelli che le nascondeva il volto, e pregava che avesse dimenticato la sua presenza. Stava camminando avanti e indietro tra il letto e il sedile, discutendo tra sé e sé e gesticolando in aria. I suoi movimenti spaventarono il whippet, che cercò di alzarsi sulle zampe in braccio ad Antonia. Lei lo convinse in fretta a sdraiarsi di nuovo e gli accarezzò il muso. Ma il visconte aveva sentito le sue parole rassicuranti e le si era rivoltato contro con violenza.

"State ridendo di me!" Sputò, avvicinando la faccia alla sua.

Il suo odore fu sufficiente a farle reprimere un conato di vomito.

Le afferrò i capelli e glieli tirò via dal volto.

"Dovrei tagliarveli! Allora non potreste più ridere di me! Ve li taglio? Li taglio tutti?"

Tolse un pugnale insanguinato dall'interno dello stivale e con l'altra mano arrotolò una manciata dei suoi lunghi capelli intorno al polso. Poi esitò, Antonia non osava muoversi o parlare. Tenne gli occhi bassi e pregò che qualche altra fantasia lo distraesse.

"Se li taglio potrei farne una fune," si disse e annuì soddisfatto. "Una fune per impiccarvi se oserete disobbedirmi." Ma tanto in fretta quanto aveva messo radici, l'idea scomparve; di colpo mise via il pugnale e si sedette accanto a lei, spingendola in modo da farle voltare la schiena verso di lui. Cominciò a farle una treccia. "Riccioli così belli. Penso che non li taglierò, dopo tutto." Le accarezzò il collo. "Ricordate quando mi permettevate di farvi la treccia, nell'appartamento della Casparti?"

Antonia cercò di non rabbrividire di ripugnanza al suo tocco. "S-sì, Étienne, ricordo. Abbiamo passato dei bei momenti, vero?"

Lui continuò a fare e disfare la treccia, con le mani tremanti tra i riccioli. "Sì, proprio bei tempi," mormorò. Poi, altrettanto bruscamente, le dita si contorsero e si impigliarono tra i capelli, come in una ragnatela. Il grido di dolore di Antonia mentre lui cercava di districarsi lo fece solo urlare. "Smettetela! Smettetela! Non vi sto facendo male. Non sapete quello che avete fatto! Non lo sapete! Venite qui!" La tirò via dal sedile con uno scatto, facendo finire Tan sul pavimento con un guaito e la tirò verso il letto. "Ho aspettato abbastanza, sono stato paziente abbastanza a lungo."

"No, Étienne! No! *Per favore.*"

Quando cercò di liberarsi, la schiaffeggiò in volto. Apparve immediatamente un segno rosso sulla sua guancia.

"Sapete che inferno ho dovuto sopportare da quando siete partita da Parigi? Eh? Lo sapete?" Le chiese, trascinandola attraverso la stanza. "La povera nonna Salvan è morta di crepacuore per colpa vostra, piccola sgualdrina egoista! E sono a malapena riuscito a sfuggire agli sgherri di Salvan per tornare a prendervi!" Le diede una ginocchiata dietro la schiena, spingendola contro il letto. I singhiozzi di Antonia cadevano nel vuoto. "Sapete per quanto tempo mi sono aggirato in questo posto aspettando di trovarvi da sola? Due settimane! Due settimane a mangiare gli avanzi della cucina e le ossa lasciate ai suoi cani." La sollevò senza sforzo sul letto e poi si arrampicò accanto a lei. "*M'sieur le Duc* avrà una bella sorpresa..."

"Étienne, no!"

La schiaffeggiò di nuovo in volto e questa volta tanto forte che il colpo le spaccò l'angolo della bocca.

"Non interrompetemi! Sapete chi sono io?"

Le rivolse un sogghigno di scherno, ma vedendo il sangue all'angolo della bocca tese un dito per asciugarlo teneramente. Antonia si ritrasse, poi desiderò non averlo fatto perché lo fece andare su tutte le furie. Cominciò a sollevare le coperte e a strappare l'imbottitura dei cuscini. In fretta come'era cominciato, l'accesso d'ira finì e il visconte ricadde tra le piume e il tessuto strappato per riprendere fiato. Quando Antonia osò spostarsi le afferrò il polso, stringendolo dolorosamente e tirandola giù accanto a lui.

"Sapete chi sono io?" Chiese con un sussurro.

Antonia scosse la testa.

"Guardatemi!" Ringhiò. "Chi vedete?"

Lei lo fissò e non sentì altro che paura e ripugnanza. "Chi siete, Étienne?" Chiese gentilmente.

Lui alzò le mani in aria e sorrise, quasi trionfante.

"Io sono il figlio bastardo di *M'sieur le Duc de Roxton*."

Antonia si coprì il volto con le mani e cominciò a piangere. Non era la risposta che lui voleva e si sedette, confuso e un po' stordito.

"Non mi credete?"

"Sì, vi credo, Étienne."

"Mia madre divenne la puttana di *M'sieur le Duc* subito dopo il suo matrimonio con Salvan. Nonna Salvan mi ha raccontato che mia madre seppe sin dall'inizio che il figlio che portava in grembo non era di suo marito ma apparteneva a *M'sieur le Duc de*

Roxton. Me l'ha detto prima di morire. Mi ha detto che mia madre confidò la verità a *M'sieur le Duc* in una lettera e poi si tolse la vita," disse come se stesse conversando del più e del meno, con un tono quasi razionale. "Salvan pensa che sia stata la pazzia di mia madre a farle indicare *M'sieur le Duc* come mio padre. Ma *M'sieur le Duc* sa che mia madre disse la verità perché glielo aveva detto appena si era accorta di essere incinta; ed è stato allora che lui l'ha scartata come una cosa usata e rotta. *M'sieur le Duc* ride di Salvan e di me, suo figlio..."

"No! Lui..."

"Non interrompete! Non interrompetemi mai," disse il visconte a denti stretti. "Altrimenti sarò costretto a punirvi." Sorrise e le diede un colpetto sulla mano, poi alzò gli occhi fissando il baldacchino di seta a pieghe. "È questo il letto in cui ha fatto anche di voi la sua puttana?"

Antonia si morse le labbra. Avrebbe voluto urlare per chiedere aiuto. Invece rimase in silenzio. Il visconte si alzò e la scosse.

"Allora, è questo? È questo o no il letto?"

"No! No! Non è così. Per favore, Étienne, mi state facendo male."

"Bugiarda, puttana!" Le urlò in faccia. "Siete la sua puttana, vero? Proprio come mia madre. Bene, vedremo che giochetti vi ha insegnato!" Ringhiò e cominciò a raccoglierle le sottane sopra le ginocchia. "Voglio che voi..."

"No, vi prego!. Per favore, Étienne. Per l'amor del cielo, abbiate pietà del mio bambino!"

Il visconte la fissò, perplesso, e lasciò cadere le sottane.

"Cosa? Bambino? Di che cosa state parlando, eh?" Sembrava incapace di afferrare la notizia. Era come se gli avesse parlato in una lingua straniera. Questo le permise di scivolare giù dal letto.

Si lanciò verso la porta che conduceva nella sala da pranzo privata.

Il visconte era ipnotizzato. Fissava il copriletto tessuto d'oro che scivolava giù dal letto con Antonia e le labbra si arricciarono per il disgusto.

"Suo figlio? Un altro bastardo per *M'sieur le Duc?* Non penso proprio!"

Alzò gli occhi, vide che cosa intendeva fare ed emise un grido gutturale saltando giù dal letto con tutta l'energia di un animale che insegue la sua preda.

Antonia vide il pugnale balenarle davanti agli occhi e le si piegarono le ginocchia. Scivolò lungo la parete, certa che intendesse tagliarle la gola.

QUALCOSA LE SOLLETICÒ il volto e le fece aprire gli occhi. Sorrise e pronunciò il nome del duca. Ma non era il duca che era piegato su di lei bensì il visconte e sentendo la puzza del suo fiato capì che l'incubo non era finito. Avrebbe voluto gridare ma era troppo esausta perfino per quello. Era ancora sdraiata sul pavimento dove era collassata mentre il suo aguzzino era inginocchiato sopra di lei e tracciava delle figure sul suo corpetto con la punta del pugnale... Era solo questione di tempo prima che strappasse il tessuto.

"Mi domando che cosa ci sia lì dentro?" Mormorò il visconte, con la mano libera che lisciava attentamente i molti strati delle scomposte sottane a righe. "Speravate di avere un maschietto, piccola Antonia?" Poi rise allegramente e scosse la testa. "Beh, non lo sapremo mai, no?" E smise di tracciare immaginarie figure per premere la punta del pugnale sul velluto. "Sapete che non potete avere questo bambino, lo sapete, vero?" Disse in tono serio, guardandola in viso, con un sorriso quasi sereno. "Non sarebbe gentile da parte mia lasciarlo vivere. Non un altro bastardo a soffrire l'inferno che ho sofferto io."

"Étienne, ascoltatemi," lo implorò, con le dita che si muovevano lentamente lungo il corpo, sperando di distrarlo a sufficienza da togliergli il pugnale dalla mano tremante. "Io amo questo bambino come la vostra *Maman* amava voi."

"*Maman*? Sì, *Maman* mi voleva bene," disse, come se questo fatto gli fosse venuto in mente solo in quel momento.

"Sì, vi voleva bene e si curava di voi e..."

"Perché state parlando di lei?" Ringhiò. "Non voglio parlare di lei."

"Lei non avrebbe voluto che faceste questa cosa terribile."

"Terribile? Non è terribile liberare un bastardo dalla sua miseria!" Dichiarò. "Lei lo capirebbe, sì, per forza!" Borbottò tra sé e sé. "Non può vivere."

All'improvviso, attaccò e afferrò il polso di Antonia proprio quando le sue dita erano riuscite a sfiorare l'elsa decorata dello stiletto. Le storse il polso e strinse la carne, facendola bruciare e facendo gridare Antonia per il dolore, poi le sbatté la mano contro il pavimento.

"Piccola puttana intrigante! Avevo intenzione di essere pietoso! Sarebbe stato veloce. Ora mi prenderò tutto il tempo per liberarmi di lui. Oh! Oh! Lacrime! Piangere non vi aiuterà adesso!"

Istintivamente, Antonia cercò di rotolare sul fianco per proteggersi il ventre ma il visconte le gettò indietro la spalla e le immobilizzò il braccio con il ginocchio. Le lacrime di Antonia diventarono singhiozzi dolorosi quando lui cominciò a strappare i molti strati del suo abito, ridendo e guardandola da sopra come un grottesco gargoyle.

"Per l'amor del cielo, Étienne!" Gridò. "Pensate a quello che state facendo! Per favore!"

Poi, attraverso un velo di lacrime, lo vide, in piedi sopra di loro, un po' alla loro sinistra. Si irrigidì e si concentrò sul visconte. Quando lei chiuse gli occhi per il puro sollievo della sua presenza, lui alzò il braccio destro e sferrò il colpo.

. . .

IL VISCONTE ERA STATO COLPITO COSÌ forte sulla testa che il corpo crollò di lato. Rimase immediatamente immobile e il pugnale cadde rumorosamente accanto alla sua figura paralizzata.

Il duca era entrato nella stanza senza la spada, sperando di riuscire a far ragionare il visconte pazzo. Ragionare abbastanza da mettere al sicuro Antonia. Ora non importava più. Lo aveva colpito con una forza alimentata da una tale rabbia che non sapeva se l'aveva ucciso o no, e in quel momento non gli importava.

Certo che il visconte sarebbe rimasto incosciente per parecchie ore, rivolse l'attenzione ad Antonia. Entrando in camera si era imposto di ignorarla finché fosse stata fuori pericolo. Aveva evitato di pensare che un folle era sopra di lei, con il pugnale pronto, in quello che sembrava un rituale di morte. Sapeva che se non avesse agito all'istante, il visconte le avrebbe affondato il pugnale in corpo e aveva indovinato il perché. Ora era meglio non pensarci.

Vide il sangue sull'abito a righe verde mela, i grandi strappi nel tessuto delicato, quando si era dibattuta. E quando lo guardò, vide il sangue all'angolo della bocca e il brutto livido che si stava formando sulla guancia. Eppure chiuse gli occhi e ringraziò Dio che fosse viva. Per quella che sembrò un'eternità non riuscì a fare altro che fissarla come se fosse un'apparizione. Ma quando lei sorrise e Tan gli affondò il muso nella mano per salutarlo, fu accanto a lei in un istante.

La raccolse tra le braccia e la tenne così stretta che lei sentì i brividi di sollievo che lo scuotevano. Era come se una corda legata strettamente intorno al suo collo fosse stata finalmente tagliata e potesse solo ora ricominciare a respirare. E con il sollievo arrivò una furia indicibile per quello che le avevano fatto, e la rabbia e la frustrazione per non essere stato capace di impedire l'aggressione. Sentendo la sua angoscia, Antonia fu pronta a rassicurarlo che era ferita solo un pochino. Era stata terrorizzata, sì, molto scossa, ma era sfuggita a danni seri.

"È solo un taglio," gli disse con un sorriso pieno di lacrime, quando le accarezzò la guancia con il dorso della mano. "E sono sicura di avere qualche livido sulla schiena, ma per il resto sto bene. Sembra… Sembra peggio di quello che è, veramente. Mi ha picchiato quando mi sono messa a discutere con lui. Non avrei dovuto farlo." Alzò gli occhi e vide gli occhi del duca che guizzavano verso il sangue sui suoi vestiti. "Non è mio. No. È… è di Gray. Lui l'ha ucciso…"

"Lo so, *mignonne*. Nella biblioteca."

Antonia annuì. "Ellicott e io… Lui, Étienne ha tagliato la gola a Gray davanti a noi e l'ha lasciato a morire dissanguato." Deglutì e mandò indietro le lacrime. "Ellicott l'ha avvolto nella giacca e l'ha portato fuori. Penso che l'abbia finito, per misericordia, *Monseigneur*. È stato meglio perché stava dissanguandosi, povera cosina."

"Ellicott ha sicuramente fatto quello che era meglio fare," la rassicurò il duca.

"Sì, è stato meglio così."

La cullò dolcemente sulle ginocchia, con la testa appoggiata all'incavo del collo. "Mi volete raccontare che cos'altro è successo, *chérie?*"

"Étienne, ma non è Étienne, lui è veramente pazzo, Renard."

"Sì, *mignonne*, penso di sì."

"Non l'ho riconosciuto senza la parrucca e con la barba lunga e i vestiti sporchi e stracciati. All'inizio ho pensato che fosse uno dei pastori che aveva perso la strada in casa. Poi l'ho visto correre lungo uno dei corridoi prima che… prima che mi trovasse nella biblioteca." Rabbrividì al ricordo e si spostò un po' tra le braccia del duca. "Ellicott ha cercato di proteggermi e di farmi scudo quando Gray è stato ucciso in quel modo orribile. L'ha coperto con la sua giacca, ma non ho potuto fare a meno di vedere tutto quel sangue e sono svenuta… Non volevo svenire ma vedere tutto quel sangue ed Étienne così folle mi ha fatto stare veramente male. Veramente, non sono riuscita ad evitarlo."

"Ssst. Nessuno potrebbe biasimarvi," le disse, accarezzandole i capelli. "Allora il mio valletto è stato molto eroico?"

"Sì, Renard," gli confessò timidamente. "Sono rinvenuta e ho trovato tutto questo sangue sulla sottana ed Ellicott mi ha assicurato che non era mio. E non poteva essere mio, a pensarci bene, ovviamente, era di Gray, ma allora non lo sapevo." Sospirò stancamente. "Sono una codarda."

Il duca sorrise dolcemente e le baciò teneramente la testa. "Ma una codarda molto coraggiosa."

Antonia alzò gli occhi, rannicchiata nel calore della sua redingote di velluto nero. "*Monseigneur*, mi dispiace, ma temo veramente di stare per vomitare."

"Se proprio dovete. Ma Ellicott sarà furioso. È una redingote nuova, questa."

Antonia fece una risatina gorgogliante e si sentì meglio.

Ma il sorriso scomparve quando la porta della camera si spalancò e un moschettiere si precipitò all'interno brandendo la spada. Il valletto lo seguiva, ma a un passo tranquillo e con il naso per aria, irridendo l'impetuoso francese. Aveva il braccio fasciato di fresco e una camicia pulita, anche se per la fretta e la preoccupazione non aveva pulito il sangue secco dal volto e dalle mani. Quando vide il suo padrone seduto sul pavimento accanto al letto con la duchessa al sicuro tra le sue braccia, la bocca gli tremò; fu il solo segno di emozione che si permise.

Il moschettiere mostrò una certa confusione. Vide il corpo del visconte d'Ambert che giaceva immobile accanto al letto, ma non c'era sangue e non si vedevano ferite. E seduto sul pavimento, a non più di mezzo metro dal corpo, c'era il *Duc de Roxton* con una bellissima ragazza in grembo. Li fissò apertamente. Roxton sentì Antonia girarsi verso di lui e percepì il suo imbarazzo. Una parola secca al soldato che li fissava a bocca aperta e la spada fu riposta nel fodero mentre l'uomo si ritrasse a una distanza discreta, con gli occhi fissi altrove.

"Mi scuso per l'intrusione, vostra grazia," disse con calma il valletto, riconquistando tutta la sua alterigia, ora che la duchessa era fuori pericolo. "Questo... Questo francese non mi ha creduto quando gli ho detto che c'era un solo maniaco in giro e che ora era sotto la vostra custodia."

"Davvero?" Disse il duca in inglese, adeguandosi al valletto. "Non ve l'ho detto prima, data la... situazione, ma sono enormemente in debito con voi, Martin."

"Vi prego, vostra grazia," disse in fretta Ellicott, arrossendo. "Ho solo fatto il mio dovere verso di voi, la duchessa e vostro..." Si fermò e fece un piccolo buffo inchino. "Se vostra grazia lo permette, cercherò una vestaglia per la duchessa."

Antonia si voltò a guardarlo attraverso i capelli scomposti. "Grazie, Martin," gli disse con un sorriso dolce. "Io penso che siate molto coraggioso."

Il valletto si inchinò a lei con grande compitezza e si affrettò ad andare nello spogliatoio. Quando tornò con una vestaglia di seta trovò esattamente la stessa scena. Il corpo del visconte era ancora immobile dove era caduto. Fece la domanda che il moschettiere smaniava di porre.

"Vostra grazia, potrei per favore sapere che cosa gli avete fatto?"

Il duca glielo disse. Aveva colpito il visconte facendogli perdere conoscenza. Forse gli aveva fratturato il cranio e forse anche causato sordità a un orecchio. Ma certamente non l'aveva ucciso. No, al visconte e al conte di Salvan sarebbe toccato un fato molto peggiore. Il valletto poteva esserne certo.

Soddisfatto, Ellicott prese congedo, informando la duchessa che avrebbe trovato Gabrielle per farle preparare un bagno e un cambio d'abiti. Poi lasciò la stanza con il naso un po' più per aria di quando era entrato.

Un momento dopo Vallentine entrò precipitosamente nella stanza con due moschettieri al seguito, tutti con le spade in mano e sperando in una lotta. Erano diventati impazienti. Sentendo delle voci e aspettandosi il peggio avevano deciso di prendere d'assalto l'appartamento. Il *Comte de Salvan* non si era sforzato ed entrò nella camera a un passo tranquillo, quando ritenne che fosse sicuro entrare.

Estée entrò contemporaneamente dalla sala da pranzo privata con il quarto moschettiere. Vide suo marito e due moschettieri con le spade scintillanti prima che vedessero lei e il suo grido d'allarme li fece sobbalzare e voltare in fretta, quasi incrociando le spade.

Quando corsero avanti, Lady Vallentine venne meno e fu afferrata da uno dei moschettieri. Quando i suoi compagni ripresero l'orientamento, risero della sua cavalleria. Lord Vallentine non lo trovò divertente e sollevò in fretta il soldato dal suo carico. Estée disse che non era svenuta e chiese di essere rimessa in piedi; aveva visto suo fratello e Antonia seduti sul pavimento e tutto quello che voleva era assicurarsi che la ragazza non fosse ferita.

Lo spettacolino che avevano offerto diede al duca e alla duchessa un po' di sollievo umoristico. Eppure, quando il *Comte de Salvan* apparve, i loro sorrisi svanirono. Antonia voltò la testa e il duca si alzò, schermandola, con i lineamenti scolpiti nella pietra. Non fu meno freddo con sua sorella quando diede un grido spaventato alla vista di quello che aveva fatto il visconte. Il sangue schizzato sulle sottane di Antonia la fece giungere alla peggiore delle conclusioni possibili.

"*Bon Dieu*! Mia cara ragazza! Nessuno si è occupato delle vostre ferite?" Gridò Estée. "Vi fa molto male? E... E il sangue...?"

"Vi prego, *Madame*, non è niente... niente," mormorò Antonia mentre il duca la aiutava ad alzarsi. Si ritrasse dietro il marito, acutamente conscia degli sguardi dei soldati e del conte di Salvan.

"Come potete dire che non è niente? Guardate che cosa le ha fatto quel demonio, Lucian! Dov'è? Che cosa ne avete fatto?"

"Calmatevi," le ordinò il duca. "Il visconte è lì sdraiato ai vostri piedi ma è perfettamente innocuo."

Lord Vallentine si fece avanti. "Non è il momento, Estée," disse fermamente e si chinò a raccogliere il pugnale insanguinato che era ancora accanto al corpo immobile del visconte d'Ambert. "Potete vedere che è illesa..."

"Illesa? Dite che è *illesa*?" Disse Estée con voce acuta. "Spero che quel mostro sia morto. *Morto* vi dico!"

"Morto? Mio figlio è morto?" Esclamò il conte con accento melodrammatico. Passò lo sguardo dall'uno all'altro con un gesto drammatico della mano. "No! Mio figlio non può essere morto!"

Estée lo fissò con gli occhi azzurri pieni di odio. "Voi non siete meglio di lui! Che ve ne importa se è morto? Non dareste un *écu* per quel matto di vostro figlio. A dire la verità, siete stato voi che l'avete fatto impazzire, con i vostri stupidi intrighi e alimentando la sua dipendenza. Oh! Sì, lo sanno tutti che gli davate gli oppiacei per tenerlo sotto controllo. Ero così dispiaciuta per quel povero ragazzo. Voi... Voi l'avete trasformato in un mostro. Un *mostro*."

Lord Vallentine avvolse le braccia intorno alla moglie che singhiozzava per confortarla come meglio poteva in una stanza piena di gente che li guardava in un silenzio imbarazzato.

Il sorriso del conte non vacillò. Fece segno a uno dei moschettieri accanto alla sala da pranzo. "Portate del vino per vostra *Tante Estée*, Paul."

Estée si liberò dall'abbraccio di suo marito. "Paul? Paul de Montbrail?"

Il moschettiere si inchinò con un sorriso nervoso e sparì per andare a cercare il maggiordomo. Duvalier arrivò in fretta. Era rimasto in attesa nella stanza accanto e ora appoggiò sul tavolo un vassoio con bicchieri e bottiglie di borgogna e di chiaretto. I moschettieri furono lasciati di guardia al visconte e solo il loro capo seguì gli altri nella sala da pranzo privata. Estée si occupò di Antonia, pulendole il livido sulla guancia con acqua di lavanda mentre i gentiluomini bevevano borgogna. Il duca rifiutò.

Appoggiò le spalle alla mensola del camino e guardò sua moglie con un'espressione preoccupata.

Lord Vallentine aveva mille domande in sospeso ma si trattenne. Sorseggiò il vino in un silenzio iroso, con un occhio fiammeggiante fisso sul conte. Trovare Antonia relativamente illesa aveva allentato il suo desiderio di infilzare la pancia del piccolo francese ma la sua sete di vendetta era ben lungi dall'essere soddisfatta. Non sapeva nemmeno se il visconte fosse vivo o morto.

Il *Comte de Salvan* sembrava meno un genitore in lutto e più un ospite con tanto di invito. Bevve il suo vino in compiaciuto silenzio e schioccò le labbra soddisfatto.

"Ah, Roxton, avete una cantina eccellente. Una delle migliori! Ma voi non bevete? Prego! Insisto. È stata una giornata difficile per tutti noi ma dobbiamo andare avanti. Sono pieno di scuse per non aver catturato quel mostro prima che aggredisse vostra moglie." Scosse tristemente la testa. "Sì, mio figlio, un mostro! Ma ora è finita! Non avremo più problemi. È tutta colpa mia. Estée aveva ragione. Povero Salvan, ha cercato di fare quello che pensava meglio ma... Ah, chi può predire il futuro, eh?"

Lentamente, il duca si voltò a guardare il cugino. "Mi fa piacere che la mia cantina sia di vostro gradimento," disse dolcemente, con una voce che mise in allarme Vallentine. "Finite la bottiglia. Insisto."

Il conte riempì di nuovo il bicchiere. "Siete troppo generoso!"

"Perché sarà l'ultima che consumerete in casa mia."

"Cugino! Che cosa significa questa ostilità?" Rise il conte. "Non abbiamo sofferto entrambi a sufficienza, oggi? Sono veramente molto dispiaciuto per l'aggressione a *Madame la Duchesse*. È stata una sfortuna. Ma pensate alla mia perdita. Mio figlio! Il mio erede!"

"Salvan," dichiarò il duca, "il visconte non è morto. Non è nemmeno ferito gravemente."

"*Cosa*. Non è morto?" Esplose il conte, balzando in piedi. "Ma io pensavo... L'aggressione a vostra moglie... Non l'avete ucciso? Non c'è il suo cadavere sul pavimento nella stanza accanto? È morto, ve lo dico io! Ho visto il suo corpo senza vita con i miei occhi! Estée, lei ha detto che era morto!"

"Sedetevi, Salvan," ordinò Lord Vallentine, spingendo il conte sulla sedia.

"Il cranio potrebbe essere incrinato, ma vivrà," disse il duca. "In effetti," e sorrise malevolo, "vivrà ancora per molti anni. Con le cure e le attenzioni giuste, penso che vivrà abbastanza a lungo da ereditare il titolo."

"*Bon Dieu!*" Salvan si asciugò la fronte luccicante.

"Non sembra molto felice all'idea, Roxton," disse sua signoria, godendosi lo sconforto del conte. "Come mai?"

"Io non capisco proprio perché non avete passato quel mostro da parte a parte!" Disse Estée con un brivido.

"È troppo folle per poterlo uccidere, *Madame*," disse Antonia, con un po' di tristezza.

"Ma si merita di..."

"Ssst, Estée," le ordinò il marito. "Voglio sentire che cosa ha da dire vostro fratello."

Il duca tese una piccola chiave al moschettiere in attesa. "Se poteste farmi il favore. Nel cassetto in alto della scrivania in biblioteca troverete un certo documento. Non potete sbagliarvi. Portatemelo." Quando Paul de Montbrail uscì, continuò. "Sarò breve, nel caso che il nostro amico torni troppo presto. La notte in cui mia moglie è stata colpita sulla strada di Versailles, è stato per mano vostra, Salvan."

"Ch-che cosa!" Ansimò Estée.

"È stato un errore," continuò il duca. "Avevate mirato all'uomo a cavallo che cercava di tirare la duchessa fuori dalla carrozza. Avete mancato il bersaglio. Nella vostra rabbia per la mia... ehm, dichiarazione, avete sbagliato mira e la pallottola ha colpito mia moglie."

"Una supposizione delirante! Perché avrei dovuto preoccuparmi di sparare a un bandito di strada che aveva fermato la vostra carrozza? Assurdo! Io ero al ballo in maschera, vi dico. Non avete prove." Il conte tirò su con naso. "Mi ritengo insultato da un'accusa tanto ridicola."

"Quel bandito di strada era vostro figlio," disse il duca. "Avete avuto tempo sufficiente per preparare un blocco sulla strada e assicurarvi l'aiuto di un paio dei vostri servitori più... ehm, brutali. Avete visto che la mia carrozza stava aspettando che andassero a prendere gli effetti personali della duchessa dal suo alloggio. Forse avevate già fatto i vostri piani per un'eventualità simile, se mai fosse riuscita a ottenere il mio aiuto per arrivare a Parigi. Aveva informato vostro figlio che mi avrebbe avvicinato, se lui non l'avesse aiutata a sfuggire alle vostre attenzioni indesiderate. Comunque sia, non è importante." Fiutò una presa di tabacco e guardò Lord Vallentine. "Voi avete aspettato nascosto. Vostro figlio e i suoi complici sono stati più coraggiosi. Speravate di uccidere d'Ambert e implicarmi così nella sua morte. Un peccato che il vostro piccolo semplice piano non abbia funzionato. Un peccato per voi e per me."

Salvan fece un verso e sventolò la mano come a negare quello che aveva detto. "Assurdo."

"La tabacchiera!" Esclamò Vallentine. "Ecco la nostra prova, vero, Roxton? Dannazione, avrei dovuto pensarci prima."

Il duca alzò le sopracciglia. "Mio caro, i miei complimenti. Sì, la tabacchiera."

Estée scosse la testa. "*Moi*, io mi sono persa."

"Vostro fratello e io andammo da Rossard, quella stessa sera," spiegò Lord Vallentine. "C'era tutta Parigi e non si parlava d'altro che dell'assalto alla carrozza di Roxton. Bene, c'era anche Salvan. E d'Ambert si precipitò dentro facendo un baccano d'inferno, urlando a suo padre che era colpa sua se Antonia era stata ferita e... Beh, è tutto piuttosto complicato. Comunque, Roxton tese al ragazzo la tabacchiera dicendogli che l'aveva lasciata cadere. Beh, d'Ambert lo ringraziò e si mise in tasca l'affare. Non capite?"

"E l'aveva veramente lasciata cadere?" Chiese Estée.

"Ovviamente!" Esclamò sua signoria. "Lui..."

"Permettimi, mio caro," intervenne il duca. "Sì, l'aveva fatta cadere. Non da Rossard, ma in una pozza sulla strada di Versailles. Non posso prendermi il merito della scoperta. Ero occupato in altre cose. Mandai una squadra di uomini, sotto la direzione del mio valletto, a passare al setaccio la campagna sulla scena del crimine. Furono loro a trovare la tabacchiera del visconte."

"Brav'uomo Ellicott," disse Vallentine con un deciso cenno della testa. "Sempre detto. Mi piace quell'uomo."

"Oh, a me piace molto," disse dolcemente Antonia e guardò maliziosa il duca.

Lord Vallentine aggrottò la fronte. "Io lo terrei d'occhio lo stesso, Roxton," disse cupamente con un'occhiata alla duchessa.

"Lucian! Che cosa state insinuando?" Gli chiese sua moglie.

"Non è niente, *Madame*," disse spensieratamente Antonia. "Vallentine è solo geloso del valletto di *M'sieur le Duc*. Non è vero, *Monseigneur*?"

Roxton le sorrise ma Lord Vallentine era tutt'altro che contento e cercò una risposta adatta. Proprio allora il conte si alzò, ma il suo movimento improvviso fece estrarre immediatamente la spada a sua signoria.

"*M'sieur*! Mettete via quella lama," domandò Salvan. Ma si decise a riprendere il suo posto quando Vallentine avvicinò la punta alla sua gola. "Questa faccenda della tabacchiera la trovo veramente *de trop*," disse altezzosamente. "Perché avrei voluto uccidere mio figlio quando gli avevo organizzato un matrimonio così vantaggioso? Perché avrei dovuto fare tanta fatica per assicurargli la mano di *Mademoiselle* e poi volerlo uccidere e farmi rovinare tutti i piani? Estée, mi appello al vostro buon senso! Dovete credere al povero Salvan."

"Non è mai stata vostra intenzione far sposare *Mademoiselle Moran* a vostro figlio," disse il duca. "Avevate intenzione di sposarla voi fin dall'inizio. Avete offerto vostro figlio a Strathsay perché aveva respinto la vostra offerta, ma avevate comunque tutte le intenzioni di uccidere il ragazzo. Strathsay vi aveva detto che eravate troppo vecchio per sua nipote."

"Troppo vecchio per lei?" Disse il conte in tono beffardo. E per la prima volta da quando era entrato nella casa di suo cugino abbassò la guardia. "Esattamente come voi, mio caro cugino," disse sarcastico. "Strathsay deve rivoltarsi nella tomba sapendo che siete voi che la monta tutte le notti."

"Adesso basta, Salvan," ringhiò Lord Vallentine.

"Mi riempie di disgusto, ve lo dico. Quando penso a voi e a lei come a un solo essere, voi che la riempite con il vostro seme..."

"Ho detto basta! Devo tagliargli la gola per conto tuo, Roxton?"

"No," rispose il duca a bassa voce. "Sarebbe troppo facile. Ho una soluzione molto più efficace."

Lord Vallentine tolse la punta della spada, ma fu disattento e pizzicò il conte sotto il mento. Non si scusò e pulì simbolicamente la lama con il fazzoletto. Sorrise mentre Salvan si tamponava il taglio che bruciava con un fazzoletto sudato e, per buona misura, lo tenne sotto mira con la pistola.

Paul de Montbrail tornò nella stanza con una pergamena sigillata. La consegnò al duca con un inchino deferente. Il suo rispetto per questo duca inglese era cresciuto dieci volte in altrettanti minuti. Il sigillo era quello reale di Luigi, re di Francia; la pergamena era un editto reale.

"Montbrail! Dite a questo folle di mettere via la pistola!" Ordinò il conte.

Il moschettiere guardò Salvan, ma non fece niente.

"Dov'è mio figlio? Pretendo di vederlo!" Urlò il conte. "Roxton mi dice che è vivo ma non ci credo! Montbrail! Vi dico di arrestare quest'uomo! Lui! Il *Duc de Roxton*! Ha ucciso un nobile di Francia! Mio figlio! Il re non vi ha mandato con me per riportare mio figlio in Francia, vivo e illeso? Che cosa pensate che succederà a voi e agli altri quando sua maestà apprenderà la verità

sul vostro tradimento? E quando gli dirò che avete disobbedito ai
miei ordini, allora?" Quando il moschettiere continuò a fissarlo,
immobile e impassibile, la sua voce assunse un tono nervoso,
quasi isterico. Cominciò a sudare. "Mio figlio è stato traviato da
quella... quella puttana laggiù! Se è matto è solo perché lei l'ha
reso tale. Lui la amava. E questo libertino debosciato l'ha profa-
nata! È vero, ve lo dico io."

"Aspetto i vostri ordini, *M'sieur le Duc*," disse calmo il
moschettiere.

"Il visconte d'Ambert sarà curato nel salotto azzurro," disse il
duca al moschettiere. "Quando si sveglierà sarà vostra cura scor-
tarlo in Francia con la massima velocità. Ve lo consegno perché
assicuriate il suo ritorno. È imperativo che sia incarcerato alla
Bastiglia, vivo."

"Capisco perfettamente, *M'sieur le Duc*," disse de Montbrail.
"E *M'sieur le Comte*?"

"Tradimento! Questo è tradimento!" Urlò il conte. "Sarete voi
a essere incarcerato, Montbrail; giustiziato, se avrò voce in
capitolo!"

Il moschettiere fu scosso dalla minaccia ma rimase saldo. "E
M'sieur le Comte de Salvan?" Ripeté con voce decisa. "Che cosa
volete che facciamo di lui, *M'sieur le Duc*?"

Roxton rigirò parecchie volte l'editto tra le mani, come a
riflettere sulla risposta da dare. Quando alzò gli occhi fu per fissare
Antonia, lo stato dei suoi vestiti, il taglio all'angolo della sua bella
bocca e il verde intenso dei suoi occhi.

"Niente," sussurrò.

Il moschettiere sbatté gli occhi. "Scusate, *Monseigneur*?"

Il duca guardò il moschettiere. "Ho detto di non fare niente.
Chiedo solo che sia scortato fuori dalle mie terre e dal mio paese,
immediatamente. Una volta in Francia liberatelo."

"Ah! Lo sapevo che sareste tornato a ragionare!" Disse il conte
con un sorriso. "Mettete via quella pistola Vallentine. Sono affamato, mangiamo, sì?"

"Roxton," disse Vallentine in inglese, "non capisco. Non puoi fermarti qui. Non puoi. L'avevi in pugno. L'avevi in pugno e lo lasci andare? Neanche per sogno! Appena metterà piedi fuori dalle tue terre lo sfiderò e lo ucciderò, lo giuro."

"Usa il cervello, Vallentine. La morte è troppo poco per lui. *Pensa.*" Roxton sospirò all'espressione perplessa dell'amico e si rivolse al conte nella sua lingua. "Potete mangiare qualsiasi cosa vogliate, Salvan. Ma non alla mia tavola, né avrete un'altra goccia da bere. Mettete giù quel bicchiere."

"Non capisco," disse il conte, agitato. "Siamo cugini! Tutto è dimenticato. Mio figlio, lui sarà rinchiuso. Non vi darà più fastidio. Sarà curato, vi do la mia parola!"

"La vostra parola?" Disse il duca, lentamente. "Quando lascerete l'Inghilterra, non voglio mai più vedere la vostra faccia. Quando vorrò andare a Versailles o a Parigi da Rossard, alla *Comédie Française*, a fare una passeggiata alle Tuileries con mia moglie, voi, amico mio, sparirete semplicemente. Se mai avvicinerete la duchessa per un motivo qualsiasi, vi ucciderò. Se mai le causerete il minimo fastidio, sia pure la sola menzione del vostro nome in relazione alla mia famiglia, o farete in modo che un qualunque pettegolezzo raggiunga le orecchie di mia moglie, vi ucciderò." Alzò l'editto. "Se vostro figlio avesse la sfortuna di morire prima di raggiungere la Bastiglia, voi vivrete il resto dei vostri giorni nello *Château Bicêtre*." Detto questo, si inchinò a suo cugino con squisita cortesia e gli voltò le spalle per sempre.

Il conte era soffocato da un tale terrore che tremava tutto e, quando il duca alzò la *lettre de cachet*, il volto perse tutto il colore naturale. Il silenzio che seguì l'inchino del duca fu rotto solo quando Lord Vallentine cominciò a ridere forte. Stava ancora ridendo quando il moschettiere accompagnò Salvan fuori dalla stanza e la porta fu chiusa alle loro spalle.

"Continuo a dire che avresti dovuto sbudellarli subito!" Si

lamentò *Madame* con il broncio. "Tutti e due!"

"Oh, no, amor mio," disse sua signoria, asciugandosi le lacrime dagli occhi con il pizzo della manica. "Così è molto meglio. Molto, molto meglio. Non lo vedete? Con quel pazzo di suo figlio ed erede rinchiuso alla Bastiglia, sarà lo zimbello della corte. Non importerà un fico secco se si sposerà di nuovo e avrà altri dieci figli, perché d'Ambert resterà il suo erede, ed è tutto! Non oserà mai gridare al mondo che il ragazzo è pazzo. No! Non Salvan! È troppo orgoglioso; e se questo non fosse abbastanza per fargli venire i capelli bianchi, c'è la prospettiva di Roxton che gli arriva alle spalle a mettere in pratica la sua minaccia. Sarà un inferno in terra per un uomo come Salvan. Non sarei per niente sorpreso se si ritirasse nella sua tenuta o la facesse finita con una pallottola. Tanto varrebbe. La sua vita è finita. Accidenti se non sei una volpe astuta, Roxton!"

Il duca si inchinò. "Lo accetterò come complimento, mio caro." Si sedette sul divano accanto ad Antonia. "Che c'è, *mignonne*? Speravate anche voi che lo... ehm, sbudellassi?"

Lei scosse la testa, ma il broncio restò. "No, non vale lo spreco di energia. Si ucciderà da solo, credo. È l'unica cosa onorevole che gli resta da fare. *Monseigneur*," disse in fretta e gli afferrò di colpo le dita, "ho qualcosa di importante da dirvi."

Il duca cercò di non sorridere. "Sì, è vero," disse a bassa voce, portandosi la sua mano alle labbra.

"Ma non serve che ve lo dica perché lo sapete già, giusto?" Chiese, esitante, guardandolo da sotto le ciglia.

"Io? Pensate che legga la mente, *mignonne*?"

"No, penso che qualcuno vi abbia già detto la mia grande sorpresa per voi," disse imbronciata. "Non so chi, perché... perché... Oh! La mia sorpresa è rovinata perché lo sanno *tutti*!"

"Perché lo pensate?" Chiese serio il duca, anche se stava perdendo velocemente il contegno serioso.

"Come faccio a saperlo," borbottò, tirandogli il pizzo al polso. "Io lo so da un po', ma *moi*, io non sapevo che potesse succedere tanto presto, così ho aspettato finché non ci sono stati assoluta-mente dubbi." Alzò gli occhi trovandolo che le sorrideva. "State ridendo di me perché pensate: come fa qualcuno che legge tanto a essere così ignorante di queste cose normali? Ma come facevo a riconoscere i segni quando questo è il mio primo... quando non sono mai... Voglio dire, come facevo a sapere per certo che cosa mi stava succedendo? Mi sembra di essere stata l'ultima a saperlo!"

"Sapere che cosa?" La interruppe sua signoria, ricevendo una tale occhiataccia dalla moglie che sorrise imbarazzato. "Ah, scusate, non sono affari miei..."

Il duca e la duchessa li ignorarono.

"Perché non me l'avete detto prima?" Chiese gentilmente il duca. "Doveva saperlo il mio valletto prima di me?"

Antonia arrossì. "Oh, quello... Non ho potuto farne a meno. Ero molto spaventata, vedete, quando ho visto tutto quel sangue... Ma ora non ha più importanza."

"Era questo il motivo per cui avevate stupidamente deciso di fuggire a Venezia?" Le chiese dolcemente.

Antonia si rannuvolò ed evitò di guardarlo. "Non volevo essere un peso."

"Un *peso*? Mio povero maldestro tesoro." Le baciò la fronte e poi le sussurrò all'orecchio: "Avete concepito a Parigi, *mignonne*?"

Lei annuì e finalmente lo guardò negli occhi. "Questa è l'*unica* cosa di cui sono veramente sicura." Sorrise timidamente. "Siete contento, sì?"

"Più di quello che riesco a dire," mormorò e aggiunse, alzando la voce perché sentissero anche gli altri, "e non sono il solo."

"Lieto che abbiate sistemato tutto," disse Lord Vallentine con un sospiro di impazienza. "Ora forse possiamo parlare del bambino, eh? Ecco," disse, dando a ciascuno un bicchiere di vino. "Non è champagne, e manderemo Duvalier a prendere subito una bottiglia, ma in questo momento ho la gola secca. E voglio proporre un brindisi, adesso! Un brindisi per..."

"Ma, Vallentine," lo interruppe Antonia, "non trovo per

niente conveniente che Renard mi abbia fatto questo così presto."

Lord Vallentine sbatté gli occhi e si chiese se aveva sentito giusto. "Avete-avete sentito che cosa... che cosa ha detto la piccoletta, Estée?" Chiese. "Non c'è bisogno di ridere! E nemmeno tu, Roxton! Non può andare in giro a dire cose... a dire cose del genere. Dannazione! Sono l'unico con ancora un po' di senso del decoro? È dannatamente... È dannatamente..."

"Sfrontato?" Suggerì la duchessa di Roxton, alzando il suo bicchiere in un brindisi, un sorriso al duca e uno scintillio malizioso negli occhi verdi. "*Moi*, io sono una duchessa piuttosto sfrontata, *oui*?"

La storia continua in *Matrimonio di Mezzanotte*

Andate dietro le quinte di Nobile Satiro—*esplorate i posti,
gli oggetti e la storia del periodo su Pinterest.*
www.pinterest.com/lucindabrant

*Dall'idea alla copertina: i costumi, i gioielli e il servizio
fotografico. La realizzazione dall'inizio alla fine: www.*
youtube.com/lucindabrantauthor
www.lucindabrant.com/blog/noble-satyr-cover-reveal